W0416490

Cristina Camera

Die Gärten der Villa Sabrini

Roman

Rowohlt Taschenbuch Verlag

Originalausgabe
Veröffentlicht im Rowohlt Taschenbuch Verlag,
Reinbek bei Hamburg, Juli 2009
Copyright © 2009 by Rowohlt Verlag GmbH,
Reinbek bei Hamburg
Umschlaggestaltung any.way, Barbara Hanke/Cordula Schmidt
(Foto: neuebildanstalt/Hanke)
Abbildung akg-images/Rabatti – Domingie
Satz ITC Legacy Serif PostScript (InDesign) bei
Pinkuin Satz und Datentechnik, Berlin
Druck und Bindung CPI – Clausen & Bosse, Leck
Printed in Germany
ISBN 978 3 499 24714 9

Im Abbild ist das in Wahrheit Ferne präsent
und das Sterbliche unsterblich;
das flüchtige Leben des Moments gewinnt,
in Materie gezwungen, Dauer.
So gibt die Poesie des Künstlers eine Ahnung von
Ewigkeit.

BERND ROECK

«La Flagellazione» (Die Geißelung) von Piero della Francesca, um 1452 oder 1460, Galleria Nazionale delle Marche/Urbino.

I.

«Caffè Gilli»

Die Uhr des «Caffè Gilli» zeigte halb sieben an. Es war ein Dienstagabend im September. Susanna Martens saß an einem der runden Tische am Fenster, beobachtete die Gäste auf der Terrasse unter den weißen Markisen und die Touristen auf der Piazza della Repubblica, die trotz der schwülen Spätsommerhitze in Scharen über den Platz marschierten. Sie genoss jeden Atemzug, jeden Moment in der Stille und Kühle des Tearooms. Endlich, nach vier langen Jahren, war sie zurück. Der vergangene Freitag, ein dreizehnter, hatte Schicksal gespielt. Wie hätte es auch anders sein können bei diesem Datum. Sie war hierher gereist mit einem speziellen Auftrag in der Tasche: Sie sollte den Urheber eines Gemäldes finden, das unangefordert und, so schien es zumindest auf den ersten Blick, auf dunklen Wegen zusammen mit einem weiteren Kunstwerk im Auktionshaus Wagner, für das sie seit drei Jahren arbeitete, angeliefert worden war.

Als sie das Bild zum ersten Mal in die Hand nahm, hatte sie ein seltsames Gefühl beschlichen, eine Mischung aus Faszination, Ärger und Unruhe. Das Bild berührte sie auch jetzt, ließ sich nur schwer aus den Gedanken verscheuchen, obwohl sie sich innerlich dagegen wehrte. Doch es musste warten. Dieser Abend gehörte ihr. Viel zu kopflos und verzweifelt hatte sie diese herrliche Stadt vor vier Jahren verlassen, jetzt wollte sie den Augenblick der Rückkehr ungestört genießen. Morgen würde sie sich in die Arbeit stürzen und versuchen, dem Rätsel des Gemäldes hier in Florenz auf die Spur zu kommen.

«Was darf es sein, Signora?» Ein Ober stand diensteifrig und leicht nach vorne gebeugt an ihrem Tisch und riss sie endgültig aus ihren Gedanken.

«Ein Glas Champagner!»

«*Sì,* Signora!» Ein kurzes beifälliges Nicken.

«Und ein Stück Schokoladenkuchen mit dunkler Glasur und ... Sahne bitte.»

«*Certo,* Signora!» Dieses Mal erfolgte das kurze Nicken schon in einer Drehung nach rechts. Der Kellner wandte sich zum Gehen, doch Susanna hielt ihn mit den Worten zurück: «Einen *caffè ristretto* und ein Glas Wasser.»

«Ah», jetzt lächelte der Kellner ein wenig dünn, «Signora sind nicht allein.» Er verbeugte sich noch eine Spur tiefer und verschwand schließlich eilig in Richtung Küche, bevor sie ihn noch einmal von der Arbeit abhielt. Die einzelne Kundin im Tearoom bei vollbesetzter Terrasse zu bedienen machte ihm sichtlich keinen Spaß, registrierte Susanna belustigt. Aber die Signora war sehr wohl allein, dachte sie zufrieden – und genau das wollte sie in diesem Moment mehr als alles andere sein. Ihr war nach Überschwang, nach Schokolade und nach Champagner zumute, nach Genuss ohne vorwurfsvollen Zeugen. Sie lehnte sich in dem bequemen Kaffeehausstuhl zurück und sah sich um.

Nichts hatte sich verändert seit dem letzten Mal, als sie zusammen mit Andreas hier gesessen und Cocktails getrunken hatte. Der einladende Tearoom des «Caffè Gilli» war für sich schon eine Reise wert: Die wunderbare Uhr aus dem Fin de Siècle, die im Rundbogen über der Tür zum großen Barraum thronte, die mehrarmigen Murano-Lüster, die goldgelben Damastdecken über den runden Tischchen, der blendend weiße Stuck an Decke und Wänden und die honigfarbene Holzvertäfelung, die bis in Augenhöhe reichte. Susanna hatte einen Blick für Architektur, für Antiquitäten, für Bilder. Kunst war ihr Beruf und ihre zweite Natur. Warum nur hatte sie so viel Zeit verstreichen lassen, um dies alles wiederzusehen und zu genießen? Die vor Jahren liebgewonnene und vertraute Umgebung, die ruhige Atmosphäre im Inneren des Cafés bildeten den denkbar stärksten Gegensatz zu den Touristen, die auf der Terrasse dicht an dicht saßen und das stete Promenieren der Florentiner auf der *piazza* neugierig beobachteten, und gaben ihr die Gewissheit, dass ihre Reise nach Florenz das Beste war, was sie in den letzten Jahren unternommen hatte.

Susanna nippte an ihrem Champagnerglas und schob sich dann ein Stück des Schokoladenkuchens mit Sahne in den Mund. Dieser Schokoladenkuchen des «Caffè Gilli» war ein wahrer Hochgenuss. Dunkler Biskuitteig in Schichten übereinandergelegt, dazwischen eine fast schwarze Schokocreme, die schon Ähnlichkeit mit einer Mousse au Chocolat aus Bitterschokolade hatte, war Verführung pur und zerging auf der Zunge. Selbst die wenig angenehme Erinnerung an das gemeinsame Frühstück mit Jochen am gestrigen Montagmorgen konnte diesem Schokoladentraum etwas anhaben. Ein weiterer Bissen des Kuchens verschwand zwischen

Susannas Lippen, und das Gesicht von Jochen, missbilligend und stirnrunzelnd ob so viel kalorienüppiger Unvernunft, das unvermittelt vor ihrem geistigen Auge erschien, machte ihr ungeheuren Spaß. Sie spürte selbst, wie sich ein Lächeln auf ihr Gesicht stahl.

Erst jetzt, abgeschieden und geborgen in der Anonymität des Tearooms, in der eleganten und altmodischen Umgebung des «Gilli», begriff sie, weshalb sie an diesem Morgen in München so befreit in den Flieger gestiegen und nach Florenz gereist war. Es ging nicht, wie sie sich einzureden versuchte, in allererster Linie darum, ihre Mission zu erfüllen, sondern sie wollte endlich ergründen, was ihr in ihrem Leben wirklich wichtig war. Denn der sogenannte Auftrag, den sie sich mehr oder weniger selbst verordnet und ihrem Chef förmlich abgerungen hatte, hatte den Stein lediglich ins Rollen gebracht. Handeln musste sie selbst, und das hatte sie endlich auch getan. Sie hatte sich eine Auszeit genommen. Und das Schönste dabei: Jochen hatte ihr fassungslos und – wie selten – sprachlos zugesehen, wie sie den Koffer packte.

Jochen war keiner, der gern verreiste. Jochen war Staatsanwalt. Er hatte keine Zeit für Extravaganzen. Er saß in unaufschiebbaren Verhandlungen und kämpfte sich durch riesige Aktenberge sowie kiloschwere Gesetzesbücher. An ihm hingen Schicksale, er entschied über Gedeih und Verderb. Susanna dagegen stöberte in verstaubten Büchern und zerschlissenen Stoffen, wuchtete ramponierte, alte Möbel und schätzte Ölschinken vergangener Epochen. Susanna handelte mit Kunst. Jochen verhandelte das Leben. Es war in seinen Augen einzig und allein ihre Schuld, wenn sie die Bedeutungshierarchie ihrer Beziehung nicht begriff.

Dabei hatte alles so normal angefangen. Nichts deutete

auf einen partnerschaftlichen Urknall hin. Jochen war so wie immer gewesen. Sie hörte und sah ihn jetzt überdeutlich vor sich, als sie ein weiteres Stück des köstlichen Schokoladenkuchens in den Mund schob.

Wie jeden Morgen beim Frühstück verschanzte er sich hinter seiner Süddeutschen Zeitung und schlürfte immer wieder höchst aufreizend an seinem heißen Cappuccino. Manchmal las sie die Seite mit, die er ihr hinhielt, aber in diesem Fall war es die mehrspaltige Börsentabelle, die sie nicht interessierte. Dagegen beobachtete sie gespannt, wie Jochen das Kunststück fertigbrachte, seine Cappuccinotasse neben sich auf die Untertasse zu stellen, ohne dabei den Blick vom Wirtschaftsteil zu nehmen oder etwas zu verschütten. Mehr Nahrhaftes gab es für ihn nicht frühmorgens gegen acht. Susanna hatte das ganze Wochenende durchgearbeitet, sich kaum Zeit für eine Mahlzeit gegönnt, damit der Katalog für die kommende Herbstauktion rechtzeitig fertig wurde. Sie hatte Hunger und machte sich zwei Käsebrote und eine Kanne Kaffee. Beidem sprach sie mit großer Hingabe zu. Da ertönte unvermittelt Jochens Stimme hinter der Zeitung.

«Ich bin übrigens morgen Abend verhindert. Anwalt Oberhauser will mir einen Vergleich anbieten. Ich kann dich also leider ausnahmsweise nicht zu deinen Eltern zum Essen begleiten. Du entschuldigst mich, Liebes?» Jochen machte sich sogar die Mühe, lugte hinter seiner Zeitung hervor und schenkte ihr ein strahlendes Lächeln. Bevor sie jedoch auf diese neuerliche Absage des elterlichen Abendessens reagieren konnte, war sein blonder Schopf schon wieder hinter dem Druckerzeugnis verschwunden. Da Jochen schlicht nicht bereit war, einen Sonntag mit ihren Eltern zu teilen, zu opfern, wie er sich ausdrückte, hatten sie sich auf einen Dienstagabend geeinigt. Da Susannas Eltern beide bereits in Rente waren, sollte es doch für die «alten Leutchen», Zitat Jochen, keinen Unterschied machen, wann man gemeinsam zu Abend aß. Doch dieses Ritual, dieses Zugeständnis an familiäre Gepflogenheiten, fiel mindestens dreimal im Monat ins Wasser, weil der Herr Staatsanwalt sich dann doch nicht freinehmen konnte, da wieder einmal ein wichtiger Termin seine Anwesenheit erforderte.

Susanna sah zum Fenster hinaus. Die Terrasse war nach wie vor voll besetzt. Weiße Kugellampen und flackernde Windlichter zauberten Abendidylle unter die Markisen. Die Tagestouristen waren inzwischen mehr und mehr durch Florentiner ersetzt worden, die ihre Cafés am Abend zurückeroberten. Es saßen hauptsächlich junge Pärchen dicht nebeneinander. Sie gestikulierten, lachten und küssten sich ungeniert. Freunde kamen dazu. Frauen wie Männer begrüßten sich, als hätten sie sich tagelang nicht gesehen. Susanna war sich sicher, dass die meisten vor einer Stunde noch in einem Büro oder einem Laden zusammen gearbeitet hatten. Umarmungen und Küsschen auf beide Wangen vervollständigten das Begrüßungsritual. Motorradhelme und Rucksäcke landeten höchst unsanft unter den Tischen. Ein junger Mann in Jeans und locker darübergeworfenem T-Shirt, mit Handy in der einen und Speisekarte in der anderen Hand, überlegte noch im Stehen, was er nehmen sollte. Dann hielt er einen vorbeieilenden Kellner am Ärmel fest, dass dieser Mühe hatte, sein vollgestelltes Tablett nicht fallen zu lassen, und gab ihm die Bestellung mit auf den Weg. Die mürrische Reaktion des Kellners wurde mit Gelächter quittiert. Susanna fragte sich, wann sie jemals mit Jochen so frei und ungezwungen ausgegangen war? Waren sie einfach schon zu alt für diese Art von Leben? Zu sehr mit dem Alltag beschäftigt, um am Frühstückstisch oder in einem Restaurant etwas Lustiges oder gar Liebevolles zueinander zu sagen? Sollte sie ernsthaft bereits im Alter von dreiunddreißig Jahren mit ihm alt sein? Und was war von einer Beziehung zu halten, die ein harmloses Käsebrot ins Schleudern brachte?

Sie wusste bis jetzt nicht, was Jochen schließlich veranlasst hatte, ein weiteres Mal hinter seiner Zeitung hervorzuschauen und argwöhnisch ihr Frühstück zu beäugen.

«Warum hast du dir nicht auch gleich noch Spiegelei mit Speck gemacht?», kam es spitz über seine Lippen. Sein Gesichtsausdruck war dabei ein einziger Vorwurf. Das konnte er. Das hatte er in seinem Beruf zur Perfektion gebracht. Anfangs fand sie seine Sorge um ihre schlanke Figur schmeichelhaft. Unterstellte sie doch, dass er sie reizvoll und deshalb erhaltenswert fand. Aber sie hatte noch nie Gewichtsprobleme gehabt. Deshalb ging ihr seine Art, ihre Mahlzeiten zu kontrollieren, langsam, aber sicher gegen den Strich. Doch Susanna zog es vor zu schweigen, sich nicht provozieren zu lassen. Sie saßen in der Küche und nicht im Gerichtssaal. Stattdessen biss sie in ihr Camembertbrot.

Jochen legte nun endgültig die Zeitung beiseite und stützte beide Unterarme auf der Tischplatte ab. Seine Stirn in Falten gelegt, sagte er wenig freundlich: «Was veranlasst dich, derart unvernünftig zu sein und fetten Käse und Butter in rauen Mengen in dich hineinzustopfen?» Sein Blick wurde noch etwas argwöhnischer, und dann fragte er völlig konsterniert: «Du bist doch nicht etwa schwanger?»

Angewidert und plötzlich den Tränen sehr nahe, warf Susanna ihr angebissenes Käsebrot auf den Teller, ging zur Anrichte, kippte den Kaffee in den Ausguss und die Brote in den Müll. Dann verließ sie leise die Küche. Sie ahnte schon lange, dass Jochen geradezu panische Angst davor hatte, sie könnte schwanger werden, sie könnte ihn sozusagen mit einem Kind festnageln, an seine Ehre als Mann appellieren und gleichzeitig seine aufstrebende Juristenkarriere ruinieren. Wie sehr sie sich nach einem Kind, nach einer Familie sehnte, konnte Jochen offensichtlich nicht nachvollziehen. Er war weit davon entfernt, irgendwelche Schritte in Richtung Familie zu unternehmen oder sich zu irgendwelchen Zugeständnissen hinreißen zu lassen.

Letztlich hatte Jochen es Beate, Susannas langjähriger Freundin, zu verdanken, dass er noch nicht stolzer Vater eines ungewollten Kindes war. Beate redete immer wieder auf die Freundin ein, sie möge doch nicht so einen kapitalen Fehler begehen und ausgerechnet einen Mann wie Jochen vor vollendete Tatsachen stellen. Dabei könnte sie doch nur kreuzunglücklich werden.

«Aber ich hätte wenigstens ein Kind», hatte Susanna immer am Ende ihrer Diskussionen eingeworfen. Beate pflegte sich an diesem Punkt ihres Gesprächs dann an die Stirn zu tippen. Sie selbst hatte zwei Kinder und konnte diese Sehnsucht nach den quengelnden, weinenden und ständig streitenden Quälgeistern nur schwer nachvollziehen. Wenn sie auch keines freiwillig hergegeben hätte, wie Susanna nur zu gut wusste.

Inzwischen hatte sie ihr Champagnerglas geleert, den Kuchen aufgegessen, den Espresso getrunken, eine mehr als fürstliche Rechung bezahlt und auch dem freundlichen Ober ein üppiges Trinkgeld auf den Tisch gelegt. Es war kurz nach zwanzig Uhr an diesem Dienstag, die Happy Hour im «Gilli» fast zu Ende, denn die Gäste, die an den inzwischen in Weiß eingedeckten Tischen auf der Terrasse saßen, bestellten bereits ihr Abendessen. Nach einer weiteren einsamen Mahlzeit stand Susanna nicht mehr der Sinn. Aber sie wollte an der Bar noch einen Cocktail trinken. Sich unter die Florentiner mischen, die dort erfahrungsgemäß Abend für Abend zusammenkamen, aufgestylt für ein bewegtes Nachtleben, das man bestens am Bartresen des «Caffè Gilli» beginnen konnte. Niemand würde sie ob ihres ausschweifenden Lebensstils zur Rechenschaft ziehen. Die Umgebung rund um diesen Tresen aus glänzendem, aufpoliertem Holz war der ideale Laufsteg, um zu sehen und gesehen zu werden. Die grauweiß melierte Granitplatte, die die geschwungene Form des Tresens als durchlaufendes Band unterstrich, war vollgestellt mit Tellern, Schalen und Schüsselchen, deren Inhalt aus einem Cocktail eine volle Mahlzeit machten: pikante Cremes, gegrillte Scampis, verschieden große eingelegte Oliven, geröstete Erdnüsse, Chips, Grissini und Blätterteigplätzchen, gefüllt mit rohem Schinken und Ricottacreme.

Susanna bezahlte einen Negroni an der *cassa* und stellte sich in dritter Reihe an der Bar an. Sie hatte Zeit. Nichts war so anregend, wie den Barkeepern beim Schütteln und Rühren zuzusehen. Und ihre Erwartungen, was die sogenannte feine Gesellschaft von Florenz abends am Körper und in den Haaren trug, wurden nicht enttäuscht: die Damen in durchsichtigen Chiffonblusen und hautengen Jeans, mit riesigen

Goldkreolen an den Ohrläppchen und dicken Ringen an mehreren Fingern, mit überdimensionalen dunkel- oder goldgefassten Sonnenbrillen, die an den Bügeln in Similisteinen die Embleme der Couturehäuser in den Raum strahlten und auf magische Weise in den gesträhnten Haaren hielten; die Herren in dunkelblauen Leinenanzügen und blau-weiß gestreiften Hemden, die sie am Kragen offen trugen, oder in dunklen Baumwollhosen und rosafarbenen Poloshirts, die die am Meer erlangte Sommerbräune im Lichterschein der Murano-Leuchter und in den Spiegeln hinter dem Tresen bestens zur Geltung brachten. Das Palaver war laut, das Gelächter nicht minder. Man kannte sich, man traf sich, und man beäugte sich jeden Abend aufs Neue, ob dem Modediktat der laufenden Saison auch Rechnung getragen wurde. Susanna, wie fast immer komplett in Schwarz gekleidet, konnte sich daneben sehen lassen. Sie gehörte hier zu den Vertretern des *stile molto classico*, zur Gruppe der ewig Schwarzen, die schon fast als Nonkonformisten verschrien, aber geduldet waren, weil man mit Schwarz einfach nichts falsch machen konnte.

Der Negroni schmeckte herrlich bitter nach der süßen Schokolade und war prickelnd kalt. Auf einem kleinen Porzellanteller hatte sich Susanna eine Auswahl der Snacks angerichtet und beschloss, dass das nun ihr Abendessen sein würde. Hunger hatte sie nach ihrer üppigen Kuchenvöllerei ohnehin keinen mehr. Sie beobachtete das Treiben um sich herum und dachte dabei unweigerlich an Andreas, mit dem sie hier viele Stunden während ihrer Studienzeit verbracht hatte.

Der bayerische Staat hatte ihr für außerordentliche Leistungen ein Stipendium bewilligt und sie mit einer Forschungsarbeit an die Stadt am Arno geschickt. Auch damals schon hatte ein Auftrag Schicksal gespielt. Ein Jahr lang konnte sie in Florenz bleiben und sich mit einem weniger bekannten und erforschten Zeichenkarton von Leonardo da Vinci beschäftigen. Mit den neuen Forschungsergebnissen wollte sie später ihre Promotionsarbeit in München fertigstellen. Andreas von Weisenfels, ein ausgewiesener Kenner der italienischen Renaissancemalerei, hatte sich in München habilitiert und einen Lehrstuhl an der Universität von Florenz angeboten bekommen. Zehn Jahre schon lehrte er in Italien, als Susanna bei ihm im Institut erschien. Er war ihr als Bester seines Fachs empfohlen worden, und sie hatte Glück: Er akzeptierte sie als Praktikantin an seinem Institut und unterstützte sie bei ihren Leonardo-Forschungen.

Als sie ihm zum ersten Mal begegnete, um sich vorzustellen, war er in seinem Büro umringt gewesen von einer Reihe junger Studentinnen, die er ganz offensichtlich mit einer Anekdote bestens unterhielt. Schallendes Gelächter empfing sie, als sie den Kopf zur Tür hereinsteckte, weil niemand auf ihr Klopfen reagiert hatte.

Der charismatische *professore* mit den langen dunkelbraunen Haaren, den blauen Augen und den immer leicht derangierten Klamotten, der hinter seiner hohen Stirn einen scharfen analytischen Verstand verbarg und ein Lächeln hatte, das sich nicht nur bei Susanna verheerend auf den Seelenfrieden auswirkte, wurde von seinen Studentinnen umschwärmt. Sein offen zur Schau gestellter Charme machte Susanna jedoch argwöhnisch und ließ sie anfangs an seiner Glaubwürdigkeit zweifeln. Irgendwie passten seine lockeren Umgangsformen nicht mit ihrem Weltbild eines ernstzunehmenden Wissenschaftlers zusammen. Kritisch beobachtete sie ihn, verfolgte sie seine Vorlesungen und Seminare, konnte es aber dann doch nicht verhindern, dass sie anfing wie die anderen auch, sein schier unerschöpfliches Wissen zu bewundern. Sie merkte, wie sein Charme auch bei ihr auf fruchtbaren Boden fiel, wie seine Nähe sie irritierte. Und sie machte den vergeblichen Versuch, sich hinter ihrer Arbeit und einem betont sachlichen Auftreten zu verstecken, stets darauf bedacht, ihr eigentliches Ziel, ihre Promotionsarbeit, zu verfolgen. Die weiblichen Studenten, allen voran die herausgeputzten Italienerinnen, die weniger mit guten Prüfungen als mit gewagten Modekreationen glänzten, gingen ihr auf die Nerven. Sie hatte kein Interesse daran, ihn mit einem figurbetonten Top zu begeistern, was sie wollte, war die Anerkennung ihrer Arbeit.

Ihre Zurückhaltung musste ihn schließlich gereizt und herausgefordert haben, denn sein Werben um sie wurde deutlicher, substanzieller und weniger wortreich. Er lud sie zum Abendessen und zu Konzerten ein, aber erst als er sie dazu aufforderte, mit ihm zusammen eine Sonderausstellung in den Uffizien vorzubereiten, kam er ihr auch persönlich näher. Leonardo war das Thema, um das sich alles drehte. Es sollte eine große Ausstellung werden, die einige Jahre der Konzeption und Planung bedurfte. Als sie schließlich nach einer langen durchgearbeiteten Nacht hier im «Caffè Gilli» den ersten gemeinsamen Cocktail tranken, wurde Susanna das Opfer ihrer eigenen Müdigkeit, des reichlich genossenen Alkohols und des weichen und plötzlich sehr anlehnungsbedürftigen Professore. Die Nacht endete am frühen Morgen in seiner Wohnung in einem der alten Häuser im Viertel von Santa Croce. Nach dieser gemeinsamen Nacht fand sie kein Mittel mehr gegen ihn. Die Arbeit half ihr zwar, nicht völlig kopflos zu werden, aber ihr sonst so gut funktionierender Verstand spielte ihr mehr und mehr Streiche. Sie merkte, wie sie vor sich selbst nach Entschuldigungen suchte, um ihre zunehmende Abhängigkeit von Andreas zu kaschieren. Und er schien ihre Verliebtheit zu genießen. Dabei wusste sie nie genau, wie weit es ihm selbst ernst war und wo das Spiel mit ihren Gefühlen anfing. Er hielt sie in einer Art Schwebezustand, der sie elektrisierte und gleichzeitig verzweifeln ließ. Im Austeilen von Küsschen und verbalen Nettigkeiten an seine Studentinnen war er niemals geizig. Einmal konnte Susanna nicht mehr an sich halten und fragte: «Warum machst du das?»

«Was mache ich denn?», fragte er in aller Unschuld zurück.

«Warum machst du einer Studentin Komplimente, die dich lediglich gefragt hat, ob sie zu deiner nächsten Sprechstunde kommen kann?»

«Sei nicht langweilig», hatte er ihr halb amüsiert, halb ärgerlich vorgeworfen. «Was habe ich denn bitte gesagt oder getan, das du mir vorhalten könntest?»

Er wollte sie nicht verstehen! Oder war er wirklich so begriffsstutzig? Merkte er denn nicht, wie verletzend er sich verhielt? Susanna hätte sich in diesem Moment am liebsten die Zunge abgebissen. Wie hatte sie nur so dumm sein und in seine Falle tapsen können wie ein junges Kaninchen? Wenn sie jetzt wiederholte, was er tatsächlich gesagt hatte, nämlich dass er sich freute, die Studentin zu sehen, und schon sehr neugierig auf die Fortschritte ihrer Arbeit war, machte sie sich in seinen Augen vollends lächerlich. Deshalb schwieg sie lieber. Sie packte ihre Sachen zusammen, um sein Büro zu verlassen, in dem sie sich zu einer kurzen

Besprechung getroffen hatten. Aber Andreas umarmte sie von hinten, hielt sie fest und drückte ihr einen Kuss auf den Hals. Danach flüsterte er ihr ins Ohr: «Ich mag es, wenn du eifersüchtig bist.»

Sie konnte es nicht verhindern, dass ihr eine Gänsehaut über Gesicht und Hals lief. Er hatte sie in der Hand, und das machte sie manchmal unglaublich wütend auf ihn und auf sich selbst. Er brauchte nur im Institut aufzutauchen, und sie merkte, wie ihr Körper auf ihn reagierte, wie eine heiße Welle sie durchflutete, wie ihr Herzschlag schneller wurde. Der Verstand riet ihr, auf Abstand zu gehen. Andreas war kein Mann für eine dauerhafte Partnerschaft. Das ahnte sie, noch bevor er es ihr selbst sagte. Dennoch war sie gegen ihre Gefühle machtlos, ließ sich treiben, wollte alles mitnehmen, was sie kriegen konnte.

Susanna trank den Rest ihres Negroni aus. Seine Bitterkeit entsprach plötzlich auf unangenehme Weise genau ihren Erinnerungen an damals. Das Thema Andreas war nicht beendet. Sie spürte nach wie vor Wut, Ärger und Enttäuschung darüber, wie es zu Ende gegangen war, obwohl vier Jahre dazwischenlagen. Sie hatte ihre Affäre, wie Andreas ihre Beziehung zum Schluss abwertend und vielleicht auch aus Selbstschutz genannt hatte, weder verdaut noch verarbeitet, sondern nur verdrängt. Nie hatte sie sich das so deutlich eingestanden wie in diesem Moment. So sehr hatte sie darauf vertraut, die ruhige, manchmal fast langweilige, aber auch ungefährliche Beziehung zu Jochen könnte ihr helfen, die Vergangenheit zu vergessen. Seit gestern wusste sie, dass sich diese Hoffnung nicht erfüllen würde. Kaum zurück in Florenz, holten sie die verbannten Träume wieder ein, kam die Verzweiflung hoch, die sie besiegt zu haben glaubte. Vielleicht half ihr die direkte Konfrontation mit der Vergangenheit am besten, diese Gespenster endlich loszuwerden. Dabei legte sie keinen Wert darauf, Andreas zu treffen oder zu sprechen. Was sollte das nach all den Jahren bringen? Er hatte sich mit Sicherheit nicht verändert. Und sie wollte mit Sicherheit nicht zu ihm zurück. Doch sie hatte es ihm bis jetzt nicht verziehen, dass sie es zugelassen hatte, von ihm verletzt und gedemütigt zu werden. Aber sie hoffte, dass die großartige Stadt, vor allem aber auch ihre Freundin, Elisabetta Sabrini, helfen konnten, ihre diffusen Gefühle, die sie nach wie vor für Andreas empfand, zu klären. Sie wollte weder Groll noch Wut empfinden, da jene Zeit trotz allem zu den glücklichsten gehörte, die sie bis jetzt erlebt hatte.

Susanna trat vor das «Caffè Gilli», ging über die große Piazza, deren Gebäude ringsherum mit weichem Licht aus großen Strahlern beleuchtet waren. Blitzlichter aus Fotoapparaten versuchten, die Stimmung und die großartigen Bauten als Erinnerung für zu Hause festzuhalten. Sie verließ den Platz durch das riesige, mehrfach überbaute Tor und machte sich auf den Weg zu ihrem Hotel. Inzwischen fühlte sie sich müde, spürte die Anstrengungen der Reise und die Aufregungen, die sie wieder in die Stadt am Arno geführt hatten, auch körperlich. Der Alkohol hatte sie in eine melancholische Stimmung versetzt, die sie nun wirklich nicht gebrauchen konnte. Sie musste schnellstens unter die Dusche und dann ins Bett, damit sie morgen ihre eigentliche Aufgabe in Angriff nehmen konnte.

Die Uhr des Campanile zeigte zehn Minuten nach neun, als sie die Piazza Santa Maria Novella erreichte. Sie liebte die Kirche, die denselben Namen trug. Aber der Anblick, der sich ihr jetzt bot, war traurig. Hinter einem hohen Gerüst mit einem riesigen Baumwolltuch verhüllt, zeigte Santa Maria Novella nichts von ihrer sonst so berühmten weißgrünen Marmorfassade. Der ganze Platz war durch die Bauarbeiten an der Kirche beeinträchtigt. Sonst schon nicht unbedingt von besonderem Reiz mit seiner lieblosen Rasenfläche in der Mitte, lag alles voller Abfälle. Grauer Baustaub überzog Autos, Straßen und Gehsteige. Rund um die Piazza pulsierte unverdrossen das Leben von Florenz. Dies war die Kehrseite der berühmten Stadt. Nicht alle Viertel waren vorzeigbar. In manchen wurde einfach gelebt, war die Stadt kein Museum, sondern präsentierte ihre Schattenseiten. Baustellen in Florenz hatten eine lange Haltbarkeit. Geld versickerte hier, wie anderswo auch, in unbekannten Kanälen und tauchte nur sehr verspätet, wenn überhaupt, wieder auf. Santa Maria Novellas Fassade war jedenfalls für die nächsten Jahre kein Touristenmagnet.

Sie ging weiter, erreichte wenige Minuten später die Via della Scala und betrat ihr Hotel. Mit dem Lift fuhr sie in den dritten Stock und betrat ihr Zimmer. Susanna machte Licht und warf sich erleichtert und müde auf das Bett. Das Zimmer war hübsch und zweckmäßig eingerichtet: ein Messingbett mit einem seidigen Überwurf in Gold- und Brombeertönen, ein dunkelbrauner Holzschrank mit passender Schubladenkommode, ein kleiner Schreibtisch mit Stuhl, darüber ein ovaler Spiegel und daneben eine Stehlampe mit einem beigefarbenen Seidenschirm – kein Stück zu viel. Der wunderbarste Farbtupfer dieser Hotelidylle allerdings hing auf einem Bügel an der Frontseite des Kleiderschranks. Kein Innendekorateur hatte hier seine Finger im Spiel, sondern es war die neueste Errungenschaft Susannas: ein sündhaft teures, wunderschönes und für ihre Verhältnisse gewagtes Abendkleid aus Seide in einem intensiven Smaragdgrün. Sie stand vom Bett auf, nahm das Kleid vom Schrank, trat vor den Spiegel und hielt es sich unters Kinn. Sie blickte in ein blasses, von der Reise angestrengt wirkendes Gesicht, das von kinnlangen, tizianroten Haaren gerahmt war, die Susanna in der Mitte gescheitelt trug. Das Grün des Kleides und der dunkelbraune Ton ihrer Augen waren wie für einander geschaffen.

Als Jochen sie am gestrigen Abend zu Hause antraf und Susanna dabei beobachtete, wie sie gerade eine riesengroße Tüte einer Nobelboutique aus der Maximilianstraße auf den Boden stellte, war er mitten in der kleinen Diele explodiert.

«Was hast du da gekauft?», fragte er. Keine Begrüßung kam über seine Lippen, kein Kuss erreichte ihre Wangen. Ohne lange zu fragen, wollte er die Tüte an sich nehmen. Aber Susanna hielt sie fest.

«Ich möchte sofort wissen, was du in der teuersten Straße der Stadt eingekauft hast! Musst du jetzt für den Altwarenladen deines Chefs schon Designerklamotten kaufen, damit du den Krempel an den Mann bringst?»

Susannas rechte Handfläche fing zu kribbeln an. Am liebsten hätte sie Jochen für diese unverschämte Bemerkung eine Ohrfeige verpasst. Was in Gottes Namen hatte sie nur bisher an diesem Mann so begehrenswert gefunden? Wo hatte sie nur ihre Augen gehabt? Aber es wurde immer deutlicher: Jochen mochte zwar ein selbstbewusster und manchmal sogar mäßig witziger und charmanter Jurist sein, aber im täglichen Leben war er unbeholfen, lebensuntüchtig. Er brauchte eine Frau um sich, die ihm die Wohnung richtete, sich um seine Wäsche und Anzüge kümmerte, putzte und einkaufen ging. Dazu war sie bislang auch bereit gewesen. Allerdings hatte sie immer noch gehofft, er würde ihr als Gegenleistung einen Ehering an den Finger stecken und sie würden ein Kind bekommen. Aber seine letzte Bemerkung am Frühstückstisch hatte sie endgültig aufwachen lassen. Jochen forderte jegliche Bequemlichkeit, ließ sich nach Strich und Faden bedienen und verwöhnen, aber er erbrachte keine Gegenleistung, und er würde keine Verantwortung für sie, geschweige denn für ein gemeinsames Kind übernehmen, das begriff sie in diesem Augenblick. Dass er ihr jetzt offenbar auch noch übelnahm, was sie sich mit ihrem selbstverdienten Geld kaufte, war an diesem Tag entschieden zu viel. Sie sah plötzlich glasklar, was aus ihr nach zehn oder fünfzehn Jahren Beziehung mit Jochen werden würde. Sie würde die Bedienung spielen, die Haushälterin für den erfolgreichen Juristen, die nach Möglichkeit auch den sogenannten täglichen Kleinkram, wie Jochen das nannte, finanzierte.

Allerdings fehlte ihr nach der Auseinandersetzung mit Heribert Wagner am Vormittag dieses Montags die Energie, auch noch mit Jochen eine Grundsatzdiskussion über ihre nicht vorhandene Zweierbeziehung zu führen. Sie drehte sich daher auf dem Absatz um und trug ihre riesige Tüte in das gemeinsame Schlafzimmer. Dort öffnete sie ihre Seite des Kleiderschranks, zog den Hartschalenkoffer, den sie am Boden aufbewahrte, heraus, schob die Tüte an seiner Stelle hinein und verschloss nachdrücklich ihre Schrankhälfte mit dem Schlüssel. Jochen machte einen entschiedenen Schritt auf den Schrank zu, aber Susannas Arm schoss nach vorne. Unnachgiebig drückte sie ihm ihre Hand auf die Brust.

«Lass das», sagte sie und maß ihn mit einem Blick, der ihn endlich überrascht zurückweichen ließ.

«Was soll das werden? Was hast du vor?»

«Ich verreise!»

«Ich kann jetzt aber nicht verreisen. Ich habe zwei wichtige Verhandlungen in dieser Woche.»

«Du brauchst auch nicht zu verreisen. Ich fahre allein! Mir liegt es völlig fern, mit meiner Genusssucht deinem beruflichen Eifer im Wege zu stehen.»

Jochen machte den Mund auf und klappte ihn wieder zu. Er war zum ersten Mal in ihrer Beziehung sprach- und fassungslos. Er sah so verdattert aus, dass es schon wieder komisch war. Susanna kniff die Lippen zusammen, um nicht loszulachen, und begann aus ihrer Kommode Unterwäsche für fünf Tage zusammenzustellen. Stück um Stück wanderte in den Koffer, und Jochen stand daneben, die Hände in den Hosentaschen vergraben, und beobachtete ungläubig und mit zunehmend finsterer Miene Susannas Treiben. Als sie schwarze Miederhöschen und teure Seidenstrümpfe vorsichtig hineinlegte, fragte er: «Dir ist das ernst?»

«Todernst!»

«Gut möglich, dass du das noch bereust!» Dann verließ er das Schlafzimmer, nicht ohne zu vergessen, die Tür kräftig hinter sich zuzuschlagen.

Susanna hängte das Abendkleid wieder an die Schranktür zurück, damit es sich noch etwas aushängen konnte nach der Reise, und griff nach ihrer Handtasche, die sie auf dem Schreibtisch abgestellt hatte. Sie holte ein schmales, rauchgraues Kuvert heraus und entnahm ihm eine gedruckte Karte. Es war eine persönliche Einladung zu einer «Gem

Show» der Goldschmiede und Juweliere im Palazzo Pitti. Morgen, Mittwoch, um 21.00 Uhr, erwartete man die verehrten Gäste in Abendkleidung zu einer Präsentation von Mode und Schmuck mit anschließendem Flying Buffet. Elisabettas Mann, Carlo Sabrini, aufstrebender Kommunalpolitiker der Stadt Florenz und deren Kulturreferent und Eventmanager, wie sich Elisabetta am Telefon lachend geäußert hatte, stellte für spezielle Veranstaltungen die exklusiven Räumlichkeiten der Stadt gegen horrende Mietpreise zur Verfügung. Er wusste, wie man die stets klamme Stadtkasse etwas aufbessern konnte. Es war nicht die erste Einladung, die Susanna auf diesem Weg erhalten hatte, aber noch nie hatte sie auch nur einen Gedanken daran verschwendet, sie könnte einmal eine davon wahrnehmen. Sie hatte sich die exotischen oder völlig abgehobenen Events gerne vorgestellt, aber dann die Einladungskarten regelmäßig in den Papierkorb geworfen. Dieses Mal konnte und wollte sie dabei sein.

Elisabetta hatte einen Freudenschrei am Telefon ausgestoßen, als sie sie heute Mittag noch vom Flughafen in München aus angerufen hatte. Die Freundin hatte nicht im Traum daran gedacht, dass ihre Bemühungen, Susanna endlich wieder einmal nach Florenz zu locken, Erfolg haben würden. Sie würden viel Spaß haben, das war sicher. Elisabetta war eine lebenslustige, kleine, drahtige Person, die mit ihrem Temperament und ihrer Lebensfreude einfach ansteckend wirkte.

Susanna sah sich um. Ihr Koffer stand unausgepackt noch in einer Ecke des Hotelzimmers und wartete darauf, dass sie sich seiner erbarmte. Eigentlich hatte sie keine Lust mehr dazu, alle Teile im Schrank zu verstauen. Aber wenn sie morgen früh in die Bibliothek wollte, um mit ihren Recherchen zu beginnen, würde sie auch keine Zeit dafür haben. Sie kannte sich, sie kam morgens schlecht aus den Federn. Also wuchtete sie den Hartschalenkoffer auf ihr Bett und öffnete den Deckel.

Obenauf lagen Pullover für die kalten Abende. Wenn sie an die Hitze dachte, die nach wie vor in den abendlichen Gassen stand, konnte sie über ihren deutschen Wetterpessimismus nur lachen. Sie hängte ihren schwarzen Hosenanzug, die Allerweltsgarderobe für alle Lebenslagen, auf den mitgebrachten Bügel und legte ihr Nachthemd über das Kopfkissen. Dann folgte eine Lage weißen Seidenpapiers, das die gesamte Kofferfläche abdeckte. Darunter kamen völlig ungewohnt und selten deplatziert für Susanna zwei dicke Wochenendausgaben der Süddeutschen Zeitung, die sie Jochen eigenmächtig entwendet hatte. Sie war ihm jetzt noch dankbar, dass er irgendwann das Schlafzimmer geräumt hatte, um nicht Zeuge ihrer Reisevorbereitungen zu werden. Eine Reise, die er überflüssig und in höchstem Maße lästig fand, weil sie seine tägliche Routine empfindlich störte.

Die dicken Zeitungen sollten ihr helfen, den Zoll am Flughafen bei ihrer Ankunft in Florenz zu überlisten. Dabei hatte sie wenig Hoffnung gehabt, dass ihr das Täuschungsmanöver gelänge. Aber niemand hatte sich bei der Einreise für ihren Kofferinhalt interessiert. Susanna hob die Zeitungen an und legte sie auf den Schreibtisch. Darunter kam ein dunkelbrauner Karton zum Vorschein. Sie starrte darauf und strich behutsam mit den Fingern darüber.

Dann hob sie vorsichtig den Karton hoch und blickte in zwei starre, weitaufgerissene, blaue Augen, die wie aus Glas zu sein schienen und die zu einem Jünglingskopf mit flachsgelben Locken gehörten. Sein Blick, der in eine unbekannte Ferne schaute, vermittelte den Eindruck von Trauer und Schmerz. Susanna unterdrückte den Wunsch, ihm über die Augen zu streichen, sie ihm wie bei einem Toten zu schließen. Der Ausdruck des Porträts hatte etwas Beklemmendes und unsäglich Trauriges an sich. Sie fühlte, wie eine leise Angst sie ergriff, eine leichte Gänsehaut über ihre Unterarme lief. Dieses Bild hatte alles ins Rollen gebracht, hatte sie ein Wochenende lang grübeln lassen. Während sie fieberhaft an dem Auktionskatalog arbeitete, hatte sie hin und her überlegt und schließlich den Mut aufgebracht, sich sowohl mit ihrem Freund als auch mit ihrem Chef anzulegen. Und je länger sie das Bildwerk betrachtete, desto sicherer war sie sich, dass sie mehr über dieses Jünglingsporträt wissen musste, wenn sie wieder zur Ruhe kommen wollte.

II.

La Biblioteca

Um halb neun Uhr am nächsten Morgen verließ Susanna nach einem kurzen Frühstück an der Bar das Hotel. Sie wollte möglichst früh die *biblioteca* erreichen, die in den Gebäuden der Uffizien untergebracht war, um mit ihren Recherchen zu beginnen. Das Jünglingsporträt und Wagners Auftrag duldeten keinen weiteren Aufschub. Und sosehr sich Susanna freute, in Florenz zu sein, so sehr fühlte sie sich Wagner verpflichtet. Seine Autorität, die er am Montagmorgen mit aller Deutlichkeit in seinem Büro ausgespielt hatte, blieb wie üblich nicht ohne Wirkung auf sie. Der ehemalige Trödelhändler, der sich mit Wohnungsauflösungen und Flohmärkten nach seinem Studium der Betriebswirtschaft in den siebziger Jahren seine ersten Brötchen verdient hatte, war inzwischen als Autodidakt in Sachen Kunst und Antiquitäten zu Geld gekommen. Selbst auf dem heißumkämpften Kunstmarkt Münchens hatte er sich mit seinem Auktionshaus einen guten Ruf erworben, und er war alles andere als zimperlich, wenn es ums Geschäft ging. Nur so waren seine beneidenswerten Gewinne zu erklären. Nicht immer war Susanna mit seinen Geschäftspraktiken einverstanden. Nicht immer ließ sich Wagner von ihr überzeugen, dass er einfach nicht alles verkaufen konnte, nur weil es den Weg in sein Auktionshaus gefunden hatte. Während sie die Via della Scala entlangging, hatte sie keinen Blick für die Auslagen der kleinen Geschäfte, weil ihr Kopf voll war mit den Ereignissen der vergangenen Tage. Die Art und Weise, wie das Jünglingsporträt nach München gelangt und schließlich in der Lagerhalle Wagners gelandet war, entsprach überhaupt nicht dem üblichen Weg, auf dem Kunstwerke normalerweise in ein Auktionshaus gelangten.

Als sie am Freitagnachmittag mit einer Tasse Kaffee am Fenster ihres Büros stand, das sie sich mit ihrer Freundin und Kollegin Beate teilte, und auf den Innenhof des Auktionshauses hinunterschaute, dachte sie an nichts Böses. Lediglich eine kurze Verschnaufpause wollte sie sich gönnen, und dabei beobachtete sie, wie eine schwarze Limousine langsam vor die Laderampe fuhr. Ein dunkelhaariger und dunkelgekleideter Mann mittlerer Statur stieg aus und öffnete den Kofferraumdeckel. Mit nur mäßigem Interesse verfolgte Susanna, wie Hausmeister Gruber ohne Eile, wie es seine Art war, mit einer Sackkarre hinzukam und gemeinsam mit dem Fremden eine flache, aber breite Holzkiste aus dem Kofferraum wuchtete und auf die Karre auflud. Dabei wurde nicht viel gesprochen. So viel bekam Susanna mit, denn der ganze Ausladevorgang dauerte nur wenige Minuten. Dann fuhr die Limousine, ein schwarzer Alfa, langsam wieder aus dem Innenhof und hinaus auf die Straße. Susannas letzter Blick galt dem Nummernschild des Wagens, der demnach aus Italien stammte. Eine Entdeckung, die sie dann doch etwas verwunderte. Angeliefert und abgeholt wurde täglich etwas.

Aber aus dem Ausland trafen die Lieferungen entweder per Bahn oder per Lkw-Fracht im Auktionshaus ein. Eine Privatlieferung mit dem eigenen Auto machten nur wenige Kunden. Aber danach sah es ganz offensichtlich aus.

«Komm, Bea», sagte Susanna und stellte ihre Kaffeetasse auf dem Schreibtisch ab, «ich möchte doch wissen, was da gerade angeliefert wurde.»

Nur widerwillig ließ sich Beate stören.

«Du und deine Neugier! Bedeutet doch nur Arbeit, egal, was da geliefert wurde. Wir haben mit dem, was hier auf den Tischen herumliegt, genug zu tun.»

«Komm schon!» Susanna ließ nicht locker. Für sie hatten die täglichen Lieferungen, selbst nach drei Jahren Arbeit bei Wagner, nichts von ihrem Reiz eingebüßt. Sie fand es immer wieder spannend, welche Schätze sich in den Kisten und Kartons verbargen.

Gemeinsam gingen sie zu Gruber in den Lagerraum und kamen gerade noch rechtzeitig, um zu sehen, wie der Hausmeister aus der Kiste zwei Bilder heraushob. Es handelte sich einmal um ein wunderschönes Altarblatt der italienischen Gotik. Das erkannte Susanna sofort. Das kleine, goldgrundige Kunstwerk war eine echte Rarität und unglaublich wertvoll. Das andere Bild zeigte einen Jünglingskopf, den Susanna bei genauerem Hinsehen für eine Fälschung hielt. Der Maler versuchte sich darin, zugegebenermaßen sehr gekonnt, ein Renaissancebild zu kopieren. Dennoch wirkten die Farben zu frisch, die Oberfläche zu glatt für ein Bild dieser Zeit. Die Kombination aus hochklassiger und wertloser Ware in ein und derselben Lieferung fand Susanna äußerst seltsam. Noch alarmierter war sie dann, als sie feststellen musste, dass außer einem Geschäftsbrief in englischer Sprache keine weiteren Papiere die Kunstwerke begleiteten. Keine Fracht- oder Zollpapiere, keine Expertisen und keine Eigentümernachweise, wie sie bei Kunstgegenständen, die die italienische Grenze passierten, obligatorisch waren. Eigens abgestellte Gutachter und Kuratoren von Museen mussten hinzugezogen werden, wenn eine Galerie, ein Museum oder ein Privatsammler Kunstgegenstände ins Ausland veräußern wollte. Straffreier Export war nur mit eindeutigem Herkunftsnachweis möglich. Natürlich fanden sich immer Mittel und Wege, die gesetzlichen Bestimmungen zu unterlaufen. Doch fehlten die Papiere, war für den Händler besondere Vorsicht geboten. Nach all den Erfahrungen, die Susanna mit dieser Art von Sendungen über die Jahre gesammelt hatte, handelte es sich dabei um Schmuggelware, im schlimmsten Fall sogar um Diebesgut. In dem beiliegenden Brief bat die Einsenderin Cosima Bettone, wohnhaft in Florenz, lediglich darum, die Kunstwerke zum nächstmöglichen Termin zu versteigern. Nicht einmal Mindestgebote hatte sie abgegeben. Hinweise auf die Künstler, denen die Bilder zuzurechnen waren, fehlten ebenfalls. Befremdet sahen sich Susanna und Beate an.

«Na, toll!», konnte sich Beate dann nicht verkneifen. «Wusste ich's doch. Arbeit ... und dann auch noch von der ganz feinen Art. Ich habe nichts gesehen. Vor Montag brauchst du mir damit gar nicht erst zu kommen.» Mit dieser wenig hilfreichen Bemerkung hatte sie die Lagerhalle verlassen. Susanna kannte Beate gut genug, um zu wissen, dass das heikle Gespräch über die dubiose Ware mit Wagner an ihr hängenbleiben würde. Und sie sollte recht behalten.

Susanna stand an einer Ampel gegenüber dem Palazzo Strozzi in der Via Tornabuoni. Die Rustica-Fassade des

Palazzo wurde an seiner linken Flanke vom hellen Licht der Morgensonne angestrahlt. Sie schaute zum blauen, wolkenlosen Himmel hinauf. Es versprach ein weiterer sehr warmer Septembertag zu werden. Susanna fühlte sich plötzlich unerwartet glücklich. Es genügte, einfach dazustehen, angekommen zu sein, um in ihr ein Gefühl der Freude aufsteigen zu lassen. Der Spritzenwagen der Stadt fuhr langsam an ihr vorbei. Er hinterließ dunkle feuchte Flecken auf dem Asphalt. Es roch nach nassem Staub, nach Moder, der aus uralten Hauseingängen strömte und nach *ribollita*, der unvermeidlichen toskanischen Suppe, die, mehrmals aufgewärmt, täglich dicker wurde und zu den Standardgerichten Florentiner Familien und Gasthäuser gehörte. Es roch so typisch nach Florenz, dass Susanna tief einatmete und dieses Duftgemisch richtiggehend in sich aufsog.

Einen Moment zögerte sie, dann gab sie ihrem Impuls nach. Ein kleiner Abstecher konnte doch nicht schaden! Ihr Besuch in der Bibliothek würde nicht lange dauern. Sie war sicher, die Beweise für die Fälschung rasch zu finden. Sie hatte ganz bestimmt Zeit, einen Blick in die Geschäfte der Via Tornabuoni zu werfen. Erfolgreich beruhigte sie ihr Gewissen. Gleich nach der Bibliothek würde sie ins Hotel zurückgehen, das Porträt holen und Cosima Bettone aufsuchen. Vermutlich stellte sich dabei heraus, dass die ganze Aufregung auf einer Reihe von Missverständnissen beruhte. An einen echten Schwindel oder gar Betrug vonseiten der Signora mochte sie nicht so recht glauben. Vielleicht auch einfach deshalb, weil die Aussicht auf unbeschwerte Tage in Florenz, und das ganz auf Kosten von Heribert Wagner, unwiderstehlich war. Heute Abend schon würde sie ihre Freundin Elisabetta treffen, und dann könnten sie ausgiebig in alten Erinnerungen schwelgen, über ehemalige Kommilitonen herziehen, und vielleicht würde Elisabetta auch die eine oder andere Neuigkeit über Andreas ausplaudern.

Die Via Tornabuoni hatte von jeher eine seltsame Faszination auf sie ausgeübt. Die Läden der weltberühmten Einkaufsstraße, die Nobelmarken Armani, Gucci, Valentino und Dolce & Gabbana, reihten sich wie Perlen auf einer Schnur aneinander. An den Auslagen einfach nur vorbeizugehen, obwohl überall noch die schützenden Eisengitter heruntergezogen waren, brachte Susanna nicht fertig. Einmal ohne Jochen Mode zu bewundern, ohne seine Kommentare wie: «Du kaufst ja doch nichts» oder «wir müssen weiter, was gibt es denn da so Interessantes zu sehen», oder noch besser «das ist doch alles maßlos überteuert», war einfach zu verführerisch.

Als Studentin hatte sie der ungeniert ausgestellte, dekadente Luxus belustigt, hatte sie vor allem an den Nachmittagen und am frühen Abend Frauen jeglichen Alters dabei beobachtet, mit welcher Selbstverständlichkeit sie sich in diesen Läden bewegten, Sonnenbrillen probierten, Handtaschen an Seidenröcke hielten, ob die Farbe auch passte, und Verkäuferinnen mit nicht enden wollendem Anprobieren nervten. Aber sie hatte niemals ernsthaft das Verlangen verspürt, es ihnen nachzumachen und sich eines dieser teuren Teile zu leisten. Nicht, dass es etwa im Bereich ihrer finanziellen Mittel gelegen hätte! So freigebig war der bayerische Staat nun wieder nicht. Allerdings war ihr auch bewusst, dass sie so nie wirklich dazugehörte. Nur zu gut kannte sie die prüfenden Blicke völlig unbekannter Passanten, die sie ungeniert musterten, ob sie nicht wenigstens eine der bekannten Marken sichtbar am Körper trug. Man wurde taxiert, eingestuft und ganz schnell einer bestimmten Schicht zugeschlagen. Als deutsche Studentin, selbst mit gutem Geschmack und apartem Aussehen, konnte man nur mittelmäßig bis schlecht abschneiden. Außer man war blond, langbeinig und blauäugig. Mit all dem konnte Susanna nicht dienen. Sie hatte es als eine gewisse florentinische Arroganz hingenommen und sich gleichzeitig im Stillen darüber amüsiert. Sie brauchte schließlich nicht hier zu leben.

Susanna wusste natürlich, dass es nicht in allen Florentiner Haushalten wie bei Grafen und Fürsten zuging. Auch sie blieb ihrer Herkunft und Erziehung treu. Ihr Vater war Architekt gewesen und hatte im Baureferat der Stadt München gearbeitet. Er verdiente nicht schlecht, aber trotzdem lebten sie bescheiden. So hatte sie natürlich nicht von Kindesbeinen an gelernt, wie wichtig *bella figura* war! Wie entscheidend das Aussehen bei der täglichen *passeggiata* um fünf Uhr nachmittags durch die Gassen von Florenz das Selbstbewusstsein stärkte. Wie jede und jeder Einzelne sich geschickt von den Strömen der Touristen zu unterscheiden verstand, dabei bemüht, mit den anderen der eigenen Klasse mitzuhalten, ja sie am besten noch zu übertrumpfen. Es war ein täglicher Konkurrenzkampf auf den Gassen von Florenz, der nicht mit offenem Schlagabtausch, sondern diskret und gezielt mit Gucci-Handtaschen, Valentino-Halstüchern, Ferragamo-Schuhen oder Armani-Anzügen geführt wurde.

An manchen Tagen hatte sie diese oberflächliche Zurschaustellung von Geld und Prestige jedoch nicht amüsiert, sie hatte sie mehr als widerwärtig gefunden. Sosehr sie die Stadt liebte und ihren Bewohnern Sympathie entgegenbrachte, sosehr sie sich auch um Freundschaften und Anerkennung bemüht hatte, so wenig war sie doch bereit gewesen, deshalb für ein Täschchen fünfhundert Mark hinzublättern, nur weil das edle Plastikmaterial die Embleme einer Nobelmarke wie ein Tapetenmuster abbildete und das «must» der Saison war. Wer da nicht mithalten konnte, wurde auf Distanz gehalten. Die Reichen der Stadt blieben unter sich. Auch die Studenten kannten ihren Wert. Sie hatten keinen Hehl daraus gemacht, dass sie Kunstgeschichte studierten, weil sie glaubten, damit am einfachsten und angenehmsten ihre Zeit zu verbringen und gleichzeitig auch noch einen akademischen Titel zu erlangen, mit dem man unter seinesgleichen bestehen und brillieren konnte. Einen Beruf, wie Susanna vorschwebte, wollten die wenigsten daraus machen. Brauchten sie auch nicht. Im Hauptberuf waren sie reiche Erben.

Elisabetta, auch sie verwöhnt und mit jeglichem Tand der Hochglanzblätter ausstaffiert, war dennoch in dieser Hinsicht eine Ausnahme gewesen. Nicht zuletzt wohl deshalb, weil ihr Vater, ein Amerikaner aus New York, als Diplomat ein offenes Haus pflegte. Man gab sich kosmopolitisch, weltoffen und tolerant. Susanna hatte sich in der Stadtwohnung der McGregors am Lungarno, in einem der mächtigen Palazzi, immer wohlgefühlt.

Entschieden riss sie sich jetzt von den Auslagen los und beschleunigte ihre Schritte. Als sie die Piazza della Signoria überquerte, merkte sie schon, wie es um sie herum immer voller wurde, wie sich einzelne Touristengruppen vor dem Palazzo Vecchio und vor der Loggia dei Lanzi formierten. Es war höchste Zeit, endlich die Uffizien zu erreichen. Als sie nach der Loggia rechts in die Piazzale degli Uffizi einbog, traute sie ihren Augen kaum. Eine Schlange von Menschen, die unter den Arkaden dicht an dicht standen, immer vier nebeneinander, reichte fast an den Lungarno, und es war noch nicht einmal neun Uhr. Susanna hatte es vergessen, aber die Realität holte sie ein. Florenz gehörte einem nie allein. Die ganze Welt interessierte sich für die Schätze der Stadt, begeisterte sich für ihre Schönheit und fiel Heuschrecken gleich jedes Jahr in Schwärmen ein. Das Stimmengewirr unter dem Gewölbe des langen Ganges hallte zu ihr heraus. Die wunderbaren Arkaden, von Vasari genial geplant und von Cosimo I. de' Medici in Auftrag gegeben, waren schwarz von Menschen.

Am Haupteingang versuchte ein einsamer Museumsdiener sein Bestes, indem er mit vollem Körpereinsatz die Touristen davon abhielt, die heiligen Museumshallen zu stürmen. Susanna fühlte leichte Panik in sich aufsteigen. Auch sie musste durch diesen Haupteingang, um durch die Museumsbuchhandlung die Treppe zur Biblioteca zu erreichen. Wie sollte ihr das gelingen? Sie hatte nicht vor, sich ans Ende der Schlange zu stellen. Schließlich wollte sie nicht in die Gemäldegalerie. Während sie noch überlegte, wie sie es wohl anstellen sollte, den Kontrolleur von ihrem Vorhaben zu überzeugen, fiel ihr Blick auf ein großes Plakat, das neben dem Eingang aufgestellt war. Es wies auf eine Leonardo-da-Vinci-Ausstellung hin, die noch bis Ende des Jahres gezeigt wurde. Jetzt, viele Jahre später, war es also endlich so weit. Susanna hatte den Fortschritt der Arbeiten zur Ausstellung nach ihrer Rückkehr nicht mehr verfolgt. Sie wollte nicht an Andreas, an die gemeinsame Zeit in Florenz erinnert werden. Es war schlimm genug gewesen, dass ihre Promotion noch ein Bindeglied darstellte, das sie nicht kappen konnte, wollte sie nicht ihre eigene Zukunft gefährden. Vielleicht würde sie sich trotzdem in den nächsten Tagen die Ausstellung ansehen. Eigentlich war sie das ihren eigenen Studien und Leonardo schuldig, wenn es für sie auch beruflich nicht mehr von Belang war. Sie konnte nicht für den Rest ihres Lebens alles meiden, was sie entfernt an Andreas erinnerte. Dann hätte sie erst gar nicht nach Florenz reisen dürfen.

Entschlossen trat sie auf den Haupteingang und den Museumsangestellten zu, der auch sofort wild mit den Armen zu rudern begann und die vermeintliche Touristin ans Ende der Schlange zu scheuchen versuchte. Erste Unmutsäußerungen der Wartenden machten ihr nicht gerade Mut. Susanna war froh, den schwarzen Hosenanzug für diesen an sich rein informativen Gang zur Bibliothek gewählt zu haben. Neben den Besuchern in Shorts und Flipflops war sie sichtbar geschäftlich unterwegs.

«Your ticket!», bellte sie der Mann vom Museum an.

«Ich habe einen Termin in der Bibliothek», gab Susanna zurück, sehr bemüht um eine korrekte italienische Ausdrucksweise. Der Mann stutzte, wollte sich aber nicht geschlagen geben.

«Your ticket!», wiederholte er mit Nachdruck, als könnte ihn die Wiederholung seiner Aufforderung weiterbringen.

«Signora Stefania erwartet mich», log Susanna aufs Geratewohl. Sie hatte keine Ahnung, ob Stefania heute Dienst hatte, ja ob sie überhaupt noch für die Bibliothek arbeitete. Aber sie hatte Erfolg mit dieser Taktik. Der Mann legte eine Eisenkette vor den Besucherstrom, um weitere Touristen erst einmal zurückzuhalten, zog ein Handy aus seiner Hosentasche und telefonierte. Ein argwöhnischer Blick traf Susanna. Offenbar hatte sie den falschen Namen erwischt.

«Fragen Sie, ob Signor Terani Zeit hat, um kurz mit Signora Martens zu sprechen.»

«*Sì, sì …!*»

Das hörte sich nun schon etwas verheißungsvoller an. Gnädig hakte der Mann die Eisenkette schließlich wieder aus ihrer Verankerung und ließ Susanna passieren. Innen folgte eine genaue Prüfung durch Sicherheitsschranken wie am Flughafen. Sie musste ihre Handtasche auf ein Förderband legen, sämtliche Metallteile vom Körper nehmen und sich einer Leibesvisitation unterziehen. Man nahm die Überprüfung der Besucher sehr ernst. Nicht wenige murrten, weil sie ihre Mineralwasserflaschen in einen Behälter werfen mussten, der bereits zu dieser frühen Stunde fast voll war. Die Angst vor terroristischen Anschlägen hatte auch Florenz erreicht. Die sonst so sprichwörtliche Nonchalance der Italiener bezüglich der Folgeleistung von gesetzlichen Vorschriften traf hier nicht zu. Na ja, es ging ja nur die Touristen an, dachte Susanna ein wenig belustigt. Spielte ja keine Rolle, wenn sie murrten und sich beschwerten. Wer es bis zur Sicherheitsschranke geschafft hatte, wartete schon seit Stunden. Es war unwahrscheinlich, dass die Kontrolle jetzt noch einen Besucher abhalten konnte. Und wenn doch? *Fa niente* – macht nichts! Einer weniger.

Susanna wandte sich nach rechts und ging durch den Museumsshop. Normalerweise hätte sie sich hier gern aufgehalten und ein wenig gestöbert. An Büchern kam sie nur schwer vorbei. Aber vielleicht konnte sie das nach erfolgreicher Recherche noch machen. Jetzt hatten erst einmal Wagner und der Jüngling Vorrang.

Sie stieg die grauen Steinstufen nach oben, bis sie eine weitere Sicherheitsschranke erreichte. Ohne Alarm auszulösen, öffnete sie die Glastür dahinter und betrat den Vorraum des Lesesaals.

«Signorina, *che gioia*!» Ein untersetzter Mann in weißem Arbeitsmantel, ganz so als befände er sich im Kampf gegen Viren und Bakterien, als müsste er die kostbaren Bücher vor Grippe und Infektionen schützen, eilte mit offenen Armen auf Susanna zu. Es war Guido Terani, der Bibliothekar, der nach ihren Händen griff und sie schmerzhaft zur Begrüßung drückte.

«Signor Terani, wie geht es Ihnen?»

«Bene, bene ...» Sein Gesicht glühte, seine Augen strahlten. Signor Terani war der unermüdliche Forscher nach Büchern gewesen, die sie für ihre Promotion und ihre Arbeit für Andreas gebraucht hatte. Er hatte Kataloge gewälzt, Handschriften ausgegraben und schließlich der bis dahin wenig bekannten Skizze von Leonardo mit Urkunden und Inventarien, die er in den weitläufigen Archiven im Keller der Uffizien entdeckte, Leben eingehaucht. Susanna verdankte letztlich seinem Sachverstand und seiner unermüdlichen Hilfsbereitschaft den Erfolg ihrer Promotion. Kein Wunder, dass er sich an sie erinnerte, hatte sie sich doch mindestens genauso oft in der Biblioteca degli Uffizi aufgehalten wie in der Universität.

«Was gibt es Neues, Signor Terani?» Susanna wusste, dass sie nicht einfach mit der Tür ins Haus fallen konnte, dass sie sich mit ihm erst ein bisschen unterhalten musste, bevor sie ihre Wünsche äußern konnte. Aber das machte nichts. So gewann sie etwas Zeit. Denn sie hatte sich noch nicht endgültig entschieden, wie sie ihre Recherche begründen wollte. Sie war sich auch nicht ganz sicher, welcher Maler der Renaissance für den Jünglingskopf Pate gestanden hatte. Sie kannte kein Porträt, das mit dem Bild in ihrem Hotelzimmer identisch war. Die Fälschung war in ihren Augen und mit ihrem Kenntnisstand eine mehr oder weniger gut geglückte

Annäherung an die Malerei im Renaissancestil. Das Gemälde war in Temperafarben ausgeführt, eine für moderne Maler sehr seltene und aufwendige Technik, und auf einer Platte aus Lindenholz aufgebracht.

Doch selbst den ihr wirklich gut bekannten und vertrauten Bibliothekar wagte sie nicht ins Vertrauen zu ziehen. Zumindest vorläufig nicht. Sie wollte nicht unnötig Staub aufwirbeln. Vielleicht klärte sich die Sache als völlig harmlos auf.

«Es ist viel geschehen», begann Signor Terani zu erzählen. «*Professoressa* Tibaldi ist im letzten Jahr ganz unerwartet gestorben.»

«Ach», mehr brachte Susanna nicht zustande. Die Tibaldi hatten sie geschätzt und gleichzeitig gefürchtet. Eine große, stämmige Frau, die aus Rom stammte, als Spezialistin der gotischen Architektur galt und deren Lieblingsthema Giotto war. Susanna hatte nicht viel mit ihr zu tun gehabt, aber sie kannte sie. Die Professoressa war einfach nicht zu übersehen, noch weniger zu überhören. Eine temperamentvolle, laute Person, die ihre Studenten scheuchte und sich mit schweren Examensprüfungen keine Freunde unter ihnen machte.

«Ja, eines Tages hat man sie tot in ihrer Wohnung gefunden. Herzstillstand. Einfach so!» Terani nickte bedächtig. «Sehr traurig!»

Susanna wartete ab. Sie war sicher, er würde mehr erzählen.

«Und dann die Sache mit Professore Weisenfels! Aber das wissen Sie ja sicher!» Er sah sie bedeutsam an. Susanna erschrak. Der Bibliothekar wusste über die Beziehung zwischen ihr und Andreas natürlich Bescheid. Sie waren mehrmals gemeinsam bei ihm gewesen und hatten seinen Rat eingeholt. Danach hatte er Susanna scherzhaft wie ein besorgter

Vater getadelt. Der Professore sei bei seinen Studentinnen schon sehr beliebt, hatte er ihr leise verraten, ob sie denn das nicht wisse. Sein Hinweis war zu spät gekommen.

«Was ist mit Professore Weisenfels?», fragte Susanna und gab sich alle Mühe, interessiert, aber gleichgültig zu wirken, obwohl seine Bemerkung sie beunruhigte.

«Vor zwei Jahren hat er seine Arbeit im Institut aufgegeben.»

«Das ist nicht möglich! Warum sollte er das tun? Die Universität ist sein Leben. Nichts sonst interessiert ihn wirklich.» Sie musste es schließlich wissen. War doch seine Arbeit am Institut letztlich der Trennungsgrund gewesen. Andreas hatte behauptet, seine Arbeit ließe ihm keine Zeit für Frau und Kinder. Er wollte frei sein, wollte vielleicht auch einmal nach Amerika gehen, an ein großes Museum, um dort für einige Zeit zu arbeiten. Er hatte Pläne gehabt. Karrierepläne, die sich mit einer Familie in seinen Augen nicht verbinden ließen. Susanna hatte das nicht so gesehen, aber es war ihr auch nicht gelungen, ihn umzustimmen.

«Wo ist er hingegangen?»

«Er hat sich im Tibertal ein altes *rustico* gekauft und schreibt dort Bücher. In die Biblioteca kommt er noch manchmal, aber meistens schickt er eine seiner früheren Studentinnen.»

Susanna tat sich schwer, diese Nachricht zu verdauen. Was in Gottes Namen wollte Andreas im Tibertal? Dort war ja nun gar nichts los. Keine Ausstellungen, keine Nachtlokale, kein Theater, keine schicken Bars, keine jungen Studentinnen.

«Am Institut war man über seinen Schritt sehr überrascht», fügte Guido Terani noch hinzu.

Susanna konnte sich das gut vorstellen. Sie war es auch. Schneller als erwartet hatte sie Neuigkeiten über Andreas erfahren. Aber mit dieser Wendung in seinem Leben hatte sie nicht gerechnet.

«Und wie ist es Ihnen ergangen? Was machen Sie in Monaco di Baviera?», fragte Signor Terani freundlich und lachte sie an. Er wollte das Thema wechseln und stellte dabei eine für Susanna heikle Frage. Eigentlich wollte sie den liebenswerten Guido Terani nicht anlügen. Aber für die Wahrheit konnte sie sich auch nicht entschließen.

«Ich arbeite als Kunstsachverständige, mache Expertisen.» Das war zumindest nicht ganz gelogen. «Und arbeite manchmal für ein Kunstmagazin.»

«Ah», seine Augen blitzten auf. «Und Sie sind hier, weil Sie Hilfe brauchen!», sagte er mehr als nur hoffnungsvoll. Es war unübersehbar, dass er Susanna jede nur erdenkliche Hilfe gewähren würde. Sie war fast ein wenig gerührt und beschämt zugleich.

«Ich fürchte ja», begann sie vorsichtig. «Ich möchte mich über Piero della Francesca, seinen Lehrer Domenico Veneziano und über Masaccio informieren.»

Signor Terani sah sie eigenartig an. Die Freude war aus seinem Gesicht gewichen. Ernst musterte er sie, um dann auf seinen Computerbildschirm zu starren, als wäre dort bereits die Antwort zu finden.

«Warum Piero?»

«Im kommenden Frühsommer findet eine große Ausstellung über ihn an verschiedenen Orten der Toskana statt. Aber das wissen Sie ja sicher. Das Magazin möchte gerne einen Überblick seiner Werke bringen. In der deutschen Kunstszene ist der Maler nur wenigen Kennern bekannt.»

«Seit einigen Monaten hat das Interesse an Piero della Francesca sprunghaft zugenommen.»

«Und Sie glauben nicht, dass das im Zusammenhang mit der Ausstellung ganz normal ist?»

Guido Terani bewegte seinen runden Kopf bedächtig hin und her. Es war klar, diese Auffassung mochte er nicht teilen.

«Ich kenne die Professoren und ihre Assistenten, die mit der Ausstellung befasst sind, bestens. Weisenfels gehörte auch dazu.» Er machte diese Bemerkung so nebenbei, als wollte er verhindern, dass Susanna ihr große Bedeutung zumaß. «Aber es fragen Leute nach Bildbänden und theoretischen Schriften, die mit der Universität nichts zu tun haben. Eigentlich sollten wir uns freuen, wenn auch ganz normale Bürger unsere schöne Biblioteca benutzen. Aber ... na ja, ich weiß nicht, wie ich es sagen soll.» Der Bibliothekar machte eine Pause und schaute in den großen Lesesaal hinein.

Sie standen im Vorraum, in dem die Kataloge, Karteikarten und Nachschlagewerke in wandhohen, dunklen Holzregalen aufbewahrt wurden. Der Blick in den Lesesaal hatte Susanna immer schon mit Ehrfurcht und Freude erfüllt. Es war ein mehr als architektonisch nur gelungener Raum, viele Meter hoch, vollgestellt mit Büchern, die man während des Studiums in München nur vom Hörensagen kannte: die Viten des Vasari, die Architekturtraktate des Palladio, Skizzenbücher und Handschriften eines Raffael oder Michelangelo. Alles Originale natürlich und alles verfügbar. Davon träumte man in München. Teilweise waren die Schätze nur durch eine kunstvoll geschmiedete Gitterwand an den Bücherregalen vor dem Zugriff geschützt. Die Gitterwände konnten mit zierlichen Schlüsseln leicht geöffnet werden, und alles, was ein Kunsthistorikerherz höherschlagen ließ, war da, musste nur herausgenommen werden. Susanna hatte anfangs diese Selbstverständlichkeit kaum glauben wollen. Ehrfürchtig stand sie in dem riesigen Raum, an dessen Seiten Arbeitstische mit Leselampen vor den Regalwänden standen und ein hervorragend restaurierter Terrakottaboden tiefrot im Licht der einfallenden Sonne glänzte. Die Grisaillemalereien an den beiden Stirnseiten unterstrichen noch die zurückhaltende Farbigkeit und Eleganz in Weiß und Grau. Sie wagte es damals nicht, all die herrlichen Bände zu benutzen, einfach anzufassen und zu lesen, bis jener Signor Terani ihre Unsicherheit begriff und ihr eindeutig zu verstehen gab, dass das durchaus in Ordnung war, wenn sie sich an den Regalen selbst bediente.

Jetzt stand er wieder neben ihr und schien nach den richtigen Worten für seine Empfindungen zu suchen.

«Sehen Sie den schwarzhaarigen Mann dort vorne rechts?»

Susanna hatte ihn sofort gesehen. Er schien von seiner Lektüre vollständig eingenommen zu sein und fixierte das aufgeschlagene Buch vor sich bewegungslos. Er trug eine dunkelgerandete Brille und wirkte sehr intelligent und intellektuell, aber ganz sicher nicht wie ein Student. Das war es wohl auch, was Guido Terani irritierte.

«Der Herr kam letzte Woche zum ersten Mal. Stefania hatte Dienst und hat ihm eine umfangreiche Auswahl an Büchern über italienische Renaissancemaler, unter anderem auch über Piero della Francesca herausgesucht. Er gehört ganz sicher nicht zum Personal der Universität. Ich habe keine Ahnung, was er mit den Büchern will. Und ich wollte ihn auch nicht fragen. Irgendwie schien mir das nicht angebracht. Er wirkt nicht so auf mich, als würde er gern plaudern.»

«Vielleicht ist er Journalist.» Susanna hielt das durchaus für möglich. «Vielleicht will auch er, so wie ich ...», fügte sie noch zögernd hinzu, weil sie sich ihrer Notlüge durchaus bewusst war, «einen Artikel für ein Magazin oder eine Zeitung schreiben.»

«Hmm, na ja!» Der Bibliothekar schien nicht überzeugt. «Es ist mindestens ein halbes Jahr her, da kam ein Mann mit wuchtigem Brustkorb in fadenscheiniger Jeans und einem weißen T-Shirt in die Biblioteca. Irgendwie kam er mir wie ein verkleideter Student vor, einer, der sich betont jugendlich und leger gibt. Dabei war er ganz sicher einige Jahre älter als jener dort.» Er machte mit seinem Kinn eine kleine Drehung, um nicht zu deutlich auf den Mann mit der Brille zu zeigen. «Der Besucher damals wollte alle Bildbände, die wir über Piero haben, einsehen. Ich habe selten einen so selbstbewussten und gleichzeitig so eitlen Mann getroffen», fügte Signor Terani hinzu und schüttelte missbilligend den Kopf, als er sich an die damalige Begegnung erinnerte. *«Non era elegante.»* Das war so ziemlich das Schlimmste, was man einem Florentiner nachsagen konnte. «Er stolzierte die Regale entlang wie ein Hahn im Hühnerstall! Ein Hahn in ... Jeans!»

Susanna lächelte über die Entrüstung Teranis. Ganz offenbar hielt er Jeans für eine geschmackliche Entgleisung. Zugleich bewunderte sie seine Beobachtungsgabe und sein Erinnerungsvermögen. Florentiner und Bella Figura – eine nicht ausrottbare Verbindung. Dennoch schien ihr das Misstrauen oder Missbehagen, das er ihr schilderte, übertrieben. Zugegeben – es tat sich nicht viel in diesen Räumen. Es passierte sicher nie etwas Außergewöhnliches, Spektakuläres. Vielleicht war es kein Wunder, dass Guido Terani in eine zufällige Begegnung mehr hineininterpretierte, als angebracht war.

«Und Sie meinen, ich kann mir nichts über Piero della Francesca ansehen, solange der Herr dort die Bücher bei sich hat?»

«Wir müssen ihn fragen, ob er auf das eine oder andere Werk verzichten kann und wie lange wir die Bücher noch für ihn reservieren sollen. Bestimmt können Sie sie nächste Woche haben», sagte er zuversichtlich.

Susanna schüttelte bedauernd den Kopf. «So lange habe ich leider keine Zeit. Ich fliege am Samstagnachmittag nach München zurück.»

«Kommen Sie», forderte er sie resolut auf. Er schritt auf den Mann zu und redete leise auf ihn ein. Es waren noch einige weitere Plätze im Lesesaal besetzt und Ruhe oberstes Gebot! Susanna hielt sich im Hintergrund und wartete ab. Der Mann hörte geduldig zu, nickte einige Male zustimmend. Schließlich winkte Guido Terani Susanna zu sich heran.

«Darf ich bekanntmachen: Signorina Martens aus Monaco di Baviera!»

Der Mann stand auf, gab ihr die Hand und verbeugte sich leicht. Die Duftwolke eines sehr herben Herrenduftes kam mit seiner Verbeugung zu Susanna herüber.

«Signor Lanzi», assistierte Guido Terani.

«Piacere!», sagte Susanna und blickte in zwei nussbraune Augen, die sie hinter den schwarzen, rechteckig gerahmten Brillengläsern freundlich, aber nur mäßig interessiert musterten. Es war unübersehbar, Signor Lanzi war höflich, aber er fühlte sich gestört. Susanna war der Auftritt inmitten des Lesesaals inzwischen peinlich. Sämtliche Augenpaare waren auf sie gerichtet und beobachteten die Diskussion.

«Signor Lanzi ist damit einverstanden, dass Sie sich alle Bücher, die hier auf dem Tisch liegen, ansehen und studieren können», erklärte der Bibliothekar. «Er bleibt nicht mehr lange und stellt Ihnen alles zur Verfügung.»

«Tante grazie!»

Susanna nahm neben Signor Lanzi Platz. Er schob ihr sofort einen Stapel von Büchern zu, die er offenbar nicht brauchte. Sie griff nach dem obersten, ohne sich zu vergewissern, welchen Band sie in der Hand hatte. Sie wollte nur einfach lesen, oder zumindest so tun als ob, um die Unruhe, die um sie herum entstanden war, zu beenden. Auch der Mann neben ihr wandte sich wieder seinem offenen Buch zu. Für ihn war die Angelegenheit erledigt. Susanna sah eine Menge Buchstaben vor sich, Zeilen, auch kleine Abbildungen, aber sie hatte keine Ahnung von dem, was sie las oder sah. Der Text ergab keinen Sinn. Und das lag sicher nicht an der italienischen Sprache, die sie sehr gut beherrschte.

Es lag an ihm. Vor Männern seines Aussehens und seiner Ausstrahlung machte Susanna normalerweise einen großen Bogen. Im Bus oder in der U-Bahn hätte sie sich ganz gewiss nicht neben ihn gesetzt. Sie meinte immer, diese Art von Männlichkeit war einfach zu schön und zu aufregend für ein normales Leben zu zweit, in jedem Fall aber für sie. Schon als Studentin hatte sie sehr gut aussehenden Männern gegenüber eine Befangenheit in sich gespürt, die sie im Umgang mit ihnen sprachlos machte, ja kopflos fast. Bevor sie Unsinn redete, hielt sie besser den Mund. Aber das brachte natürlich eine Unterhaltung erst gar nicht in Gang. Je unscheinbarer ein Mann aussah, umso sicherer fühlte sie sich. Bei Jochen war sie sich von Anfang an sicher gewesen. Er sah nicht schlecht aus. Überhaupt nicht! Aber er sah auch nicht umwerfend gut aus. Mittelmaß eben! Andreas hatte ihr Selbstbewusstsein in dieser Hinsicht durchaus auf eine harte Probe gestellt. An ihm war sie aber auch gewachsen. Er war nicht gutaussehend im Sinne von ebenmäßigen, klassischen Gesichtszügen, aber imposant in seinem Auftreten, groß, selbstbewusst, charmant. Er lachte gern und laut. An ihm kam keiner und keine vorbei. Ihn zu übersehen war unmöglich. Mit ihm gesehen zu werden machte aus einer grauen Maus - so war sie sich bis dahin immer vorgekommen - ein Glanzlicht, jemand, der offen beneidet wurde. Jochen bedeutete in dieser Hinsicht einen ziemlichen Rückschritt, der ihr nicht gut bekommen war. Susanna sah das plötzlich mit seltener Einsicht. Sie fürchtete, sie hatte sich wieder zurückentwickelt, bereits aufgebautes Selbstbewusstsein an Jochen verloren.

Susanna wagte einen vorsichtigen Seitenblick. Signor Lanzi hatte sie beeindruckt, obwohl sie kaum Worte gewechselt hatten. Er hatte eine elegante und zurückhaltende Ausstrahlung, der sie sich nicht entziehen konnte. Sein schwarzes, gewelltes Haar trug er locker nach hinten gekämmt. Kein Gel war nötig, um es in Form zu halten. Sein Seitenprofil, das sie verstohlen musterte, war klassisch, gekennzeichnet durch eine gerade toskanische Nase, deren Spitze leicht nach innen gebogen war. Allein seine Anwesenheit genügte für Susanna, um eine gewisse Anspannung in sich zu verspüren. Er musste dazu weder laut lachen noch interessante Dinge erzählen. Einfach so, wie er neben ihr saß, fühlte sie sich befangen, nervös und gleichzeitig zu ihm hingezogen. Es hatte sie schon lange kein Mann mehr auf den ersten Blick angesprochen. Dabei kam sie in ihrem Beruf laufend mit männlichen Kunden zusammen.

Sie blätterte in ihrem Buch, um sich abzulenken und ihre Nervosität, die völlig unsinnig war, in den Griff zu bekommen. Sie war keine Studentin mehr. Sie war dreiunddreißig Jahre alt, hatte einen Freund und einen anspruchsvollen Beruf, in dem sie anerkannt war. Es konnte doch nicht sein, dass ein völlig Fremder sie in dieser Weise irritierte. Sie konnte sich schon Beates Gesicht vorstellen, wenn sie ihr diese Begegnung nach ihrer Rückkehr schilderte. Beate würde schallend lachen und irgendetwas von pubertären Anwandlungen faseln. Sie hörte und sah sie förmlich vor sich. Susanna musste über sich selbst lächeln.

Doch die Ablenkung gelang ihr nur kurz. Signor Lanzi war zu nahe, um ihn aus den Gedanken zu verbannen. Dabei war seine Erscheinung nicht wirklich auffallend. Die dunkelblaue Baumwollhose und das dazu passende dunkelgrüne Poloshirt mit kurzen Ärmeln entsprach der ganz normalen Sommerkleidung eines Italieners, der es nicht nötig hatte, modisch aufzutreten. Sein gebräunter, bloßer Unterarm lag in beunruhigender Nähe neben ihrem. Am Handgelenk trug er eine extrem flache, chromfarbene Armbanduhr mit hellbraunem Krokoband. Die Uhr war schlicht und reduziert im Design: Lediglich zwei Zeiger waren auf einem leeren cremefarbenen Zifferblatt zu sehen. Susanna verstand etwas von Uhren. Einmal im Jahr veranstaltete Wagner eine Auktion nur für Markenuhren aus vielen Jahrhunderten. Von der Reisetaschenuhr des 17. Jahrhunderts bis zur neuesten Cartieruhr aus der Konkursmasse eines pleitegegangenen Juweliers. Diese Uhr, die völlig unspektakulär wirkend an dem männlichen, leicht behaarten Handgelenk saß, war ein sehr teures Designerstück.

Susanna gestand es sich nur ungern ein, aber der Mann

neben ihr war bedeutend interessanter als der Text vor ihr. Und sie musste außerdem zugeben, dass die Manie der Italiener, das Äußere eines Menschen genau zu beobachten, bei ihr auf sehr fruchtbaren Boden gefallen war. Verstohlen wagte sie einen schrägen Blick auf die aufgeschlagenen Seiten, die Signor Lanzi immer noch unentwegt anstarrte, ohne sich auch nur einmal zu bewegen oder sich Notizen zu machen. Er schien von dem Anblick restlos fasziniert und eingenommen. Die oberste Seite seines Notizblockes war jungfräulich weiß. Als Susanna allerdings erkannte, was er sich so genau ansah, setzte ihr Herzschlag einen Moment aus. Direkt vor ihm lag die Lösung ihres Problems. Er schien ihren Schreck zu bemerken, denn er schaute geradewegs in ihr Gesicht.

«Kennen Sie das Bild?», fragte er leise.

Susanna nickte bestätigend.

Einen Moment schien er zu überlegen, dann griff er sich seinen Notizblock, langte nach dem Bleistift daneben und schrieb schnell etwas auf. Er riss die Seite vom Block und schob sie Susanna hin. Sie las und sah ihn fragend an. Auch er blickte fragend zurück. Dann nickte sie langsam.

«Grazie», sagte er, stand auf und verließ leise den Lesesaal.

III.

«Caffè Rivoire»

Zwei Stunden später und um einige Erkenntnisse reicher tauchte Susanna in eine Menschenmenge ein, die sich auf der Piazza della Signoria vor den Sehenswürdigkeiten staute und wie ein sich langsam über den Platz verteilender Ameisenhaufen auf sie wirkte. Nur mühsam bahnte sie sich einen Weg zwischen den Touristengruppen hindurch, die wie festgenagelt vor dem Palazzo Vecchio und der Loggia dei Lanzi standen, als wollten sie es den Monumenten gleichtun. Andere hatten Audioguides aufgesetzt, folgten mit den Augen einem imaginären Fremdenführer, der ihnen Anleitungen zur sinnvollen Betrachtung gab, die außer ihnen niemand hörte, und schienen stumpf und teilnahmslos zu sein für das, was um sie herum geschah. Die Besichtigung einer Stadt hatte eine neue Dimension erreicht, die Susanna als störend und abschreckend unpersönlich empfand. Es fehlte der schirmschwenkende, laut dozierende Führer, der nicht immer kompetent und angenehm war, dem man aber Fragen stellen konnte und der vielleicht auch einmal einen Scherz machte. Stattdessen folgten die japanischen und amerikanischen Reisegruppen einer

Ansagestimme, die förmlich, dafür aber bestens informiert die Führung abspulte.

Susanna spürte, wie eine leichte Aggressivität in ihr hochstieg. Sie schaffte es nicht, ohne Körperkontakt mit fremden Menschen die Piazza zu überqueren, was ihr ausgesprochen unangenehm war. Außerdem hatte sich die morgendliche Frische, die sie Stunden zuvor als so angenehm empfunden hatte, in eine schwüle Mittagshitze verwandelt, wie sie typisch war für den Stadtkessel von Florenz, eingebettet in die Hügellandschaft der Toskana. Die Sonne brannte unbarmherzig auf den weiten Platz. Nach dem klimatisierten Lesesaal der Bibliothek lastete die drückende Wärme der Piazza schwer auf Susannas Brust.

Ihr Ziel war das «Rivoire», ein ebenso bekanntes und berühmtes Café wie das «Gilli», das sie am Abend zuvor aufgesucht hatte. Je näher ihr Ziel rückte, desto langsamer wurden ihre Schritte, und das lag nicht nur an den vielen Menschen, die vor und neben ihr gingen oder standen. Sie war sich überhaupt nicht sicher, ob sie das Richtige tat. Schließlich blieb sie einfach auf der Piazza stehen, was dazu führte, dass eine Reisegruppe in sie hineinlief. Die Missbilligung der Touristen, die sich darüber nicht gerade leise aufregten, hob Susannas Stimmung nicht. Sie holte den Zettel, den Signor Lanzi ihr zugeschoben hatte, aus der Handtasche. Der Text war knapp.

«Verehrte Signora, leider habe ich einen unaufschiebbaren Termin. Aber ich muss Sie unbedingt sprechen. Darf ich Sie bitten, sich mit mir um zwölf Uhr im ‹Rivoire› zu treffen? Ich brauche Ihren Rat!»

Susanna fühlte sich jetzt nicht schlauer als vor zwei Stunden. Sie steckte das Stück Papier wieder in ihre Tasche zurück. Dabei fiel ihr Blick auf ihr Handy. Vielleicht hatte sie eine Nachricht? Vielleicht lieferte ihr das Handy eine willkommene Entscheidungshilfe? Sie schaltete es an, gab ihre Geheimzahl ein und merkte am Vibrieren des Geräts in ihrer Hand, dass es tatsächlich Mitteilungen für sie gab. Zwei Provider in Italien hießen sie herzlich willkommen. Das war es nicht unbedingt, was sie erwartet hatte. Allerdings hatte sie auch eine SMS erhalten. Der Text war erhellend und in der Tat eine Entscheidungshilfe.

«Ruf mich an – J.»

Susanna schaltete das Telefon ab, warf es achtlos in die Handtasche zurück und betrat die vollbesetzte Terrasse des Cafés. Zum Teufel mit Jochen und seiner rationalen Art der Handy-Anwendung. War ein «Wie geht es dir?» oder «Bist du gut angekommen?» unter zivilisierten Menschen wirklich zu viel verlangt? Hatte er nicht immer die enorme Speicherkapazität seines neuen Handys in den höchsten Tönen gelobt? Ganze Romane könne man damit schreiben, hatte er ihr begeistert erklärt. Tja, sie jedenfalls bekam keine Romane zu lesen, so viel stand fest.

Susanna löste sich von ihren bösen Gedanken und versuchte, sich auf das Naheliegende zu konzentrieren. Unter den hellen Baumwollschirmen erreichte die Schwüle auf der Caféterrasse einen neuen Höhepunkt. Susanna merkte, wie ihr der Schweiß ausbrach. Der schwarze Hosenanzug erwies sich jetzt als nur mäßig geeignet. Völlig aufgelöst vor Signor Lanzi zu erscheinen, war mit Sicherheit das Letzte, was sie jetzt gebrauchen konnte. Sie sah sich suchend um. Erleichtert fast stellte sie fest, dass von dem gutaussehenden Florentiner jede Spur fehlte. Vielleicht hatte er es sich doch anders überlegt. Sie betrat das Café, obwohl sie nicht erwartete, ihn dort anzutreffen. Italienern machte die Hitze meistens weniger aus. Aber sie irrte sich. Sie entdeckte ihn in einer Ecke des angrenzenden Tearooms. Susanna sog den Atem ein, gleichzeitig schlug ihr Puls unvernünftig schnell.

Ihre Entscheidung, der ungewöhnlichen Einladung zu einem Gespräch im «Rivoire» zu folgen, hatte Signor Lanzi mehreren Tatsachen zu verdanken. Zum einen wäre es unmöglich gewesen, im Lesesaal eine Diskussion zu beginnen oder Fragen zu stellen. Zum anderen hatte ihre Neugierde letztlich über ihre Bedenken gesiegt. Seit sie das Bild gesehen hatte, das ihn so offensichtlich fesselte, suchte sie nach einer sinnvollen Erklärung. Nun war auch sie so weit und fragte sich wie Guido Terani, was das verstärkte Interesse an Piero della Francesca zu bedeuten hatte, und warum ausgerechnet an diesem Bild? Warum stand nicht zum Beispiel der riesige Freskenzyklus der Franziskanerkirche in Arezzo im Mittelpunkt des Interesses, der das kleine Bild sowohl an Dimension als auch an Anschaulichkeit und Aussage bei weitem übertraf? Als geradezu magisch hatte sie den Blick des Jünglings empfunden, der sie aus dem aufgeschlagenen Buch heraus anblickte. In diesem Moment war ihr klar gewesen, weshalb sie von Anfang an Piero als Urheber, wenn auch nicht als Maler des Porträts angenommen hatte, das Cosima Bettone verkaufen wollte. Der Jüngling stellte lediglich ein Detail dar, wenn auch ein sehr bedeutendes, eines weltberühmten und in der Fachwelt vieldiskutierten Werkes. Es handelte sich um «Die Geißelung», die «Flagellazione» von Piero della Francesca, ein absolutes Meisterwerk der Frührenaissance.

Die schöne Jünglingsgestalt, die wie eine freischwebende Statue wirkte und dabei den Blick am Betrachter vorbei in eine scheinbar imaginäre Welt richtete, hatte über die Jahre die Phantasie vieler Wissenschaftler beflügelt. Das Porträt, das im Auktionshaus Wagner angelangt war, bestand aus einer perfekten Kopie des Jünglingskopfes, sauber abgetrennt vom Körper, aufgemalt auf eine quadratische Holzplatte mit einer Seitenlänge von etwa dreißig Zentimetern. Ein kleines, intimes Porträt eines jungen Mannes von knapp zwanzig Jahren.

Susannas Neugier und ein sich mehr und mehr steigerndes Interesse wurden noch zusätzlich angefacht, als sie sich endlich den Büchern zuwenden konnte, die auf dem Lesetisch von Signor Lanzi lagen, nachdem dieser die Bibliothek verlassen hatte. Einige der Titel kannte sie. Etliche der Autoren waren ausgewiesene Kenner der Materie und hatten in die kontroverse Diskussion über die «Flagellazione» entscheidende Erkenntnisse eingebracht. Doch ihr fehlte die Zeit, sich einzuarbeiten. Außerdem war sie überzeugt davon, dass die Ausführungen der Kunsthistoriker für die Beantwortung ihrer Frage, wer die Fälschung des Porträts angefertigt hatte, für wen und warum, nicht wichtig waren. Dann allerdings war ihr Blick auf ein Buch gefallen, das alle anderen plötzlich für sie in den Schatten stellte.

Andreas von Weisenfels hatte sich ebenfalls mit dem Maler beschäftigt und ein Buch in italienischer Sprache über ihn geschrieben, das erst wenige Monate zuvor erschienen war. Es handelte sich um ein reichbebildertes Werk mit einem umfangreichen Quellen- und Literaturanhang. Andreas hatte sich in bekannt akribischer Weise seinem Forschungsthema genähert. Aber warum auch er? Selbst Guido Terani hatte das Buch bei seiner kurzen Bemerkung nicht erwähnt. Warum nicht? Er musste doch wissen, dass der geschätzte

Professore ein Buch über Piero geschrieben hatte. Weshalb er diese Tatsache vor Susanna verschwiegen hatte, konnte sie sich nicht erklären. War dieses Buch der Grund, weshalb Andreas seine Arbeit am Institut aufgegeben hatte? Oder vielleicht auch nur ruhen ließ, was der Bibliothekar nicht wusste? Brauchte er Zeit, um dieses umfangreiche Werk rechtzeitig zur Ausstellung fertigzustellen? Ihr war nach wenigen Seiten, die sie zu den einzelnen Kapiteln immer wieder aufschlug und las, klar, dass sie bei ihren Recherchen um seine Erkenntnisse nicht herumkam. Andreas deckte ganz offensichtlich ein Familiendrama auf, das sich hinter dem Auftraggeber der «Flagellazione» verbarg. Er nannte berühmte Namen von Adelsgeschlechtern der Renaissance, die Macht und Einfluss besaßen. Susanna hatte das Gefühl, dass es um mehr als nur um die Interpretation eines Gemäldes ging. Doch es fehlte ihr die Zeit, die vierhundert Seiten, die das Buch umfasste, in den nächsten beiden Tagen in der Bibliothek zu lesen. Sie musste sich das Buch besorgen und mit nach München nehmen. Bedeutete das nun für sie, dass sie Signora Bettone auch nicht die richtigen Fragen stellen und somit ihren Auftrag nicht wirklich erfüllen konnte? Deshalb war sie schließlich nach Florenz gefahren. Wagner würde Fakten wissen wollen, wenn er ihr schon eine Dienstreise genehmigte, gegen seinen Willen und seine tiefere Überzeugung. Es gab nur eine Lösung aus dem Dilemma, sie musste mit Andreas sprechen. Zumindest am Telefon. Nur er konnte ihr kurz und bündig erklären, was es mit dem Jünglingskopf auf sich haben könnte. Dann war es an ihr zu entscheiden, ob ihr Auftrag davon betroffen war. Lediglich um ihr Gewissen zu beruhigen und die Zeit bis zum Treffen mit Signor Lanzi zu überbrücken, blätterte sie auch noch in den anderen Büchern, kam dabei aber keinen

Schritt weiter. Schließlich packte sie ihre spärlichen Notizen zusammen und verabschiedete sich von Guido Terani, nicht ohne ihm zu versprechen, vor ihrer Abreise noch einmal vorbeizukommen. Sie war schon fast an der Glastür angelangt, als sie nochmals kehrtmachte.

«Haben Sie zufällig die neue Adresse von Professore Weisenfels?», fragte sie und wurde rot dabei. Sie brauchte dazu keinen Spiegel. Ihr Gesicht glühte, und Signor Terani sah es auch. Er schmunzelte verstohlen, verkniff sich allerdings eine Bemerkung.

«Sì, sì», sagte er und begann in seinen Karteikarten herumzufingern. «Ah, hier – der Professore wohnt in der Nähe von Borgo Sansepolcro in der Località Benevale, Casa Benvenuto. Brauchen Sie auch die Telefonnummer?»

Susanna glaubte sich verhört zu haben. Das war doch kein Zufall mehr. Sansepolcro war der Heimatort von Piero della Francesca. Dort hatte er ein Haus, das bis heute mit einer Gedenktafel auf ihn und seine Familie hinwies. Dort hatte er die meisten Jahre seines Lebens verbracht, und dort war er auch gestorben.

«Signorina Martens, vielleicht auch noch die Telefonnummer?»

«Ja, bitte.» Susanna nahm geistesabwesend den Zettel entgegen, den ihr der Bibliothekar hinhielt. *«Grazie mille.»*

«Niente, niente», sagte Guido Terani beflissen.

Signor Lanzi hatte sie gesehen. Mit schnellen Schritten kam er auf Susanna zu. Er lächelte sie an und sagte: «Ich bin Ihnen ausgesprochen dankbar, dass Sie gekommen sind. Darf ich mich erst einmal richtig vorstellen? Ettore Lanzi ... Ettore, wenn Sie mögen.»

«Susanna Martens.» Sie machte eine kleine Pause. «Susanna!»

«Leider blieb mir in der Biblioteca keine andere Wahl, als diesen stillosen Zettel zu schreiben. Ich hoffe sehr, Sie nehmen mir meine saloppe Art, um ein Treffen zu bitten, nicht übel.»

Sein Blick hinter den schmalen Gläsern seiner Brille war intensiv und prüfend auf sie gerichtet. Er führte sie an seinen Tisch, schob ihr einen Stuhl zurecht und setzte sich ihr gegenüber. Susanna blieb nichts anderes übrig, als ihm ab sofort in sein schmales, um die Kinnpartie kantiges Gesicht zu schauen, auf seinen Mund, dessen sensible Lippen ein klein wenig nach links zu einem schiefen Lächeln verzogen waren. Er reichte ihr eine der Karten, die auf dem Tisch lagen.

«Was möchten Sie trinken? Vielleicht auch eine Kleinigkeit essen? Es gibt keine großen Gerichte, aber der gebeizte Lachs, das *vitello tonnato* oder der Parmaschinken mit Melone sind ausgezeichnet und immer frisch.»

Hier stockte er, suchte nach Worten. Susanna wusste nur zu genau, wo sein Problem lag. Kein Italiener, der etwas auf sich hielt, lud mittags um zwölf in ein Kaffeehaus ein. Andererseits war sie ihm für die Wahl dankbar. Sie hatte zwar Hunger, denn das Frühstück an der Hotelbar in aller Eile am Morgen war mit einem Espresso und einem Hörnchen knapp ausgefallen. Dennoch wäre sie ihm sicher mit noch mehr Selbstzweifeln in ein Restaurant gefolgt. Für einen Mann und eine Frau, die sich nicht kannten, wäre dort ein Treffen aus italienischer Sicht stillos gewesen. Selbst wenn es sich um Geschäftliches handelte.

«Auch die *torte* und *paste* sind ausgezeichnet, die heiße Schokolade gar weltberühmt.»

Je mehr kulinarische Köstlichkeiten Ettore Lanzi aufzählte, umso nervöser wurde er. Susanna stellte überrascht fest, dass dieser gutaussehende, ausgesprochen elegant wirkende Mann in einem Dilemma steckte, das ihm derart peinlich und unangenehm war, dass er sich immer mehr in seine Aufzählung verstrickte, ohne ihr Zeit zu lassen, selbst in der Karte nach dem Passenden zu suchen. Schließlich erbarmte sie sich und sagte: «Wenn ich ehrlich bin, hätte ich wirklich gerne eine Tasse heiße Schokolade.»

Sie konnte beobachten, wie er leise, aber erleichtert ausatmete, wie sich die Partie um seine Stirn entspannte. Sie selbst fragte sich aber sofort, ob sie das wirklich gerade bestellt hatte? Schon wieder Schokolade? Wenn sie nicht bald aufpasste, brachte sie heute Abend den Reißverschluss ihres Abendkleids nicht mehr zu.

Signor Lanzi winkte einen Kellner herbei und bestellte. An der tiefen Verbeugung und dem mehrfach wiederholten «Sì, Signor Lanzi» erkannte Susanna mühelos, dass ihr Begleiter im Café bekannt war. Amüsiert beobachtete sie die beiden Männer. Schokolade schien nicht das gewohnte Getränk des eleganten Florentiners im «Rivoire» zu sein. Vermutlich suchte er mittags um zwölf für gewöhnlich andere Lokalitäten auf. Ein Lächeln stahl sich auf ihre Lippen. Sie fragte sich, in welcher Notlage Ettore Lanzi wohl steckte, dass er sich zu einem solchen Treffen hinreißen ließ? Diese Art von Rendezvous gehörte sicher nicht zu seinem üblichen Umgang mit Frauen. Etwas von der Anspannung, die sich seit der überraschenden Begegnung in der Biblioteca und der nicht weniger überraschenden Einladung in ihr aufgestaut hatte, ließ nach.

«Weshalb wollten Sie mich sprechen?» Susanna packte

den Stier bei den Hörnern. Sie kannte sich gut genug, um zu wissen, dass sie sich auf den üblichen Small Talk und das Geplänkel, das Italiener vor geschäftlichen Gesprächen gerne anstimmten, nicht einlassen durfte. Sie wusste, dass sie sich unverzeihlich deutsch verhielt, aber sie war viel zu nervös, um kulturelle Zugeständnisse zu machen. Sie wollte das Gespräch so schnell wie möglich hinter sich bringen, denn sie fühlte sich, so völlig allein mit ihm im großen Tearoom des «Rivoire», ziemlich unsicher. Gleichzeitig brannte sie darauf zu erfahren, was er wirklich über Piero und das Bild wissen wollte. Vielleicht erzählte er etwas, das auch ihr weiterhalf!

An der hochgezogenen linken Augenbraue, die wie auf Kommando nach ihrer Frage bei ihm in die Höhe schnellte, wusste sie, dass er ihr Verhalten missbilligte. Sein Blick sagte ihr, dass er von ihrem Vorstoß unangenehm berührt war. So begann man in seinen Augen ganz sicher keine Unterhaltung. Sehr viel angebrachter wären Fragen gewesen wie: «Kommen Sie öfter hierher? Ist die Terrasse immer so überfüllt? Können Sie die Hitze draußen auf der Piazza auch nicht so gut vertragen?» All das hätte ihm die Möglichkeit gegeben, das Gespräch locker zu eröffnen. Aber Susanna wollte selbst die Richtung des Gesprächs bestimmen, damit er ihre Unsicherheit nicht bemerkte. Ihm so frontal gegenüberzusitzen half ihr nun wirklich nicht dabei, gelassener zu werden.

«Signor Terani sagte mir, Sie arbeiten in München für ein Kunstmagazin?» Mit dieser Gegenfrage ignorierte er ihren Versuch, sofort zur Sache zu kommen. Sein Blick war ernst und vollkommen auf sie konzentriert.

Susanna nickte und versuchte ein Lächeln. Mehr konnte

sie ihm nicht bieten. Was hätte sie auch erzählen sollen? Es stimmte ja nicht. Ihm jetzt irgendein Märchen aufzutischen kam überhaupt nicht in Betracht. Er hätte sie sofort durchschaut. Daran zweifelte sie keinen Augenblick. Außerdem wollte sie keine weiteren Informationen liefern oder ein richtiges Lügengebilde aufbauen. Im Schwindeln war sie eine ziemliche Niete. Und ihm direkt auf die Nase zu binden, weshalb sie nach Florenz gereist war, kam schon gar nicht in Frage.

Ettore Lanzi fuhr sich mit der Hand über die Stirn. Er brachte es offensichtlich nicht über sich, einfach zu fragen, was er fragen wollte. «Sind Sie zum ersten Mal in Florenz?»

«Nein, nein ...», entgegnete Susanna. «Ich habe vor einigen Jahren hier Kunstgeschichte studiert.»

«Ah, *interessante*!» Ettore Lanzi lächelte zum ersten Mal. Er neigte sich leicht nach vorne und ihr entgegen. Endlich war das richtige Stichwort gefallen. «Wenn ich den Bibliothekar richtig verstanden habe, schreiben Sie einen Artikel über Piero della Francesca?»

«Das stimmt», sagte Susanna und schaffte es, nicht rot dabei zu werden. «Die Deutschen reisen gern in die Toskana. Und das Kunstereignis im nächsten Jahr wird eine große Piero-della-Francesca-Retrospektive sein. Alle Orte, die auch nur einen kleinen Piero in einer ihrer Kirchen oder einem Museum haben, beteiligen sich daran. Darüber möchte ich unsere Leser informieren. Haben Sie vielleicht auch etwas mit dieser Ausstellungsreihe zu tun?»

Ein Kellner stellte die Tassen mit dampfender Schokolade vor sie beide hin. Und Susanna beschlich nun endgültig das Gefühl, mit ihrer Wahl danebengegriffen zu haben. Für heiße Schokolade war es entschieden zu warm. Das stockende Gespräch hatte ihr auch jeglichen Appetit genommen. Einerseits war sie von ihrem Gegenüber geradezu fasziniert, gleichzeitig fühlte sie sich wie ein Schulmädchen beim ersten Rendezvous und nicht wie eine erwachsene Frau, die es gewohnt war, geschäftliche Gespräche zu führen. Auch Signor Lanzi schien die Schokolade nicht weiter zu interessieren, denn er rührte geistesabwesend in seiner Tasse herum, bevor er wieder aufblickte. Susanna war gespannt, was er ihr antworten würde.

«Mein Interesse ist rein persönlicher Natur.»

Das war doch schon mehr, als sie zu hoffen gewagt hatte. Er lehnte sich in seinem Stuhl zurück und begann endlich zu erzählen: «Mein Großvater väterlicherseits und meine Mutter hatten zwei Dinge gemeinsam: die grenzenlose Liebe zu meinem Vater Lorenzo und die Leidenschaft für Malerei. *Nonno* Aldo malte selbst und sammelte, was er zwischen die Finger bekam. Meine Mutter, Adriana, hat seine Bildersammlung mit großem Sachverstand über die Jahre weiter komplettiert. Inzwischen sind beide verstorben und haben uns Kindern, meinen beiden Schwestern und mir, viele Gemälde hinterlassen, von deren Wert und Bedeutung zumindest ich keine Ahnung habe.»

Susannas Puls setzte sich aufgeregt in Bewegung. Signor Lanzi wäre der klassische und vermutlich auch, was den Umfang der Sammlung betraf, hochbegehrte Kunde, den sie sich für das Auktionshaus Wagner unter normalen Umständen niemals entgehen lassen dürfte. In ihrer Phantasie erschienen Tizians und Tintorettos, Correggios und Raffaels, die seit Jahrzehnten vom Kunstmarkt verschwunden waren und in einer Privatsammlung unentdeckt schlummerten. Dieses Fieber, Kunstwerke auszugraben und für den Markt zugänglich zu machen, stellte sich wie auf Kommando ein. Doch in diesem Fall durfte sie sich nicht hinreißen lassen, sich auch nicht durch Fragen verraten. Wer weiß, vielleicht führte sie der smarte Ettore genauso aufs Glatteis, erzählte er ihr eine nette Familiengeschichte, die so viel Wahrheitsgehalt hatte wie ihre Version von der Kunstjournalistin auf Recherchereise.

«Ich konnte mit diesen dunklen Ölschinken, die in unserem Landgut auf dem Dachboden herumstanden und in der Stadtwohnung an den Wänden hingen, als Kind und Jugendlicher nichts anfangen. Meine Mutter versuchte auf unseren vielen Reisen durch Europa und Amerika, durch zahllose Museumsbesuche mein Interesse an ihrer Leidenschaft zu wecken. Aber leider konnte ich ihr den Gefallen nicht tun. Heute bedaure ich es sehr, dass ich von ihrem Wissen nichts mitbekommen, mir unsere Sammlung nicht habe erklären lassen. Jetzt ist es zu spät. Jetzt kann ich sie nicht mehr fragen.»

Ettore Lanzi nahm einen Schluck von der heißen Schokolade und versteckte sein Gesicht hinter seiner Tasse. Susanna war sofort klar, weshalb. Der Verlust der Mutter setzte ihm zu. Sie wagte es nicht, ihn zu fragen, wie lange Adriana Lanzi schon tot war. Nachdem es offenbar um ihre Hinterlassenschaft an ihre Kinder ging, die ihn beschäftigte und ratlos machte, lag es vielleicht noch nicht lange zurück. Sie beschloss, ihn nicht mit weiteren Fragen zu bedrängen, sondern abzuwarten. Vorsichtig nahm auch sie einen Schluck von der dunkelbraunen, fast puddingfesten Köstlichkeit.

Sie hatte schon oft im «Rivoire» den Trank der Götter gekostet, wie Andreas es immer nannte. Wer von dieser Kostbarkeit einmal genascht hatte, machte sich selbst keine Schokolade mehr, trank keinen Kakao oder sonst etwas Ähnliches, das angeblich aus Schokolade gemacht war. Denn gegen diesen glänzend dunklen und zähflüssigen Traum konnte alles andere nur verblassen, verdiente den Namen Schokolade nicht. Und wirklich, als sich jetzt die warme Flüssigkeit in ihrem Mund verteilte, alle Geschmacksnerven in den Genuss kamen, ergab es plötzlich durchaus Sinn, an einem heißen Septembertag Schokolade zu trinken. Und war es nur aus purer Gewohnheit und in Erinnerung an alte Zeiten und schöne Stunden. Ihre angespannten Nerven beruhigten sich etwas. Ettore Lanzi hatte eine angenehme Stimme, wenn er erzählte. Sie hörte ihm gerne zu.

«Als vor einigen Monaten die Leonardo-Ausstellung in den Uffizien eröffnet wurde», fuhr er fort, «schien es mir die beste Gelegenheit, Versäumtes endlich nachzuholen. Seither verbringe ich viele Stunden auf unserem Dachboden, in Buchhandlungen und jetzt auch in der Biblioteca und versuche, mich erst einmal mit den Renaissancekünstlern vertraut zu machen. Es ist eine Schande, in Florenz geboren zu sein und von den Genies der Stadt keine Ahnung zu haben.»

So offen er Susanna am Anfang des Gesprächs ins Gesicht gesehen und sie damit durcheinandergebracht hatte, so schwer schien ihm das jetzt zu fallen. Er schaute an ihr vorbei, in den leeren Tearoom in ihrem Rücken, und sprach mehr zu sich selbst. Hatte auch er etwas zu verbergen?

«Aber mit Piero della Francesca habe ich meine Schwierigkeiten. Ich komme nicht so recht dahinter, um was es ihm beim Malen ging. Und dieses Bild, die ‹Flagellazione›, verwirrt mich ziemlich.»

Seine dunkelbraunen Augen blickten prüfend und richteten nun bei Susanna ziemliche Verwirrung an. Offenbar war er am entscheidenden Punkt seiner Ausführung angekommen. Und sie fragte sich, weshalb er gerade für diesen Maler und für dieses Bild einen solchen Wissensdurst an den Tag legte.

«Ich wäre Ihnen sehr dankbar, wenn Sie mir erklären könnten, was der Künstler mit diesem Bild aussagen wollte, beziehungsweise für wen er es gemalt hat, und wen die drei Figuren darstellen, die so überdeutlich auf der rechten Bildhälfte zu sehen sind.»

«Sie haben mich in der Biblioteca gefragt, ob ich das Bild kenne, und ich habe leichtsinnigerweise genickt», begann Susanna vorsichtig. «Aber leider besteht ein ziemlicher Unterschied zwischen kennen und verstehen. Das Bild, das Sie sich ausgesucht haben, gehört zu den bekanntesten der Kunstgeschichte, aber auch zu den umstrittensten. Viele Theorien wurden aufgestellt. Wenig schmeichelhafte Kritiken sehen in ihm mehr eine Studie, eine Erprobung von Kunstfertigkeit als wirkliches künstlerisches Können. Es war Piero gelungen, Figuren in eine mathematisch genau konstruierte, perspektivische Architekturlandschaft mit den richtigen Verkürzungen hineinzustellen. Etwas, was ihm für den damaligen Stand der Kenntnisse geradezu revolutionär gut gelungen ist. Dabei sei es ihm, so die Kritiker, lediglich um die Perspektive, um die mathematische Lösung, um die Raumgestaltung gegangen, weniger um die Personen, die er in ihren Augen statuenhaft und emotionslos in den Raum gestellt hat.»

«Also wollte er lediglich im Bild den Beweis liefern, dass er die perspektivisch genaue Malerei beherrschte!» Ettore Lanzi traf diese Feststellung mit einem resignierten Unterton, der keinen Zweifel an seiner Enttäuschung ließ.

«Wenn man sich nicht weiter mit dem Bild beschäftigt, läuft es auf diese Erkenntnis hinaus. Andere Interpretatoren sehen in der ‹Flagellazione› eine Auseinandersetzung zwischen Ost- und Westkirche. Ein beliebtes Thema zur Zeit Pieros. Ziel der Künstler in der damaligen Zeit war es, dem Betrachter etwas zu erzählen. Uns modernen Menschen fällt es schwer, die Bedeutung zu erfassen. Uns fehlt dazu der historische Hintergrund, die Kenntnis von philosophischen und erzählerischen Traktaten, auf die sich der Maler stützen konnte, weil er wusste, dass die gelehrte Welt seiner Zeitgenossen sehr wohl die Hintergründe kannte.»

Ettore sah sie an, als hätte sie ihm gerade eine besonders komplizierte mathematische Gleichung erläutert: ungläubig, ratlos und enttäuscht. «Dass es sich um ein persönliches Bild, um die Geschichte lebender Personen handeln könnte, diese Variante scheidet also aus?»

Susanna schüttelte den Kopf. So einfach war es nun wieder nicht. «Es könnte sich durchaus auch um ein Auftragsbild handeln, um eine nachgestellte Szene aus dem Leben der dargestellten Personen. Zumindest was die drei Männer auf der rechten Bildhälfte betrifft. Die Forschung hat bislang kein genaues Entstehungsdatum festlegen können noch den Nachweis für einen Auftraggeber gefunden. Doch das muss nicht bedeuten, dass diese Variante ausscheidet. Längst sind nicht alle Handschriften, Bestellungen, Rechnungen und Verträge, die Künstler mit ihren Auftraggebern in dieser Zeit ausgetauscht haben, erforscht, entziffert und kommentiert.»

Ihre letzte Bemerkung versetzte Ettore Lanzi in tiefe Nachdenklichkeit. Er schob seine noch halbvolle Tasse hin und her und versuchte sichtbar, das zu verarbeiten, was

Susanna ihm erläutert hatte. Seine Schokolade hatte sich in der Zwischenzeit mit einer Hautschicht überzogen, die sich träge durch das Hin-und-her-Schieben mitbewegte und an den Rändern zu kleinen Falten aufgeschoben wurde, bis sie schließlich in der Mitte aufriss. Susanna fand, dass gerade die Haut am besten und intensivsten nach Schokolade schmeckte. Sie selbst hatte in dem Bemühen, die heiße Flüssigkeit zum Abkühlen zu bringen und dem forschenden Blick Ettores auszuweichen, immer wieder mit dem Löffel umgerührt und damit die begehrte Hautbildung verhindert. Fast war sie neidisch auf Ettores Schokolade und den Genuss, den er demnächst unweigerlich haben würde.

Verstohlen beobachtete sie ihn. Ihre Ausführungen schienen ihn zu beschäftigen. Sie sah es ihm förmlich an, wie er Gedanken wälzte, sie wieder verwarf, wie er darüber nachgrübelte, was er als Nächstes fragen sollte. Inzwischen war sie ziemlich sicher, dass seine Familiengeschichte stimmte. Ein Mann wie Ettore Lanzi hatte es nicht nötig, Märchen zu erzählen. Seine klassische Eleganz, sein unaufdringliches Äußeres war bewusst darauf ausgelegt zu kaschieren. Um keinen Preis wollte er auffallen. Und tat es genau deshalb. Der ganze Auftritt zeugte von selbstbewusstem Selbstverständnis. Er wollte Susanna weder durch schlaue Sprüche imponieren noch durch dumme Witze gefallen. Er wirkte auf sie wie ein Mann, der intuitiv und vermutlich von Geburt an seinen Wert und seinen Platz in der Gesellschaft kannte, ohne sich selbst zur Schau stellen zu müssen. Oder zu wollen. Sie empfand das als sehr reizvoll. Seine Unaufdringlichkeit war sympathisch und machte ihn auf eine gefährliche Weise begehrenswert.

Gleichzeitig wusste sie, dass er sie im Gegenzug nur

getroffen hatte, um etwas zu erfahren. Nicht, weil er sie etwa anziehend, charmant oder gutaussehend fand. Sie war sich nicht mal sicher, ob er überhaupt wusste, wie sie aussah. Sie bedauerte jetzt schon den Moment, wo alles gesagt war, wo er zahlen, aufstehen und das «Rivoire» und ihr Leben verlassen würde. Gleichzeitig konnte sie sich nur über sich selbst wundern. Sie leistete sich eine Schwärmerei, wie man sie nur jungen Mädchen gestattete. Sie wusste doch besser als viele andere, dass man sich nicht in einen Florentiner der Oberschicht verguckte. Aber vielleicht durfte sie das ja doch? Wem tat es weh? – Außer ihr selbst. Zu Hause saß Jochen und erwartete, dass sie ihn anrief. Das wirkte in diesem Moment so absurd auf sie und war so weit weg, dass sie ihr Lächeln nur mit einem schnellen Schluck aus der Tasse verstecken konnte.

Doch Ettore Lanzi musste es gesehen haben, denn er sah sie eigentümlich an. Damit er nicht glaubte, sie hielte ihn zum Besten, fügte sie ernst hinzu: «Die Zeugnisse aus jener Zeit sind spärlich, und die Kunstwissenschaft beschäftigt sich lieber mit so berühmten Herren wie Leonardo, Michelangelo oder Raffael. Mit ihnen ist mehr Staat zu machen. Eine weniger bekannte Größe, wie Piero della Francesca es nun einmal ist, muss noch auf die endgültigen Erkenntnisse der Wissenschaft warten.»

«Sie meinen, Sie wissen wirklich nicht mehr darüber?» Ettore sah sie ungläubig und enttäuscht an. Was sollte sie darauf antworten? Sie hatte nicht vor, sich zu entschuldigen. Mit keiner Silbe hatte sie sich als Expertin ausgegeben. Wenn er das fälschlicherweise angenommen hatte, so tat es ihr leid. Sie sah ihm fest ins Gesicht, und ihr Blick musste ihm verraten haben, dass er sie mit seiner Bemerkung getroffen hatte. Er bemühte sich um einen vermittelnden Ton, als er sagte: «Entschuldigen Sie bitte, Susanna, ich wollte Sie nicht beleidigen. Vielleicht können Sie mir ja doch helfen.» Sein Lächeln, das er ihr jetzt über den Tisch schickte, war warm und die Bitte, die darin lag, nicht zu übersehen.

«Ich habe mir einige Bücher zusammenstellen lassen, und ich bin sicher, dass Sie inzwischen alle angesehen haben. Welches werden Sie für Ihre Recherche und für Ihren Artikel verwenden? Wenn Sie wirklich nicht mehr über den Maler wissen, wie Sie sagen, dann sind auch Sie auf eine gute Quelle angewiesen.»

Wie wahr, dachte Susanna. Er ließ nicht locker und wollte unbedingt etwas von ihr erfahren. Die Aussicht, das Treffen könnte für ihn keine neue Erkenntnis bringen, schien er nicht akzeptieren zu wollen. Doch sie hielt es für gefährlich, ihm weitere Informationen zu geben. Andererseits gefiel es ihr natürlich nicht, den Verdacht von Unkenntnis auf sich sitzenzulassen.

«Mein Interesse an Piero ist mehr allgemeiner Natur. Die Leser unseres Kunstmagazins wollen einen ersten Eindruck bekommen, wollen dann selbst entscheiden, ob eine Reise nach Italien für sie lohnend ist.» Susanna fühlte, wie ihr die Hitze ins Gesicht stieg. Der Argwohn Ettores und seine unangebrachte Unterstellung hatten sie wirklich verletzt. Auch sie war enttäuscht und fürchtete, dass das Gespräch für sie beide ergebnislos enden würde. Wenn sie ehrlich war, hatte auch sie einige Hoffnung mit dem Treffen verbunden, und ihr ging es dabei nicht nur um den Jünglingskopf.

«Sie haben unter anderen ein Buch ausgewählt», fuhr sie so sachlich wie möglich fort, «mit dem Titel ‹La flagellazione – mistero per sempre?› von Andreas von Weisenfels.»

«O ja, ein Buch mit fast vierhundert Seiten.» Ettore schüttelte resigniert den Kopf, als hätte ihn diese Fülle bereits überfordert. «Und Signor Weisenfels kennt sich wirklich aus?»

«Von Weisenfels ist der beste Professore, den sich die Universität von Florenz wünschen konnte.» Sie betonte den Professore mit allem Nachdruck. Und noch eine Spur nachdrücklicher fügte sie hinzu: «Er ist und bleibt der Beste, wenn es um italienische Renaissancemalerei geht.»

Überrascht sah Ettore sie an. Ihr Eifer machte ihn stutzig. Und Susanna fühlte, wie ihr Gesicht brannte. Warum nur hatte sie sich so hinreißen lassen? Leiser fügte sie hinzu: «Professore Weisenfels ist der Beste. Glauben Sie mir. Wenn Sie wirklich etwas über Piero della Francesca wissen möchten, dann lesen Sie sein Buch. Sie werden es sicher nicht bereuen!»

Das Gespräch hatte eine Wendung genommen, die sie herausforderte und ungeduldig machte. Sie war erneut Opfer ihrer Unsicherheit geworden, und das machte sie wütend.

«Es tut mir leid, dass ich Ihnen nicht weiterhelfen konnte. Vielen Dank für die Schokolade.» Susanna stand unvermittelt auf. Sie hielt es nicht länger mit ihm im Tearoom aus. Sicherlich würde sie von ihm nichts über das Porträt erfahren. Diese Hoffnung hatte sich als völlig unbegründet herausgestellt.

Ganz automatisch und gemäß seiner guten Erziehung beeilte sich auch Ettore Lanzi, sich von seinem Stuhl zu erheben. Sie hielt ihm ihre Hand zum Abschied hin. Als er sie ergriff, durchflutete Susanna eine angenehme Wärme. Er drückte ihre Hand fest und für ihren Geschmack eine Spur zu lange, so als wollte er noch etwas sagen, sie zum Bleiben überreden.

«Ich habe leider noch einen Termin», log sie. «Ich wünsche Ihnen viel Glück bei Ihren Recherchen und mit Ihrer Sammlung.»

Ettore ließ ihre Hand los. Seiner Miene war nicht zu entnehmen, was er von ihrem plötzlichen Aufbruch hielt. Eilig strebte sie dem Ausgang zu. Dabei fühlte sie seinen Blick in ihrem Rücken. Zum ersten Mal, seit sie ihn vor knapp vier Stunden kennengelernt hatte, wusste sie mit Sicherheit, dass er ihr nachsah, dass er den Schnitt ihres Hosenanzugs zumindest von hinten nicht so schnell vergaß. Und sie ahnte, dass sie über dieses Gespräch noch lange nachdenken würde.

IV.

Villa Sabrini

Susanna schaute sich um und konnte nur staunen. Die Adresse, die Elisabetta ihr gegeben hatte, entpuppte sich als herrschaftliche Villa auf den Hügeln hinter San Miniato al Monte. Die Stadt Florenz bezahlte ihre Kommunalpolitiker offenbar nicht schlecht, um nicht zu sagen, sie bezahlte sie fürstlich. Jetzt wunderte sich Susanna nicht mehr über den schiefen Blick des Taxifahrers, als sie ihm ihr Ziel nannte. Zunächst hatte sie geglaubt, er gelte ihrem smaragdgrünen, bodenlangen Abendkleid und dem weiten Dekolleté, das sie inzwischen selbst etwas gewagt fand. Der Fahrer hatte den Weg über das alte Viertel von San Frediano genommen, dem Viertel der Schuster, Schneider, Kürschner, Bäcker, Metzger und auch der Künstler. Dieser Stadtteil von Florenz gehörte seit jeher dem Florentiner Kleingewerbe. Er lag auf dem anderen Ufer des Arno, das man auch zu Fuß erreichte, wenn man den Ponte Vecchio überquerte oder mit dem Auto eine der anderen Brücken über den Fluss nahm. Der Charakter der Stadt änderte sich völlig. Die Gassen wurden enger, kurviger. Antiquitätengeschäfte und Handwerksbetriebe folgten dicht aufeinander, unterbrochen von kleinen Bäcker- und Metzgerläden oder Trattorien, die in Preis und Qualität den Ansprüchen der normalen Florentiner entsprachen. Dieses Viertel wurde von Touristen, vor allem von den Tagestouristen, kaum aufgesucht. Sie hatten mit dem Dom, dem Baptisterium, den Medici-Gräbern von Michelangelo in San Lorenzo und den Uffizien genug Programm. Ein Bummel über den Ponte Vecchio war meist noch üblich, aber die andere Seite des Arno war für viele Niemandsland.

Der Taxifahrer hatte die kurvige Straße hinauf zur Piazzale Michelangelo gewählt, vorbei am Friedhof, und war dann eingetaucht in die Hügel mit ihren Villen. Riesige Anwesen, die ihre Bedeutung und ihren Reichtum hinter dichten Jasmin- und Oleanderhecken oder hohen Mauern versteckten. Die Allee, die nach oben führte, spendete wohltuenden Schatten, war aber durchbrochen genug, um den Blick auf die immer tiefer unten liegende Stadt freizugeben, die im warmen Licht des Spätsommertages wie ein goldenes Meer mit den ziegelroten Wellenbergen unzähliger Dächer heraufleuchtete.

Schließlich hatte der Fahrer vor einem breiten Tor gehalten. Reichverschnörkeltes Schmiedeeisen, dessen goldene Akzente in der Sonne glänzten, zeugte von längstvergangener Zeit. Leise und gravitätisch langsam öffneten sich die Flügel, als hätten dienstbare Geister ihre Hände im Spiel. Eine Zypressenallee wie aus dem besten Bildband über die Toskana führte einen gekiesten Fahrweg entlang, der einen tiefgrünen englischen Rasen peinlich genau durchschnitt, und weiter auf eine zweistöckige Villa zu, deren dunkelgrüne Fensterläden und Fassade in Habsburger Gelb warm und einladend leuchtete.

Das Anwesen der Sabrinis konnte sich sehen lassen. Vom Lärm der nahen Stadt und der Höhenstraße, die sie gerade hochgefahren waren, war absolut nichts zu hören. Stattdessen zwitscherten Vögel, raschelte der Wind in den Blättern eines riesigen, immergrünen Magnolienbaums, der von einem kundigen Gärtner zu einem überdimensionalen Baumkegel geschnitten war und an dessen Ästen dicke, braunviolette Früchte hingen, die kurz vor dem Aufplatzen standen.

Susanna raffte ihr bodenlanges Kleid etwas in die Höhe, stieg die flachen Stufen zum Portal des Hauses nach oben. Doch bevor sie noch die Klingel erreichte, öffnete sich die schwere Eichentür und eine zierliche, weißhaarige Frau in schwarzem Kleid öffnete.

Ganz offenbar hatten Spione auf der Lauer gelegen, dachte Susanna belustigt. Sie konnte sich denken, dass das ganze Anwesen mit Kameras gesichert war. Wie sonst hätte man von ihrer Ankunft wissen sollen. Was musste das für ein Leben sein, wenn man mit dem wachen Auge von Kameras tagtäglich beobachtet und bewacht wurde? Susanna wusste mit Sicherheit, dass sie darauf gut und gern verzichten konnte. Ihr reichten die Sicherheitsmaßnahmen im Auktionshaus Wagner. Zu Hause hatte sie es lieber weniger kontrolliert.

«Die Signora erwartet Sie bereits!»

War da etwa ein leichter Ton des Vorwurfs herauszuhören? Susanna reagierte nach den Erfahrungen des Tages sensibel. Das mehr oder weniger verunglückte Treffen mit Ettore Lanzi lag ihr wie unverdauliches Essen im Magen. Sie wusste nicht mehr, wie oft sie sich im Laufe des Nachmittags die einzelnen Gesprächsteile ins Gedächtnis gerufen und ihre Bedeutung hinterfragt hatte. Inzwischen fühlte sie sich nicht mehr so sicher, ob ihr Abgang nicht doch etwas zu forsch und hastig gewesen war. Sie mochte an ein mögliches Zusammentreffen in der Biblioteca gar nicht denken. Es konnte einfach nur peinlich werden.

Die Haushälterin ging voraus und führte Susanna durch eine geräumige Halle, die mit behäbigen Barockkommoden ausgestattet war, deren Intarsien im schräg einfallenden Licht in vielen Brauntönen schimmerten. Susanna konnte sich lebhaft vorstellen, wie hier emsige Hände täglich den Staublappen über die Holzflächen tanzen ließen. Die bunten Perserteppiche, weich und ohne Staubkorn, die auf dem schachbrettartig verlegten Botticino und Veroneser Marmor ausgebreitet lagen, schluckten jeden Laut. Nur die Seide ihres Abendkleides glitt knisternd darüber.

Dann allerdings hörte sie eilige Schritte über eine Steintreppe herablaufen. Susanna vermutete, dass diese sich am entgegengesetzten Ende des Hauses befand. Sie hörte Stimmen und Lachen. Mit der Hausdame durchschritt sie einen flachen Rundbogen, hinter dem die Halle in einen weiten Salon mündete. Er war mit modernen Sofas und Ledersesseln möbliert, und geöffnete Flügeltüren gaben den Blick auf den Garten frei. Auf einem niedrigen Glastisch neben dem Sofa stand ein Sektkübel, aus dem der goldummantelte Hals einer Champagnerflasche ragte. Hochstielige, hauchdünne Champagnerflöten aus pastellfarbenem Glas warteten darauf, gefüllt zu werden. Murano – wie hätte es in diesem Haushalt auch anders sein können. Susanna erkannte Qualität, wenn es sich um Qualität handelte. Und für Murano-Glas hatte sie eine Schwäche. Eines dieser Kunstwerke – jeder Stiel zu einer anderen Form geblasen – zu zerschlagen würde keine Haftpflichtversicherung erfreuen. Nein, im Gegenteil! Sie würde peinliche Fragen nach ausschweifenden Festen und exorbitanten Glaspreisen stellen.

Ja, ohne Zweifel, Susanna wurde erwartet. Elisabetta wollte ihr Wiedersehen gebührend feiern. Der Hausschatten war inzwischen leise und unbemerkt verschwunden. Doch das machte nichts aus. Denn die Schritte, die sie schon gehört hatte, waren sehr nahe gekommen. Und dann stürzte Elisabetta zusammen mit zwei blondgelockten, kleinen Mädchen förmlich in den Salon herein: jede an einer Hand, jede der anderen wie aus dem Gesicht geschnitten, mit gleichen Kleidchen ausstaffiert und lediglich an verschiedenfarbigen Haarklammern zu unterscheiden.

«Carissima!» Elisabetta ließ ihre Töchter los, stürzte auf Susanna zu und umarmte sie ungestüm und ohne jede Rücksicht auf ihr empfindliches Abendkleid. Feuchte Küsse links und rechts auf die Backen, keine nur hingehauchten, vornehmen Wölkchen, die man mehr roch als spürte, weil der benebelnde Geruch nach schwerem Parfüm den Damen als Begrüßungshauch in der Regel reichte.

«Lass dich anschauen!» Elisabetta nahm Maß. Ihr prüfender Blick glitt über Susannas Haar, das sie immer noch so trug wie zu Studentenzeiten. Nur der Rotton war intensiver, dunkler, glänzender. Ihr Friseur wusste, wie man den Typ einer Frau unterstrich. Der kritische Blick wanderte über ihr Gesicht und blieb schließlich auf ihrem Traum aus Satinseide hängen.

«Moda di Monaco!» Dies war keine Frage, sondern eine Feststellung. Susanna grübelte sofort über den Tonfall nach. Würde sie vor dem kritischen Kennerblick der Freundin bestehen können?

«E molto bella!» Und um das Kompliment nicht unhöflich beim Kleid zu belassen, ergänzte Elisabetta mit breitem Lächeln: *«Tu sei molto bella!»*

«Du siehst auch sehr gut aus, Etta!» Und das war keine Floskel. Elisabetta, in einem dunkelblauen Hosenanzug mit aprikotfarbener Chiffonbluse, die perfekt zu ihrem leicht getönten Teint und den tiefschwarzen Haaren passte, sah hervorragend aus. Die blonden Mädchen neben ihr verstärkten noch den Kontrast. Hatte ihre Freundin einen blonden Italiener geheiratet? Sie konnte es sich eigentlich nicht vorstellen. Heimlich beobachtete sie die beiden Kinder. Sie traten von einem Bein auf das andere und musterten ungeniert, aber sichtlich ungeduldig den Besuch ihrer Mama. Ob sich Elisabetta bewusst war, wie glücklich sie sich schätzen konnte mit diesen beiden kleinen Mädchen? Susanna wandte den Blick ab. Es ging nun wirklich nicht, dass sie auf ihre Freundin eifersüchtig wurde, nur weil sie selbst bislang in dieser Beziehung kein Glück hatte. Sie konnte sich doch wahrlich nicht über ihr Leben beklagen. Aber immer dann, wenn Kinder ins Spiel kamen, fühlte sie einen nagenden Schmerz in ihrer Herzgegend, und bei aller Vernunft und bei eigenem gutem Zureden konnte sie ihn nicht ignorieren und noch weniger loswerden.

«Was sagst du zu meinen Engelchen?»

Susanna sah Elisabetta an, als wäre sie nicht recht bei Verstand. Erwartete sie tatsächlich eine Antwort auf diese unsinnige Frage?

«Concetta und Nicoletta, sagt meiner Freundin guten Tag!»

Die Mädchen, noch keine vier Jahre alt, kicherten, hielten sich an den Händen und machten einen etwas wackeligen

Knicks, der sie mehr denn je erheiterte. Sie ließen Susanna nicht aus den Augen, machten aber keinen Schritt auf sie zu. Stattdessen hielten sie sich jetzt die Hände vor den Mund, weil ihr Lachen nicht mehr zu unterdrücken war. Ihre schwarzen Augen sprühten Funken. Kein Zweifel, die beiden hatten riesigen Spaß.

«Martina», rief Elisabetta in die Halle, und ihre Stimme hatte plötzlich eine Härte und eine Schärfe, die Susanna unangenehm berührte. Der Hausschatten tauchte im Rundbogen auf und machte ein mürrisches Gesicht.

«Nimm die beiden wieder mit nach oben. Sie müssen sich noch umziehen, bevor ihr Vater in einer Stunde nach Hause kommt.»

Martina öffnete den Mund, als wollte sie etwas erwidern, aber Elisabetta hielt sofort dagegen: «Heute bleibt keine Zeit zum Spielen. Wir haben es nachher eilig.»

Verwundert fragte sich Susanna, ob Elisabetta allen Ernstes vorhatte, ihre Töchter zur Show in den Palazzo Pitti mitzunehmen. Weshalb sonst sollten sie sich umziehen? Sie sahen in ihren Kleidchen aus geblümtem Baumwollstoff und mit weißen Bubikrägen ganz reizend aus.

«Komm!» Elisabetta wandte sich ihr zu. Die Vorführung der Töchter war beendet. Sie würdigte sie keines Blickes mehr, als die Mädchen mit Martina durch den Rundbogen verschwanden. Wenig später hörte man ihre Schritte auf der Steintreppe. Elisabetta langte nach der Champagnerflasche und goss zwei Flöten voll.

«*Salute,* Sanna!» Sie stießen an. «Wer hätte gedacht, dass du jemals wieder nach Florenz kommen würdest. Wie lange ist es her? Vier Jahre?»

Susanna nickte.

«Es ist viel passiert, seit du fortgegangen bist.»

Mit dem gleichen Satz hatte schon Signor Terani Susanna begrüßt. Und es waren keine guten Nachrichten gewesen, die er ihr dann erzählt hatte.

Elisabetta trank ihr Glas leer. Sie griff erneut nach der Champagnerflasche und füllte nach. Susanna hatte bisher nicht mehr als einen Schluck genommen. Verwundert stellte sie fest, wie Elisabetta auch dem zweiten Glas mehr als nur gut zusprach. Die Freundin musste großen Durst haben. Allerdings war das bei der Hitze kein Wunder.

«Wie lange wirst du bleiben?»

«Mein Flug geht Samstagnachmittag.»

«Oh, no!» Entschieden bewegte Elisabetta den Zeigefinger ihrer rechten Hand verneinend hin und her. Ihr schönes, ebenmäßiges Gesicht verzog sie zu einer ärgerlichen Grimasse. «Ich werde für dich am Samstagabend eine Party geben. Ich habe dreißig Personen eingeladen. Sogar Federico hat zugesagt. Erinnerst du dich an Federico?»

Susanna schüttelte den Kopf. Sie hatte keine blasse Ahnung, wer Federico sein sollte.

«Du musst deinen Flug zumindest auf Sonntag verschieben. Wir werden gleich nachher Carlo darum bitten, wenn er nach Hause kommt. Carlo wird das regeln. Kein Problem.»

Susanna machte einen vergeblichen Versuch, die Freundin zu unterbrechen. Sie wollte weder Carlo regeln lassen, noch weniger wollte sie ihren Flug verschieben. Sie hatte Wagner versprochen, am Sonntagvormittag einen letzten kontrollierenden Blick auf den Auktionskatalog zu werfen, den Beate im Laufe der Woche druckfertig machen sollte. Es kam überhaupt nicht in Frage, dass sie erst am Sonntag zurückflog.

«Wie spät ist es überhaupt?» Elisabetta sah auf eine runde

Uhr, die im Licht aufblitzte, als sie den Ärmel ihrer Anzugjacke zurückschob. Brillanten rund um das Zifferblatt sprühten Funken. Die Freundin hatte wohl mit ihrem Carlo einen guten Griff getan, stellte Susanna bei sich fest. Allerdings machten solche Preziosen auf sie nur wenig Eindruck. Carlo, dessen Beruf den Umgang mit bekannten und wichtigen Leuten im öffentlichen Leben von Florenz mit sich brachte, konnte gar nicht anders, als seine Frau mit Klunkern zu behängen. Diese Art von Luxus gehörte zum festen Bestandteil des Lebensstils, der von den Sabrinis erwartet wurde. Susannas Mitleid ob dieser auferlegten Extravaganzen hielt sich in Grenzen.

Elisabettas Eltern waren schon keine armen Leute, wenn sie sich recht erinnerte. John McGregor, der amerikanische Diplomat, hatte bei einem Empfang Rositta Crisci in Mailand kennengelernt und ziemlich rasch geheiratet. Die Mailänderin war ihm nach Florenz in einen imposanten Palazzo gefolgt, der mit Antiquitäten und Silberkandelabern vollgestellt und mit dunkelgrünen Brokatvorhängen ausgestattet war, dass man kaum Luft bekam. Die amerikanische Regierung ermöglichte Elisabetta und ihren Eltern ein luxuriöses und komfortables Leben. Susanna hatte nicht schlecht gestaunt, als sie einmal zu einer Dinnerparty dort eingeladen war. Mit den Feiern ihrer Eltern, die gern zu Schweinebraten, Kartoffelknödeln, Blaukraut und frischem Apfelstrudel einluden, war diese Party nicht vergleichbar. Es gab Meeresgetier in allen Formen und Zubereitungsarten, gegrilltes und gebratenes Fleisch, eingelegte Gemüse, Pasteten, Schalen voll Obst und mehrstöckige Eistorten in zuckersüßen Pastellfarben in nicht zu bewältigenden Mengen. Champagner und Wein flossen üppig, und die geladenen Gäste, in Smoking und kleinem Schwarzen, griffen ungeniert und teilweise nicht besonders vornehm zu. Damals hatte Susanna sich schon gefragt, wem das dargebotene Übermaß imponieren sollte. Wollte sich so der amerikanische Diplomat profilieren, sich einen Platz in der Gesellschaft sichern, sich Freunde machen, die auf ihn nicht verzichten sollten?

Wenn sie sich jetzt in Elisabettas Heim umsah, hatte sie den Palazzo mit einer Villa vertauscht, die nicht weniger kostbar ausgestattet war. Und die Party, die für sie gegeben werden sollte, war mit Sicherheit ein ähnliches Großereignis wie diese Dinnerparty vor knapp fünf Jahren. Musste sie sich erneut vor der Freundin beweisen oder mit ihrem Reichtum brillieren? Aber warum? Susanna hatte ihr nichts entgegenzusetzen. Weder was ihr Elternhaus noch was ihren Freund betraf. Mit Jochen, der grauen Staatsanwaltsmaus mit Karriereallüren in Richtung Richteramt in zehn oder fünfzehn Jahren, nachdem er genug Jahre im Staatsdienst abgesessen hatte, konnte sie nun wahrlich nicht vor dem Kulturreferenten der Stadt Florenz bestehen. Susanna war diese Art von Vergleich auch ziemlich egal. Nein, es war ihr vielmehr unangenehm und erschien ihr in höchstem Maße unangemessen.

«O Gott», entsetzt sah Elisabetta auf ihre Uhr. «Schon halb sieben! Ich muss mich umziehen! Und Carlo wird auch jeden Moment da sein. Komm, wir gehen in mein Schlafzimmer. Dort können wir weiterreden.»

Susanna folgte ihr nun durch den Rundbogen über die Steinstufen hinauf in den zweiten Stock. Ein langer Gang verlief quer zur Giebelseite des Hauses. Eine Reihe von Türen ging davon ab. Ziemlich am Ende öffnete Elisabetta eine davon, und sie traten in ein geräumiges Zimmer, das wider Erwarten sehr modern und zweckmäßig eingerichtet war: ein gerades Polsterbett, in Hellblau und Creme gestreift, eine Frisierkommode aus weißem Lack und mit einem breiten Kristallspiegel darüber, ein rundes Tischchen, auf dem ein riesiger Herbststrauß in der Mitte in einer silbernen Vase thronte, und, als einziges Relikt vergangener Tage, ein offener Kamin mit einem Messinggitter davor. Noch war es zu warm, um den Ofen anzuheizen. Auf seinem Sims standen verschieden hohe Silberleuchter und dazwischen aufgestellt Familienfotos in unterschiedlichen Größen und Rahmen. Der Raum strahlte eine feminine Sachlichkeit aus, die Susanna verwunderte. Sie hielt es für ausgeschlossen, dass es das gemeinsame Schlafzimmer sein sollte. Vielleicht schnarchte Carlo Sabrini in höchsten Tönen, und Elisabetta bekam Migräne davon. Oder sie brauchte Freiraum für ihren Schönheitsschlaf?

Neben dem Nachtkästchen, das im Stil zur Frisierkommode passte, befand sich eine Tür, die Elisabetta nun öffnete. Sie führte in einen begehbaren Schrank, dessen Ausmaß Susanna dann doch überraschte. Ein dreiteiliger, raumhoher Spiegel dominierte und vervielfältigte die Regale und Hänger viele Male und verlieh dem Raum eine unbeschreibliche Tiefe. Die Illusion, wie man sie aus Spiegelsälen in Schlössern kennt, war bis zur Perfektion nachempfunden. Susanna hatte Mühe, die echten Kleiderständer von den gespiegelten zu unterscheiden. An einem der Ständer hing ein Abendkleid in einem tiefen Rot, wie nur vollreife Herzkirschen es haben. Es war schlicht aus Wildseide auf Büste gearbeitet und brachte die nicht geringe Oberweite von Elisabetta mehr als nur gut zur Geltung. Von der tief nach unten gezogenen Taille öffnete sich ein weiter, in weichfallenden Falten aufspringender Rock, der die dazu passenden Schuhe aus dem gleichen Material für knapp zwei Zentimeter freigab. Während sich Elisabetta von Susanna in das Kleid helfen ließ, beschwerte sie sich.

«Du bist immer noch so schweigsam wie damals. Nun los, erzähl mal ein bisschen. Warum bist du hier? Was machst du in München? Hast du einen Freund, oder bist du gar schon verheiratet und hast das bis jetzt auch geheim gehalten? Eigentlich hätten wir uns den Champagner mit heraufnehmen sollen. Komm, sei so lieb, gleich gegenüber ist das Zimmer der Mädchen. Frag Martina, ob sie uns noch eine Flasche und Gläser heraufbringen kann.»

«Meinst du nicht, wir haben genug? Ich bin sicher, es gibt nachher auch noch etwas zu trinken.» Sie mochte ihrem fast nüchternen Magen keinen weiteren Champagner zumuten. Schließlich wollte sie die Show, von der sie sich doch einiges an Überraschung versprach, bei wachem Verstand und nicht im Champagnernebel genießen.

«Immer vernünftig, immer fleißig.» Elisabetta, die sie durchschaute, drohte ihr mit dem Zeigefinger und schüttelte dabei mehr scherzhaft als im Ernst ihren Kopf. «Und lenk nicht immer ab! Also, was machst du in München?»

Das war, wie Susanna nicht ohne Magendrücken erkannte, eine gefährliche Frage. Was sollte sie ihrer Freundin antworten? Die Wahrheit? Irgendwie hatte sie eine Scheu davor, in Florenz mehrere Versionen ihrer Tätigkeit in Umlauf zu bringen. Sie wusste nur zu gut, die Stadt war ein Dorf. Jeder kannte jeden oder zumindest jemanden, der den anderen wieder über fünf Ecken oder über die Familie oder das Büro kannte. Man konnte sich nicht verstecken, man konnte nichts verheimlichen. Früher oder später kamen sie doch dahinter, und Lügen und Gerüchte stürzten in sich zusammen. Eine solch peinliche Situation wollte sie sich ersparen.

«Ich arbeite freiberuflich für ein ...», begann Susanna ihre inzwischen ausgefeilte Notlüge herunterzubeten, als sie von Elisabetta erneut unterbrochen wurde.

«Sag, wie spät ist es?» Ihre wertvolle Uhr hatte sie während des Umziehens abgelegt. Susanna hatte keine Ahnung, wo sie das blitzende Stück gelassen hatte, und schaute deshalb auf ihre kleine japanische Uhr aus dem Kaufhaus, die sie seit über zehn Jahren hatte und die nach wie vor auf die Minute genau ging.

«Kurz vor halb acht!»

Elisabetta entfuhr ein kleiner spitzer Schrei. «Aber das ist ganz unmöglich. Deine Uhr geht falsch.»

Nichts war unwahrscheinlicher, wie Susanna nur zu gut wusste, aber sie hielt wohlweislich ihren Mund.

«Ich verstehe nicht, wo Carlo bleibt. Er wollte mir doch noch den Schmuck bringen. Ohne Schmuck gehe ich auf keinen Fall in den Palazzo Pitti. Das ist völlig ausgeschlossen.» Ihr Blick fiel unversehens auf Susannas leeres Dekolleté. «Wo hast du deine Steine, wenn ich fragen darf? Wir werden mit der Limousine abgeholt. Du musst keine Sorge haben, dass sie wegkommen. Auf der Show ist alles bestens bewacht. Da trägt keiner etwas hinaus, da kannst du ganz unbesorgt sein. Fast die ganze Polizei von Florenz ist für den Pitti heute Abend abgestellt. Es wäre ja auch undenkbar, wenn etwas gestohlen würde. Ein riesiger Skandal wäre das.»

«Ich habe keinen Schmuck mit», antwortete Susanna einfach.

«Bitte?» Einen Moment war selbst Elisabetta sprachlos, dann fing sie laut und befreit zu lachen an. «Das sieht dir wieder ähnlich! Nur nicht auffallen. Immer bescheiden. Aber heute liegst du mit dieser Devise völlig daneben, meine Liebe, das kann ich dir versichern. Du wirst die Einzige sein, die keinen Schmuck trägt, und jeder wird es bemerken und offen oder hinter vorgehaltener Hand darüber diskutieren. Carlo hat extra für diesen Abend ein Collier mit Ohrgehänge und Armband bei Picciollini geliehen. Das ist einer der ältesten und besten Juweliere der Stadt. Und ich brenne vor Neugier, was Carlo ausgesucht hat. Auf seinen Geschmack kann ich mich grundsätzlich verlassen, und er war noch nie geizig. Die Leihgebühr für einen Abend ist nicht gerade geschenkt. Aber es ist die Sache wert. Die ‹Gem Show› ist das erste Highlight der Herbstsaison. Du wirst staunen. Dieses Ereignis wirst du so schnell nicht vergessen.»

Susanna zweifelte keinen Augenblick daran. Allein die Begleitumstände reichten ihr, um diesen Abend und diese Tage in Florenz für sie unvergesslich zu machen.

«Soll ich dir von meinem Schmuck etwas leihen?» Ihre Freundin wartete die Antwort gar nicht ab, sondern schob eine Reihe von Blusen auf einer Stange ungestüm nach rechts. Dahinter wurde die Tür eines Wandsafes sichtbar. Sie drückte mehrere Tasten, und die Tür öffnete sich mit einem leisen Klick.

«Bitte, Etta, lass es gut sein. Ich werde ganz bestimmt keinen Schmuck von dir tragen.»

«Sei doch nicht so störrisch. Schau! Es ist genug da. Dieses schmale Smaragdcollier passt doch ganz ausgezeichnet zu deinem Kleid. Die Steine haben genau die passende Farbe. Einfach perfekt.» Elisabetta hielt ihr ein filigran gearbeitetes Collier aus Smaragden und Brillanten vor die Nase, das nur so blinkte und blitzte.

«Etta, bitte, ich besitze keinen Schmuck dieser Größenordnung, und ich werde deinen Schmuck ganz sicher nicht tragen. Pack die Sachen wieder in den Safe und sei vernünftig.»

Grummelnd und sehr unwillig kam Elisabetta ihrer Bitte nach.

«Signora?» Eine Stimme aus dem Schlafzimmer rief nach ihr.

«Martina, komm rein, wir sind in der Ankleide.»

Die Hausangestellte erschien in der Tür. Sie hielt ein quadratisches, dunkelgrünes Schmucketui in Händen, das sie Elisabetta hinhielt.

«Signora Picciollini hat das für Sie vorbeigebracht.»

Ungläubig starrte Elisabetta zuerst das Kästchen und dann Martina an. Ihr Mund verzog sich zu einem hässlich dünnen Strich, als sie die Lippen fest aufeinanderpresste.

«Was soll das heißen?», fragte sie sehr leise.

«Signor Carlo hat Signora Picciollini gebeten, sie möge Ihnen den Schmuck vorbeibringen. Die Limousine steht im Übrigen schon vor dem Haus und wartet.»

Ohne einen weiteren Kommentar abzuwarten, drückte sie Susanna das Schmuckkästchen in die Hand, weil Elisabetta keinerlei Anstalten machte, es ihr abzunehmen, drehte sich um und verschwand.

Aus Elisabettas Gesicht war jede Farbe gewichen. Stocksteif und mit geballten Fäusten stand sie in ihrem Ankleidezimmer. Susanna war ratlos. Sie fürchtete den Wutausbruch ihrer Freundin, hatte aber keine Ahnung, wie sie ihn aufhalten sollte. In der Hoffnung, damit die Lage etwas zu entspannen, ließ sie den Deckel des Schmuckkästchens aufspringen. Brillanten, in drei Reihen und in verschieden großen Tropfen gearbeitet, funkelten ihr entgegen. Der Schmuck war alt. Zwanziger oder dreißiger Jahre, vermutete Susanna, und deshalb besonders wertvoll. Sie hatte gut und gerne fünfzigtausend Euro in Händen. Die Leihgebühr betrug mindestens fünf Prozent. Versicherung noch nicht mitgerechnet. Kein billiges Vergnügen dieser Abend. Und Elisabetta führte sich auf wie ein kleines trotziges Kind. Sie konnte sich doch mehr als glücklich schätzen, einen so großzügigen Mann zu haben, der ihr auch noch zwei entzückende Mädchen geschenkt hatte. Sie hielt Elisabetta das geöffnete Kästchen hin.

«Du hast recht», begann sie vorsichtig, «dein Mann hat einen ganz ausgezeichneten Geschmack. Diese Stücke sind wunderschön und ausgesprochen wertvoll.»

«Warum kommt er nicht selbst und legt sie mir um?»

Susanna wusste nicht, ob Eigensinn aus diesen Worten klang oder Verzweiflung. Die Stimme der Freundin hörte sich nach wie vor gepresst an, und nur mit Mühe unterdrückte sie eine Tränenflut, das konnte Susanna nur zu gut erkennen.

«Kannst du dir nicht vorstellen, dass die Vorbereitung eines solchen Abends vielleicht nicht ganz reibungslos vor sich geht? Es ist bestimmt etwas Wichtiges dazwischengekommen. Man braucht Carlo im Pitti. Da bin ich ganz sicher.»

Elisabetta sah sie an. Beide Augenbrauen gingen in die Höhe. Ihr höhnischer Blick sagte, für wie dumm hältst du mich?

Mit einer entschiedenen Geste nahm sie das Collier aus dem Kästchen und legte es an. Es folgten die Ohrgehänge, und beim Armband war ihr Susanna behilflich, die innerlich aufatmete, weil die Freundin zumindest Anstalten machte, den Abend nicht schon hier in ihrem Ankleidezimmer zu beenden. Anschließend gingen sie in das Schlafzimmer der Töchter, die in weißen Nachthemden auf den Betten herumhüpften und, als sie die Mutter hereinkommen sahen, wie auf Kommando zu protestieren anfingen.

«Nein, nein, Mama, geh weg!»

Susanna, selbst gar nicht betroffen, versetzte es einen Stich in die Brust. Wie musste Elisabetta diesen Protest empfinden? Aber die Mädchen waren ohne Nachsicht. Eine von ihnen baute sich vor der Mutter auf und sagte: «Wir wollen Papa haben! Papa soll uns eine Geschichte erzählen und mit *bambolina* spielen.» Dabei deutete sie auf eine Puppe, die in einem Stubenwagen lag. Sie klagte ein Gute-Nacht-Ritual ein, das an diesem Abend ganz sicher nicht stattfinden würde.

Elisabetta schaute stumm von einer Tochter zur anderen. In ihrem Gesicht arbeitete es. Schön und steif wie eine Statue sah sie aus in ihrem Kleid und dem teuren Schmuck an Hals und Ohren. Unnahbar und gleichzeitig tief verletzt. Nicht nur vom eigenen Mann, sondern nun auch noch von den Töchtern wurde sie an diesem Abend zurückgewiesen. Susanna fragte sich besorgt, ob das eine Ausnahme war oder ob sich diese Form des Familienlebens regelmäßig wiederholte. Sie konnte sich gut vorstellen, dass Carlo Sabrini durch seine beruflichen Verpflichtungen nur selten am Abend pünktlich nach Hause kam, um seine Mädchen ins Bett zu bringen. Umso begehrter war der Vater bei ihnen. Ohne ein Wort oder eine liebevolle Geste verließ Elisabetta das Zimmer ihrer Töchter. Hochaufgerichtet schritt sie den Gang entlang und auf die Treppe zu, die ins Erdgeschoss der Villa führte. Susanna ging neben ihr und zermarterte sich das Hirn, was sie sagen könnte, um die Stimmung zu heben, die Spannung aus der Haltung ihrer Freundin zu nehmen.

«Hast du Kinder?», fragte Elisabetta tonlos.

Susanna schüttelte den Kopf. Das war kein Thema, über das sie Worte verlieren wollte.

«Sei froh! Es gibt nichts Undankbareres als Töchter.»

Der Schmerz in Susannas Brust wurde stechend.

«Sie haben das bestimmt nicht so gemeint», versuchte sie zu beschwichtigen. «Dein Mann kommt sicher nur selten dazu, den Mädchen eine Geschichte vorzulesen. In seinem Job kennt man keine geregelten Arbeitszeiten.»

Elisabetta sah sie prüfend von der Seite an. Dann schüttelte sie kaum merklich, aber trotzdem erkennbar missbilligend ihren Kopf und sagte: «Du bist zu gut für diese Welt, meine Süße! Mit dir, glaube ich, machen die Männer auch, was sie wollen, und du findest noch eine Entschuldigung dafür. Wach auf, bevor es zu spät ist!»

V.

Sala Bianca

«Susanna! *Guarda!*» Elisabetta riss Mund und Augen auf. «Hast du das Kleid gesehen?»

Susanna, die neben ihr in der ersten Reihe saß, konnte nur nicken. Seit sie vor einer knappen Stunde im Palazzo Pitti angekommen waren, kam sie aus dem Staunen nicht mehr heraus. Sie hatte sich auf einiges gefasst gemacht. Sie hatte natürlich damit gerechnet, einer Heerschar elegant und ausnehmend teuer gekleideter Menschen zu begegnen. Schließlich kannte sie Florenz und das Faible der Florentiner zur Nabelschau mehr als zur Genüge. Doch dieses Defilee von Eitelkeiten, diese Selbstinszenierung von Prestige und Geld ohne jede Hemmung hatte sie dann doch nicht erwartet.

Sie saßen in der *sala bianca*, jenem wundervollen Renaissancesaal des Pitti, tonnenüberwölbt, mit klassisch ornamentierten, weißen Stuckleisten an der Decke und vielarmigen Murano-Lüstern aus Klarglas, die aus runden Stuckkartuschen luftig und schimmernd an silbernen Schnüren in den Saal hingen. Er wurde normalerweise für Sonderausstellungen genutzt. In seiner Mitte verlief der Länge nach ein Laufsteg. An seinen Seiten waren Stuhlreihen aufgestellt, die sich nach und nach füllten.

Das Kleid, das Elisabetta zu jenem fassungslosen Ausruf veranlasst hatte, war in der Tat das tollste, was ihnen bis zu diesem Augenblick geboten worden war, und sie hatten schon einige Kreationen gesehen, die es wert waren, einen zweiten Blick darauf zu verschwenden. Eine junge Frau hatte die Sala Bianca betreten. Hoch aufgewachsen, betonte sie ihre Größe noch durch aufgetürmte, hellrote Haare. Als sie schließlich an ihnen vorbeiging, gefolgt von einem Tross von Fotografen, sah Susanna die Acryl-Stilettos, die sie förmlich über den Parkettboden schweben ließen. Ihr Körper war eingehüllt von einem Meer von Seidenblumen, die bei jedem Schritt wie von einem Windhauch in Bewegung gerieten. Sie waren auf einem bodenlangen Kleid aufgenäht, von dessen Grundstoff nicht ein Millimeter zu sehen war. Er musste ausnehmend stabil sein, um diese Pracht zu tragen. Der Couturier hatte Seidenblumen von bester handwerklicher Qualität im Vintage-Look entworfen. Eine Spur nur wirkten sie verwelkt, getrocknet, mit gerollten Rändern in gedeckten Rot-, Erd- und Grüntönen. Mühelos erkannte Susanna Rosen, Hortensien, Anemonen und Phloxe. Die Abendrobe war wie ein klassisches Brautkleid gearbeitet: an der Büste schmal und zu einem weiten Rock aufspringend, der vorne mit hochgezogenem Saum die Beine zeigte und hinten mit einer langen Schleppe den Rücken vorteilhaft verlängerte. Dieses Kleid und seine Trägerin stellten alles, was bislang im Saal erschienen war, in den Schatten.

«Das ist bestimmt ein Model», sagte Susanna. «Keine Privatperson würde so ein Haute-Couture-Modell bezahlen.» Die junge, sehr aparte Frau hatte den Wert eines Mittelklassewagens am Körper und würde den Rest des Abends stehend hinter sich bringen. Susanna sah förmlich die Heimarbeiterinnen mit gekrümmten Rücken tagelang sitzen, Blumen formen und schließlich aufnähen. Chanel und auch Lagerfeld würde sie so ein Kleid zutrauen. Der Deutsche war bekannt für seine Extravaganzen, wenn es um bestickte Stoffe, handgefertigte Borten und Perlenapplikationen ging. Als Elisabetta immer noch stumm blieb, schaute Susanna zu ihr hinüber und erschrak. Die Freundin sah der jungen Frau mit einem Blick nach, der einem Furcht einjagen konnte. Elisabettas sprechendes Gesicht, ihr voller Mund, der so gern lachte, ihre Augen, die Funken sprühen konnten vor Leidenschaft, das alles hatte sich in eine steinerne Maske verwandelt, gezeichnet von Hass. Susanna erschrak. Ihr wurde der Hals trocken. Jetzt verwünschte sie sich und ihre Vorsicht, den Champagner, den man im Vestibül reichlich anbot, abgelehnt zu haben. Einen Moment nur war sie versucht, den Arm der Freundin zu nehmen und beruhigend auf sie einzureden, aber dann wagte sie es nicht. Die Erstarrung, die den ganzen Körper Elisabettas ergriffen hatte, machte einen so abweisenden Eindruck auf sie, dass Susanna sich selbst wie gelähmt fühlte. Trotz der Wärme im Saal, die der Klimaanlage erbittert trotzte, fühlte sie ein Frösteln über ihren Körper laufen.

«Das ist Desirée», hörte sie Elisabetta sagen. «Guccis Topmodel. Schau dir die Männer an, wie sie ihr alle nachstarren. Ganz glasige Augen bekommen sie, wenn das Weibsstück irgendwo auftaucht.»

Susanna schwieg betroffen. Es konnte doch nicht sein, dass ihre Freundin auf ein zwanzigjähriges Model eifersüchtig war. Susanna sehnte den Beginn der Show herbei.

Vielleicht half es ja schon, wenn endlich Carlo auftauchte und seine Frau begrüßte. Sie war sicher, dann würde Elisabetta zu ihrer üblichen guten Laune und Unbeschwertheit zurückfinden, dann könnten sie sich gemeinsam über dieses Panoptikum von schrägen und völlig abgedrehten Erscheinungen lustig machen. Aber so musste sie sich auf ihre eigenen Beobachtungen beschränken und still genießen, wenn Frauen mit Nerzstolen um bloßen Schultern, Schoßhündchen an ansehnlichen Busen und Reptilhäuten als Kleidersatz an ihr vorbeistolzierten, in dem vollen Bewusstsein, von Dutzenden von Augenpaaren gemustert zu werden.

Erneut riskierte Susanna einen scheuen Seitenblick. Vielleicht hatte sich Elisabetta ein wenig gefangen. Aber deren Augen scannten den Raum ab, wie eine Katze auf Beutejagd, und wurden schließlich fündig. Wie eine Stahlfeder schnellte sie aus ihrem Sitz hoch und eilte auf den Eingang zu, der Sala Bianca und Vestibül miteinander verband. Dort standen zwei Herren in ein reges Gespräch vertieft. Als Elisabetta die beiden erreichte, ging sie mit einer Bemerkung dazwischen. Der stattlichere, etwas ältere Mann der beiden zeigte eine ärgerliche Miene. Der andere verschwand augenblicklich in der Menge von Leuten, die unablässig in die Sala drängte und nach ihren Plätzen suchte. Offensichtlich war er froh loszukommen. So eilig, wie er es hatte.

Es war nicht schwer zu erraten, mit wem die Freundin so engagiert, um nicht zu sagen aufgebracht, sprach. Carlo Sabrini, in seiner Erscheinung durchaus imponierend, aber nicht so jugendlich dynamisch, wie Susanna ihn sich vorgestellt hatte, machte jedoch nicht den Eindruck, als würde er seiner Frau wirklich zuhören. Er nickte, hob abwehrend die Hände, ganz so als wollte er jeden Fehler von sich weisen.

Dabei schien er abgelenkt, wich dem Blick Elisabettas aus, um nach anderen Personen Ausschau zu halten. Susanna wunderte sich über ihre Freundin. So eine Veranstaltung brauchte Koordination und Kontrolle. Und als Hausherr im übertragenen Sinne hatte Carlo Sabrini vermutlich Wichtigeres zu tun, als sich den Empfindlichkeiten seiner Frau zu widmen. Schließlich sah sie, wie Elisabetta ihren Mann am Ärmel seines Smokings fasste und ihn in die Richtung zog, aus der Susanna die beiden beobachtete. Aber Carlo machte sich entschieden frei und ließ seine Frau einfach stehen. Mit gesenktem Kopf kam sie zurück. Der Ehestreit musste warten, bis man wieder in der Villa Sabrini unter sich war.

«E incredibile!», war dann auch das Erste, was sie sagte, als sie sich wieder neben Susanna setzte. «Es ist einfach unglaublich! Seit Wochen gibt es bei uns kein anderes Thema als diese Show. Selbst jetzt, wo alles vorbereitet ist, muss er immer noch kontrollieren. Anstatt sich endlich mir zu widmen und mit mir zu repräsentieren, zu genießen. *Ma no!* Weit gefehlt. Carlo ist ein Pedant. Ein Perfektionist!» Das letzte Wort schleuderte sie Susanna entgegen, als hätte diese Schuld. «Ich hasse das!» Es kam mit einer solchen Inbrunst über Elisabettas Lippen, dass Susanna entsetzt zusammenzuckte. Das meinte sie doch nicht im Ernst?

«Schau dir nur die vielen Leute an!», versuchte sie die Freundin zu beschwichtigen. «Es ist doch kein Wunder, dass er nervös ist. Ich an seiner Stelle wäre es auch!»

Ein böser Blick traf sie. Dieses Argument ließ Elisabetta nicht gelten.

«Ich bin seine Frau, hörst du», herrschte sie Susanna an. «Es gibt nichts Wichtigeres in seinem Leben als mich. *Capito?*»

Susanna schwieg nach diesem Ausbruch. Ihre Freundin war inzwischen in einer Stimmung, die ihr fremd war und die ihr Furcht einflößte. Wenn sie nicht aufpasste, dann wurde sie auch noch Teil eines Ehestreits, der sie gar nichts anging. Der Egoismus von Elisabetta war ihr nicht neu. Ihr Charme und ihr Temperament täuschten nur meist darüber hinweg. Ihr Vater John hatte diesen Charakterzug genährt, seine schöne Tochter mit Geschenken überhäuft. Susanna kannte Elisabettas gutgefüllten Kleiderschrank noch aus Studienzeiten. Wo sie selbst in Jeans und T-Shirt herumlief und sich einen dunkelblauen Blazer für die besonderen Anlässe aufhob, konnte Elisabetta zwischen Kostümen und Hosenanzügen nach Lust und Laune wählen. Sommerkleider hatte sie eine halbe Stange voll. Der Ankleideraum in der Villa Sabrini war nur eine konsequente Weiterentwicklung. Elisabetta hatte einen reiferen und vermutlich sehr reichen Mann gewählt, der ihr all das bieten konnte, woran ihr Vater sie gewöhnt hatte. Doch das reichte offenbar nicht aus, um ihre Ansprüche zufriedenzustellen.

Susanna umklammerte ihre kleine Kuverttasche und das Programm des Abends mit eisernem Griff. Sie riss sich von den unerfreulichen Gedanken und der unkalkulierbaren Laune ihrer Freundin los. Natürlich wäre sie für eine solche Veranstaltung niemals eigens angereist. Aber warum nicht das Angenehme mit dem Nützlichen verbinden? Sie würde sich den Spaß an diesem Abend nicht verderben lassen! Und die kleine SMS, die sie noch während der Fahrt zum Pitti erhalten hatte, ließ sie endlich auch wieder still und heimlich in sich hineinlächeln.

«Ich erwarte deinen Rückruf – J.»

Morgen ist auch noch ein Tag, dachte Susanna nicht ohne

Genugtuung. Dann hatte sie auch wirklich etwas zu erzählen. Jochen wollte schließlich ein bisschen mehr hören als nur: Bin gut angekommen! Wie geht es dir? So ein Telefonat machte doch erst richtig Spaß, wenn man berichten konnte, was man die halbe Nacht alles erlebt hatte.

Und so weit mit sich im Reinen, konzentrierte sich Susanna auf das, was jetzt wichtig war. Nämlich auf den Laufsteg, dort, wo es demnächst etwas zu sehen gab. Als leicht erhöhtes Podest aus Holz gebaut und weiß gestrichen, wurde er von geflochtenen, weißen Stellwänden, an denen sich künstliche Blumen in Pastelltönen rankten, in einen mehrfach unterbrochenen Gartenweg verwandelt. Weiße Vasen, Urnen und Barocksessel machten daraus einen Wandelgang. Verschiedenfarbige Scheinwerfer zauberten Lichtreflexe. Es war eine sehr verspielte, bühnenhafte, dem Charakter des Saals perfekt angepasste Inszenierung. Susanna fühlte zum ersten Mal, seit sie den Palazzo Pitti betreten hatte, so etwas wie freudige Erwartung in sich aufsteigen.

Kellner balancierten gekonnt gefüllte Champagnergläser auf Silbertabletts zwischen den Sitzreihen. Susanna ließ sich schließlich doch ein Glas geben, obwohl sie schon mehr Alkohol getrunken hatte, als sie auf nüchternen Magen vertrug.

Die meisten Gäste hatten sich inzwischen auf ihren Sitzplätzen niedergelassen. Auf der anderen Seite des Laufstegs herrschte noch ein ziemlich aufgeregtes Durcheinander. Fotografen mit riesigen Objektiven versuchten, einen möglichst günstigen Platz in der Nähe des Laufstegs zu ergattern. Gestört wurden sie dabei von Leuten, die mit ihren Kleiderkreationen nun wirklich mehr als nur aus dem Rahmen fielen. Die Herren, nicht wie die meisten anderen im Smoking, sondern in grellbunte Seidenanzüge gekleidet, die sie mit farbigen Schals und Schärpen zusätzlich aufpeppten, und die wie Paradiesvögel neben ihren Artgenossen im klassischen Schwarz wirkten. Models in Kreationen, die im normalen Leben nicht tragbar waren: kastenartige, aus Metallfolie genähte Hemdchen, Ballonkleider im Babydoll-Schick, tellerartige Hüte aus gehämmertem Blech mit silberfarbener Pelzkante. Susanna begeisterte sich an dem modischen Mut und der Freiheit, mit Stoff und Körper umzugehen. Das war Florenz, und sie gab zu, dass es ihr gefiel. Susanna merkte, wie sie sich langsam entspannte, wie sie diese Atmosphäre zu genießen begann. Ungeniert ließ sie ihre Blicke über die Gäste schweifen, bis sie auf der gegenüberliegenden Seite in zwei nussbraune Augen schaute, die sie durch eine schwarzgerandete, schmale Brille ebenfalls interessiert musterten. Ein feines, freundliches Lächeln umspielte den sensiblen Mund des Mannes, der einen auffällig stahlblauen, stark changierenden Seidenanzug mit roséfarbenem Hemd für diesen Abend gewählt hatte. Beides stand ihm ausgezeichnet. Auch er hatte sie erkannt und prostete ihr mit seinem Champagnerglas zu.

Susanna spürte, wie eine heiße Welle ihr Gesicht überzog. Sie hoffte auf die wechselnde Beleuchtung der starken Scheinwerfer, auf die Distanz zwischen ihnen. Sie hoffte inständig, nicht wie ein dummes Schulmädchen zu wirken. Elisabetta jedoch entging der Blickkontakt nicht.

«Du kennst Ettore Lanzi?» Ungläubig fragte sie nach. Susanna fühlte sich ertappt. Sie hatte keine Lust, ihrer Freundin von ihrer Begegnung mit dem Florentiner zu erzählen. Deshalb schwieg sie und nahm einen kleinen Schluck von ihrem inzwischen warm gewordenen Champagner.

«Lanzi flirtet nicht, meine Liebe. Und er verschenkt auch kein Lächeln, wenn nicht gerade eine seiner Schwestern neben ihm steht.»

Susanna nahm diese Information zur Kenntnis und hielt beharrlich ihren Mund. Was hätte sie auch sagen sollen? Dass sie heute schon mehrmals in den Genuss dieses Lächelns gekommen war und dass sie es gewagt hatte, ihn im «Rivoire» seinem Schicksal zu überlassen?

«Lanzi ist einer der begehrtesten Junggesellen der Stadt. Er ist hochbegabt, gehört einer der ältesten Florentiner Familien an und ist schwerreich. Solltest du dich mit ihm einlassen, kannst du dir des kollektiven Hasses der florentinischen Weiblichkeit sicher sein.»

Das sind ja wunderbare Neuigkeiten, dachte Susanna, nicht ohne gewisse Selbstironie. Warum musste Elisabetta immer so übertreiben? Und was meinte sie mit «begabt»? Im Zusammenhang mit einem erwachsenen Mann von Mitte dreißig schien ihr diese Charakterisierung irgendwie fehl am Platz. Außerdem hätte sie Elisabetta beruhigen können. Sie hatte ihre vermeintlichen Chancen bei einer Tasse Schokolade bereits verspielt. Als sie wieder einen verstohlenen Blick über den Rand ihres Champagnerglases auf die gegenüberliegende Seite des Laufstegs wagte, war Ettore Lanzi verschwunden.

Mehr oder weniger unmittelbar danach setzte laute Musik ein. Streicher, Bläser und Schlagzeug versuchten sich an einer jazzigen Version eines klassischen Konzertstücks. Ein Spot, zentriert auf den Beginn des Laufstegs gerichtet, wo ein hellblauer Vorhang auseinanderglitt, signalisierte den Beginn der Veranstaltung. Ein schwergewichtiger, untersetzter Mann, mit wirrem Haar, engsitzendem Frack und auberginefarbenem Kummerbund um die stattliche Leibesmitte gelegt, begrüßte mit weitausholenden Gesten die Gäste. Susanna machte sich nicht die Mühe zuzuhören. Sie schlug ihr Programm auf und verschaffte sich einen Überblick. Zum ersten Mal las sie Namen und Firmen von Juwelieren, die an diesem Abend ihre neuesten Kollektionen vorstellen wollten. Die Namen sagten ihr nichts. Die Juweliere arbeiteten bei der heutigen Veranstaltung mit bekannten Modehäusern und ihren Models zusammen. Am Ende des Programms las sie jedoch einen Designernamen, der in ihrer Magengrube ein leichtes Kribbeln verursachte: Ettore Lanzi. Plötzlich war ganz klar, was Elisabetta mit begabt und schwerreich gemeint hatte.

Die ersten Models in langen, goldfarbenen Lameekleidern betraten den Laufsteg. Bertollini, ein nicht mehr ganz junger Designer, präsentierte Colliers aus schweren Panzerketten in Gold und ungeschliffenen Turmalinanhängern in verschiedenen Farben. Für wenige Augenblicke nahmen die Models auf den Barocksesselchen Platz, beugten sich den Gästen zu und präsentierten die Stücke in Augenhöhe, bevor sie wieder graziös entlangschritten und hinter dem Vorhang verschwanden. Susanna sah, wie einige Damen und Herren, die krampfhaft Blocks auf den Schößen festhielten, die Stifte zückten, um erste Bestellungen zu notieren.

In schneller Folge präsentierte ein Juwelier nach dem anderen seine Entwürfe. Die meisten Modehäuser hatten dazu passend klassische Abendkleider entworfen, die den Schmuckstücken nichts von ihrer Wirkung nahmen, sondern sie erst richtig zur Geltung brachten. Susanna ließ einen Beitrag nach dem anderen vorbeiziehen. Ihre ganze Aufmerksamkeit war auf das Erscheinen von Ettore Lanzi fixiert. Sie musste sich richtiggehend dazu zwingen, die anderen Designer zu ihrem Recht kommen zu lassen.

Mit dem Juwelier Cesare Russo präsentierte sich dann eine neue Liga. Seine Models trugen nur noch schlichte Chiffonhüllen, die die Haut durchschimmern ließen, die Körper zeigten. Seine Schmuckstücke, alle mit Brillanten und Edelsteinen gestaltet, waren sehr teuer, voluminös und extravagant. Viele Karat schwere Smaragde, Rubine und Saphire waren zu Ensembles verarbeitet, die sich Hollywoodschauspielerinnen oder Gattinnen von Industriebossen leisten konnten. Rechts und links von Susanna wurde eifrig geschrieben. Die Fotografen blitzten ein Feuerwerk ab, als sich die Models auf den Barocksesseln niederließen und tiefe Blicke in Ausschnitte gewährten.

Susanna schaute in ihr Programm und stellte fest, dass Cesare Russo seinen Laden auf dem Ponte Vecchio hatte. Eigentlich hätte sie es sich denken können. Sein Schmuck musste ein Exportschlager sein. Und wo kaufen die Amerikanerinnen seit jeher am liebsten ein? Natürlich auf dem Ponte Vecchio, obwohl dort in den letzten Jahren einige der Juweliere, Gold- und Silberschmiede durch Krawatten- und Gürtelläden und Souvenirshops verdrängt worden waren. Dennoch war sie neugierig. Sie nahm sich vor, morgen im Laufe des Tages einen Blick in das Schaufenster von Russo zu werfen. Sie wollte wissen, was diese riesigen und wertvollen Schmuckstücke kosteten. Und das natürlich aus rein beruflichem Interesse! Aber Susanna musste auch zugeben, dass ihr ein Collier wirklich ausgesprochen gut gefiel. Schlichte Diamantbaguetten waren mit runden Brillanten und blutroten Rubinen zu einem etwa zwei Zentimeter breiten Netz verbunden. Die Steine, gefasst in Weißgold, formten ein filigranes Gewebe, das auf dem Hals des Models anschmiegsam und weich wie Seide auflag und einfach umwerfend aussah.

Wieder wechselte die Musik, wieder tauchten die Scheinwerfer den Laufsteg in eine neue Farbe. Laut Programm hatte die internationale Modeschule von Florenz Ettore Lanzi bei der Präsentation seiner Kreationen unterstützt. Ein Menuett verzauberte die Gäste. Mannequins in weißen, langen Seidenkleidern mit bauschigen Reifröcken, engen Büsten und schulterfreien Oberteilen, hoch aufgetürmten weißen Perücken im Stil des Louis XIV. und porzellanartig geschminkten Gesichtern schufen eine neue, völlig andere Atmosphäre als alle Designer vor ihm. Es war eine kunstvolle Kombination aus alt und modern. Ettore Lanzis Schmuck war ausgefallen und kostbar zugleich. Angespannt sahen die Gäste der Präsentation zu. Niemand schrieb. Alle Blicke folgten den graziösen Bewegungen der Models zur Musik. Ettore hatte fast ausschließlich mit Brillanten und Diamanten gearbeitet, Colliers entworfen, die in ihren modernen, teilweise rein geometrischen Formen – Kreise, Dreiecke und Ellipsen – einen spannenden Kontrast zu den verspielten Kostümen bildeten, die die Modeschüler entworfen hatten. Blütenranken als durchbrochene Amulette gearbeitet, zart schimmernde, lange Perlenketten mit längsovaler Ellipse als Anhänger versehen, die aus unterschiedlichen Brillantbordüren gearbeitet war. Ohrgehänge, filigrane lange Gebilde aus blitzenden Brillant- und Perlentropfen, ergänzten den mehr als gelungenen Auftritt. Begeisterter Applaus hob sich, als er sich als letzter der Designer vor den Gästen verbeugte. Nicht ohne Grund bildeten Lanzi und seine Entwürfe den Schluss des Programms. Die Scheinwerfer erloschen. Die Gäste erhoben sich von ihren Sitzen. Inzwischen war es nach Mitternacht.

Auch Susanna stand auf und blickte sich suchend um. Wo würde nun der restliche Abend seinen Fortgang nehmen? Eigentlich wollte sie nur noch ins Hotel. Für Small Talk, Partygeplauder und weiteren Champagner fehlte ihr die Lust. Sie wollte diesen Abend allein in Ruhe ausklingen lassen. Aber so sang- und klanglos konnte sie nicht einfach verschwinden. Und Elisabetta enthob sie weiterer Fluchtgedanken.

«Carlo hat für uns einen Tisch reserviert! Wir müssen zurück ins Vestibül.» Und schon war sie aufgesprungen und eilte den anderen Gästen hinterher.

Susanna schauderte es. Ein Blick zur Tür genügte, um sie mitten im Schritt erstarren zu lassen. Das Gedränge und Geschiebe der vornehmen Gesellschaft von Florenz, die ohne Rücksicht wie die Fans im Fußballstadion dem Ausgang entgegendrückten, war ihr zuwider. Sie setzte sich auf den nächstbesten Stuhl und beschloss zu warten. Susanna fühlte sich müde und erschöpft von der Reizüberflutung der letzten Stunden.

Der vormals so festliche Saal hatte unter dem Ansturm der Gäste gelitten. Jetzt, wo keine Scheinwerfer mehr verschiedene Farben an Wände zauberten, keine Licht- und Schattenreflexe produzierten, sondern das Licht der Lüster ohne Rücksicht auf Spezialeffekte alles erhellte, verlor der Laufsteg seinen Glanz. Eine dunkelgraue Bahn hatten die hochhackigen Schuhe der Models auf dem weißen Anstrich hinterlassen. Die Stellwände wirkten im neutralen Licht wie billige Kulissen eines einfachen Hinterhoftheaters. Der Saal selbst zeigte Spuren der Vernachlässigung. Risse an den Wänden und abgenutzter, verschrammter Parkettboden wiesen auf regelmäßige Veranstaltungen und Besucher hin. Die eigens aufgestellten Stuhlreihen waren durcheinandergeraten. Programme und Papiertaschentücher lagen verstreut auf dem Boden. Selbst die Kapelle war verstummt. Nicht einmal leise Dinnermusik schaffte Atmosphäre. Es war wie die Desillusionierung nach einem wunderschönen Traum, der durch jähes Aufwachen sein Ende findet. Der Vorhang, auf einer eigens aufgebauten Stellwand angebracht, teilte sich, und heraus traten zweckmäßig gekleidete junge Frauen in Jeans und T-Shirts. Ganz ohne Zweifel hatten sie hinter den Kulissen die Models in ihre Kleider genäht und die Schmuckstücke aufgelegt. Es folgten ihnen junge Männer, die Kabeltrommeln schleppten und Scheinwerfer auf Ständern herausrollten.

Die Show war vorbei. Während die Gäste bereits den Canapés und weiterem Champagner zusprachen, waren die dienstbaren Geister schon mit dem Abbau beschäftigt. Susanna stand auf, um sich auf die Suche nach Elisabetta zu machen, als sie laute Männerstimmen hörte. Das war kein Gespräch. Das war ein handfester Streit. Unwillkürlich blieb sie stehen. Sie verstand nichts. Der Vorhang schluckte die Wörter, nahm ihnen aber kaum die Lautstärke. Einer von beiden hatte eine Reibeisenstimme. Tief, sonor und rau, wie man sie bekommt, wenn man zwei Schachteln Zigaretten pro Tag konsumiert. Sie wurde mit jedem Satz lauter, und der drohende Unterton ließ Susannas Herzschlag schneller werden. Eine Hand schob den Vorhang beiseite, und Cesare Russo und Ettore Lanzi traten heraus. Susanna wäre am liebsten augenblicklich unsichtbar geworden. Niemand außer den beiden und ihr war noch in der Sala Bianca. Warum nur hatte sie Elisabetta nicht ins Vestibül begleitet? Die beiden Männer waren so mit sich selbst beschäftigt, dass sie sie noch nicht entdeckt hatten, obwohl sie nur wenige Meter entfernt stand.

«Cesare!», rief schließlich Ettore Lanzi laut und entschieden. Verwundert hielt Cesare Russo für einen Moment in seinem wütenden Monolog inne. Auch Susanna war überrascht. Sie kannte Ettore zwar kaum, aber diese Entschiedenheit in seiner Stimme und seinem Auftreten hätte sie ihm nicht zugetraut. Auch konnte der Gegensatz zwischen beiden Männern kaum größer sein. Russo trug immer noch einen auffälligen weißen Seidenanzug und ein nachtblaues Hemd, das er zur Präsentation seiner Kollektion getragen hatte. Er war sehr groß für einen Italiener, mit einem mächtigen Brustkorb, der sich in seiner Wut heftig auf und ab senkte. Das schwarze, starkgelockte Haar fiel lang über seinen Hemdkragen. Eine etwas verwegene Gestalt, der Susanna allein auf nächtlicher Straße nicht gern begegnet wäre. Auch ohne Wutausbruch wirkte er auf eine verboten erotische Weise anziehend. Ettore dagegen hatte sich bereits umgezogen und seinen stahlblauen Seidenanzug gegen einen schwarzen vertauscht. Darunter trug er ein einfaches weißes T-Shirt. Sportlich elegant und ein wenig distanziert wirkte er dadurch. Gleichzeitig strahlte er eine Souveränität aus, die ihn nicht minder attraktiv machte.

«Ich habe genug von deinen Unverschämtheiten. Immer wenn du den Mund aufmachst, kommt eine Lüge heraus. Du kannst sicher sein, diesmal kommst du mir nicht davon.»

Cesare Russo setzte zu einer Erwiderung an, aber Ettore schnitt ihm mit einer knappen Handbewegung das Wort ab.

«Das Gespräch ist für mich beendet.»

In dem verzweifelten Versuch, unbemerkt und möglichst rasch die Sala Bianca zu verlassen, blieb Susanna mit ihrem langen Rock an einem der Stühle hängen und zog ihn im Weitergehen hörbar hinter sich her. Beide Männer wandten sich ihr zu, überrascht von dem schleifenden Geräusch. Für

Susanna hätte es nicht schlimmer kommen können. Sie wünschte sich nichts sehnlicher als ein Erdloch herbei.

«Wie du siehst, werde ich bereits erwartet.»

Cesare sah verblüfft zu, wie Ettore leichtfüßig vom Laufsteg heruntersprang. Wie er sich bückte und Susannas Rocksaum unter dem umgekippten Stuhl herauszog.

«Es wäre schade um den kostbaren Stoff.» Er lächelte sie an. Dann ging er auf sie zu, umarmte sie und küsste sie zart auf beide Wangen. Susanna spürte eine perfekt rasierte Männerbacke und roch ein herbfrisches Eau de Toilette, das ihr bereits in der Biblioteca zu Kopf gestiegen war.

«*Ciao,* Susanna, ich freue mich sehr, Sie zu sehen.»

Er schob sie sachte von sich und lächelte. Er wirkte ruhig und gelassen, dabei musste er immer noch unglaublich wütend sein. Die beiden Männer hatten sich nicht einfach nur einen Schlagabtausch geliefert, wie er unter Berufskollegen einmal vorkommt. Die drohenden Untertöne ließen darauf schließen, dass es um mehr ging als nur um einen Streit, der entsteht, wenn ein Wort das andere gibt. Cesare Russo verließ mit lauten Schritten den Saal.

«Sie sehen bezaubernd aus. Das Grün Ihres Abendkleides ist wie für Sie gemacht. Kompliment an Ihren Schneider.»

Sein Blick blieb auf ihrem Dekolleté hängen. Unwillkürlich legte Susanna die Hand darauf. Plötzlich fühlte sie sich dort so unanständig nackt, dass sie ansetzte, sich dafür zu entschuldigen.

«Ja, ich weiß, ich trage keinen Schmuck, aber ...»

«Wie wohltuend», entgegnete Ettore, bevor sie weitersprechen konnte. «Sie werden es kaum glauben, aber Schmuck habe ich heute wirklich schon genug gesehen.» Er zwinkerte ihr zu.

«Ich weiß ja nicht, wie der Abend für Sie gelaufen ist, aber ich könnte jetzt ein Glas Champagner mehr als nur vertragen.»

«Ja, gerne!», antwortete Susanna, obwohl Champagner jetzt das Letzte war, wonach ihr der Sinn stand.

Gemeinsam betraten sie das Vestibül, das nach wie vor schwarz von Menschen war.

«Mit wem sind Sie gekommen?», fragte Ettore im Partyplauderton. Niemand, der ihn jetzt hörte oder sah, hätte vermutet, dass er bis vor wenigen Minuten in einen Streit verwickelt war, der sich fast nach Handgreiflichkeiten anhörte. Susanna beobachtete ihn aus dem Augenwinkel. Er wirkte mehr erschöpft als wütend. Sie konnte sich gut vorstellen, dass die Vorbereitung der Show für ihn sehr anstrengend gewesen sein musste und Nerven und vermutlich auch Schlaf gekostet hatte. Sein Lächeln, das er ihr großzügig schenkte, wenn er sie ansprach, und das Elisabetta vorhin über den Laufsteg schon aufgefallen war, erreichte seine Augen nicht. Sie wirkten müde und geistesabwesend.

«Mit Elisabetta Sabrini.»

«Hm ... Carlo Sabrini sitzt natürlich an der Quelle. Aber er ist gewöhnlich nicht großzügig mit seinen Freikarten. Schreiben Sie auch über die Show?» Prüfend sah er ihr ins Gesicht. Erneut war Susanna irritiert. Wie schon im «Caffè Rivoire» hatte seine Art zu fragen etwas fast verletzend Direktes. Sie gewann den Eindruck, dass er mit seiner Bemerkung andeuten wollte, eine Karte von Carlo Sabrini zu bekommen war eine Seltenheit, und dann musste der oder die Beschenkte dafür auch eine Gegenleistung erbringen. Oder zumindest einen zwingenden beruflichen Grund haben.

«Nein, ich bin zu meinem reinen Vergnügen hier.» Sie

merkte selbst, dass ihr Ton bereits wieder eine Gereiztheit angenommen hatte, die ihr selbst fremd war. Sie wollte das eigentlich vermeiden, und deshalb fügte sie erklärend hinzu: «Ich bin mit Elisabetta Sabrini seit meinem Studienjahr in Florenz befreundet.»

Sie durchschritten das Vestibül Seite an Seite. In kleinen und großen Gruppen standen die Gäste beisammen oder um Bistrotische herum, hatten Champagnergläser und Canapés in Händen und unterhielten sich angeregt. Als einige von den Gästen Ettore Lanzi erkannten, machten sie Platz, schlugen ihm anerkennend auf die Schulter und gratulierten ihm. Susanna stand daneben und kam sich völlig fehl am Platz vor. Sie hatte keine Ahnung, was Ettore Lanzi mit ihr vorhatte. Sie war doch nur ein Hindernis für ihn. Die Rettung, auf die er in der Sala Bianca noch dankbar reagiert hatte, war inzwischen Geschichte. Der junge Designer kannte in dem Raum nahezu jede zweite Person. Er war anerkannt, das konnte sie aus all den Bemerkungen schließen. Er war erfolgreich und mit Sicherheit als Gesprächspartner nicht nur bei den Damen mehr als begehrt. Sie fühlte sich ausgesprochen unwohl. Denn gleichzeitig wurde sie als seine Begleitung wahrgenommen, die man unverhohlen musterte. Und nicht selten blieb ein Blick auf ihrem schmucklosen Ausschnitt hängen. Was mussten sich all diese Leute denken? Ettore Lanzi hatte eine Frau bei sich, die nicht einen einzigen Brillanten am Körper trug, obwohl er die teuersten und aufwendigsten Colliers und Ohrgehänge der ganzen Show präsentiert hatte.

«Ich will Sie nicht aufhalten», begann Susanna leise, «... dort vorne sehe ich Elisabetta, sie wird mich ohnehin schon vermissen.»

Doch Ettore ignorierte ihren Einwurf und führte sie zielsicher durch den Saal, bis sie schließlich einen Stehtisch erreichten, um den sich mindestens zehn Personen drängten. Die Leute schienen sich prächtig zu unterhalten. Zwei junge Frauen lösten sich aus der Gruppe und gingen auf Ettore zu. Jede versuchte, ihn zu umarmen und festzuhalten.

Die Ältere von beiden sagte: «Etto, *era splendido*!» Ihre Augen glänzten feucht. Sie freute sich mit ihm und zeigte es offen und ehrlich, wie großartig sie seine Show gefunden hatte.

«Grazie, Laureanna, grazie! Ich glaube, es ist gut gelaufen!» Ettore wandte sich Susanna zu.

«Darf ich Ihnen meine Schwestern vorstellen? Laureanna, und neben ihr steht das Nesthäkchen der Familie, Mariella.»

Die jüngere der beiden Frauen war eine exotische Schönheit mit schrägen Mandelaugen, die sie mit Kajal kräftig umrahmt hatte. Ihre lockigen, schwarzen Haare reichten weit in den Rücken. Sie trug ein körperbetontes, schwarzes Abendkleid aus glänzendem Satin. Und keinerlei Schmuck, wie Susanna mit Genugtuung feststellte. Kein Mann würde an dieser Frau vorbeisehen. Sie brauchte keine Brillanten, um Aufmerksamkeit zu erregen.

«Beide helfen mir in unseren Läden», fuhr Ettore fort. «Und das ist Susanna Martens», er deutete mit einer galanten Handbewegung auf sie. «Von ihr habe ich euch heute schon erzählt.»

«Piacere, Signora.» Die Schwestern gaben ihr die Hand und musterten sie ohne Scheu. Ihre überschäumende Freude, die sie bis vor wenigen Augenblicken noch ihrem Bruder entgegengebracht hatten, schien wie weggewischt. Ernst sahen sie Susanna ins Gesicht, so als versuchten sie zu ergründen, was sie von ihr zu erwarten hatten. Susanna fühlte sich mehr denn je beklommen und deplatziert. Was in aller Welt hatte Ettore seinen Schwestern erzählt? Eigentlich konnte er doch gar nichts erzählen? Ihr Treffen in der Biblioteca und im «Rivoire» war flüchtig gewesen. Zudem fragte sie sich, weshalb Ettore ausgerechnet an einem Tag wie diesem, wo der Erfolg seiner Show auf dem Spiel stand, Stunden in der Biblioteca zugebracht hatte? Seine private Gemäldesammlung lief ihm doch nicht davon. Oder war dieses Recherchieren nach alten Meistern eine Art Entspannung für ihn?

Ein weißhaariger, zartgebauter, älterer Herr trat unvermittelt hinzu. Er wirkte trotz seines Alters und seiner Fragilität sehr elegant und männlich in seinem Smoking. Seine dunklen Augen waren wach und kritisch auf Susanna gerichtet.

«Piacere, Signora. *Sono* Lorenzo Lanzi, der Vater von Ettore.»

Er verbeugte sich und lächelte. Ein weiteres Familienmitglied unterzog Susanna einer Prüfung. Ob auch er bereits von ihr gehört hatte, ging es ihr durch den Kopf. Das ganze Zusammentreffen fand sie inzwischen eigenartig.

«Kommen Sie zu uns. Darf ich Ihnen ein Glas Champagner anbieten?» Es war keine Frage, die sie wirklich beantworten musste, denn bevor sie auch nur ein Wort sagen konnte, hielt ihr Lorenzo Lanzi bereits eine Flöte hin, die abzulehnen unmöglich war. Sie konnte sich nicht erinnern, jemals so viel Champagner an einem Tag getrunken zu haben.

«Salute, Signora!», er prostete ihr zu. «Es ist immer eine besondere Freude, wenn Ettore Freunde mitbringt. Das macht er leider nur sehr selten. Und mit jungen hübschen Frauen ist er besonders geizig.» Er zwinkerte ihr zu, und in diesem Moment war er seinem Sohn so sehr ähnlich, dass es

Susanna einen kleinen Stich gab. Ettore hatte seine Eleganz und seinen Charme geerbt.

«*Papà*, bitte! Hören Sie nicht auf ihn, Susanna, er will mich nur in Verlegenheit bringen.» Er drohte seinem Vater mit dem Zeigefinger. «Keine weiteren Anzüglichkeiten, sonst war das wieder für lange Zeit das letzte Mal.» Ettore lächelte zwar auch, aber man sah es ihm an, dass ihm seine Bemerkung ernst war.

Versöhnlich schlug ihm sein Vater ein paarmal leicht auf die Schulter. «Ich bin stolz auf dich, Etto, das war die beste Show, die du jemals gezeigt hast. Du wirst sehen, die Presse wird dich lieben.»

«Wen hast du uns mitgebracht?» Eine weitere junge Frau mit blondiertem, schulterlangem Haar und einem Traum von Abendkleid aus Organza und Spitze in einem satten Goldton gesellte sich zu ihnen. Am Hals trug sie ein Collier aus tropfenförmigen, dunkelgelben Steinen. Topase oder gelbe Diamanten, überlegte Susanna. Und sie fürchtete fast, Letztere. Unglaublich seltene und teure Steine.

«Darf ich Ihnen meine Frau vorstellen?», meldete sich Lorenzo Lanzi wieder zu Wort. «Cosima Bettone, der Glanz meines bescheidenen Heims und meines Unternehmens.»

Der Schreck, der Susanna bei der Erwähnung des Namens in die Glieder fuhr, lähmte sie. Erst als sie merkte, wie sie sie alle seltsam ansahen, wie sie alle auf eine Reaktion von ihr warteten, weil sie die Hand, die Signora Bettone ihr entgegenhielt, bislang ignorierte, kam wieder Leben in sie.

«Piacere, Signora», brachte Susanna schließlich mühsam über die Lippen und beeilte sich auch, die angebotene Hand zu drücken. «Es freut mich wirklich sehr, Sie alle kennenzulernen.» Am liebsten wäre sie auf und davon gerannt. Eine weitere Überraschung mit dieser Familie wollte sie nicht erleben.

«Ist Ihnen nicht gut? Sie sind ganz blass um die Nase!» Ettore stand dicht neben ihr und legte schützend seinen Arm um ihre Taille.

«Mir ist sehr heiß», antwortete Susanna wahrheitsgemäß. Sie hatte das Gefühl, keinen Augenblick länger im Vestibül bleiben zu können. Sie musste allein sein. Sie musste über all das nachdenken, was hier passierte, was sie seit Freitag, als das unselige Bild in München angeliefert worden war, erlebt hatte.

«Bitte entschuldigen Sie, ich möchte nicht unhöflich sein, aber ich würde mir jetzt gern ein Taxi nehmen und ins Hotel fahren.» Sollten sie doch alle glauben, was sie wollten. Sie wollte nur noch raus und weg. Auch Elisabetta war ihr in diesem Moment völlig gleichgültig. Der Tag war sehr lang gewesen, und die letzten paar Minuten hatten ihr den Rest gegeben.

«Lassen Sie sich nicht weiter stören. Genießen Sie Ihren Erfolg, Ettore. Ihr Vater hat recht. Sie haben eine wunderbare Show gezeigt. Ihr Schmuck ist einzigartig. Sicher wollen Ihnen noch eine Menge Leute gratulieren, die von Ihren Arbeiten mehr verstehen als ich. Bitte fühlen Sie sich nicht verpflichtet, mich zu unterhalten.»

«Ich begleite Sie.» Ettore sagte es bestimmt und ernst. «Wartet nicht, wir treffen uns morgen im Laden.» Er winkte seiner Familie und den anderen Gästen zu und strebte, ohne weiter auf die Einwände von Susanna einzugehen, dem Ausgang zu.

VI.

Ettores Plan

Die Piazza vor dem Palazzo Pitti war fast menschenleer, die Luft mild, und ein leichter Dunstschleier überzog den Himmel, der die Sterne verdeckte. Eine Schlange von Taxis am Fuße der breiten Treppenanlage wartete im schwachen Licht weniger Straßenlaternen auf Gäste. Es würde eine ertragreiche Nacht für die Fahrer werden. Viele Besucher der Show wollten noch nach Hause, und nicht jeder hatte eine Limousine mit Chauffeur wie Carlo Sabrini bereitstehen.

Susanna sog die feuchte Luft ein, die ein wenig nach Staub, aber auch nach dem Laub der Bäume roch, die in den Boboli Gärten hinter dem Palazzo standen. Die Kühle der Nacht tat ihr gut. Sie fühlte sich besser. Ihr Kopf wurde wieder klar, und die Beklemmung, die sie verspürt hatte und sie kaum atmen ließ, löste sich.

«Besser?» Ettore stand vor ihr und beobachtete sie genau.

«Ja ... danke! Ich kann schlecht mit vielen Menschen in einem Raum sein. Ich habe dann das Gefühl, ich bekomme keine Luft mehr. Es tut mir wirklich leid, dass ich Ihnen Umstände mache. Aber ich nehme mir jetzt ein Taxi, und Sie können zu Ihren Gästen zurück.» Sie hatte nur noch einen Wunsch: so schnell wie möglich ins Hotel zu fahren, um endlich allein zu sein.

Doch Ettore schüttelte den Kopf. «Erlauben Sie, dass ich mit Ihnen fahre?»

Was sollte sie darauf sagen? Ablehnen konnte sie nicht, obwohl sie das am liebsten getan hätte.

Ettore öffnete für sie eine Tür im Fond des vordersten Wagens und half ihr mit dem langen Kleid beim Einsteigen. Dann ging er um den Wagen herum und setzte sich neben sie. Susanna nannte dem Fahrer den Namen ihres Hotels. Langsam setzte sich das Taxi in Bewegung und tauchte in die engen, nur wenig beleuchteten Straßen der Altstadt ein. Sie überquerten den Arno, der graphitgrau in seinem Flussbett lag und nur gemächlich dahinfloss. Auch auf dem Lungarno war kaum Verkehr. Es war kurz nach zwei Uhr morgens. Das Leben der sonst so lebendigen und umtriebigen Stadt war schließlich doch für kurze Zeit zum Stillstand gekommen. In wenigen Stunden, wenn die Bäcker ihre Läden öffneten, die Fischhändler die vielen Restaurants der Stadt belieferten und die kleinen Bars ihre Espressomaschinen anwarfen, ging der tägliche Wirbel wieder los. Noch ruhte die Stadt sich aus. Und auch Susanna versuchte, sich zu entspannen. Sie lehnte sich in die Polster zurück und sehnte das Ende der Fahrt herbei. Kurz überlegte sie, ob sie sich für ihr Verhalten im «Rivoire» entschuldigen sollte, entschied sich aber dagegen. Warum sollte sie an der Sache noch rühren? Sie glaubte schon, auch Ettore Lanzi hätte für sich beschlossen, die Fahrt über zu schweigen, als er unvermittelt zu sprechen begann und ohne lange Einleitung, die ihm mittags bei ihrem Treffen noch so wichtig gewesen war, auf den Punkt kam.

«Werden Sie mit Professore Weisenfels über das Bild sprechen?»

Überrascht sah Susanna ihn an. Ihre Blicke trafen sich. Und die Ernsthaftigkeit, mit der er sie ansah, holte die Beklemmung zurück, die sie in der frischen Luft endlich losgeworden war. Nach diesem Tag, nach all den Anstrengungen und sicher auch aufregenden Stunden im Palazzo Pitti, wo sich alles um die Show, um die Models, Gäste und den Erfolg des Abends drehte, hatte Ettore Lanzi nichts anderes im Sinn als das Bild. Fiel ihm jetzt um zwei Uhr morgens Pieros «Flagellazione» ein. Bisher hatte sie noch keinen Gedanken darauf verschwenden können, was für sie die neue Tatsache bedeutete, dass Cosima Bettone seine Stiefmutter war. Jetzt kam vielmehr die Frage noch hinzu: Was wusste Ettore über die Fälschung? Und warum fing er jetzt, nachdem das Bild außer Landes geschafft worden war, mit der Recherche an? Wenn sie die ernsten Mienen seiner Schwestern richtig deutete, dann wussten auch sie etwas über das Bild. Sie konnte es drehen und wenden, wie sie wollte, sie musste der Frage nach der Fälschung, ihrem Ursprung und dem besonderen Interesse der Familie Lanzi an dem Gemälde mehr Zeit widmen, als sie bislang geahnt hatte.

Es war nicht mehr damit getan, Signora Bettone ein paar unangenehme Fragen zu stellen. Man hatte es nicht mehr mit einer Einzelperson zu tun, die als Verkäuferin von Kunstwerken auftrat, sondern hier gab es einen richtigen Familienclan, der in die Angelegenheit verwickelt sein konnte. Das Porträt an Signora Bettone zurückzugeben, weil das Auktionshaus Wagner mit Fälschungen nichts zu tun haben wollte, schien Susanna infolge dieses Verdachts nicht mehr so einfach möglich. Wenn sie dabei noch berücksichtigte, wie wenig Zeit ihr für die Klärung blieb, dann fühlte sie sich in die Enge getrieben, sowohl von Ettore, der sie jetzt erneut bedrängte, als auch von Wagner.

«Ja, ich werde mit ihm sprechen.» Nichts schien ihr in diesem Moment logischer und zwingender. Andreas kannte Gott und die Welt. Er lebte lange genug in Florenz, um über Cosima Bettone und die Lanzis Bescheid zu wissen. Er bedeutete auch für sie plötzlich die Rettung in der Not.

«Hätten Sie etwas dagegen, wenn ich Sie zu Professore Weisenfels begleite?»

Susanna musste ihn so entgeistert angesehen haben, dass er sich sofort für seinen Vorstoß entschuldigte.

«Bitte, verstehen Sie mich nicht falsch. Ich habe einfach keine Zeit, das umfangreiche Buch des Professore in den nächsten Tagen zu lesen. Ich muss mich um unsere Kollektion und um die Läden kümmern. Mein Vater ist nicht mehr der Jüngste, wenn er das auch nicht gern zugibt. Da hilft auch keine junge Frau. Im Gegenteil ...», jetzt lächelte er sie wieder an, «Cosima ist anspruchsvoll, will beachtet werden. Sie hält ihn von der Arbeit ab. Was gut wäre, wenn sie nicht gleichzeitig Reisen, Konzerte und Partybesuche von ihm einfordern würde.»

«Warum ist das Bild für Sie so wichtig?» Ohne lange zu überlegen, hatte Susanna die Frage gestellt.

Ettore sah zum Seitenfenster des Taxis hinaus. Als er sich wenige Sekunden später wieder ihr zuwandte, war sein Blick ausdruckslos. «Verzeihen Sie es mir, wenn ich Ihnen eine Antwort schuldig bleibe?» Er schluckte hart, als fiele ihm das Reden schwer. «Sie müssen wissen, Susanna, es ist für mich unglaublich wichtig, möglichst viel, am besten alles über das Bild zu erfahren. Es ist normalerweise nicht meine Art, eine junge schöne Frau zu bedrängen. Sie haben ja gesehen, wie meine Schwestern und mein Vater auf Sie reagiert haben.» Er lachte leise. Aber sein Lachen klang nicht glücklich, nicht fröhlich. «Ich gehe in meiner Arbeit auf. Habe kaum ein Privatleben.»

Da kannst du dich ja dann mit Andreas zusammentun, dachte Susanna mit einer gewissen Bitterkeit. Und Jochen war auch nicht besser. Erst die Arbeit und dann das Vergnügen. Dabei konnte sie sich nicht vorstellen, dass Ettore nicht umschwärmt wurde. Die Worte Elisabettas fielen ihr ein. Ja, vermutlich würden sie jetzt eine Reihe von jungen Florentinerinnen um diese Taxifahrt mit ihm glühend beneiden. Dabei war es eigentlich kein Vergnügen. Denn es ging nicht um sie. Schon im «Rivoire» war ihr das klar gewesen. Aber jetzt sprach er es mehr oder weniger deutlich aus.

«Elisabetta Sabrini hat mir erzählt, dass Ihre Familie schon lange in Florenz lebt.»

Ettores Reaktion bestätigte die Erfahrungen aus ihrem Studienjahr. Seine linke Augenbraue zog sich steil nach oben, und sein Gesichtsausdruck wurde reserviert. Er war Florentiner vom Scheitel bis zur Sohle. Weshalb musste sie nachfragen?

«Unsere Vorfahren dienten als Landsknechte unter Cosimo I. de' Medici. Daher auch unser Familienname Lanzi. Er leitet sich von Lanzenträgern oder Landsknechten ab, den sogenannten Lanzichenecchi. Unter ihnen waren wohl auch Lanzenschmiede und später Silberschmiede. Seit Ende des neunzehnten Jahrhunderts wird meine Familie in den Büchern der Stadt als *gioielli famosi* geführt.»

Aber ja doch, dachte Susanna gereizt. Eine gebürtige

Münchnerin mit Großeltern und Eltern aus Schwabing konnte da natürlich nicht mithalten. Berühmte Juweliere waren die Lanzis, sogar mit Brief und Siegel der Stadt, darauf hätte sie wirklich selbst kommen können. Dem hatte sie einfach nichts Gleichwertiges entgegenzusetzen. Gleichzeitig fragte sie sich, wie sie ihm helfen sollte. Ihm standen doch in der eigenen Stadt alle Türen offen. Er konnte doch ohne ihre Hilfe in Erfahrung bringen, was er wissen wollte. Sie selbst hingegen musste ihre Fragen, die das Bild betrafen, mit Andreas besprechen. Persönliches brauchte dabei gar nicht berührt werden. Für sie war es überhaupt nicht nötig, sich mit Andreas zu treffen. Und mit Ettore Lanzi im Schlepptau hatte sie auch keine Chance, ihn über Cosima Bettone und die berühmte Juweliersfamilie auszufragen.

«Sehr beeindruckend», entgegnete sie spitz. Arroganz mochte sie einfach nicht. «Können Sie mir einen Grund nennen, weshalb Sie mit Ihren zahlreichen geschäftlichen wie privaten Beziehungen ausgerechnet mich, eine Ihnen unbekannte deutsche Kunstexpertin, benötigen, um Detailinformationen über ein Bild zu erhalten, das Mitte des fünfzehnten Jahrhunderts keine hundert Kilometer von hier gemalt wurde und das keine zweihundert Kilometer entfernt in Urbino für jedermann sichtbar ausgestellt ist?»

«Erlauben Sie eine Gegenfrage?» Ein feines Lächeln umspielte seinen Mund. Ganz offenbar überraschte ihn ihre Gereiztheit nicht. Im Gegenteil, ihre heftige Reaktion schien ihn zu amüsieren. «Einigen wir uns doch auf Folgendes: Sie und ich möchten, aus welchen Gründen auch immer, Piero della Francesca und sein Bild besser begreifen und wenden uns deshalb gemeinsam an einen Fachmann. Gemeinsam gelingt es uns vielleicht, ein Gespräch mit ihm zu führen, das uns beide weiterbringt. Weiter, als es einem von uns allein gelänge. Denn andernfalls müsste ich Sie fragen, weshalb Sie sich so für meine Beweggründe interessieren. Mir dagegen reicht Ihre Begründung, dass Sie einen Artikel schreiben wollen.» Er sah ihr prüfend in die Augen, und Susanna bekam das ungute Gefühl, von ihm durchschaut zu sein. Ihre zur Schau gestellte Selbstsicherheit stand auf wackeligen Beinen, ihre Geschichte von dem Artikel für ein Kunstmagazin war ein Lügengebilde.

«Ihnen sollte es genügen zu wissen, dass ich mich für die Malerei der Renaissance interessiere, um die Privatsammlung meiner Familie besser einschätzen zu können. Es ist für mich ein dringendes Bedürfnis, wenn auch reichlich spät, das Vermächtnis meiner Mutter zu begreifen.»

Ettore löste vorsichtig Susannas linke Hand, mit der sie sich an der Sitzbank des Wagens festhielt – so verkrampft, als säßen sie in einer Achterbahn. Seine Hand war angenehm warm; die ihre dagegen eiskalt. Seine Berührung ging ihr durch und durch. Was hatte er vor, fragte sich Susanna, deren Herzschlag schneller wurde. Wusste er etwas über sie, über ihren Aufenthalt in Florenz? Saß sie bereits ahnungslos in einer Falle? Er konnte unmöglich wissen, wie verdächtig er sich mit seinem Verhalten und seinem übergroßen Interesse an der «Flagellazione» in ihren Augen machte. Susanna versuchte sich zu beruhigen. Sie sah Gespenster.

«Außerdem fände ich es einfach sehr schön, mit Ihnen morgen einen Ausflug nach Sansepolcro zu machen und den Professore zu besuchen. Ein Ausflug ins Tibertal ist genau das Richtige nach den Strapazen der letzten Tage. Warum lassen Sie uns das Schöne nicht mit dem Nützlichen verbinden?» Fragend sah er sie an, und gleichzeitig wurde der

Druck seiner Hand intensiver. Susannas kaum vorhandener Widerstand brach in sich zusammen. Sie musste ihm ja recht geben. Für sie gäbe es wirklich nichts Schöneres, als mit ihm einen Ausflug zu machen. Aber wenn das Ziel Andreas hieß, war ihre Begeisterung von starken Zweifeln begleitet. Gleichzeitig gönnte sie Ettore Lanzi nicht den Triumph, sie so beeinflusst zu haben, dass sie ihre guten Vorsätze in den Wind schrieb.

«Glauben Sie mir, ich würde Sie niemals um diesen Gefallen bitten, wenn es nicht so wichtig wäre. Für meine Familie und für mich», fügte er leise hinzu. «Aber Sie scheinen den Professore zu kennen und zu schätzen. Außerdem haben Sie mir heute im ‹Rivoire› den Eindruck vermittelt, dass Sie nicht um jeden Preis glänzen wollen. Sehr ehrlich und ohne Umschweife haben Sie mir erklärt, dass Sie nicht mehr wissen, dass Sie mir nicht irgendeinen Unsinn erzählen werden, den Sie nicht vertreten können. Und Sie haben Ihren Standpunkt sehr deutlich gemacht. Das hat mir imponiert.» Er lächelte sie an. Susanna wusste ganz genau, dass er auf ihren Abgang anspielte. Es war vielleicht feige, aber sie war trotzdem erleichtert darüber, wie positiv er es aufnahm.

«Ich komme nur selten mit Menschen zusammen, die sich nicht in irgendeiner Weise profilieren oder hervortun wollen. Außerdem hoffe ich auf Ihre Unvoreingenommenheit, die ich von niemandem in Florenz erwarten kann. Dazu ist unsere Familie zu bekannt. Ihnen jedoch vertraue ich. Wenn Sie sagen, Professore Weisenfels ist der Spezialist, dann ist das so. Dann brauche ich nicht weiter meine Zeit zu verschwenden.» Er sah sie ernst und offen an. In seinen Augen stand die Besorgnis, sie könnte ihm doch am Ende seinen Wunsch abschlagen.

Und ihr erster Impuls war auch, genau das zu tun. Aber vielleicht war es gar nicht so schlecht, Andreas zusammen mit einem anderen Mann aufzusuchen, dachte Susanna bei längerem Nachdenken. Sie war sicher, das würde dem eitlen Professore gar nicht gefallen. Egal, was zwischen ihnen beiden gewesen war. Egal, mit wem er heute zusammenlebte. Denn davon ging sie aus. Sonst würde er es niemals in der Einsamkeit der Hügel über dem Tiber aushalten. Warum er sich dorthin zurückgezogen hatte, war auch ein Rätsel, das sie gern gelüftet hätte. Warum sollte sie nicht in mehrfacher Hinsicht vom Wunsch Ettores profitieren? Cosima Bettone war seine Stiefmutter. Das allein war Grund genug, mit ihm in Verbindung zu bleiben. Wagner erwartete das von ihr. Unauffälliger, als seiner Bitte nachzukommen, konnte sie diese Bedingung nicht erfüllen. Und vielleicht erfuhr sie zudem noch etwas über seine Familie.

Immer noch sah Ettore sie eindringlich an. Als sie weiterhin schwieg, merkte sie, wie er auf Distanz ging.

«Auch ich habe nicht viel Zeit», begann sie vorsichtig. «Wenn Sie ihn besuchen möchten, müssten wir morgen nach Sansepolcro fahren. Vorausgesetzt, Andreas von Weisenfels ist zu Hause.»

Susanna sah, wie er erleichtert ausatmete, seine Gesichtszüge sich entspannten, seine Mundpartie weicher wurde. Oh, Gott, warum musste dieser Mann so unwiderstehlich gut aussehen? Welche Frau hätte ihm etwas abschlagen können? Ich bin die Letzte, die das kann, dachte Susanna resigniert. Dabei weiß ich, dass sein Interesse ausschließlich dem Porträt gilt.

«Grazie!» Er legte ihre Hand sacht auf die Sitzbank zurück, so als hätte sie ihren Dienst erfüllt. Susanna verschränkte ihre Hände in ihrem Schoß und versuchte, ihrer inneren Unruhe Herr zu werden.

«Was halten Sie davon, morgen gegen zwei Uhr nachmittags aufzubrechen? Am Vormittag habe ich noch Termine, die ich nicht absagen kann. Leider! Aber zwei Uhr wäre für mich gut zu schaffen. Darf ich Sie abholen?»

Susanna nickte. «Einverstanden!» Sie tauschten ihre Handynummern aus, denn sie musste erst noch in Erfahrung bringen, ob Andreas sie überhaupt sehen wollte.

Das Taxi hielt vor dem Hotel. Ettore bezahlte. Gemeinsam fuhren sie mit dem Aufzug in den dritten Stock und gingen bis vor Susannas Zimmertür.

«Wird der Professore uns empfangen?»

Wie sollte Susanna das wissen? Sie hob und senkte ihre Schultern. Sie sah es ihm an, am liebsten hätte er es erzwungen. Fast bekam sie den Eindruck, sein Leben hinge von dem Treffen ab, aber das war natürlich Unsinn.

«Ich bin sicher, er wird Ihnen die Bitte, ihn besuchen zu dürfen, nicht abschlagen.»

Susanna beneidete ihn um seine Selbstsicherheit. «Wir werden sehen», antwortete sie ausweichend. Sie hatte nicht vor, falsche Versprechungen zu machen. Andreas war in seinen Reaktionen nicht vorhersehbar. Wenn er sich zurzeit auf Reisen befand, mussten sie sich ohnehin wohl oder übel mit seinem Buch begnügen. Und das konnte Susanna auch in München tun. Aber in dem einen oder anderen Fall musste sie einen Weg finden, Ettore und seine Stiefmutter über das Bild zu befragen, ohne Argwohn zu erregen. Doch wie sie so vor ihm stand, in dem langen Gang, vor ihrem Zimmer, hatte sie nur noch einen Wunsch, endlich die Tür hinter sich zuzumachen und ihren überreizten Nerven

Ruhe zu gönnen. Ettores Anwesenheit war dafür gänzlich ungeeignet.

Sensibel, wie er war, sah er ihr das offenbar auch an, denn er sagte: «Sie sind müde. Schlafen Sie gut, Susanna. Ich freu mich auf morgen.» Mit dem Zeigefinger seiner rechten Hand strich er in einem Bogen zart über ihren Halsansatz, dort, wo normalerweise ein Collier auflag. Die Berührung verursachte Susanna eine Gänsehaut. Seine Hand streichelte ihren Hals, so als wollte er die Haut beruhigen. Dann beugte er sich leicht vor und gab ihr einen Kuss auf die rechte Wange.

«Sie sollten Smaragde tragen!» Dann drehte er sich um und verschwand in der offenen Tür des Aufzugs.

VII.

Elisabetta und Carlo

Wieder saß Susanna im Taxi, wieder ging es an der Piazzale Michelangelo vorbei hinauf in die Hügel. Sie hatte lange mit sich gerungen, noch beim Frühstück nicht gewusst, wie sie den Vormittag hinter sich bringen sollte. Ein weiteres Mal in die Bibliothek zu gehen war nicht sehr sinnvoll. Zuallererst musste sie mit Andreas sprechen. Um dieses Telefonat drehten sich all ihre Gedanken. Doch sie konnte sich einfach nicht dazu entschließen und fühlte sich unendlich müde. Und das lag sicher nicht nur an der langen Nacht im Palazzo Pitti. Mehrfach schon hatte sie ihr Handy zur Hand genommen, Andreas' Nummer eingetippt und dann wieder gelöscht. Aus reiner Verzweiflung und aus dem Gefühl heraus, nicht den halben Tag untätig und ruhelos im Hotelzimmer verbringen zu können, hatte sie sich ins Taxi gesetzt, um Elisabetta zu besuchen und sich für die Einladung zu bedanken. Susanna ahnte, dass ihre Freundin wütend auf sie war und kein gutes Haar an ihr lassen würde. Elisabetta verzieh es nicht, wenn man sie links liegenließ, ihr nicht die nötige Aufmerksamkeit schenkte. Aber den Vorwürfen der Freundin gab sie dem Telefonat mit Andreas trotzdem den Vorzug. Die Vorstellung, er könnte sie abblitzen lassen, einfach keine Zeit für sie haben, konnte sie nicht aus ihrem Kopf verbannen. Sie schob den Augenblick der Wahrheit vor sich her.

Als sich das Taxi die Serpentinen hochquälte, weil ein Linienbus den ganzen Verkehr aufhielt, fügte sich Susanna schließlich in ihr Schicksal. Um es endlich hinter sich zu bringen, tippte sie seine Nummer ein und ließ es läuten. Sie fühlte sich völlig leer im Kopf. Wider alle Vernunft hoffte sie, Andreas würde nicht zu Hause sein. Nur, was sagte sie dann Ettore?

«Pronto!»

«Hallo, Andreas!»

«Su, bist du das?», rief er in den Hörer, dass sie ihr Handy vom Ohr nehmen musste, so laut war seine Stimme. Andreas hatte sich nicht verändert. Sein Organ hatte schon immer den ganzen Hörsaal angefüllt.

«Ja, ich bin's. Susanna! Wie geht's dir?»

«Ha, was fragst du einen alten Mann, wie es ihm geht! Wo bist du?»

«Im Taxi. Wir fahren gerade an San Miniato al Monte vorbei!»

«Du bist in Florenz?»

«Ja, ich wohne in einem Hotel in der Via della Scala.» Sie hatte keine Ahnung, weshalb sie ihm das auf die Nase band.

«Hast du kein schrecklicheres Viertel finden können? Verdienst du nicht genug, um dir ein ordentliches Hotel zu leisten?»

«Sei nicht so ein schrecklicher Snob!»

Andreas lachte schallend. «Immer noch die alte Kratzbürste!»

«Kommst du zufällig dieser Tage in die Stadt?», fragte Susanna leichthin. Sie hatte die vage Hoffnung, die Fahrt nach Sansepolcro vermeiden zu können. Am anderen Ende der Leitung war es still. Es dauerte, bis Andreas antwortete: «Wie wär's mit einem Ausflug aufs Land?» Susanna hörte deutlich heraus, dass er nicht in die Stadt kommen wollte. Warum auch immer er Florenz mied.

«Passt es dir heute im Laufe des späten Nachmittags?»

«*Naturalmente!* Ich freue mich! Was führt dich zurück an den Ort deiner Schandtaten?»

«Ich brauche ein paar Auskünfte über Piero della Francesca. Dein Buch hat mich beeindruckt. Ich würde mich gern mit dir darüber unterhalten.»

«Also ... rein geschäftlich?»

Irrte sie sich, oder war er tatsächlich enttäuscht? War es wirklich möglich, dass sich Andreas auf ein Wiedersehen freute? Schon um keinen falschen Eindruck zu erwecken, fügte sie noch hinzu: «Und ich komme nicht allein.»

Nach einer weiteren Pause sagte Andreas: «Aha, traust du dich nicht? Brauchst du einen Beschützer, wenn du mich besuchst?» Andreas' Stimme klang gereizt.

«Wäre es dir unter diesen Umständen lieber, ich käme nicht?» Susanna hatte nicht vor, einen schlechtgelaunten Andreas zu besuchen, nur um Ettore einen Gefallen zu tun. Sie wusste nur zu gut, wie er sein konnte, wenn er schlechter Stimmung war. Ungenießbar war er dann, man ging ihm besser aus dem Weg. Noch war es nicht zu spät, noch konnte auch sie einen Rückzieher machen. Schließlich wusste sie selbst nicht, wie ihr das Wiedersehen bekommen würde. In ihren Gefühlen zu ihm war sie hin und her gerissen. Eigentlich wollte sie einen Strich ziehen unter die Vergangenheit, endlich fertig werden mit Andreas von Weisenfels. Ob ein Treffen das richtige Mittel dafür war, bezweifelte sie selbst. Sie machte sich nicht gern etwas vor. Vielleicht überschätzte sie sich? Allein, ohne Ettore, hätte sie den Besuch nie gewagt. Und der Florentiner war genau der Richtige, um Andreas zu beweisen, dass es auch andere Männer gab, die sich für sie interessierten. Ettore Lanzi sah um vieles besser aus, war mindestens zehn Jahre jünger, stammte aus einer reichen Familie, die Andreas mit Sicherheit kannte, und seine Erfolge als Designer sprachen für sich. Wenn sie ehrlich war, wollte sie Andreas ein wenig eifersüchtig machen. Während ihrer Beziehung war ihr das nie gelungen. Sie war immer diejenige gewesen, die sich wegen der vielen verliebten Studentinnen geärgert hatte. Es half auch nichts, dass Andreas die jungen Dinger, wie er sie nannte, nicht wirklich ernst nahm. Am Ende, als alles auseinanderbrach, hatte Susanna durchaus das Gefühl gehabt, dass es bereits eine Nachfolgerin gab, dass das der eigentliche Grund für das Zerwürfnis war. Nicht die Arbeit, nicht die Karriere in den USA, die er vermutlich nicht einmal wirklich gewollt hatte. Susanna begriff zum ersten Mal, dass Ettores Wunsch, Andreas zu treffen, ihr genau den Trumpf in die Hände spielte, den sie sich eigentlich immer herbeigesehnt hatte. Sie musste ihn nur noch ausspielen.

«Was meinst du?», fragte sie nochmal nach, als Andreas nicht antwortete. «Soll ich lieber nicht kommen?» Konnte es wirklich sein, dass nach all den Jahren sein Ego immer noch so ausgeprägt war? Ertrug er einen anderen Mann an ihrer Seite nicht, obwohl er es gewesen war, der ihre Beziehung beendet hatte?

«Natürlich kommst du. Und ich werde mir deinen Freund

genau anschauen. Ihn auf Herz und Nieren prüfen.» Jetzt lachte er. Irgendwie schien er an dem unerwarteten Besuch langsam Gefallen zu finden.

«Ist er auch Kunsthistoriker?»

«Nein, keine Angst. Ich schleppe dir keine Konkurrenz ins Haus.»

Das schallende Gelächter von Andreas bewies Susanna, dass sie gewonnen hatte.

Sie schaute zum Fenster des Taxis hinaus. Der Himmel war wolkenlos. Zum ersten Mal an diesem Tag nahm sie all das Schöne wahr, das es um sie herum zu sehen gab. Ein frischer Herbstwind hatte den morgendlichen Dunst weggefegt. Die roten Dächer der Villen und Häuser in den Hügeln schienen wie entflammt, glühten intensiv im satten Grün der Bäume und Sträucher, der gepflegten Rasenflächen, die täglich mit Wasser gesprengt wurden. Noch war keine Herbstfärbung bei den tiefhängenden Trauerweiden zu erkennen, noch leuchteten die Oleanderbüsche tiefrot zu ihr herauf, noch konnte sie sich der Illusion des Sommers hingeben.

Susanna kämpfte mit widerstreitenden Gefühlen. Sie hatte nicht den Eindruck, als könnte das ein guter Tag werden. Dabei kam ihr der Besuch bei Elisabetta noch als das kleinste Übel vor. Sie würde sich bedanken, sich entschuldigen, wenn es nötig war, und rasch wieder gehen. Doch die Fahrt mit Ettore war eine andere Sache. Sie hätte sie am liebsten schon hinter sich gehabt. Die Spannung war unerträglich, Susanna wollte endlich Klarheit darüber, wie es um sie und Andreas wirklich stand und was es mit dem Bild und seiner Besitzerin auf sich hatte. Gleichzeitig fürchtete sie sich davor, dass sich Cosimas Beteiligung an diesem

Betrug bewahrheiten könnte. Warum musste es sich bei ihr ausgerechnet um Ettores Stiefmutter handeln! Mit dieser Zuspitzung hatte sie in München nicht rechnen können, als sie ihrem Chef versprach, in Florenz Nachforschungen über Cosima Bettone und ihre Bilder anzustellen. Es war völlig ausgeschlossen, Heribert Wagner gegenüber Stillschweigen zu wahren. Ihm würde sie sagen müssen, was sie in Erfahrung gebracht hatte. Ohne Rücksicht darauf, was das für die sich äußerst zart entwickelnde Beziehung zu Ettore bedeutete. Einer Beziehung, die bislang ausschließlich in ihrem Kopf herumspukte.

Vor zwei Tagen, am Montag, als Susanna morgens ins Auktionshaus fuhr, den Kopf noch beim Frühstück und Jochens verletzender Bemerkung, hatte sie hin und her überlegt, wie sie Wagner dazu bringen konnte, auf die Versteigerung des gotischen Altarblatts zu verzichten. Es war nicht das erste Mal, dass sie versuchte, ihn davon abzubringen, Ware zu versteigern, die weder deklariert noch verzollt worden war. Mit dem Mut der Verzweiflung hatte sie sich dennoch ins Büro ihres Chefs gewagt. Ruhig, aber mit zunehmend röter werdendem Gesicht hatte er ihr zugehört. Als sie dann darum bat, die Bilder zurückschicken zu dürfen, war er explodiert.

«Für mich sind die Besitzverhältnisse völlig klar. Cosima Bettone ist Eigentümerin des Altarblatts, und sie will es verkaufen.» Mit riesigen Schritten patrouillierte er an der Staffelei vorbei, auf die Susanna das echte Gemälde gestellt hatte, damit er einen Blick darauf werfen konnte. «Ich werde einen Teufel tun und es ihr zurückschicken. Wenn der italienische Zoll dahinterkommt, sind wir in der Beweispflicht. Kostet Zeit, Geld und unseren guten Ruf.»

«Aber wenn sich später herausstellt, dass wir Diebesgut versteigert haben, kostet uns das noch mehr Geld und vor allem unseren guten Ruf.»

Wagner sah Susanna an, als hätte sie den Verstand einer Dreijährigen. «Habe noch nicht gehört, dass Auktionshäuser deshalb von ihren Kunden gemieden wurden, weil sie den Mut besessen haben, Schmuggelware zu veräußern. Ich brauche keine Namen zu nennen, aber weltberühmte Auktionshäuser sind mit geklauter Kunst erst richtig reich geworden.» Er blieb vor dem Altarblatt stehen. «Erstklassige Ware», brummte er. Beide Hände in den ausgebeulten Hosentaschen vergraben, auf den Fußballen leicht hin und her wippend, betrachtete er es genau. «Vermute Schule von Duccio di Buoninsegna. Das wird ein Knüller.»

Susanna musste einsehen, dass sie so nicht weiterkam. «Und wenn ich mich weigere, dieses Blatt bei der Versteigerung aufzurufen?»

Wagner baute sich in seiner ganzen Größe und Wucht vor ihr auf. Mit zusammengekniffenen Augen musterte er sie, dann brach er in dröhnendes Gelächter aus. Als er sich etwas beruhigt hatte, schaute er Susanna aufmerksam ins Gesicht.

«Was wollen Sie eigentlich wirklich von mir?», fragte er.

«Ich möchte Sie um ein paar Tage Urlaub bitten.»

Langsam ging er um seinen Schreibtisch herum und ließ sich schwerfällig auf seinen Stuhl fallen. Die Arme vor der Brust verschränkt, sah er Susanna an, als hätte sie sich aus der Firmenkasse bedient.

«Es hat noch nie kurz vor den Herbstauktionen Urlaub gegeben», bemerkte er knapp.

«Die gleiche Antwort habe ich von Ihnen im Dezember

vor der Weihnachtsauktion erhalten, ebenso im März vor der Osteraktion und im Juli vor der letzten großen Sommerauktion. Mit einem Wort: In diesem Jahr habe ich noch keinen Tag Urlaub gehabt.»

«Ich habe mir heuer auch den Flug in die Karibik verkniffen.»

Stumm sah Susanna ihn an. Der Witz hatte inzwischen einen Bart. Immer dann, wenn Wagner etwas besonders absurd erschien, bemühte er die Karibik. Eisern hielt sie seinem finsteren Blick stand. Sie gab nicht nach. Diesmal nicht!

«Wie viele Tage?»

«Ab sofort bis einschließlich Samstag.» Es sprudelte nur so aus ihr heraus. «Am Sonntag mache ich den Katalog druckfertig.»

Wagner kniff erneut die Augen zu schmalen Schlitzen zusammen und musterte Susanna ungeniert. Dann erhob er sich von seinem Stuhl und unterzog das Sieneser Altarblatt einer erneuten Prüfung. Vorsichtig strich er mit der Fingerkuppe seines Zeigefingers über das Gesicht der Madonna, über den leicht punzierten Goldgrund und den Gemmenthron, auf dem sie saß. Noch nicht zufrieden mit seinen Erkenntnissen, nahm er das Bild von der Staffelei, trug es zum Fenster und hielt es schräg ins Licht, um den Farbauftrag besser beurteilen zu können. Er roch daran, drehte das Bild um und begutachtete den Bildträger, eine Holzplatte, die mehrfach gesprungen und wohl schon zur Entstehungszeit notdürftig mit Metallklammern zusammengezogen worden war. Inzwischen waren sie rostig und drohten an manchen Stellen aus dem Holz zu fallen. Ein deutlicher Riss am linken Rand war auch auf der Vorderseite des Gemäldes zu sehen. Das Bild benötigte eine Restaurierung. Dennoch war es bereits in diesem Zustand sehr gut verkäuflich. Zumindest ging Susanna davon aus, während sie das Gebaren ihres Chefs mit zunehmendem Argwohn beobachtete. Er drückte sich mal wieder um eine klare Antwort. Fragen nach Urlaub waren für ihn ein rotes Tuch. Sie fühlte einen leichten Eigensinn in sich hochsteigen. Wie oft noch sollte sie nachgeben?

«Sie wollen nach Florenz, stimmt's?» Fast triumphierend grinste Wagner sie an. «Übte die Stadt am Arno nicht immer schon eine besondere Anziehungskraft auf Sie aus?» Vorsichtig stellte er das Bild wieder auf die Staffelei zurück und drehte sich zu Susanna um. «Die Madonna bleibt hier und wird im Oktober angeboten. Darüber brauchen wir kein weiteres Wort zu verlieren. Egal, was Sie nach Florenz treibt, wenn Ihre Aktivitäten dort den Verlust der Madonna nach sich ziehen sollten, können Sie sich einen neuen Job suchen. Haben Sie mich verstanden? Herkunftsnachweis, Papiere und sonstige Kinkerlitzchen interessieren mich nicht.»

Susanna sah ihn überrascht an. Was sollte diese Vorrede? Er würde ihr doch nicht wirklich ein paar Tage freigeben? Sie beobachtete, wie er langsam auf die Wand zuging, an die sie das Jünglingsporträt gelehnt hatte. Er hob es auf und ging damit zurück ans Fenster. Wendete und drehte es und roch daran.

«Man riecht noch immer den frischen Leim und Gips, mit dem die Holzplatte grundiert wurde. Die Fälschung ist wenige Monate alt. Und bei aller Einschränkung muss man sagen, dass der Künstler sein Handwerk beherrscht. Der Auftrag der verschiedenen Farbschichten ist perfekt. Leicht lasierend, manchmal fast durchscheinend dünn. Wer immer das gemacht hat, hat die Renaissancemeister genauestens studiert und viele Bilder gemalt, um die Technik derart perfekt hinzubekommen. Temperamalerei ist heute mehr denn je ein ausgefallenes und kostspieliges Hobby. Es wäre interessant zu wissen, wer dem Künstler das Herstellen der Farben und die Technik beigebracht hat. Als Restaurator alter Meister könnte er es durchaus weit bringen. Damit ließe sich legal gutes Geld verdienen. Aber ansonsten ist das Bild wertlos.»

Wagner lehnte den Jünglingskopf zurück an die Wand und setzte sich wieder hinter seinen Schreibtisch. Susanna stand mitten in seinem Büro, einen Stuhl hatte er ihr bislang nicht angeboten, und sie merkte, wie sie zusehends aufgeregter und nervöser wurde. Sie wollte diese Reise unbedingt antreten, aber sie hatte keine Ahnung, wie sie ihren Chef dazu bringen konnte, ein paar Tage auf sie zu verzichten. Er war mit all seiner Launenhaftigkeit in seinen Reaktionen nicht vorhersehbar. Als sein Blick erneut auf sie fiel, sah sie es belustigt in seinen Augen aufblitzen. Geradezu genüsslich fixierte er sie aus seinem Sessel heraus, seine Schadenfreude war deutlich spürbar. Unverschämt nutzte er seine Macht aus, sie noch weitere Momente zappeln zu lassen.

«Also, Ihr Auftrag lautet: Finden Sie heraus, warum uns Signora Bettone mit so einem Unsinn hinters Licht führen will, geben Sie ihr das Porträt zurück und machen Sie ihr klar, dass wir nur dann von einer Anzeige wegen Fälschung und Betrug absehen, wenn sie uns den Maler nennt und genauestens erklärt, wie sie an die Fälschung gekommen ist. Damit wir uns recht verstehen, ich will Näheres über den Maler erfahren, die Beweggründe der Signora sind mir schnuppe. Scherereien mit der Polizei oder der Justiz werde ich wegen solchem Plunder nicht riskieren. Aber das müssen

Sie der feinen Dame ja nicht unbedingt auf die Nase binden. Außerdem will ich wissen, ob wir noch weiteren Schund zu erwarten haben oder ob uns die Signora nicht doch lieber so wertvolle Gemälde wie das Altarblatt hier zum Verkauf anbieten möchte. Vergraulen Sie mir die Dame nicht, verstanden! Sie könnte sich als sehr lohnende Geldquelle herausstellen. Das ist kein Urlaub, Frau Martens, das ist eine Geschäftsreise. Und am Sonntagmorgen um acht Uhr erwarte ich Sie in diesem Büro mit einem detaillierten Bericht. Hüten Sie sich davor, mir Spekulationen zu liefern, und grüßen Sie Andreas von Weisenfels von mir.»

Heribert Wagner griff nach seinem Telefonhörer und betätigte die Wählscheibe eines Telefons aus den fünfziger Jahren. Die Audienz war beendet und Susanna unverhofft, aber mit zwiespältigen Gefühlen zu einer Geschäftsreise verdonnert worden. Wagners Gruß an Andreas war das Tüpfelchen auf dem «i» gewesen. Bis zu diesem Moment hatte sie nicht gewusst, dass es eine persönliche Verbindung zwischen beiden Männern gab. Sie hatte aber auch nicht gewagt nachzufragen, worin genau diese Verbindung bestand.

Wie schon am Tag zuvor, öffnete sich das Tor zur Villa Sabrini wie von Geisterhand. Das Taxi fuhr langsam über den Kies des Fahrwegs. Unter den Rädern knirschte es. Auf halbem Weg zur Villa hielt Susanna den Wagen an und stieg aus. Sie nahm sich Zeit. Das Gespräch mit Elisabetta konnte noch einen Moment warten. Als das Taxi vor dem Portal wendete, sah sie, wie sich die Eingangstür öffnete. Niemand trat heraus, niemand sah sich um. Die Tür blieb einfach offen. Der Hausdrache hatte ganz offensichtlich keine Lust, auf den Besuch zu warten. Umso besser, dachte Susanna und betrat die weiche Rasenfläche. Eine fast diebische Freude erfüllte sie. Das Betreten dieses Grasteppichs sah der Hausherr sicher nicht gern. Tief sanken die Absätze ihrer Pumps ein und hinterließen Spuren, die im makellosen Grün wie Wundmale wirkten. Ein leises Plätschern drang an ihr Ohr. Sie folgte dem Ton des Wassers, umrundete großräumig die Terrasse der Villa und entdeckte einen schneeweißen Springbrunnen. Eine Nymphe aus Carrara-Marmor stand in der Mitte eines klassisch runden Brunnenbeckens und wurde von zahlreichen, sich perfekt wölbenden Tropfenbogen umworben. Schatten spendete eine riesige blaugrüne Zeder, deren ausladende Arme den Blick auf die befahrene Straße, die weiter unten entlanglief, versperrten. Die Idylle hier oben in den Hügeln von Florenz, fernab der Touristenströme, der Hektik einer Stadt, die viel zu klein für die Massen ihrer Besucher war, hatte etwas Unwirkliches, fast schon Verbotenes. Jeden Augenblick konnte jemand kommen, in die Hände klatschen und diesen Traum der luxuriösen, friedlichen Abgeschiedenheit zerstören. Unschlüssig blieb Susanna einen Moment stehen und lauschte. Ein leises, fernes Rauschen der Autos, ein Geraschel in den Zweigen von der leichten Sommerbrise war alles, was sie hörte.

Sie sah zur Villa hinüber. Die Terrasse lag verlassen da. Nicht einmal Gartenmöbel standen herum. Stattdessen vermittelte der weiße Marmor, mit dem der Boden und die Einfassungen gestaltet waren, elegante Distanz. Konnte es wirklich sein, dass sich niemand der Sabrinis dazu herabließ, sich die Zeit und Ruhe gönnte, dieses paradiesische Fleckchen Erde zu genießen? Die Flügeltüren, die in den *salone* der Villa führten, waren leicht angelehnt. Noch mehr verwunderte Susanna, dass ihre Anwesenheit bislang unbemerkt geblieben war. Was sollte sie tun? Konnte sie einfach durch die Terrassentüren ins Innere des Hauses eindringen, oder sollte sie doch lieber den Hauseingang nehmen?

Sie entschied sich für die wohlerzogenere Variante, ging zum Hauseingang zurück und trat ein, ohne von einer Menschenseele begrüßt zu werden. Pflichtschuldig zog sie die Tür hinter sich ins Schloss. Die riesige Halle und das Treppenhaus umfingen sie mit Totenstille und eisiger Kälte. Die dunklen Vorhänge, die an diesem Morgen offensichtlich noch nicht von den Fenstern zurückgezogen worden waren, schluckten das warme Sonnenlicht. Susanna kannte den Weg. Sie wagte es nicht, nach Elisabetta zu rufen. Zu sehr fürchtete sie den Widerhall ihrer Stimme in dem stillen Haus. Sie schritt auf Zehenspitzen den Gang entlang, der zum Salone führte. Als sie durch den Türbogen trat, bot sich ihr ein bizarres Bild.

Elisabetta lag regungslos, die Beine seltsam verdreht, mit dem halben Oberkörper auf dem Glastisch. Susanna blieb wie festgenagelt stehen. Warum nur war sie hierhergekommen? Ein Telefonat hätte doch vollkommen genügt. Der erbärmliche Anblick, den ihre Freundin bot, war ihr unerträglich.

«Etta», sagte sie leise, «schläfst du? Etta, hörst du mich?»

Unter großen Mühen wandte ihr die Freundin das Gesicht zu. Ihr Blick war leer. Als sie Susanna erkannte, kam Leben in sie. Schwankend erhob sie sich aus ihrer unbequemen Lage und griff nach einer Champagnerflasche, die unter dem Tisch auf dem Perserteppich stand. Susanna wich erschrocken zurück.

«Du hinterhältiges ... Luder!» Elisabettas Stimme zitterte. In ihrem weißen Negligé wirkte sie wie der zu Fleisch gewordene Geist englischer Herrensitze. In der hochgehobenen Hand hielt sie den Hals der noch halbvollen Flasche fest umklammert und fuchtelte damit bedrohlich hin und her. Auf dem Glastisch herrschte komplettes Chaos. Die teuren Murano-Gläser, jedes für sich genommen ein Juwel der Glasbläserkunst, lagen zerbrochen zum Teil auf dem Tisch, zum Teil auf dem Teppich herum. Eine Gefahr für jeden, der in den Salone trat und nicht den Boden im Auge behielt. Vor allem für Kinder.

Susanna war fassungslos. Sie wollte nicht glauben, was sich vor ihren Augen abspielte. Der verwahrloste Zustand ihrer Freundin, die ungekämmt, mit verschmierter Schminke im Gesicht und betrunken im Nachthemd mittags Gäste empfing, machte sie betroffen. Was musste dies für Carlo Sabrini bedeuten? Musste er, wenn er nach Hause kam und Gäste oder Geschäftspartner mitbrachte, damit rechnen, dass seine Frau nicht präsentabel war? Oder handelte es sich um eine einmalige Entgleisung, einzig und allein die Folge eines völlig verkorksten Abends im Palazzo Pitti?

«Erst lässt du dich einladen, spielst dich als Unschuld vom Lande auf, schweigst dich über alles aus, egal, was man dich fragt, und dann brennst du mit dem begehrtesten Junggesellen der Stadt durch.» Elisabetta hielt sich die Flasche an den Mund und nahm einen Schluck. Angewidert schüttelte sie sich. «Und tust auch noch so, als hättest du ihn noch nie gesehen. Da hätte ich mir eine unterhaltsamere Gesellschaft einladen können. Jemanden mit mehr Witz, jemand, der zu mir hält! Genauso wie Carlo bist du von der Bildfläche verschwunden und hast mich inmitten der ganzen aufgeblasenen Florentiner High Society alleingelassen. Wie ich diese Brut hasse!»

Nicht ganz sicher auf den Beinen, wankte Elisabetta auf Susanna zu. «Ich hasse euch alle!», stieß sie hervor. Gleichzeitig trat sie dicht an ihre Freundin heran. Susanna sah, wie Elisabetta mit dem Gleichgewicht kämpfte. Entschlossen hielt sie sie an den Oberarmen fest, damit sie nicht fiel. Als die Freundin einigermaßen sicher stand, nahm sie ihr die schwere Flasche aus der Hand. Überraschend willenlos ließ sich Elisabetta das gefallen.

«Ich hasse sie! Das nächste Mal, wenn ich sie sehe, bringe ich sie um, bei Gott, ich bringe das Weib um!» Doch ihrem Schwur fehlte der nötige Nachdruck. Weinerlich sprach sie zu sich selbst.

Nur einen kurzen Augenblick fühlte Susanna Mitleid für Elisabetta, dann gewann der Zorn auf die grenzenlos verwöhnte Freundin die Oberhand. In ihren Augen gab es keinen Grund, sich besinnungslos zu betrinken.

«Etta, komm, setz dich auf die Couch und beruhige dich.» Langsam drehte sich die Freundin um und ließ sich zum Sofa führen. In sich zusammengesackt versank sie in den weichen Polstern und schaute ins Leere. Tränen liefen unaufhaltsam über ihre Wangen. Sie hatte ihr Pulver verschossen, ihrem Zorn Luft gemacht. Zurück blieb ein Häuflein Elend. Susannas Herz zog sich nun doch mitleidig zusammen. Was nur hatte die Freundin so weit gebracht, dass sie jeglichen Stolz fahrenließ und sich bereits am Vormittag sinnlos betrank? Sie holte ein Taschentuch aus ihrer Handtasche und hielt es Elisabetta hin, die es geistesabwesend in ihren Händen zerknüllte. Verstohlen sah Susanna auf die Uhr. Sie hatte noch eine Stunde Zeit, dann musste sie zurück ins Hotel.

Vorsichtig wagte sie eine erste Frage. «Was ist gestern Abend vorgefallen, Etta? Was hat dich so durcheinandergebracht?»

Die Freundin sah sie an, als wäre das die überflüssigste aller Fragen. «Carlo ist heute Nacht nicht nach Hause gekommen!», antwortete sie schlicht. Ungläubig sah Susanna sie an.

«Das hat er noch nie gemacht! Betrogen ja, betrogen hat er mich schon oft, aber er ist immer nach Hause gekommen!»

Elisabetta knetete das Taschentuch zwischen ihren Fingern. Susanna war noch nicht so recht bereit zu glauben, was ihre Freundin mehr oder weniger im Rausch von sich gab. Eine Elisabetta McGregor betrog man nicht so einfach – und schon gar nicht mehrmals. Eine Tochter aus bestem Haus, mit bester Erziehung, aus der obersten gesellschaftlichen Schicht. Welcher Mann von Bildung und Niveau sollte sich das erlauben? Konnte der Kulturreferent der Stadt Florenz so dumm und geschmacklos sein, seinen und Elisabettas Ruf zu beschädigen, zu ruinieren? Und welche Auswirkungen hätte ein solcher Skandal auf die Karriere des Schwiegervaters? Des Diplomaten John McGregor? Susanna konnte sich nicht vorstellen, dass Elisabettas Vater die Unverschämtheit des Schwiegersohns kommentarlos hinnehmen würde.

«Ich weiß schon lange, dass er Freundinnen hat», sagte Elisabetta mitten in die Gedanken Susannas hinein. «Es waren immer sehr junge Frauen. Praktikantinnen und Studentinnen. Nichts Ernstes, nichts, was man als Italienerin vom Ehemann nicht irgendwann einmal erlebt. Jeder weiß es, jede Familie verschweigt es, und jede Frau leidet darunter. Der Schein der Familie und Ehe wird gewahrt, am Sonntag gehen sie alle in die Kirche, und schon am Sonntagabend nach dem Essen gehen die Männer aus dem Haus und betrügen ihre Ehefrauen.» Aus Elisabettas Mund klang es wie eine allgemein bekannte Tatsache, wie ein unabwendbares Ereignis, das über eine Ehefrau kam wie die Entjungferung in der Hochzeitsnacht.

«Du musst dich täuschen, Etta. Ich bin sicher, für all das gibt es eine Erklärung.»

Mitleidig fast sah Elisabetta Susanna an. «Du bist noch nicht verheiratet. Du hast noch Illusionen.»

«Aber du hast doch zwei süße Töchter. Auf sie würde Carlo doch nie verzichten.»

«Natürlich nicht. Muss er auch nicht. Er hat eine junge Geliebte, er hat eine geachtete Ehefrau und zwei süße Töchter. Es fehlt ihm an nichts!»

«Und wo bleibst du bei dem Spiel?»

«Ich präsentiere ein Collier von Picciollini, ich gebe Dinnerpartys für die Politiker und Industriellen der Stadt, ich gehöre mehreren gemeinnützigen und wohltätigen Vereinen an und spiele die liebende Ehefrau. Doch kaum schließt sich die Tür hinter uns, trennen sich unsere Wege. Die Villa ist groß genug. Mein Schlafzimmer kennst du ja! Man muss sich nicht begegnen.»

«Warum spielst du bei dieser Farce mit?»

«Warum? Warum? Bist du wirklich so naiv?» Elisabetta verzog geringschätzig ihren Mund. «Wer bin ich denn schon? Tochter aus einem Diplomatenhaushalt ohne eigene finanzielle Sicherheiten, aber verzogen nach allen Regeln der Kunst. Eine ewige Studentin, die es nie zu einem Abschluss gebracht hat. Einziger Verdienst meiner Wenigkeit ist, dass ich mir einen angesehenen Mann der florentinischen Gesellschaft geangelt habe, der auch noch Erbe einer Bankdynastie ist. Die Villa hier gehört seit Generationen zum Familienbesitz. Dazu kommen Ländereien über die ganze Toskana verstreut und das Bankhaus Banca Pasqualina da Firenze. Bei einer Scheidung kann ich nur verlieren. Mein Mann könnte sich den besten Anwalt nehmen, und obwohl die ganze Stadt weiß, dass er es mit der ehelichen Treue nicht ernst nimmt, würde er am Ende der Gewinner sein. Männer, die sich begehrenswerte Frauen als Geliebte halten können – und Desirée ist begehrenswert, du hast sie ja selbst gesehen –, werden unter ihresgleichen geschätzt, beneidet, gelten als ganzer Mann. Und da ich kein eigenes Einkommen habe und auf die finanzielle Unterstützung von Carlo angewiesen bin, würde ich auch noch meine Töchter verlieren. Sie wollen mich ja jetzt schon nicht mehr haben. Du hast sie ja erlebt, die beiden verzogenen Gören. Sie wollen immer nur Papa.» Leise fing Elisabetta wieder zu weinen an.

Trotz allem Zorn über so viel Selbstmitleid verspürte Susanna auch Mitleid mit der Freundin. Schließlich lebten sie im einundzwanzigsten Jahrhundert. Auch in Italien gab es Gesetze. Dennoch wusste sie natürlich, dass Gesetz und wahres Leben manchmal erschreckend verschiedene Gesichter haben konnten. Noch immer spielten Herkunft, Ausbildung und finanzielle Möglichkeiten eine große Rolle dabei, ob man als Frau ernst genommen wurde und das Sorgerecht für die Kinder bekam. Elisabetta hatte zumindest das Gefühl, dass sie ihrem Ehemann in weiten Teilen unterlegen war, ob das nun stimmte oder nicht. Ihr Minderwertigkeitsgefühl reichte aus, um Trost im Alkohol zu suchen, zur Champagnerflasche zu greifen, und das war bekanntlich der Anfang vom Ende. Susanna gab sich einen Ruck, Mitleid half hier nicht weiter.

«Zu einer gescheiterten Ehe gehören immer zwei», sagte

sie entschieden, «und wenn ich mir das Chaos hier anschaue und deinen Zustand ...»

«Ach halt doch du den Mund. Was weißt du schon?»

Im Stillen musste Susanna der Freundin beipflichten. Seit dem gemeinsamen Studium war viel Zeit vergangen. Jede von ihnen hatte ihr eigenes Leben und ihre eigenen Probleme. Ihr freundschaftliches Verhältnis war nicht eng genug, als dass sie sich wirklich einmischen oder gar helfen könnte. Dennoch wagte sie einen letzten Versuch: «Hör zu, Etta, nur du allein kannst dir helfen. Geh zum Arzt und mach eine Entziehungskur. Carlo wird deinen Zustand auf Dauer nicht tolerieren. Denk doch vor allem aber an deine Töchter. Wenn Carlo wirklich eines Tages genug von dir hat, wie du befürchtest, wirst du sie bei einer Scheidung sicher verlieren. Kein Gericht der Welt wird einer alkoholabhängigen Mutter das Sorgerecht zusprechen. Da muss dein Mann gar nichts dazutun. Ein Gutachten eines Arztes reicht, um ihm recht zu geben, dass du unfähig bist, deine Töchter zu erziehen. Wach endlich auf, Etta, und pack dein Leben an!»

Hinter ihr klatschte jemand laut und vernehmlich in die Hände.

«*Bravo,* Signora!»

Susanna drehte sich erschrocken um. Am Rundbogen lehnte Carlo Sabrini. Auch er wirkte etwas angeschlagen. Aber weniger vom Alkohol, wie sie annahm, sondern von einer langen, arbeitsreichen Nacht. Die graumelierten Haare hingen ihm ungeordnet in die Stirn. Unter den Augen hatte er dunkle Schatten. Seine Smokingfliege hatte er wohl schon vor Stunden abgenommen, denn der Kragen seines Hemdes stand offen. Die Smokingjacke hatte er sich locker über die

Schulter gelegt. Er wirkte müde und abgekämpft. In jedem Fall nicht wie ein Mann, der gerade voller Genuss eine sexuell hochbefriedigende Nacht mit seiner Geliebten verbracht hatte.

«Ich nehme an, Sie sind Susanna Martens, Elisabettas Freundin aus München. Es freut mich sehr, Sie kennenzulernen.» Er trat auf sie zu und gab ihr die Hand.

«Piacere, Signor Sabrini.»

«Es tut mir leid, dass es gestern Abend keine Gelegenheit gab, Ihre Bekanntschaft zu machen. Aber diese Juweliersschau ist jedes Jahr eine besondere Herausforderung. Und gestern Abend hatten wir auch noch Probleme mit dem Sicherheitssystem des Pitti. Vor einer halben Stunde erst sind die Carabinieri abgezogen.»

«Ist denn etwas gestohlen worden?», fragte Susanna erschrocken.

«Cesare Russo hat behauptet, eines seiner Colliers sei verschwunden. Es hat nicht viel gefehlt, und wir hätten alle Gäste, die um drei Uhr morgens noch im Palazzo Pitti waren, einer Leibesvisitation unterziehen müssen. Aber das war dann selbst Russo etwas zu heikel. Ganz furchtbar peinliche Geschichte, das alles.»

«Glaub ihm kein Wort, Susanna», rief Elisabetta dazwischen. Mit roten Wangen und fiebrig glänzenden Augen blickte sie zwischen Susanna und Carlo hin und her. «Solche Geschichten erzählt er immer, wenn er nicht sagen will, wo er sich die ganze Nacht herumgetrieben hat.»

Susanna ignorierte den Einwurf und fragte stattdessen Carlo: «Und ... hat sich das Collier wiedergefunden?»

«Ja, ja, allerdings», jetzt lachte Carlo sogar. Es stand ihm gut, fand Susanna. Wenn er lachte, sah er viel jünger aus.

Dank seiner natürlichen Ausstrahlung wirkte er sehr sympathisch. War auf angenehme Art männlich. Selbst nach dieser strapaziösen Nacht schien er mit sich im Reinen, ausgeglichen. Das gefiel ihr. Susanna konnte gut verstehen, weshalb sich Elisabetta in diesen reiferen Mann verliebt hatte. Warum nur kam sie nicht mit ihm zurecht? Zumindest in diesem Moment hatte sie den starken Verdacht, dass sich ihre Freundin in eine haltlose Eifersucht hineinsteigerte. Und Carlo schien es leid zu sein, sich dagegen zu wehren. Aber was wusste sie schon über diese Beziehung?

«Signora Bettone muss sich in einem nicht mehr ganz nüchternen Zustand das Collier umgelegt haben. Dann hat sie sich vermutlich allein auf eine Besichtigungstour durch den Pitti begeben und es sich schließlich in einem der Prunkzimmer auf einer Chaiselongue gemütlich gemacht und ist eingeschlafen. Dort haben sie die Carabinieri dann gefunden.» Er lachte leise. Der Vorfall schien ihn ehrlich zu amüsieren.

«Cosima Bettone?», fragte Susanna nach. Sie musste es einfach wissen.

«Ja, ja, Cosima Bettone. Als hätte sie es nötig, sich mit Schmuck von Russo zu behängen. Wirklich ein guter Witz war das. Und niemand hat mehr gelacht als die Signora, als ihr klar wurde, weshalb die Polizei sie auf einer Couch im Palazzo Pitti weckte.»

Susanna konnte sich nur wundern. Wie war es möglich, dass sich seit ihrer Ankunft der Name Bettone immer wieder in Erinnerung brachte? War die Welt wirklich so klein? Waren das nur alles Zufälle?

Carlo Sabrini bückte sich und hob einen hellblauen Glassplitter vom Boden auf, den er mit Bedacht auf den Glastisch legte. Mit einem erschreckend kalten Blick maß er seine Frau.

«Hast du sie jetzt endlich alle ruiniert?»

«Schau ihn dir an, Susanna, die Gläser, diese unbezahlbaren Raritäten aus Venedig, sind ihm wichtiger als ich. Einmal in der Woche ist er mit einem Baumwolltuch an die Vitrine in seinem Arbeitszimmer gegangen und hat sie poliert. Sie haben mehr Streicheleinheiten abbekommen als ich in einem Monat! Ja, dein Schrank ist leer, Carlo! Aber ich bin sicher, du wirst ganz schnell etwas Neues finden, was du abstauben, pflegen und streicheln kannst.»

Susanna wusste gar nicht, wo sie hinsehen sollte. Der Auftritt der beiden Eheleute war ihr mehr als nur peinlich. Verstohlen sah sie auf ihre Uhr und erschrak. In einer knappen halben Stunde würde sie Ettore vor ihrem Hotel abholen. Das konnte sie unmöglich schaffen. Selbst wenn sie sofort in ein Taxi stieg.

«Es tut mir leid. Elisabetta. Signor Sabrini, bitte entschuldigen Sie, aber ich muss gehen.» Sie hatte nur noch einen Wunsch, möglichst rasch zu verschwinden. Sie ging zurück zum Sofa, auf dem ihre Freundin immer noch zusammengekauert saß, und umarmte sie.

«Etta, bitte versprich mir, dass du so nicht weitermachst», flüsterte sie ihr ins Ohr. «Lass dir helfen.» Sie umarmte sie, was sich Elisabetta teilnahmslos gefallen ließ. Ihre Augen, ihre ganze Aufmerksamkeit schienen auf Carlo fixiert. Als hoffte sie, dass von dort endlich Hilfe kam. Aber ihr Mann war zu müde, zu verärgert und vielleicht auch zu abgestumpft ihren Eskapaden gegenüber. Er ignorierte zumindest im Beisein von Susanna den stummen Hilferuf, den seine Frau mit ihren dunklen Augen an ihn richtete.

Stattdessen sagte er höflich: «Ich bringe Sie zur Tür.»

Gemeinsam gingen sie schweigend den Gang entlang. Carlo öffnete die schwere Holztüre. Am Fuße der Stufen stand seine Limousine. Der Chauffeur lehnte am Kotflügel und sonnte sich. Als er die Stimme seines Chefs hörte, schrak er förmlich zusammen.

«Die Signora wird dir sagen, wohin du sie bringen sollst.»

An Susanna gewandt, sagte Carlo: «Machen Sie sich wegen Elisabetta keine Sorgen. Morgen weiß sie von nichts mehr.»

Falls Carlo Sabrini meinte, er könnte sie mit dieser Bemerkung beruhigen, irrte er. Auch glaubte Susanna ihm in diesem Fall kein Wort.

«Lassen Sie sich mit dem Wagen Zeit. Ich muss jetzt erst einmal ein paar Stunden schlafen, bevor ich zu irgendetwas anderem fähig bin. Sebastiano wird Sie fahren. Alles Gute und vielleicht auf bald!» Er verbeugte sich und verschwand im Haus.

Susanna nahm im Fond des Wagens Platz und bat den Chauffeur darum, erst einmal loszufahren. Sie lehnte sich in die bequemen Polster zurück und schloss die Augen. Die Bilder des Salone ließen sich nicht verscheuchen. War das das ersehnte Familienglück? Was nützten Elisabetta der erfolgreiche Mann, die Kinder, die Villa, das viele Geld, wenn sie sich gleichzeitig vor Kummer betrank? Unweigerlich dachte Susanna an Jochen und auch an Andreas und an ihre eigenen unerfüllten Wünsche nach einer Familie. Vielleicht sollte sie Jochens Zurückhaltung – oder war es eine Zurückweisung? – endlich akzeptieren, nicht auf eine falsche Einsicht von ihm hoffen, die sie beide später nur bereuten. Beate hatte ihr schon mehrmals den Floh ins Ohr gesetzt, dass Jochen nicht treu war, dass sie ihn mit einer jungen Blonden, händchenhaltend und schmusend, im Hofgarten gesehen hatte. Bislang hatte Susanna davon nichts hören wollen. Vielleicht auch deshalb, weil sie sich nicht eingestand, wieder einmal auf den falschen Mann hereingefallen zu sein. Der Zusammenbruch von Elisabetta führte ihr jedoch ein Horrorszenario vor Augen, das sie mehr als nachdenklich machte. Der Preis, den die Freundin für ein luxuriöses, in der Gesellschaft anerkanntes Leben bezahlte, war zu hoch. Sie selbst stand allerdings auf eigenen Beinen, war nicht auf die Almosen und auf den guten Willen eines Mannes angewiesen. Nie zuvor hatte sie den Wert ihrer Arbeit bei Wagner höher eingeschätzt. Im Notfall musste sie allein durchs Leben laufen, das aber ganz sicher ohne Champagnerflasche in der Hand.

Susanna riss sich zusammen. Ihre persönlichen Probleme lagen in München. Weit weg! Sie kramte in ihrer Handtasche herum, fand schließlich ihr Handy und den Zettel mit der Telefonnummer von Ettore. Sie rief ihn an. Mehrmals klingelte es, bis er antwortete. Im Hintergrund hörte sie Verkehrslärm. Ein Moped hupte, Leute riefen aufgeregt durcheinander. Offenbar war Ettore bereits unterwegs und fuhr bei offenen Fensterscheiben.

«Pronto!», meldete sich eine männliche Stimme.

«Ettore?» Es krachte in der Leitung. Sie hörte erneut Stimmen, dann: «No, no, sono Francesco. *Un attimino.*» Endlich meldete sich Ettore. Sie erklärte ihm kurz, wo sie sich gerade befanden, und Ettore schlug ihr vor, auf der Piazzale Michelangelo auf ihn zu warten.

Wenig später stieg sie aus der Limousine von Carlo Sabrini und trat an die Brüstung der Aussichtsterrasse. Sie stützte sich mit beiden Unterarmen auf der Balustrade ab und sah hinunter auf die Stadt, auf die zahlreichen Türme der Kirchen, auf das glänzende Band des Arno, auf die grüne Hügelkette dahinter. In ihrem Rücken wusste sie eine Replik des David. Die Kolossalstatue Michelangelos, die ihn schon zu Lebzeiten weit über die Grenzen von Florenz berühmt und als Künstler für Fürstenhöfe und Päpste begehrt gemacht hatte, gehörte zu den aufregendsten Kunstwerken der Stadt. Wie oft war Susanna während ihres Studienjahres in der Accademia gewesen, allein nur um das Original zu sehen. Die riesige Marmorplastik hatte sie jedes Mal wieder in ihren Bann gezogen. Und gerade ihre Fehler in den Dimensionen, die viel zu großen Hände und der wuchtige Kopf, machten sie interessant, brachten ihre Monumentalität erst richtig zur Geltung. Die Skulptur war damals, als Michelangelo sie nach drei Jahren fertiggestellt hatte, zum Symbol der Republik Florenz und seiner Bürger geworden, die sich erfolgreich gegen die Vereinnahmung durch den Papst und die Übernahme durch feindliche Fürstentümer gewehrt hatte. Florenz, der kleine David, gegen die Übermacht des Vatikans, den Goliath.

Susanna sah auf das Häusermeer jener stolzen Stadt, die bis heute ein Juwel innerhalb der italienischen Grenzen darstellte. Ein Produkt der Medici, ihres Geldes und ihrer Macht, die es erlaubten, Künstler wie Michelangelo, Leonardo, Brunelleschi oder Sangallo zu fördern und mit Aufträgen an die Stadt zu binden. Susanna atmete intensiv die samtig warme Luft ein, als könnte sie gleichzeitig auch diesen unvergleichlichen Ausblick in sich auf- und später mit nach Hause nehmen. Nach dem verrückten Vormittag war dieser Moment der Ruhe über den Dächern von Florenz Balsam für ihre angespannten Nerven. Wer wollte sich dem Reiz dieser Stadt entziehen? Sie jedenfalls schaffte es nicht, wollte das auch gar nicht. Florenz selbst war der Inbegriff von Schönheit: dekorativ verpackt wie ihr Dom, glänzend wie das fließende Band des Arno und eingebettet in den grünen Schoß ihrer Umgebung. Mit jeder Faser verkörperte sie Geschmack und Schönheitssinn, die sie üppig und mit großer Selbstverständlichkeit seit Jahrhunderten an ihre Bewohner weitergab. Wie sollte eine Florentinerin oder ein Florentiner nicht wissen, wie sie oder er sich herausputzen konnte, wie sollten sie nicht alle wissen, was Eleganz und Vollkommenheit im Auftritt bedeutete, wenn doch alles, was die Einwohner dieser Stadt vor Augen hatten, von einer geradezu perfekten, wenn auch manchmal schon morbiden Ausstrahlung war? Susanna fühlte sich gegen ihren Willen vereinnahmt und auf angenehme Weise doch wieder als ein Teil davon.

Das dunkle Brummen eines Wagens ließ sie den Kopf wenden. Ein dunkelblauer Maserati Quattroporte, ein unaufdringlich perfektes, elegantes Auto, wie nur Italiener es entwerfen können, hielt dicht neben ihr. Sie wusste, bevor der Schlag sich öffnete, wer genau so einen Wagen fuhr.

VIII.

Borgo Sansepolcro

Die weißgrauen, hoch aufgetürmten Wolken, die über die Berge entlang des Tibertals hinwegzogen, kündigten den nahenden Herbst an, warfen dramatische, rasch wechselnde Schatten auf die bewaldeten Hänge. Von der klaren, sehr warmen Luft, die über Florenz noch zur Mittagszeit hing, war hier nichts zu merken. Dagegen trieb der Wind die Wolken vor sich her, die einen Wetterumschwung ankündigten. Susanna versuchte, ihre Gedanken abzuschütteln. Sie sah zum Seitenfenster des Maserati hinaus, wollte einfach nur schauen.

Die abgeernteten Felder stachen hellgelb und trocken von den dunklen Büschen entlang des Flusses ab, dessen Verlauf man nur ahnen, aber von der Autobahn aus nicht sehen konnte. Verdorrte Sonnenblumenfelder, silbergraue Pappelalleen, die im Wind leicht zitterten, einsame Schirmpinien auf den Anhöhen und verfallene Gehöfte kennzeichneten über weite Strecken die Landschaft. Entgegen landläufiger Vorstellung von der Toskana mit ihren Olivenhainen, Zypressenalleen und Weinhängen war das Tal des Tiber über weite Strecken unspektakulär flach, nur durch vereinzelte

Industrieanlagen und Kleingewerbe strukturiert. Unmittelbar am Rand des Tales stiegen Hügel auf, die sich rasch zu hohen Bergrücken formierten – bis zu tausend Meter hoch. Eine liebliche, weiche Hügellandschaft, wie sie für Florenz und seine Umgebung typisch war, fehlte hier.

Ihre Fahrt führte über die Autobahn von Florenz bis Arezzo. Von dort nahm Ettore die Landstraße nach Borgo Sansepolcro. Er fuhr selbst. Francesco, der sich vorhin noch als Erster am Telefon aus dem Wagen gemeldet hatte, hatte nicht mehr am Steuer gesessen, seit der Maserati auf der Piazzale angehalten hatte.

Ettore schaute konzentriert nach vorne. Sie hatten noch kaum Worte miteinander gewechselt. Susanna war es nur recht. Was hätten sie auch groß reden sollen? Die Gemeinsamkeiten waren denkbar gering. Wenn sie auch brennend gern mehr über den Zwischenfall im Palazzo Pitti erfahren hätte, in den seine Stiefmutter verwickelt gewesen war.

Trotz aller Versuche, das nahende Zusammentreffen mit Andreas zu verdrängen, spielte Susanna schließlich doch das Wiedersehen mit ihm in Gedanken durch. Wie würde er aussehen? Was würde er alles von ihr wissen wollen? Das war der heikle Punkt an ihrem Treffen, vor allem bei Anwesenheit von Ettore! Sie wollte auf keinen Fall Wagner und das Auktionshaus erwähnen. Aber wie sollte sie Andreas davon abhalten, nach ihrer beruflichen Tätigkeit zu fragen? Außerdem hatte Wagner ihr ausdrücklich Grüße für Andreas mit auf den Weg gegeben. Selbst wenn sie diesen Wunsch ignorierte, was sie sich vorgenommen hatte, blieb die beunruhigende Tatsache, dass sich beide Männer kannten. Aber woher? Bei welcher Gelegenheit hatten sie sich getroffen? Andreas hatte schon über zehn Jahre in Florenz gelehrt, als Susanna 2001 im Januar dort ankam.

Aus dem Augenwinkel schaute sie zu Ettore hinüber, dessen Blick geradeaus auf die Landstraße gerichtet war. Er sah genauso müde und abgekämpft aus wie Carlo Sabrini, als dieser endlich nach Hause gekommen war. Seine leicht getönte Haut wirkte glanzlos und matt. Die dunklen Partien, die sich auf den Wangen abzeichneten und besonders sichtbar entlang der Unterkiefer verliefen, hoben sich deutlicher ab, als sie das von ihm kannte, obwohl er wie immer perfekt rasiert war. Ettore hatte vermutlich nur wenige Stunden geschlafen. Warum tat er sich diese Strapaze an? Warum musste diese Fahrt zu Andreas wenige Stunden nach seiner Teilnahme an der Show wirklich sein? Weshalb diese Hast? Ihr eigener knapper Zeitplan war natürlich auch daran schuld. Aber nicht allein. Seine Recherchen in der Biblioteca und ihr Gespräch im «Rivoire» waren alles schon Zeichen deutlichen Zeitdrucks gewesen, dem er sich ohne ihr Zutun unterworfen hatte. Aber warum?

Der Klingelton ihres Handys ließ sie zusammenfahren. Weshalb nur hatte sie das blöde Ding nicht ausgeschaltet, als sie zu Ettore in den Wagen gestiegen war? Als sie auf dem Display Jochens Namen las, war sie hin und her gerissen. Was sprach dagegen, seinen Anruf ein weiteres Mal zu ignorieren? Sie fühlte Ettores Blick und sah die stumme Frage auf seinem Gesicht, weshalb sie sich nicht endlich meldete. Da sie nicht wollte, dass er die falschen Schlüsse aus ihrem Telefonverhalten zog, meldete sie sich: «Pronto!»

«Pronto! Pronto!», äffte sie Jochen gehässig nach. «Lass mich mit diesen italienischen Albernheiten zufrieden. Du weißt schließlich genau, wer dich sprechen will.»

Susannas Blutdruck stieg. Warum konnte er nicht einfach ganz normal reagieren? Fragen, wie es ihr ging, wo sie gerade war? Nein, sofort fing er an, sie zu maßregeln.

«Sitzt du in einem Auto?»

«Ja, in einem Maserati.» Sie konnte der Versuchung nicht widerstehen. «Höllisch bequemes und schnelles Auto, kann ich dir sagen. Und die Ledersitze sind einfach genial.»

Und nicht nur die Ledersitze hatten es ihr angetan. Sie gestand es sich endlich ein, als sie den knochentrockenen Juristen am anderen Ende der Leitung wusste, der nichts anderes konnte, als sich sofort zu beschweren. Dagegen war der ganze Innenraum der Luxuslimousine geradezu bedrängend von Ettores Präsenz erfüllt. Seine bloße Gegenwart reichte aus, um all ihre Sinne zu wecken. Susanna meinte, seinen Begrüßungskuss noch auf der Wange zu spüren, seinen Herrenduft zu riechen, obwohl die Klimaanlage ihr Bestes gab. Sie sah zu ihm hinüber, und ihre Blicke trafen sich. Ettore grinste breit über das ganze Gesicht. Er versteht Deutsch, schoss es Susanna durch den Kopf. Das wurde ja immer besser. Ganz plötzlich stellte sich ein Einvernehmen zwischen ihnen ein. Von einem Moment zum anderen fühlte sie sich unvernünftig glücklich.

«Bist du noch dran, Jochen?», fragte sie scheinheilig nach. Ihrem Freund hatte es offenbar die Sprache verschlagen.

«Ich habe nur eine Frage, dann bist du mich los», antwortete Jochen böse, und seine Ankündigung klang in Susannas Ohren irgendwie zweideutig. Oder bildete sie sich das nur ein?

«Wo ist mein grauer Anzug?»

«Dein grauer Anzug? ... den sollte ich doch in die Reinigung bringen.»

«Welche Reinigung?»

«Das kleine Geschäft in der Ainmillerstraße. Den Bon findest du ...» Jochen hatte die Verbindung unterbrochen.

«Dein Freund wird schon zurechtkommen», sagte Ettore trocken in nicht ganz akzentfreiem, aber bestem Deutsch. Und ganz selbstverständlich hatte er sich vom unpersönlichen Sie verabschiedet. Susanna schwieg. In ihrem Kopf drehte es sich gefährlich. Sie wusste nicht, was sie hätte erwidern sollen, ohne die Stimmung zu zerstören.

Wenige Augenblicke später fuhren sie in Borgo Sansepolcro ein. Sie waren fast am Ziel. Susanna wusste, dass sie jetzt in ihrer Euphorie keine Fehler machen durfte. Sie sah zum Fenster hinaus. Das moderne Sansepolcro war wenig ansprechend. Viele Hotels, Restaurants, Tankstellen und Läden säumten die Haupteinfallstraße, wie man sie in vielen italienischen Städten antraf, die einen alten Stadtkern haben, der nicht mehr neu bebaut werden konnte. Es war kurz vor vier Uhr nachmittags und die Straßen und Gehwege noch fast menschenleer. Die Altstadt umgab eine guterhaltene Stadtmauer und hatte sich weitgehend die mittelalterliche Bausubstanz erhalten. Das wusste Susanna noch von einem Besuch, den sie während ihres Florenzjahres hierher gemacht hatte. Das Museum der Stadt, dessen Hauptattraktion einige Werke Piero della Francescas waren, hatte sie damals schon angelockt.

Ettore fuhr um die Stadtmauer in westlicher Richtung herum und folgte dann einer Straße, die in die Hügel oberhalb der Stadt führte. Das Navigationssystem des Maserati schien bestens präpariert zu sein. Steil ging es bergauf, und nach einer Kurve verlief die Straße in südlicher Richtung parallel zum Bergrücken. Villen und kleinere Gehöfte wechselten sich ab. Dem kühlen Schatten einer Pineta folgten Hänge mit alten Olivenbäumen, deren knorrige Stämme wie mächtige Pfähle wirkten, die man in das struppige, hohe Gras gerammt hatte. Borgo Sansepolcro lag tief unter ihnen. Schließlich passierten sie das Schild der Località Benevale. Sie hatten ihr Ziel erreicht. Und Susanna merkte, wie ihr Puls schneller schlug. Das kann ja heiter werden, dachte sie, ärgerlich auf sich selbst.

Als sie aus dem Wagen stieg, wehte ein warmer Wind vom Tal herauf und brachte den würzigen Duft frischen Heus mit sich. Das *rustico* von Andreas entpuppte sich als riesiges Anwesen auf einer kleinen Anhöhe mit Blick über das weite Tal des Tiber. Ein flaches, langgestrecktes Gebäude, aus gelblichem Sandstein gebaut, über zwei Stockwerke verlaufend und mit ockerfarbenen Dachpfannen gedeckt, das mit dem Kamm des flachen Bergrückens verschmolz. Sämtliche Fensterläden waren gegen die Wärme geschlossen. Hinter dem flachen Giebeldach lugte ein großer, beigegrundiger Sonnenschirm hervor. Alles wirkte sehr gepflegt und frisch renoviert. Andreas musste ein kleines Vermögen für dieses Anwesen ausgegeben haben.

Eine wohltuende Stille lag über dem Land, die Siesta war noch nicht zu Ende. Zikaden zirpten, Schmetterlinge taumelten vorbei, und Olivenbäume, die das Grundstück rundherum umstanden, warfen lange Schatten. Ihre Blätter raschelten wie trockenes Papier im Wind. Kein Lachen, keine Wortfetzen, kein Motorenlärm störte die Idylle. Wären da nicht die übermannsgroßen Plastiken aus weißem, grünem und schwarzem Marmor gewesen, die zwischen den Olivenbäumen in der Sonne standen, hätte sich das Rustico von Andreas in nichts von den umliegenden Gehöften unterschieden.

Hatte er deshalb seine Professorenstelle an den Nagel gehängt, weil in ihm ein wahrer Künstler, ein Bildhauer schlummerte, fragte sich Susanna und verneinte diese Frage sofort entschieden. Andreas war Theoretiker. Er hatte ja schon Mühe, einen Spaghettitopf über dem Nudelsieb auszugießen, ohne sich selbst dabei zu verbrühen. Er war der klassische Geisteswissenschaftler mit zwei linken Händen. Niemand wusste das besser als sie.

«Ist etwas nicht in Ordnung?», fragte Ettore, der neben sie getreten war und ihrem Blick folgte.

«Die Figuren», brachte Susanna nur heraus. Langsam gingen sie auf dem Kiesweg, der zum Haus führte, nebeneinanderher. Doch dann änderte Susanna ihre Richtung, betrat den Olivenhain und betrachtete eines der Steinkunstwerke, das dem Weg am nächsten stand, aus der Nähe. Wer auch immer dieses Kunstobjekt gestaltet hatte, beherrschte die Bearbeitung von Marmor in aller Perfektion. Die Skulptur bestand aus mehreren sich durchdringenden, abstrakten Körpern, die eine aufwärtsdrehende Bewegung suggerierten, wenn man das Objekt umschritt. Unterstützt wurde dieser Eindruck durch eine langsam nach oben hin immer glatter werdende Oberflächenbehandlung, die hochglanzpolierte Spitze sandte in der Sonne förmlich Blitze aus.

«*Buongiorno,* Signori.» Eine Frau war unbemerkt herangetreten. Ihr Gesicht und ihre Haare waren von einer puderig weißen Pulverschicht bedeckt. Sie zog große Lederhandschuhe aus, um ihnen die Hand zu reichen. Susanna musste zweimal hinsehen, aber dann erkannte sie Milena Rubini, die Dauerassistentin von Andreas. Susanna spürte einen kleinen, aber dennoch heftigen Stich der Eifersucht. Milena war wie ein Schatten während ihrer Beziehung zu Andreas im Hintergrund gegenwärtig gewesen. Susanna war nie genau dahintergekommen, welche Rolle die nicht mehr ganz junge Studentin in seinem Leben spielte. Milena konnte man als herbe Schönheit bezeichnen. Geboren und aufgewachsen in Triest, stach sie zwischen den toskanischen Schönheiten durch ihre hohe, knochige Gestalt und ihre langen blonden Haare heraus. Ihre Aussprache war hart, prononciert. Wenn sie mit einem sprach, hatte man immer das Gefühl, sie fühle sich gestört oder provoziert. Verglichen mit dem weichen, melodisch toskanischen Dialekt hatte ihre Sprache etwas bäuerlich Derbes an sich. Als sie sie jetzt, von Marmorstaub bedeckt, in einer viel zu großen Männerarbeitshose vor sich stehen sah, wusste Susanna, wie sehr das Bildhauerhandwerk Milenas Naturell entsprach. So kraftvoll, ausdrucksstark und eigenwillig wie die Frau, genauso präsentierten sich ihre Arbeiten inmitten des Olivenhains.

«Buongiorno, Milena, ich freue mich, dich wiederzusehen», entgegnete Susanna und war nicht ganz ehrlich dabei. «Darf ich dir Ettore Lanzi vorstellen, einen Freund von mir.» Dies entsprach nun überhaupt nicht der Wahrheit. Aber Ettore verzog keine Miene bei dieser Vorstellung, verbeugte sich leicht vor Milena, wie er das immer vor Damen machte, und reichte ihr seine schlanke Hand.

«Piacere, Signora. Sind die Arbeiten von Ihnen?», fragte er interessiert.

Milena nickte. «Gefallen sie Ihnen?»

«Ja ... sehr!»

Susanna beobachtete, wie er mit der Hand über die Oberfläche des Steins strich. Seine Augen blitzten dabei interessiert auf, sein Blick war weich und konzentriert. Ettore war genauso wie Milena ein Künstler. Dabei spielte es wohl keine Rolle, mit welchen Materialien man arbeitete. Die Begeisterung, aus einem rohen Stein ein Kunstwerk entstehen zu lassen, teilten sie beide.

«Was ist das? Carrara?»

«Sì!»

Milena war noch nie sehr gesprächig gewesen, aber Ettore schien das nicht zu stören. Er ließ die Form auf sich wirken, und Susanna merkte, wie sich ein zweiter, nicht weniger heftiger Stich der Eifersucht bemerkbar machte. Gegen diesen Marmorblock, gegen diese geballte Kraft im Ausdruck kam sie mit ihrem Wissen und Intellekt nicht an. Der Grund der Reise hierher ins bäuerliche Tibertal, die Erforschung eines Piero-della-Francesca-Bildes, schien zumindest für den Moment eher nebensächlich zu sein.

«Sie haben Ihre Werkstatt hier?» Das war eigentlich eine Feststellung, wenn man Milenas staubbedeckte Arbeitskluft sah.

«Möchten Sie sie sehen?» Milena stellte diese Frage emotionslos, unbeteiligt fast, wie Susanna es von ihr nicht anders kannte.

«Volentieri», entgegnete Ettore. Was so viel wie «ausgesprochen gern» bedeutete.

«Ich gehe voraus. Andreas wartet auf der Terrasse. Ich bin sicher, Susanna und er haben nichts dagegen, wenn wir sie erst einmal sich selbst überlassen.»

Susanna hätte ihr diese Bemerkung gern mit einer passenden Erwiderung heimgezahlt. Nichts hätte sie lieber vermieden als ein Gespräch unter vier Augen mit Andreas. Und sie war sicher, Milena wusste das nur zu genau. Aber anstatt Milena zu folgen, griff Ettore nach Susannas linker Hand und hielt sie fest. Unmerklich fast zog er sie etwas zu sich heran und sah ihr ins Gesicht.

«Ist das in Ordnung, Susanna?»

Er konnte nicht wissen, wie schwer für sie dieser Gang zur Terrasse war, wo Andreas anscheinend schon auf sie wartete. Er wusste nichts von den alten Geschichten, und trotzdem hatte er ihr Zögern gespürt. So etwas hatte sie bisher noch bei keinem Mann erlebt. Und er machte es ihr nicht leichter damit. Mehr denn je fühlte sie sich zu ihm hingezogen.

«Ja, ja, lass dir nur alles zeigen.»

Er drückte leicht ihre Hand, bevor er sie losließ und Milena folgte, die in einigem Abstand auf dem Weg gewartet hatte.

Susanna blieb zunächst im Olivenhain und blickte sich um, ohne viel zu sehen. Sie musste dringend die richtigen Worte finden. Aber was waren die richtigen Worte, wenn man den Mann wiedersah, der einem vor vier Jahren den Laufpass gegeben hatte? Ihr wollten jedenfalls keine gescheiten einfallen. Als sie sich langsam zum Haus umdrehte, fiel ihr Blick auf die Feldstraße, an deren Wegrand der Maserati parkte. Keine hundert Meter dahinter war ein Wagen abgestellt. Ein schwarzer Alfa stand leicht schräg im Straßengraben. Sonst war kein weiteres Auto weit und breit zu sehen.

Susanna verließ den Olivenhain, ging um das Rustico herum und betrat eine geräumige Terrasse. Riesige Töpfe aus Terrakotta, die mit Rosen und Geranien bepflanzt waren, und moderne Teakholzmöbel, beschattet von einem riesigen Marktschirm, wie man sie in jedem besseren Gartenmöbelcenter kaufen konnte, schufen für ein Künstlerpaar, wie es Andreas und Milena zweifelsohne waren, ein ungewöhnlich etabliertes Ambiente. Sie hatte zumindest Andreas diese Art von Bürgerlichkeit nicht zugetraut. Milena kannte sie zu wenig. Aber irgendwie wollte diese solide Terrassenidylle auch zur Bildhauerin nicht so recht passen.

Susanna entdeckte Andreas auf einer Gartenbank, die nahe am Haus stand, vor sich ein Glas Rotwein auf dem Tisch. Er musste sie beobachtet haben. Als sich ihre Blicke trafen, erhob er sich und kam wortlos näher. Susanna erschrak ein bisschen darüber, wie grau seine Haare geworden waren und wie langsam er ging. Wo war sein Elan geblieben, seine Energie, die sich in lang ausholenden Schritten gezeigt hatte? Noch bevor sie auch nur einen Ton sagen konnte, hatte er sie schon in die Arme genommen. Er drückte sie fest an sich. Sie spürte die alte Kraft und Wärme, die von ihm ausging, die Geborgenheit, die er ihr immer gegeben hatte. Sie spürte seine warmen Lippen an ihrem Ohr, und die Schauer, die über ihre Haut rieselten, waren vertraut und ließen sich nicht unterdrücken. Bevor er sie in alter Gewohnheit auf den Mund küsste, machte sie sich vorsichtig, aber entschieden aus seiner Umarmung frei. Er schien nicht böse, denn er schob sie noch ein wenig weiter von sich und sah sie prüfend an.

«Du bist eine Schönheit geworden, Su, weißt du das? Die Arbeit bekommt dir gut. Oder ist es die neue Liebe?» Er kniff die Augen ein bisschen zusammen und lächelte sein unverschämtes, wissendes Lächeln, das sie auch früher schon nicht besonders gemocht hatte. Sie ignorierte seine anzügliche Frage und stellte selbst eine. «Wie geht es dir?»

«Ich hab dir schon am Telefon gesagt, du sollst einem alten Mann keine unverschämten Fragen stellen. Ich habe viel zu tun! Ansonsten wehre ich mich gegen Milenas Übergriffe. Du kennst sie ja. Sie hat eine gewisse männliche Härte, wenn sie es darauf anlegt. Ihr Dickschädel kann es mit meinem bestens aufnehmen. Ich kann von Glück reden, wenn mir nicht eines schönen Tages einer ihrer Marmorblöcke um die Ohren fliegt.»

«Wie kommt es, dass ihr zusammenlebt?» Susanna konnte sich nach Andreas' Bemerkung diese Frage nicht verkneifen. Andreas lachte nur. «Wunderst du dich?»

«Ehrlich gesagt, ja. Oder hattet ihr schon zu meiner Zeit etwas miteinander?»

Andreas drohte mit dem Zeigefinger. «Du bist doch nicht etwa nachträglich noch eifersüchtig?»

Susanna sah ihn an. Und sah das, was auch Ettore in wenigen Augenblicken sehen würde. Einen Mann von Anfang fünfzig, dem man jedes Jahr ansah. Ein Gesicht, das nicht mehr jung war, ein bisschen verlebt sogar. Oder war er etwa doch krank? Seine leichtgebeugte Gestalt, die ihre frühere Energie eingebüßt zu haben schien, machte sie betroffen. Und so gern sie Andreas den Gefallen getan hätte, ihm ein wenig zu schmeicheln, empfand sie stattdessen so etwas wie Mitleid für ihn und sagte wahrheitsgemäß: «Nein, ich bin nicht eifersüchtig. Aber auch nachträglich wüsste ich gern, ob ich nach Strich und Faden betrogen wurde.» Der Vormittag mit Elisabetta hatte sie einiges gelehrt.

Andreas schüttelte den Kopf. Jetzt war er ernst geworden, der Hieb saß scheinbar. «Nein, ich hab dich nicht betrogen, Su. Dazu habe ich dich viel zu gern gehabt.»

Susanna konnte es nicht verhindern, ihr wurde die Kehle eng. Warum sagte er ihr das jetzt? Jetzt, wo es doch Jahre zu spät dafür war. Nicht nur wegen Milena. Nicht nur wegen Jochen.

«Stören wir?» Es war Ettore, der diese Frage in seinem gefärbten Deutsch in Susannas Rücken stellte. Sie drehte sich um. Er sah gespannt von ihr zu Andreas. Sensibel für zwischenmenschliche Töne, spürte er, dass zwischen ihnen beiden die Luft vibrierte. Und völlig selbstverständlich hatte er sich in der richtigen Sprache bemerkbar gemacht. Susanna wusste schon seit dem Treffen in der Biblioteca, dass Ettore ihr gefährlich werden könnte. Spätestens seit Elisabetta sie in ihrer Wut gewarnt hatte, ahnte Susanna, dass er für sie unerreichbar war. Sie befürchtete, mit ihrem Verstand nicht gegen ihre Gefühle anzukommen. Wie es am Sonntag in München mit ihr weitergehen würde, darüber wollte sie erst gar nicht nachdenken. Aber sie war wild entschlossen, die wenigen Tage, die wenigen Stunden, die ihr mit Ettore vergönnt waren, mit jeder Faser ihres Wesens aufzunehmen. Und da konnte auch der alte Charme von Andreas nicht mehr verfangen.

«Darf ich dir Ettore Lanzi vorstellen, Andreas?», sagte sie deshalb auf Italienisch und gab somit den Startschuss für die nächste Runde. Das private Gespräch zwischen ihr und Andreas war beendet. Ab sofort wollte sie sich nur noch darauf konzentrieren, möglichst viel über die «Flagellazione» von Andreas zu erfahren. Ohne dass sie sich selbst verriet und ohne dass er das Gefühl bekam, über Gebühr von ihr und von Ettore als Quelle benutzt zu werden.

«Piacere, Signore!» Andreas akzeptierte die Spielregeln. «Lanzi, von den Juwelieren Lanzi?»

«Sì, Professore, ich bin der Sohn von Lorenzo Lanzi.»

Wie nicht anders zu erwarten war, kannte Andreas die Familie.

«Bitte.» Andreas deutete auf die breite Sitzbank, auf der er gesessen hatte, als Susanna die Terrasse betrat. Gemeinsam mit Ettore nahm sie dort Platz. Andreas saß ihnen gegenüber auf einem Sessel und musterte sie beide. Milena stand daneben und schien unschlüssig, ob man sie bei der Unterhaltung dabeihaben wollte. Andreas löste für sie das Problem.

«Was können wir euch anbieten? Auch ein Glas Rotwein vom eigenen Weinberg?»

«Wenn ich ein Glas Mineralwasser haben könnte?» Ettore zog es vor, einen klaren Kopf zu bewahren. Susanna schloss sich ihm an. Milena brachte das Gewünschte und verschwand in ihrer Werkstatt, einem ehemaligen Geräteschuppen. Er stand am Ende des Grundstücks und war mit riesigen Atelierfenstern in eine Werkstatt verwandelt worden. Wenige Augenblicke später hörte Susanna die schweren Schläge auf einen Meißel. Milena bearbeitete Stein für ein neues Kunstobjekt. Die angenehme nachmittägliche Ruhe, die bislang über dem Anwesen von Andreas gelegen hatte, war jäh zerstört. Wie konnte er dieses Hämmern und Klopfen tagelang aushalten, fragte sich Susanna entsetzt. Was verband diese so grundverschiedenen Menschen, um ein Zusammenleben hier oben möglich zu machen? Sie hatte nicht wirklich den Eindruck, dass die beiden ein Liebespaar waren. Milena war nun so gar nicht der Typ Frau, mit dem sich Andreas früher abgegeben hatte. Wie kam er mit dieser Zurückgezogenheit zurecht? Allein seine Sprechstunde, jeden Donnerstag zwischen zwei und vier, hatte einem Taubenschlag geglichen, der Professore hatte Hof gehalten am Institut. Sein Hauptseminar am Montag ab vier Uhr für seine Assistenten und Doktoranden bestand zu neunzig Prozent aus Frauen und besaß die Atmosphäre eines Kaffeehauses, weniger die einer Stätte geistiger Auseinandersetzung. So streng er bei Prüfungen und in der Sache war, so locker nahm er den täglichen

Universitätsbetrieb. Wenn sie sich sein jetziges Leben ansah, musste sie sich fragen, welcher Andreas der echte war. Spielte er hier den seriösen Aussteiger mit Schriftstellerambitionen, oder hatte er damals den Professore, der die Frauen liebte, zum Besten gegeben und Generationen von Studentinnen waren ihm auf den Leim gegangen? Einschließlich ihrer selbst? Für Susanna ergab das alles irgendwie keinen Sinn. Hatte sie wirklich so wenig Menschenkenntnis?

Andreas' Miene war undurchdringlich. Dennoch wusste Susanna, dass er sie mindestens genauso scharf beobachtete, wie sie es gerade mit ihm tat. Vermutlich fragte er sich in diesem Moment ebenso kritisch, wie sie zu einer Beziehung mit Ettore Lanzi kam. Die Lanzis gehörten nicht unbedingt zu den Leuten, die eine Deutsche mit wenig Geld und ohne jegliche Familientradition in ihre Kreise aufnahmen.

«Was führt dich nach Florenz, Susanna?», fragte Andreas und gab Ettore damit zunächst keine Möglichkeit, sich in das Gespräch einzumischen.

«Ich recherchiere für ein Kunstmagazin!»

«Seit wann arbeitest du als Journalistin?»

Überrascht sah sie ihn an. Ihr Argwohn war nun erst richtig geweckt. Weshalb stellte er ihr so eine Frage? Schließlich hatten sie nie mehr miteinander telefoniert, nachdem sie Florenz verlassen hatte. Er konnte nicht wissen, wie es nach ihrer Promotion weitergegangen war. Er hatte ihr einige Empfehlungen mit auf den Weg gegeben, Adressen von Kunsthändlern genannt, Professoren an verschiedenen Universitäten ins Feld geführt, die vielleicht an einer Assistentin interessiert wären. Aber was sie mit all diesen Hinweisen letztendlich gemacht hatte, das hatte er – zumindest von ihr – nicht erfahren. Der Gruß von Heribert Wagner fiel ihr ein. Wenn sie diesen jetzt erwähnte, brachte sie einen Stein ins Rollen, der vermutlich nicht mehr zu stoppen war. Ein Stein, der sie in die Tiefe riss und vor Ettore als Lügnerin bloßstellte. Deshalb sagte sie möglichst beiläufig, aber bestimmend genug, damit Andreas nicht auch noch nachfragte: «Ich mache Expertisen für Kunsthändler, Gutachten für Verkäufer und Käufer, und manchmal, wenn das Thema spannend ist, auch Beiträge für Kunstmagazine. Deshalb bin ich hier.» Sie flunkerte, was das Zeug hielt, und schaute Andreas dabei voll ins Gesicht. In diesem Moment war sie wild entschlossen, ihre Tarnung zu bewahren, koste es, was es wolle. Andreas sah sie skeptisch an, aber er behielt jede Bemerkung, die ihm vielleicht durch den Kopf ging, für sich. Er beugte sich nach vorne, um sein Rotweinglas zu greifen. Dabei rutschte die Manschette seines blaukarierten, langärmeligen Hemdes nach oben, und Verkrustungen und Einstiche am Handgelenk wurden sichtbar, wie man sie nach Infusionen zurückbehält.

«Außerdem hat Elisabetta mich eingeladen. Du erinnerst dich an sie?» Susanna war so erschrocken, dass sie nach einem Weg suchte, ihre Betroffenheit zu verbergen. Andreas war krank. Daran hatte sie nun keinen Zweifel mehr.

«Du meinst Signora Sabrini», sagte Andreas und lachte. «Die kunsthistorische Fehlbesetzung hat sich einen Mann von Einfluss geangelt.» Süffisant war das Wort, was Susanna bei seinem Lächeln in den Sinn kam, das nun seinen Mund umspielte.

«Smart guy!», schob er noch nach, und sein Lächeln vertiefte sich. Er trank einen kräftigen Schluck Rotwein, stellte das Glas ab und schlug ein Bein über das andere. Er schien gewappnet für das Gespräch. Dennoch grübelte Susanna einen Moment darüber nach, was Andreas mit ‹smart guy› verband. Hell im Kopf, gerissen bei Geschäften oder erfolgreich bei den Frauen – das alles konnte er mit dieser Kurzbeschreibung meinen. Ettore rutschte inzwischen unruhig auf der Bank hin und her. Ihn interessierte Carlo Sabrini momentan sicher überhaupt nicht.

«Ettore beschäftigt sich seit einiger Zeit mit der Renaissancemalerei», begann Susanna, um endlich das Gespräch in die richtige Richtung zu bringen. «Seine Familie hat eine größere Gemäldesammlung, wie du dir vielleicht denken kannst. Ettore hat sich früher nie für die Sammlung seines Großvaters und seiner Mutter interessiert. Das hat sich inzwischen geändert, wenn ich ihn richtig verstanden habe.»

Andreas' Blick war nicht zu deuten. Entspannt lehnte er in seinem Teakholzsessel und beobachtete seine Gäste. Susanna war sich nicht mal sicher, ob er ihr wirklich genau zuhörte. Er schien an ihnen beiden sehr viel mehr interessiert zu sein als an dem Thema, das sie gerade ansprach. Sie konnte es ihm nicht verübeln. Ihr ging es mit ihm und Milena schließlich genauso.

«Dabei ist er auf Piero della Francesca und auf dein Buch gestoßen.» Hier kam auch Susanna in Erklärungsnotstand. Was sollte es für einen Sinn haben, einem Kunstlaien einen Maler zu erklären? Deshalb würden sich andere Künstler und Epochen für ihn nicht notgedrungen erschließen.

«Gefällt es Ihnen?» Andreas grinste Ettore frech an.

«Um ehrlich zu sein», sagte Ettore, «ist Ihr Buch sehr umfangreich geraten. Meine Zeit reicht im Moment nicht aus, um es von der ersten bis zur letzten Seite durchzuarbeiten.»

Andreas' Lächeln vertiefte sich. Er schien das Gespräch

zu genießen. Mit einem weiteren Schluck aus seinem Weinglas versuchte er mehr schlecht als recht, sein Amüsement zu verstecken, aber Susanna sah es trotzdem. Er war ein alter Fuchs. Daran zumindest hatte sich nichts geändert. Und darüber war sie trotz allem sehr erleichtert.

«So viel habe ich allerdings verstanden: die ‹Flagellazione› ist ein Meister- und ein Schlüsselwerk des Malers.»

«Bravo!» Andreas verkörperte nun nur noch Heiterkeit. Während Ettores Gesichtsausdruck nicht wirklich zu deuten war. Heiter jedenfalls war er mit Sicherheit nicht. Susanna spürte, wie die Anspannung in ihr wuchs.

«Ich weiß nicht, ob Sie bereit sind, mir mit wenigen Worten zu erklären, warum dieses Bild so berühmt ist und was man über die Entstehungsgeschichte weiß. Sie würden mir damit einen großen Gefallen tun und mir sehr viel Zeit sparen. Ohne Susanna hätte ich es nicht gewagt, Sie in dieser Art und Weise zu überfallen. Ich hoffe auf Ihre Freundschaft und baue auf die Tatsache, dass auch Susanna etwas über den Maler wissen will.» Ettore hatte Mühe, seinen Wunsch zu formulieren.

Gespannt sah Susanna Andreas an, ob er auf diese sehr vage und nicht ganz einleuchtende Bitte einging. Und sie täuschte sich nicht. Andreas warf ihm einen mehr als skeptischen Blick zu.

«Ehrlich gesagt bin ich ein wenig überrascht. Dass Sie eine Gemäldesammlung zu Hause haben, kann ich mir gut vorstellen. Ich glaube Ihnen auch gern, dass die Zuordnung der einzelnen Stücke zu bestimmten Malern, vor allem dann, wenn sie nicht zu den gängigen Meistern gehören, schwierig ist und eigentlich nur von einem Fachmann geleistet werden kann. Im Prinzip kommen Sie um einen Gutachter, der ein

Inventar Ihrer Sammlung aufstellt und Zuschreibungen vornimmt, nicht herum.»

Mit einer großzügigen Geste wies er auf Susanna und fuhr fort: «Susanna kennt sich in der Malerei sehr gut aus. Mit ihr haben Sie eine Expertin an der Hand, die Ihnen sicher einen ersten Überblick verschaffen kann. Ich glaube vielmehr, dass Sie eigentlich eine ganz bestimmte Frage zu mir bringt, die Sie, aus welchem Grund auch immer, nicht stellen.» Andreas' Augen hatten einen harten Ausdruck angenommen, schweigend musterte er Ettore. Er ließ sich nicht gern für dumm verkaufen. Es war klar, so kamen sie nicht weiter.

Ettore, an sich schon etwas blass von den Strapazen des vergangenen Tages, wurde noch etwas bleicher um den Mund. Aber er hielt dem Blick stand. Auch er war erprobt, wenn es ums Verhandeln ging. Susanna merkte, wie sein Körper sich spannte. Er würde nicht aufgeben. Gespannt wartete sie auf die weitere Unterhaltung. Möglicherweise bekam sie nun die Bestätigung, dass sie beide das gleiche Ziel, dass sie beide das gleiche Bild im Kopf hatten.

Ettore griff in die linke Tasche seiner Hose und zog ein gefaltetes Stück Papier heraus. Er hielt es Andreas hin und sagte: «Können Sie mit dem Text etwas anfangen?»

Nachdem Andreas die Zeilen gelesen hatte, faltete er das Papier zusammen und reichte es Ettore über den Tisch hinweg, der es wieder in seiner Hosentasche verschwinden ließ.

«Der Text stammt aus meinem Buch. Aber das wissen Sie ja schon. Schließlich haben Sie ihn daraus kopiert.» Andreas wirkte jetzt erstmals verärgert. Dieses Katz-und-Maus-Spiel schien ihn inzwischen nicht mehr zu amüsieren.

Ettore schüttelte entschieden den Kopf. «Nein, das wusste ich nicht. Obwohl ich es, seit ich Ihr Buch in Händen hatte, vermutet habe. Ich habe den Text auf der Rückseite eines Bildes gefunden, das eine Verwandtschaft mit der ‹Flagellazione› aufweist. Halten Sie es für möglich, dass Piero della Francesca Details daraus nochmals als eigenständige Bilder verarbeitet hat?»

Nun war Andreas überrascht. Sein Ärger verwandelte sich augenblicklich in ungeteilte Aufmerksamkeit. Mit leicht vorgebeugtem Oberkörper, die Unterarme auf seine Knie gestützt, wandte er sich Ettore zu. «Sie meinen, Sie haben in Ihrer Sammlung ein Bild, das von Piero sein könnte und das einen Teilausschnitt aus der ‹Flagellazione› abbildet? Welchen Teil?»

Susanna hielt den Atem an. Sie hätte viel darum gegeben, wenn ihr Ettore den Zettel auch gezeigt hätte. Aber sie wagte nicht, danach zu fragen. Sie wollte Andreas nicht das Gefühl geben, dass sie mindestens so ahnungslos in der Angelegenheit war wie er selbst.

«Ein Porträt. Ein Jünglingskopf. Er gehört zu der mittleren der drei Figuren, die im rechten Bildteil abgebildet sind.»

Susanna fühlte den Schreck wie eine körperliche Beklemmung, als Ettore bestätigte, was sie von Anfang an geahnt und befürchtet hatte. Jetzt war der Moment gekommen, sofort die Wahrheit zu sagen, den Zweck ihrer Reise nach Florenz zu nennen, aber sie war nicht in der Lage dazu. Sie fühlte eine Leere im Kopf, die es ihr verbot, auch nur irgendetwas zu sagen. Sie entschied sich aus der Not heraus für eine Statistenrolle. Doch Andreas machte ihr einen Strich durch die Rechnung. Als er nach einem kurzen Moment der Überraschung wieder zu sprechen begann, war es genau Susanna, die er ansah.

«Du hast das Bild gesehen?»

Ettore kam ihr unbewusst zu Hilfe. «Nein, Susanna kennt das Bild nicht. Ich kann es ihr auch nicht zeigen.» Ettore zögerte, und Susanna hielt den Atem an. Wen würde er jetzt als Besitzer angeben? Cosima Bettone? Und wenn ja, was würde ihr das sagen? Wäre er damit automatisch an dem Verkauf der Fälschung beteiligt? Am liebsten hätte sie sich die Ohren zugehalten. Je mehr Ettore über das Bild wusste, desto unwahrscheinlicher war es, dass er nicht involviert war. Und sie merkte, wie sie das mehr als alles andere fürchtete.

«Das Bild ist seit knapp zwei Wochen verschwunden.»

Andreas sah sein Gegenüber skeptisch an. Die ganze Geschichte kam ihm mehr als eigenartig vor, und er machte kein Hehl daraus. «Was meinen Sie mit verschwunden? Entwendet, geklaut, verloren, in Luft aufgelöst?»

«Einfach verschwunden. Deshalb brauche ich Ihre Hilfe.»

Die alte Heiterkeit zeigte sich wieder in Andreas' Augen. «Sie glauben, dann kommt es einfach wieder zurück, wenn ich Ihnen etwas darüber erzähle?» Es war ganz klar. Er nahm Ettore nicht ernst. Er amüsierte sich grenzenlos, was Susanna ärgerte. Wie sollte sie Ettore in Schutz nehmen, ohne dabei ihre eigene Rolle preiszugeben? Denn so weit konnte sie inzwischen denken, dass es nichts brachte, wenn sie die Wahrheit sagte. Wenn sie jetzt die Karten auf den Tisch legte, würde Ettore nichts mehr erzählen. Sie würde nie die Hintergründe erfahren. Dann war ihre Reise umsonst gewesen, und den Zorn von Wagner mochte sie sich erst gar nicht vorstellen. Außerdem war es nicht sinnvoll, Andreas auf die Nase zu binden, dass es sich bei dem Porträt um eine Replik minderer Qualität handelte. Er würde jegliches berufliche Interesse daran verlieren und sein Wissen für sich behalten. Inzwischen war sie sich fast sicher, dass es Ettore auch nicht wirklich um das Kunstwerk und dessen Wert ging, sondern dass er etwas über die Entstehungsgeschichte des Originals wissen wollte.

«Ich glaube genauso wenig wie Sie, dass es dann wieder auftaucht.» Ettores Stimme hatte eine kaum wahrnehmbare Schärfe angenommen. Die Nonchalance von Andreas war ihm nicht entgangen. Sein nächster Satz ließ Susanna aufhorchen. «Aber ich weiß dann vermutlich, wer ein Interesse daran haben könnte, es verschwinden zu lassen.»

Andreas nahm einen weiteren Schluck aus seinem Rotweinglas, das er langsam und bedächtig auf den Tisch zurückstellte. Er schien zu überlegen, was er nun mit seinen Gästen machen sollte. Als er sich zurücklehnte, war er zumindest wieder ernst geworden. Er sah von Susanna zu Ettore und zurück. Seine Augen bohrten sich geradezu in Susannas Gesicht. Sie sah in ihren Schoß und wich ihm aus. Sie hatte sich selten so schlecht und unehrlich gefühlt wie in diesem Moment.

«In Ordnung», sagte Andreas, und zu Ettore gewandt fragte er: «Was genau wollen Sie wissen?»

«Ich möchte wissen, wer die ‹Flagellazione› wann in Auftrag gab und warum. Ob der Maler nach einer genauen Vorgabe arbeitete, und wenn ja, weshalb? Und für wen es gemalt wurde beziehungsweise wer die Besitzer des Bildes waren.»

«Wie alt ist Ihre Familie, Signor Lanzi?»

«Es gibt Vorfahren, die als Lanzknechte für Cosimo de' Medici tätig waren und in den Urkunden der Stadt Florenz genannt sind. Also gehen die Ursprünge der Familie bis ins sechzehnte Jahrhundert zurück. Vermutlich aber weiter.»

«Sie glauben, dass Ihre Familie in irgendeiner Form mit dem Bild von Piero della Francesca in Zusammenhang steht, das er irgendwann zwischen 1460 und 1480 gemalt hat, also doch einige Zeit vor der amtlichen Feststellung der Familie Lanzi?»

Ettore nickte und schwieg. Susanna verstand nicht ganz, weshalb er Andreas nicht entgegenkam und wenigstens den einen oder anderen familiären Hinweis gab.

«Die Entstehungsgeschichte der ‹Flagellazione› ist über weite Strecken eine Geschichte der Vermutungen und Spekulationen. Nur weniges lässt sich anhand von Dokumenten eindeutig nachweisen. Es ist aber vor allen Dingen eine Geschichte, die mit einem der schillerndsten, gewalttätigsten und kunstsinnigsten Männer der Renaissance zusammenhängt. Das Bild ist ohne die Lebensgeschichte des *condottiere* und Grafen Federico da Montefeltro nicht zu begreifen.» Der Professore legte entspannt beide Unterarme auf die Lehnen seines Teaksessels. Er signalisierte, dass er bereit war, in die Welt der Renaissance einzutauchen.

IX.

Oddantonio und Piero

Andreas bedachte seine Gäste mit einem Blick, der eine Mischung aus Ironie und Skepsis enthielt. Er schien nicht davon überzeugt, dass das Gespräch sinnvoll und nötig war, das ihm seine Besucher so geschickt aufzwangen.

«Wenn ihr allerdings glaubt, ich beantworte jetzt einfach die Fragen, die Signor Lanzi gestellt hat, so habt ihr euch getäuscht», begann er wenig vielversprechend und ohne den geringsten Versuch, ein schadenfrohes Lächeln zu unterdrücken. «Ganz offensichtlich wollt ihr es euch ersparen, vierhundert Seiten mühsam recherchierten Text zu lesen. Für einen Autor kommt das einer Beleidigung nahe, wird doch damit seine über Monate geleistete Arbeit abgewertet, wenn sie sich mit wenigen Sätzen zusammenfassen lässt.»

Susanna kannte ihn gut genug, um zu wissen, dass er gerne Spielchen trieb. Sie würden sich in Geduld üben müssen.

«Es tut mir leid, aber um die ungewöhnliche Geschichte des Bildes zu erzählen und die Bedeutung der ‹Flagellazione› zu erklären, muss ich schon etwas ausholen.»

Andreas beugte sich nach vorne und füllte bedächtig sein

Glas mit Rotwein. Es war ganz offensichtlich, der Professore genoss seine Rolle. Er genoss es, gebraucht und um Hilfe gebeten zu werden. Susanna unterdrückte bei aller Anspannung ein Lächeln. Nichts tat Andreas lieber, als Geschichten zu erzählen. Seine Vorlesungen waren nicht nur wegen seines profunden Wissens so beliebt gewesen, sondern auch wegen seines Charmes und seiner Fähigkeit, trockene, kunsthistorische Fakten in ein spannendes Gewand zu kleiden. Das beherrschte er wie kein Zweiter in seinem Fach. Umso mehr bedauerte sie ihn und seine Studenten, dass das zu Ende sein sollte. Sie konnte es beim besten Willen nicht glauben.

«In einer frostigen Februarnacht im Jahr 1443», begann Andreas endlich, «verschied unerwartet und von seinem Volk heftig beweint der Graf von Urbino: Guidantonio da Montefeltro. Er hinterließ einen Sohn und rechtmäßigen Nachfolger mit Namen Oddantonio. Der Knabe war beim Tod des Vaters sechzehn Jahre alt. Außerdem hatte der alte Graf drei Töchter. Für das weitere Geschehen interessiert uns vor allem Sueva, die jüngste.»

Andreas wippte mit seinem rechten Bein, das er elegant über das linke Knie gelegt hatte, rege hin und her, ohne seine Besucher dabei aus den Augen zu lassen. Er wollte sichergehen, dass sie ihm auch zuhörten.

«Der Tod eines Fürsten in damaliger Zeit weckte Begehrlichkeiten bei den Erben, in diesem Fall bei mächtigen Adelsfamilien, die sich Ansprüche ausrechneten. Alle Beteiligten waren bald bis aufs Messer verfeindet. Der verstorbene Graf war zweimal verheiratet gewesen. Die Ehe mit seiner ersten Frau, einer geborenen Malatesta aus der benachbarten Grafschaft Rimini, blieb kinderlos. Caterina, seine zweite Frau und aus dem Geschlecht der Colonna stammend, schenkte ihrem Mann erst nach bangen Jahren des Wartens einen Sohn, Oddantonio. Den Tod ihres Mannes erlebte sie nicht mehr. Die Familien der verstorbenen Ehefrauen hofften nun auf ein ansehnliches Erbe.

Das Überleben aller Fürstengeschlechter hing ganz entscheidend von ehrgeiziger Heiratspolitik, von militärisch erfolgreichen Gebietszuwächsen und stets willkommenen Erbschaften ab. Auch in unserer Zeit wird gerne geerbt, oder etwa nicht, Signor Lanzi?» Andreas konnte sich diesen Seitenhieb nicht verkneifen. Ettore schwieg dazu.

«Und dann, nicht zu vergessen, war da noch der Vatikan.» Andreas hatte seine diebische Freude an diesem Satz. «Wenn es um Besitz und Macht, um das Erben und um das Stiften von Allianzen in jener Zeit ging, befand sich der Vatikan an vorderster Front. Begehrlich streckte in diesem Fall Papst Martin V., auch er passenderweise ein Colonna, seine segnende Hand nach Urbino aus. Er setzte alles daran, das Schicksal seines Neffen Oddantonio in seine heiligen Hände zu nehmen. Martin kümmerte sich darum, dass eine Verlobung zwischen Oddantonio und Isotta d'Este zustande kam. Das Wort Liebesheirat war in jener Zeit noch nicht erfunden und für einen Papst nachgerade bedeutungslos.»

Über Andreas' Gesicht huschte ein ironisches Lächeln. Die Geschichte gefiel ihm, und Susanna sah es förmlich hinter seiner Stirn arbeiten. Sie ahnte die aufrührerischen Gedanken, die sich dahinter verbargen. Nur zu gern hätte er mehr über ihre Beziehung zu Ettore gewusst. Ihr Plan, Andreas ein wenig eifersüchtig zu machen, war zumindest nicht ganz fehlgeschlagen. Wie weit ihn ihre Freundschaft zu dem Florentiner wirklich interessierte, wie weit seine natürliche Neugierde über das übliche Maß hinausging, wagte sie nicht zu beurteilen. In jedem Fall aber wollte er sich im besten Licht zeigen.

«Noch bevor die Tränen über den Tod des Grafen von Montefeltro versiegt waren, gab es im Palazzo ein prunkvolles Verlöbnis. Es geriet zu einem Gelage, wie es die kleine Grafschaft Urbino noch nie gesehen hatte. Oddantonio erwies sich als typischer Fürst seiner Zeit. Verschwenderisch und ohne Rücksicht auf die klammen Kassen lud er ein zu Spiel und Tanz, zu einem riesigen Bankett.

Und so war es nur eine Frage der Zeit, bis Berater am Hof den jungen Grafen einen Frauenheld, Verschwender und Tunichtgut übelster Sorte schimpften. Schließlich rettete sich Oddantonio und sein kleines Reich höchst unpopulär vor dem drohenden Bankrott, indem er Steuern und Abgaben anhob. Sein Volk fing an zu rebellieren.

Der junge Graf wurde so, ohne es auch nur im Geringsten zu ahnen, zum geeigneten Opfer eines großen Intriganten. Denn im Hintergrund schürte ein Mann, ein Condottiere, mit großem Machtbewusstsein und Ehrgeiz den schlechten Ruf des Grafen. Er machte sich dessen Fehler und Naivität zunutze und schickte ihm bezahlte Berater an die Seite. Der Name dieses Unheilstifters war Federico da Montefeltro.»

Andreas machte eine effektvolle Pause und ließ den Namen bei seinen Zuhörern einsickern wie Regen in Sand. Dann erhob er sich aus seinem Sessel und sagte: «Ich denke, es ist an der Zeit, euch ein paar Bilder zu zeigen.» Er ging die wenigen Schritte über die Terrasse und betrat durch eine offenstehende Glastür das Haus.

Ettore sah Susanna von der Seite an. Er wirkte müde und enttäuscht. «Meinst du, er hat verstanden, was ich wissen will?»

Susanna erwiderte seinen fragenden Blick und dachte: Weißt du überhaupt selbst, was du wissen möchtest? Behielt diese Bemerkung aber für sich. Stattdessen sagte sie: «Gib ihm Zeit. Ich bin sicher, du wirst genau erfahren, was du wissen musst. Ob es dir dann weiterhilft, kannst nur du entscheiden.»

Andreas kam zurück, beladen mit drei gleichen, dicken Büchern. Jeweils eines davon legte er geschlossen vor jeden seiner Gäste. Es handelte sich um sein Buch über Piero della Francesca, das Ettore und Susanna in der Biblioteca studiert hatten. Das dritte, mit zahlreichen Zetteln und Merkern versehen, blätterte er durch, bis er schließlich die gesuchte Seite fand und das Buch offen in die Mitte des Tisches legte. Es zeigte ein männliches Porträt im Seitenprofil, ein hakennasiges Gesicht, das mit Warzen verunstaltet war und nicht gerade vertrauenerweckend wirkte. Der Mann war in glänzender Rüstung abgebildet. Es handelte sich um Federico da Montefeltro, porträtiert von keinem Geringeren als Piero della Francesca.

Andreas machte es sich wieder in seinem Sessel bequem und erzählte weiter, als hätte er seinen Vortrag nie unterbrochen. «Fast auf den Tag genau ein Jahr nach jenem prunkvollen Verlöbnis, man schrieb inzwischen den Juli 1444, geschah etwas, das dem Leben in Urbino für kurze Zeit Einhalt gebot, die Menschen in Angst und Schrecken versetzte und sie schließlich in großen Jubel ausbrechen ließ.

Es war in einer gewittrigen Hochsommernacht. Der Mond war von mächtigen Wolken verhüllt, eine leichte, warme Brise wehte vom nahen Meer herauf, als in der zweiten Stunde vermummte Gestalten an den Fürstenpalast heranschlichen. Es gelang ihnen, die Wache zu überwältigen und sich Einlass in den festungsgleichen Palazzo zu verschaffen. Alles war still und ruhig. Wenige Kerzen wiesen flackernd den Weg. Doch die Männer kannten sich aus. Sie wussten genau, wo sich der Alkoven des jungen Grafen befand. Zwei Gefährten von ihm, die in dieser Nacht auf Pritschen neben seinem Gemach schliefen, fielen den Messern der Eindringlinge als Erste zum Opfer. Es wird berichtet, Oddantonio habe sich nach Kräften gewehrt, aber schließlich unterlag er der Überzahl seiner Angreifer. Einer der Attentäter zückte einen Dolch und durchbohrte das Herz des jungen Fürsten.»

So als wollte er einen symbolischen Schlussstrich unter die Freveltat ziehen, beugte sich Andreas vor, griff sein Rotweinglas und nahm einen kräftigen Schluck. Dabei blickte er über den Rand seines Glases zu Ettore hinüber. Doch der Florentiner, schon den ganzen Tag von blasser Gesichtsfarbe, sah ihn nur ausdruckslos an, schien mehr abweisend als interessiert oder gar schockiert. Susanna konnte dieses Zwiegespräch nicht deuten. Sie ahnte, dass es mit dem Zettel zusammenhing, den Ettore zuvor Andreas gezeigt hatte, aber sie konnte sich dennoch keinen Reim darauf machen. Noch schienen sie meilenweit von der Erklärung des Jünglingsporträts entfernt.

«Natürlich steckte Federico da Montefeltro hinter dem Mordkomplott, und er verstand es, den Schock der Bevölkerung auszunutzen. Seine Gefolgsleute zögerten nicht, in Urbino den Tod des ungeliebten Oddantonio zu preisen. Das Volk, manipuliert und aufgehetzt, verlor den Blick für die Realität. Ganz ohne jeden Zweifel glaubte es, einer aus ihren Reihen habe den unwürdigen Nachfolger des alten Grafen zur Strecke gebracht. Eine Fahndung nach den Attentätern verlief im Sande. Kein Mensch interessierte sich dafür. Unter dem Jubel des Volkes ritt der Condottiere in Urbino mit großem Gefolge ein. Ihr werdet euch sicher fragen, wer Federico da Montefeltro war, dass es ihm gelang, die Grafschaft Urbino mit allen dazugehörenden Gütern und Ländereien zu beanspruchen?

Der alte Graf hatte, wie schon gesagt, jahrelang auf einen männlichen Erben gewartet. Als auch die zweite Ehe in den ersten beiden Jahren ohne männlichen Nachwuchs blieb, bekam es der nicht mehr ganz junge Guidantonio mit der Angst. Das Ende seines Geschlechts vor Augen, traf er mit Genehmigung des Papstes eine folgenschwere Entscheidung für den Fall, dass er ohne rechtmäßigen Erben sterben sollte. Der alte Graf hatte eine uneheliche Tochter mit Namen Aura, die mit seinem treuesten Feldherrn, mit Bernardino Ubaldini della Carda, verheiratet war. Sie hatte bereits 1422 einen Sohn mit Namen Federico geboren, den Guidantonio in seiner Not als legitimen Nachfolger bestimmte, indem er ihn per päpstlichem Dekret zu seinem Adoptivsohn machte.

Doch das Unerwartete trat ein: Caterina gebar schließlich den so dringend erwarteten Erbfolger und ließ die Vorsichtsmaßnahme plötzlich zu einem Ärgernis werden. Federico musste schleunigst aus dem Umfeld seiner Adoptivfamilie weggeschafft und fernab aufgezogen werden. Er bekam eine ausgezeichnete Erziehung, die ihn auf eine militärische Laufbahn als Condottiere vorbereitete.

Besessen von Machthunger, hasste er den Stiefbruder in Urbino, der sich in sein Nest eingeschlichen hatte. Als der alte Graf starb, schreckte Federico nicht einmal vor einem Brudermord zurück, um ans Ziel seiner ehrgeizigen Pläne zu gelangen. Nach dem gewaltsamen Tod Oddantonios sah dessen Verwandtschaft mütterlicherseits, die Colonna, ihre Felle davonschwimmen. Für sie bedeutete der neue Erbe das Ende ihres Einflusses auf die Grafschaft. Kardinal Prospero Colonna, ein einflussreicher Onkel der Kinder, suchte nach Wegen, dies zu verhindern.»

Während er den letzten Satz noch zu Ende brachte, beugte sich Andreas vor und blätterte erneut in seinem Buch. Wieder war es ein Porträt im Seitenprofil, das er ihnen zeigte: eine junge Frau von nur mäßiger Schönheit. Sie wirkte ein wenig einfältig mit ihrer kurzen Stirn und einer kleinen, noch oben gebogenen Nase.

«Das ist Sueva, die jüngste von Oddantonios Schwestern», informierte Andreas seine Gäste. Ettore rutschte unruhig auf der Bank hin und her. Er hatte die Finger ineinander verschränkt, dass die Knöchel ganz hell wurden, so fest presste er sie zusammen. Er schien schwer an sich halten zu können. Susanna fragte sich, wann er den Erzählfluss von Andreas abrupt unterbrechen würde. Inzwischen zog die Dämmerung über das Tal herauf. Der Wind hatte aufgefrischt, und es würde nicht mehr lange dauern, dann mussten sie sich ins Innere des Hauses zurückziehen, weil es auf der Terrasse zu kühl und auch zu dunkel wurde. Aber Andreas schien Ort und Zeit vergessen zu haben. Er war in seinem Element. Inzwischen hielt er eine Vorlesung, ohne dass er sich dessen wirklich bewusst war. Davon war Susanna überzeugt. Im Gegensatz zu Ettore wusste sie, dass er sich zielstrebig dem Jünglingsporträt näherte. Für sie waren die geschilderten Details Neuland. Sie hatte nicht untertrieben, als sie Ettore im «Rivoire» versicherte, nicht mehr über das Bild zu wissen.

«Die Schwestern Oddantonios verziehen Federico da Montefeltro ihr Leben lang die Bluttat am Bruder nicht. Sueva, die jüngste, sprach nie wieder ein Wort mit ihm. Sie hasste ihn mit jeder Faser ihres Herzens und ruhte nicht eher, bis sie Rache genommen hatte.

Bei einem großen Mummenschanz zu *carnevale* 1446 scheiterte ein Attentat auf den frischgebackenen Nachfolger der Grafschaft Urbino. Im Gewühl der maskierten Festgäste näherten sich dem Condottiere drei verkleidete Männer und versuchten, ihn durch Messerstiche tödlich zu treffen. Doch gegen die hervorragend ausgebildete Leibwache hatten sie keine Chance. Federico reagierte gnadenlos. Er ließ die Attentäter öffentlich hinrichten. Doch als Drahtzieher des Attentats galten der Kardinal und seine Nichten – und das nicht ohne Grund.

Um die Schwestern vor dem Zorn des Stiefbruders zu schützen, sorgte der Vatikan dafür, die Mädchen zu verheiraten – und zwar mit Ehemännern, die über ein eigenes Heer verfügten und ihre Frauen im Ernstfall vor dem Stiefbruder verteidigen konnten.

Sueva heiratete den Grafen über Pesaro, Alessandro Sforza. Der junge Sforza kassierte die Mitgift, fühlte sich aber zu nichts verpflichtet. Er war ein stadtbekannter Weiberheld, der sich nicht im Geringsten um die Gefühle seiner Gattin scherte, und auch sie hasste ihn voller Inbrunst. Er stand an Wankelmütigkeit und Falschheit Federico in nichts nach und war nur auf seinen eigenen Vorteil bedacht. Federico wiederum wusste sich die Abhängigkeit Alessandros zu erkaufen, indem er Land von ihm erwarb und militärischen Schutz zusicherte, falls andere Familien ihm gefährlich werden sollten. Mit einer gewissen mafiösen Abhängigkeitspolitik vergrößerte Federico da Montefeltro unauffällig seinen Machtbereich und vereitelte gleichzeitig die feingesponnene Heiratspolitik des Kardinals. Besser konnte es für ihn gar nicht laufen.»

Andreas bedachte Ettore mit einem scharfen Blick. Er wollte genau wissen, wie seine Ausführungen bei seinem Besucher ankamen. Die Unruhe, die den jungen Florentiner mehr und mehr ergriff, war ihm genauso wenig entgangen wie Susanna, denn er sagte: «Ich sehe es Ihnen an, dass Sie sich inzwischen fragen, was das alles mit dem Bild zu tun hat. Glauben Sie mir, eine ganze Menge. Zumindest mit diesem Bild, das ich von Piero kenne.» Er blätterte wieder in seinem Buch herum, bis er eine Doppelseite aufschlug, die man zusätzlich noch an beiden Seiten aufklappen konnte. Nun lag die ‹Flagellazione› vor ihnen. Mit dem Zeigefinger deutete Andreas auf den blonden Jüngling, der in der Mitte einer Dreiergruppe von Männern stand. «Ich denke, wir sprechen von dieser Person.»

Susanna fühlte einen Stich in ihrer Brust. Sie war nicht in der Lage, das Bild mit ungeteilter Freude und Aufmerksamkeit anzusehen. Wie mochte es Ettore bei diesem Anblick ergehen? Sie sah zu ihm hinüber. Mit fest zusammengepressten Lippen saß er da und bedachte das Bild mit einem mürrischen Blick. Sein ganzer Körper war verkrampft und angespannt zugleich. Er nickte bestätigend auf die Frage von Andreas, brachte aber kein Wort heraus. Gleichzeitig war er unmerklich an Susanna herangerückt, sein rechter Arm und Oberschenkel berührten ihre ganze linke Körperseite. Sie fühlte sich wie elektrisiert und wagte es nicht, sich zu rühren oder von ihm abzurücken. Seine Anspannung übertrug sich auf sie, dabei hatte sie keine Ahnung, um was es hier wirklich ging.

Nachdem Andreas seinem Rotwein erneut zugesprochen und seine Kehle befeuchtet hatte, nahm er seinen Faden wieder auf. Ein kleines, ironisches Lächeln umspielte dabei seinen Mund. Wie immer wähnte er sich im Besitz der Fakten. Susanna merkte, wie sich alter Widerstand in ihr regte, wie sie sich gegen seine schwer zu besiegende Überlegenheit auflehnte. Mehr als früher machte sie seine Dominanz wütend. Als Studentin hatte sie sich nur unterlegen gefühlt. Doch jetzt war sie nicht mehr unerfahren genug, um dieses Benehmen kritiklos zu akzeptieren. Innerlich rückte sie ein weiteres Stück von ihm ab.

«Sueva war es schließlich, die den nächsten Schritt tat. In ihrem hilflosen Zorn auf ihren Mann, der mit Federico gemeinsame Sache machte, sann sie auf Rache. Sie mischte dem treulosen Gatten Gift ins Essen. Doch ihre Freveltat wurde beobachtet und ihr Mann rechtzeitig gewarnt. Der Beistand des Kardinals und dessen schlauer Kopf waren einmal mehr gefragt, um diesmal die Nichte vor der Hinrichtung zu retten, die Alessandro mit Härte einzuklagen versuchte. Aber schließlich war es ausgerechnet Federico da Montefeltro, der die Stiefschwester vor dem sicheren Tod bewahrte. Anstatt sie aufs Schafott zu schicken, verdammte er sie zu einem lebenslangen Klosteraufenthalt – für sie eindeutig die schlimmere Strafe.

Etwa zur gleichen Zeit musste auch Kardinal Prospero Colonna eine Niederlage einstecken. Erneut ging er bei der Papstwahl leer aus. Enttäuscht zog er sich daraufhin ins Privatleben zurück und widmete fortan seine freie Zeit den Studien der Antike.

Inzwischen schrieb man das Jahr 1459, als sich *il grande pittore*, Piero della Francesca, in Rom aufhielt. Er arbeitete an einem umfangreichen Auftrag für den Vatikan. Bei dieser Gelegenheit lernte er auch Kardinal Colonna kennen. Die beiden Männer erkannten ihr gemeinsames Interesse an der Kunst der Antike und an der Mathematik.

Eines Tages wurde Piero della Francesca vom Kardinal in dessen Villa nahe dem römischen Ruinenfeld in Sichtweite des Kolosseums eingeladen. Die Räume zeugten von dessen großer Sammelleidenschaft, sie waren vollgestellt mit Skulpturen, Vasen und Sarkophagen, die nur wenige Schritte entfernt aus den Ausgrabungsstätten des antiken Rom stammten.»

Andreas war nun völlig in seinem Element. Seine Vorbehalte gegenüber Ettore Lanzi schienen zumindest für den Moment in den Hintergrund zu treten. Jetzt war er nur noch Kunsthistoriker.

«Im Kopf des Kardinals war ein Plan herangereift, der Piero an diesem Tag einen Auftrag einbrachte, der ihn inhaltlich wie kompositorisch herausgefordert haben dürfte.»

«Finalmente», entfuhr es Ettore. Zum ersten Mal an diesem Nachmittag lehnte er sich für einen kurzen Augenblick an die Rückenlehne der Gartenbank an. Susanne spürte förmlich, wie er Luft ausließ, wie die fast unnatürliche Anspannung aus seinem Körper wich. Andreas grinste.

«Es ist doch immer das Gleiche – die Ungeduld der jungen Leute! Sie wollen immer alles sofort wissen, ohne Gespür für Dramatik, ohne Sinn für tiefere Zusammenhänge!» Er schnalzte tadelnd mit der Zunge, ohne auch nur den leisesten Versuch zu unternehmen, sein breites Grinsen der Genugtuung zu unterdrücken.

«Prospero Colonna sah in Piero, dem selbstbewussten, aber bescheidenen Maler aus der Provinz, der mit einem mathematischen Traktat seine Zeitgenossen überrascht hatte und die religiösen Schriften der damaligen Zeit kannte, genau den richtigen Künstler für seinen Spezialauftrag. Denn er suchte nach einer Form der Rache, die ins Herz traf, aber ohne Androhung von Strafe und Verfolgung ausgeübt werden konnte. So gab er ein Andachtsbild bei Piero in Auftrag, das er seiner geliebten Nichte Sueva zum Geschenk machen wollte.

Ein detaillierter Vertrag, der genau festlegte, welche Szenen und welche Personen abzubilden waren, wurde geschlossen. Kardinal Colonna überließ nichts dem Zufall.» Andreas hob sein Buch leicht an und hielt es seinen Gästen entgegen: «Und heraus kam dieses zweigeteilte Bild. Zum einen stellte Piero eine Geißelungsszene nach Vorbild alter Meister dar, mit Pilatus auf dem Thron als Zeuge und Ankläger, Christus an eine antike Säule gefesselt und von Schergen mit Geißeln malträtiert, in einem prachtvollen, antikrömischen Raum als Schauplatz. Getrennt durch eine korinthische Säule, bildete er auf der anderen Bildhälfte sehr viel größer und gut in ihrer Physiognomie und ihrer sozialen Herkunft erkennbar drei Männer vor einer zeitgenössischen Renaissancearchitektur ab.»

Andreas legte sein Buch wieder auf den Tisch und lehnte sich bequem in seinem Sessel zurück. Im Dämmerlicht des hereinbrechenden Abends bildeten sich Schatten auf seinem Gesicht, die seine konzentrierte, ernste Miene noch verstärkten. Jetzt war ohne Zweifel der Augenblick der Wahrheit gekommen. Susanna hielt den Atem an.

«Piero hat mit diesen drei Männern eine geniale wie einfache Lösung gefunden, den Plan des Kardinals bestens umzusetzen. Seht sie euch genau an!»

Susanna und Ettore beugten sich wie auf Kommando über das aufgeschlagene Buch und versuchten zu ergründen, was Andreas meinte.

«Die Personen entsprechen in Körperhaltung und inhaltlichem Zusammenhang den Figuren in der Geißelungsszene. So stellte Piero Vergangenheit wie auch Gegenwart dar und setzte sie in Verbindung zueinander. Der damalige Betrachter, in erster Linie Sueva, die Trauernde und Rächerin des Bruders, hätte auf Anhieb verstanden, was der Maler mit den beiden Szenen aussagen wollte und was ihr Onkel mit seinem Geschenk im Sinn hatte.

So war ein Bilderrätsel ganz besonderer Qualität überliefert, für die Kunstwissenschaft warf es viele Fragen auf. Das, was in der Renaissance jeder Betrachter sofort begriff, blieb uns verborgen.

Dabei wäre es so einfach gewesen, hätten sich die schlauen Kunsthistoriker an die Texte der damaligen Zeit gehalten und einen Blick in die ‹Legenda Aurea› geworfen, eine Sammlung vieler Erzählungen und Beschreibungen von Personen, die die damalige Welt so genau kannte, wie man heute Grimms Märchen kennt.

Danach stellt der linke Mann mit Bart und Hut gemäß der Legende Judas dar. Er gilt als angenommener Sohn des kinderlosen Königspaares zu Judaea, der zum Brudermörder wird, als ein leiblicher Sohn ihm die Stellung am Königshof streitig macht. Er steht somit für Federico da Montefeltro. Sein Pendant in der antiken Bildszene ist Pilatus, der Auftraggeber und Vollstrecker des Todesurteils an Christus. Beide ließen sie Attentäter, gedungene Mörder und Schergen die schmutzige Arbeit machen und beobachteten aus der sicheren Distanz den Vollzug der Tat.

Die mittlere der drei männlichen Personen steht etwas erhöht, ein blondgelockter Jüngling in einem einfachen Büßerhemd ohne Schuhe und Strümpfe. Er blickt aus dem Bild in eine Ferne, die nur er zu kennen scheint. Sein Gesichtsausdruck ist ernst und entrückt. Ganz so, als ginge ihn das Geschehen links und rechts von ihm gar nichts an. Seine hellblauen Augen wirken emotionslos. Seine einfache Kleidung lässt den Schluss zu, dass es sich um einen Engel handeln könnte. Piero malte oft Engel mit blonden Haaren und verzückt entrücktem Gesichtsausdruck, die dem des Jünglings glichen. Sucht man als Betrachter sein Pendant, so wird deutlich, dass Christus und der Jüngling zusammengehören. Piero stellt sie mit gleicher Beinhaltung und Haarfarbe dar, zudem gibt er ihnen die gleiche Position: mitten in ihrer Bildhälfte. Sie sind die Opfer des Geschehens. Der blonde Jüngling steht für Oddantonio, den ermordeten Grafensohn von Urbino.

Ihm zur Seite steht ein kleinerer Mann, mit ergrautem Haar und prächtigem Mantel. Gemäß der Legende handelt es sich um Ruben, den leiblichen Vater von Judas. Dieser hatte zugestimmt, den Sohn auszusetzen, weil seine Frau träumte, der Familie drohe durch den Sohn großes Unheil. Sein dunkelblauer Mantel mit kostbarer Stickerei aus Goldfäden ist besonders auffällig und erfüllt zwei Funktionen in der Komposition: Erstens konnte der Maler beweisen, dass er es verstand, kostbare Stoffe und Stickereien darzustellen. Zudem ist der Mantel über und über mit Disteln bestickt. Federicos leiblicher Vater, Bernardino Ubaldini, gehörte der Familie della Carda an. *Carda* bezeichnet im Italienischen die Distel. Damit ist klar, wer der Dritte im Bunde ist. Er wird von Piero zum Sinnbild des unglückseligen Vaters gemacht, der seinen Sohn zur Adoption freigibt und damit ungewollt den Anstoß für all die schrecklichen Folgen liefert. Wo aber ist sein Pendant in der antiken Bildhälfte?»

Erneut schickte Andreas einen fragenden Blick zu seinen Besuchern hinüber. Gespannt und herausfordernd sah er Susanna an. Sie fühlte sich augenblicklich in die Zeit zurückversetzt, als sie ihm im Seminar der Doktoranden Rede und Antwort stehen musste.

«Du wirst es uns sicher gleich sagen.» Sie ließ sich nicht mehr von ihm vorführen. Die Zeiten waren vorbei. Sie sehnte nur noch das Ende des Besuchs herbei. Sie wollte endlich von Ettore wissen, was auf dem Zettel gestanden hatte und ob ihm die Informationen weiterhalfen, die Andreas in seiner weit ausholenden Rede vor ihnen ausgebreitet hatte.

Susannas provokante Reaktion gefiel Andreas nicht. Ein abweisender Blick traf sie, der sie überraschend kaltließ. Er musste begriffen haben, dass seine Ausstrahlungskraft bei ihr nicht mehr verfing. Für einen Moment fürchtete sie sogar, er könnte ihnen aus Überdruss den letzten Stein seiner Interpretation schuldig bleiben. Doch er war Professor genug, um seine selbstgestellte Frage auch zu beantworten.

«Auf den ersten Blick gibt das Bild keine Person preis, die in diesem Fall ja nur Gottvater sein kann. Hier offenbart sich Pieros Qualität als Maler: Ein Lichtstrahl, der als zusätzliche Lichtquelle des Bildes von der Mittelsäule, aus dem Zentrum heraus, das Gesicht Christi erhellt, ist Sinnbild für Gottvater. Nun komme ich zur eigentlich wichtigen Schlussfolgerung, die auch für Sie, Signor Lanzi, von besonderer Bedeutung ist.»

Andreas sah Ettore direkt ins Gesicht. Er holte zum letzten Schlag aus und wollte sicher sein, dass er auch als solcher wahrgenommen wurde.

«Pieros Bild ist eine verschlüsselte Mordanklage. Federico da Montefeltro hätte weder den Maler noch den Auftraggeber dafür belangen können, aber jeder zeitgenössische Betrachter hätte Bescheid gewusst. Leider hat Sueva dieses mit Bedacht gewählte Geschenk niemals bekommen. Kardinal Colonna starb, bevor Piero das Bild beendet hatte.

Nun zu Ihrer letzten Frage, Signor Lanzi: Sie wollten wissen, wer die Besitzer des Bildes waren. Sueva war es nicht, denn das Bild wird in den Inventaren des Klosters nicht erwähnt. Genauso wenig, wie es in den Büchern des Palazzo Ducale in Urbino zu der damaligen Zeit auftaucht.

Meine Kollegen gehen davon aus, dass es im Besitz des Malers verblieb, da der Auftraggeber vor Beendigung der Arbeit verstorben war und das Bild nicht mehr bezahlen konnte. Es Federico anzubieten, dazu war Piero zu klug und zu geschäftstüchtig. Denn der Graf von Urbino war ein bei Künstlern sehr beliebter Mäzen. Seine Aufträge brachten viele Fiorini ein. Auch Piero profitierte von ihm.»

Mit einer abschließenden Geste klappte Andreas das Buch zu. Er lehnte sich in seinem Sessel zurück und verschränkte die Arme vor seiner Brust. Susanna fiel die plötzliche Stille auf. Wie lange schon hatte Milena aufgehört, ihre Marmorblöcke zu bearbeiten? Sie hätte es nicht sagen können. Die Werkstatt jedenfalls lag im Dunkel. Dagegen waren einige Zimmer im Haus durch Lampen erhellt, die bewirkten, dass die Terrasse nicht in völliger Dunkelheit lag. Noch immer waren die Gesichtszüge von Andreas zu erkennen, und sie sah, wie abgekämpft und müde er wirkte. Offenbar hatte ihn sein Vortrag angestrengt.

«Es hätte also für Piero della Francesca keinen Sinn gehabt, noch ein Porträt des Jünglings anzufertigen.» Es war eine zusammenfassende Bemerkung Ettores und keine Frage.

«Und was schließen Sie daraus?» Mit seinem Rotweinglas in der Hand, an dem er geistesabwesend nippte, beobachtete Andreas sichtlich amüsiert seinen Gast.

«Das Werk eines Schülers, der es dem Meister gleichzutun versuchte. Nachdem das Bild nicht verkauft wurde, stand es vielleicht in der Werkstatt herum, und einer der Schüler kopierte Piero, um zu lernen.»

«Nicht schlecht! Aber nicht beweisbar. Seine Schüler Signorelli und Melozzo und deren Werke sind genauso bekannt wie die ihres Meisters. Ein Porträt, das sich als Detailansicht der ‹Flagellazione› erweist, ist nicht darunter.»

«Es könnte sich auch um eine Vorskizze zu dem Bild handeln.» Ettore startete einen weiteren Erklärungsversuch. «Vielleicht gab es ja eine Vorlage, nach der das Bildnis gemalt werden sollte. Ein anderes zeitgenössisches Porträt Oddantonios, das er genau treffen wollte.»

«Tja, wäre möglich. Ist aber nach Stand der Dinge unwahrscheinlich. Man kennt kein authentisches Bildnis des jungen Oddantonio, im Gegensatz zu seinem Stiefbruder.»

Susanna fragte sich überrascht, ob Ettore wirklich glaubte, ein Originalbild aus der Renaissance in Besitz gehabt zu haben? War er deshalb so hinter der Sache her – weil es um Geld ging? Wollte er eine Versicherung einschalten, weil das Bild aus der Sammlung gestohlen worden war? Irgendwie hatte sie von Anfang an angenommen, dass auch er das Bild als moderne Kopie erkannt hatte, wenn auch nicht als eine Fälschung. Hatte er sie wirklich trotz des großen Stresses, den die Show und ihre Vorbereitung für ihn bedeutet haben musste, wegen des schnöden Mammons hierher zu Andreas geschleppt?

In ihre Gedanken hinein hörte sie Andreas sagen: «Piero war ein nach heutigen Gesichtspunkten professioneller Maler. Das heißt, er brauchte zum Entstehungszeitpunkt der ‹Flagellazione› nicht mehr zu üben. Seine Skizzen, die wenigen, die sich mit Kopfformen und Figurenpositionen in einem perspektivisch genau gezeichneten Raum befassen, beweisen, er konnte malen bis zur Perfektion. Ein weiteres Bild ohne Auftrag und damit ohne Aussicht auf Bezahlung hätte er sicher nicht angefertigt. Dafür hätte er sich nicht die Zeit genommen.»

Mit einem einzigen letzten Schluck leerte Andreas sein Glas und erhob sich aus seinem Sessel. Die Audienz war beendet. Susanna war erleichtert und stand auch sofort auf. Nur Ettore saß noch und schien unschlüssig.

«Für weitere Fragen habe ich euch ja vorhin mein Buch hingelegt. Ich bitte, es mit meinen besten Empfehlungen mitzunehmen.» Andreas machte eine kleine neckische Verbeugung dabei und lachte. «Für Sie, lieber Signor Lanzi, bricht nun die Zeit des Studierens an.» Mit unverhohlener Freude attackierte er seinen Gast aufs Neue. «Denn ich bezweifle keineswegs, dass Sie ein Bild mit einem Jünglingskopf besessen haben. Und es würde mich an Ihrer Stelle brennend interessieren, was es damit auf sich hat. Noch dazu, wenn ein so aufschlussreicher Kommentar mitgeliefert wird.»

Susanna sah von Andreas zu Ettore in der Hoffnung, der Florentiner würde eine Bemerkung machen, aber er schwieg. Sein Blick war nicht zu deuten.

Gemeinsam verließen sie die Terrasse, liefen über den Kiesweg an den Marmorstatuen vorbei und auf den Wagen zu. Als Andreas den Maserati sah, der metallicglänzend und nachtblau im Licht der untergehenden Sonne am Straßenrand parkte, verzog er seinen Mund zu einem schiefen Lächeln. Susanna hielt den Atem an. Diese Mimik bedeutete normalerweise den Beginn einer bissigen Bemerkung. Doch diesmal ließ er sich dazu nicht hinreißen. Stattdessen wandte er sich Susanna zu und umarmte sie fest, beide Arme hart um ihre Taille gespannt. Sie fühlte seine warmen Lippen an ihrem Ohr.

«Pass auf dich auf, Su, und lass dich nicht in die Rivalitäten florentinischer Juweliersdynastien hineinziehen.» Beschwörend fast flüsterte er ihr die Warnung ins Ohr. «Wie sagt schon ein deutsches Sprichwort: Pack schlägt sich, und Pack verträgt sich. Geh einkaufen, besuche Galerien und Museen, genieße die Tage in Florenz, aber vergiss am besten ganz schnell, was du vielleicht gesehen oder gehört hast. Denn du wirst diejenige sein, die den Kürzeren zieht. Ettore Lanzi ist eine Nummer zu groß für dich. Das sage ich nicht aus Eifersucht, Su, sondern aus Besorgnis.» Er lockerte seinen Griff und sah ihr in die Augen. «Bitte, glaub mir.»

Susanna hätte viel darum gegeben, wenn Andreas sie bei ihrem letzten Gespräch vor fünf Jahren so angesehen hätte. Sorge und Zärtlichkeit lagen in seinem Blick, tiefe Gefühle schlugen ihr entgegen, die sie sprachlos machten und verwirrten.

«Noch habe ich nicht begriffen, um was es hier eigentlich wirklich geht. Aber ich komme dahinter. In welchem Hotel wohnst du?»

Susanna sagte es ihm, obwohl sie das eigentlich nicht vorgehabt hatte. Das Treffen mit ihm, bis vor wenigen Augenblicken noch einigermaßen gefahrlos überstanden, wühlte sie in einer Weise auf, die ihr Angst machte. Sie wollte losfahren und Andreas von Weisenfels endgültig in die Vergangenheit verbannen. Aber er tat alles, um das zu verhindern. Dabei war ihr nicht klar, ob es seinetwegen geschah oder ob der Besuch von Ettore ihn wirklich so beunruhigte, wie er vorgab. Wieder einmal wusste sie nicht, woran sie mit ihm war.

«Lass dich in nichts verwickeln, Su, versprich mir das!»

Er verschloss ihren Mund mit einem harten Kuss, noch bevor sie etwas sagen konnte. Dann ließ er sie abrupt los, drehte sich zu Ettore um, hielt ihm die Hand zum Abschied entgegen und wandte sich anschließend ohne ein weiteres Wort seinem Anwesen zu. Mit weit ausholenden Schritten ging er den Weg zurück.

X.

La Loggia

Es war Nacht geworden. Susanna stand vor einem raumhohen Rundbogenfenster und blickte auf den Arno hinunter. Im Schein der Straßenlaternen sah sie den Fluss vom fünften Stock aus träge fließen. Die Nacht war gnädig mit ihm, verheimlichte seine trübe Farbe, ließ Abfall und Schmutz in der Dunkelheit verschwinden. Weich und lautlos umspülte sein Wasser die Pfeiler des Ponte Vecchio, dessen Lichter Reflexe auf die strömende Oberfläche warfen. Der Ponte mit seinen Geschäften, die über zwei oder drei Stockwerke verlaufend an der Brücke zu kleben schienen, deren Konturen im Spiel der Schatten mit der Brücke verschmolzen, kam ihr wie die Szene aus einem Film vor. Niemals hätte sie es sich träumen lassen, einmal aus einem der Privatpalazzi, die die Ufer des Arno säumten, einen Blick auf eine der begehrtesten Sehenswürdigkeiten der Stadt werfen zu dürfen: Florenz bei Nacht.

Als Ettore sie auf der Rückfahrt von Borgo Sansepolcro zu einem Abendessen zu sich nach Hause einlud, hatte sie geahnt und gleichzeitig auch gefürchtet, dass ihr ein Abend von besonderer Bedeutung bevorstand. Sie hatte die Einladung impulsiv angenommen und die möglichen Konsequenzen, so gut es ging, verdrängt. Doch den Ausblick vom fünften Stock eines Palazzo am Lungarno Torrigiani hatte sie nicht erwartet. Die rundum verglaste Loggia, die wie ein kleines Haus auf das Dach gesetzt war, ließ sie über der Stadt schweben. Egal, was dieser Abend noch für Überraschungen für sie bereithielt, diesen Blick wollte sie nicht missen, und sie würde ihn ganz sicher nicht vergessen. Susanna nippte an einem Glas, gefüllt mit kühlem Weißwein, das ihr Ettore in die Hand gedrückt hatte, bevor er sich für kurze Zeit entschuldigte. Er wollte mit seiner Haushaltshilfe Teresa das Abendessen besprechen. Susanna war dankbar für die kurze Verschnaufpause.

Auf der Rückfahrt hatten sie kaum ein Wort gewechselt. Der Besuch bei Andreas wirkte wie in Zeitlupe nach. Die Wahrheiten, die ans Licht gekommen waren, sickerten bei Susanna nur langsam ins Bewusstsein. Je länger sie über die Worte von Andreas nachdachte, je tiefer sich ihre Bedeutung in ihren Gedanken breitmachte, desto betroffener und beunruhigter wurde sie. Kunsthistorisch hatte sie eine Menge dazugelernt, und ihr Verdacht war Wahrheit geworden: Der Jünglingskopf war eine Fälschung.

Für Ettore dagegen musste die Fahrt nach Sansepolcro einem Albtraum ziemlich nahe gekommen sein, wenn sie sich an seine schweigsame Miene, den verschlossenen Gesichtsausdruck erinnerte, der die ganze Rückfahrt über nicht weichen wollte. Sie konnte sich denken, dass die Erkenntnis, das Bild habe die Verarbeitung eines Brudermordes zum Inhalt, für ihn einem Erdrutsch gleichkam. Er musste sich fragen, ob die Vorstellung, die er bislang von seiner Familie hatte, noch galt.

Dabei fühlte Susanna sich selbst auch nicht gut. Müde und ausgelaugt, gestand sie sich ein, wie längst verheilt geglaubte, alte Wunden wieder aufgerissen, ein weiteres Kapitel mit Andreas aufgeschlagen worden war. Er hatte es erneut geschafft, sich in ihr Leben einzuschleichen. Ob sie wollte oder nicht, sie musste sich mit ihm beschäftigen, über seine Warnung, die er sich nicht hatte verkneifen können, nachdenken. Wollte er nur Unruhe stiften, oder sorgte er sich wirklich um sie?

Susanna sah hinaus in die Nacht und versuchte, die wunderbare Stimmung der Stadt in sich aufzunehmen, Ordnung und Ruhe in ihre Gedanken zu bringen. Gegenüber lagen die Uffizien, deren vielfach gegliederte Fassade von Scheinwerfern effektvoll in Szene gesetzt wurde. Darüber erhob sich, nur wenige Dächer entfernt, der zinnengekrönte Campanile des Palazzo Vecchio. Auch er stand im weichen Licht gutplatzierter Lichtstrahler. Alles schien friedlich, gebaut für die Ewigkeit, alt und unverletzlich.

Schritte kamen über den bunten Terrazzoboden näher, und Susanna drehte sich um. Ettore stand so dicht vor ihr, dass sie fast zusammenstießen. Er hatte sich umgezogen, seine dunkelblaue Leinenhose und das dunkelgrüne Poloshirt durch eine hellblaue Jeans und ein weißes, lose über den Hosenbund fallendes Hemd ersetzt. Die langen Ärmel trug er lässig hochgerollt bis kurz vor den Ellbogen. Der Raum war nur schwach durch wenige Wandleuchten erhellt. Ettores Sommerbräune im Gesicht und an den Unterarmen hob sich deutlich von seinem weißen Hemd ab. Das Haar fiel ihm lockig in die Stirn. Jung und ein wenig verwegen stand er vor ihr. Ganz offenbar hatte er nicht nur mit Teresa das Menü besprochen, sondern war noch unter die Dusche gegangen. Auch er hatte ein Glas Weißwein in der Hand. Mit einem leisen Klirren stießen sie an.

«Salute! ... Susanna, ich danke dir, dass du meine Einladung angenommen hast.» Ein wenig steif und unschlüssig stand er einen Moment vor ihr, dann griff er nach ihrem Glas und stellte es zusammen mit seinem auf einem Arbeitstisch ab, der in der Mitte des Raums stand.

«Ich muss dich etwas fragen», begann er heiser und räusperte sich. Mit beiden Händen umfasste er ihre Taille und zog sie zu sich heran. «Es geht mich nichts an, ich weiß, aber ...», wieder stockte er und nahm einen neuen Anlauf: «Du und der Professore – ihr seid wirklich befreundet?»

Innerhalb weniger Stunden fühlte Susanna den Blick eines Mannes auf sich ruhen, der Gefühle zeigte, ohne sie in Worte zu fassen. Andreas umschrieb sie mit sorgenvollen Warnungen, und Ettore stellte eine Frage, ohne sich wirklich zu trauen. Seine zurückhaltende Art, die sie inzwischen kannte, baute in ihr eine Erregung auf, die sie selbst erschreckte. Seine warmen Hände, die sie durch ihre Bluse hindurch spürte, taten ein Übriges. Es verunsicherte und faszinierte sie, wie er es schaffte, so dicht vor ihr zu stehen und gleichzeitig so distanziert zu wirken. Wollte er sich vor verletzten Gefühlen schützen, oder wollte er ihr etwas anvertrauen, das mit dem Bild und seiner Familie zusammenhing? Andreas hatte sie eindringlich gewarnt, vor Ettore, vor den Lanzis und, ja, vor etwas, das auch er nicht näher benennen konnte. Die größte Gefahr für ihr Seelenleben, da machte sie sich keine Illusionen, ging von ihr selbst aus.

«Seid ihr ein Paar?» Endlich hatte er es ausgesprochen.

Susanna wollte kaum glauben, was sie hörte. Interessierte er sich wirklich für sie?

«Wir waren vor fünf Jahren ein Paar. Und wären es vielleicht noch, wenn Andreas mir nicht den Laufpass gegeben hätte.»

«Sieht so aus, als würde er diesen Schritt inzwischen bereuen.»

Für einen kurzen Moment standen sie sich schweigend gegenüber. Dann ließ Ettore Susanna los und fuhr sich mit seiner rechten Hand durch die Haare. Es war eine verlegene, hilflose Geste, die ihr zeigte, dass auch er sich unsicher fühlte.

«Es ist dunkel hier drin!» Er durchquerte den Raum und betätigte einen Lichtschalter. Über dem Arbeitstisch gingen kleine Halogenlampen an, die die Arbeitsplatte voll ausleuchteten. Susanna schaute sich überrascht um. Bisher hatte sie die Ausmaße des Zimmers nicht wirklich wahrgenommen. Ihre ganze Aufmerksamkeit hatte der Aussicht auf die nächtliche Stadt gegolten. Nicht viele Bewohner konnten Florenz so ungestört und exklusiv genießen. Susanna mochte es sich nicht vorstellen, was allein dieses Stadthaus, das Ettore offenbar nur mit seiner Hausdame bewohnte, wert war. Privilegiert war das einzige Wort, das ihr in diesem Zusammenhang in den Sinn kam.

Ihr Blick kehrte zu dem Arbeitstisch zurück. Auf einer Seite stapelten sich Ordner. In seiner Mitte lagen Zeichenkartons, Buntstifte und Kreiden. Und am anderen Ende, dort, wo sie selbst gerade stand, lagen Skizzen und Entwürfe von Schmuckstücken. Auf dunkelgrauem Zeichenkarton war mit weißer und blauer Kreide ein Collier mit Diamanten und Saphiren gezeichnet, täuschend echt – mit unterschiedlichen Schliffbezeichnungen der Steine, Schattenschraffierungen und Lichtreflexen, genauen Formen der Fassungen und Karatangaben. Susanna strich fasziniert mit den Fingerkuppen über den obenauf liegenden Zeichenkarton. So etwas hatte sie noch nie gesehen. Sie hatte sich auch noch nie Gedanken darüber gemacht, wie Entwürfe für Schmuck aussehen könnten.

«Gefallen sie dir?» Ettore hatte sie beobachtet.

«Ja, sehr!»

«Ich bin gern hier oben», dabei machte er eine weite Bewegung mit der freien Hand über seinen Arbeitstisch hin, «das ist meine Welt. Sie füllt mich aus und lässt mir nur selten Zeit für andere Vergnügen. Ich bin kein Gesellschaftsmensch», fügte er lächelnd hinzu, «auch wenn das für dich auf der Show anders ausgesehen haben mag.»

«Weißt du, wie viele Schmuckstücke du schon entworfen hast?» Susanna erschien der Aufwand, der mit dem Design verbunden war, enorm. Denn der Karton, den sie gerade angesehen hatte, zeigte ein fertiges Stück. Es wirkte wie eine Vorlage, wie ein Blatt für einen Katalog, aus dem der Kunde dann ein Modell auswählt. Sie konnte sich vorstellen, dass es sehr vieler Skizzen bedurfte, bis so ein Vorlageblatt fertig war.

Ettore schüttelte lachend den Kopf. «Keine Ahnung! Darüber habe ich mir auch noch nie Gedanken gemacht. Viele! Wirklich sehr, sehr viele!»

«Hast du für die Stücke, die du gestern auf der Show gezeigt hast, auch schon solche ausgearbeiteten Kartons?»

«Nein, so weit bin ich noch nicht. Wie immer musste alles sehr schnell gehen, unter großem Zeitdruck. Von den meisten Schmuckstücken habe ich nur Skizzen.» Ettore ging um seinen Arbeitstisch herum und trat an einen breiten Dokumentenschrank mit vielen flachen Schubladen. Er zog die oberste Lade auf und entnahm ihr einen Stoß Blätter, die er vor Susanna auf dem Tisch ausbreitete.

«Interessiert dich das wirklich?», fragte er zögernd. «Sie sind nicht besonders schön. Nicht zu vergleichen mit den Kartons, die du dir gerade angesehen hast. Es sind Prototypen einer Kollektion, die wir dann neben Fotografien im Laden zeigen. Die Entwürfe dagegen eignen sich dafür nicht.»

«Ja, bitte, ich würde die Skizzen gern sehen, wenn es dir nichts ausmacht. Ich möchte wissen, ob mein Gedächtnis gut genug ist, um die Schmuckstücke, die du im Pitti gezeigt hast, anhand der Zeichnungen zu erkennen.»

Ettore sah sie zweifelnd an. «Da müsstest du schon wirklich sehr gut sein, ein geschultes Auge haben. Du müsstest auch einiges von Schmuck verstehen.»

Unterschätz mich nicht, dachte Susanna aufmüpfig und griff nach der obersten Zeichnung. Aber schon bald sah sie, dass Ettore recht hatte. Sie erkannte zwar die geometrischen Lösungen, die er für seine Kettenanhänger und Ohrringe gewählt hatte, aber trotzdem kamen ihr viele Schmuckstücke auf den Skizzen fremd vor. Einige wenige jedoch konnte sie eindeutig zuordnen.

«Diese Ohrgehänge hast du gezeigt, da bin ich ganz sicher.»

«Stimmt.» Amüsiert lächelte er sie an. Er schien Spaß an ihrem Spiel zu finden. «Und das», fragte er, «erkennst du das auch?» Er zeigte ihr ein Collier, das nur aus Diamantbaguetten gearbeitet war und gediegen aussah.

«Das hast du nicht gezeigt», sagte Susanna entschieden. «Zu einfach für die Show. Keine Extravaganz, kein Glamour.»

«Kompliment!» Jetzt lachte er zum ersten Mal richtig

befreit. Susanna schaute zu ihm hinüber. Ihre Blicke trafen sich, als er sie über den Rand seines Weinglases, das er inzwischen wieder in die Hand genommen hatte, ansah. In seinen Augen blitzte Humor auf. Er amüsierte sich über ihren Eifer. Nie hatte er ihr besser gefallen als in diesem Augenblick. Übermütig griff sie nach dem nächsten Skizzenblatt und schaute dann irritiert genauer darauf. Sie hörte, wie Ettore sein Glas hart auf dem Tisch abstellte. Er machte Anstalten, ihr die Skizze aus der Hand zu nehmen. Aber Susanna hielt sie fest.

«Das ist nur ein Vorentwurf», sagte er entschieden. «Dazu gibt es kein Schmuckstück.»

«Das ist nicht wahr, und das weißt du auch ganz genau!»

«Du täuschst dich, glaub mir.» Seiner Stimme fehlte plötzlich jede Weichheit, jede toskanische Melodik. Drohend fast und um einiges schärfer als zuvor, so empfand Susanna sie. Erschrocken schaute sie auf und ihm ins Gesicht. Verschlossen sah er sie an. Die leichte Vertrautheit, Verspieltheit der letzten Minuten hatte sich in Luft aufgelöst. Im Taxi, als sie ihm nicht antworten wollte, als sie drauf und dran war, ihm das Treffen mit Andreas abzuschlagen, hatte er sie genauso angesehen. Angst, ihn verletzt zu haben, stieg in ihr hoch. Gleichzeitig war sie nicht gewillt, einfach nur der guten Stimmung wegen nachzugeben. Sie wusste, was sie gesehen hatte.

«Dieses Collier», und dabei tippte sie mit dem rechten Zeigefinger auf die Skizze, «hat Cesare Russo vorgestellt. Es war sein bestes Schmuckstück. Die einzig wirklich ausgefallene Kreation, die er gezeigt hat. Ich habe sie mir gemerkt, weil mir das Collier ausgesprochen gut gefiel und ich es mir in seinem Laden ansehen wollte. Ich wollte wissen, wie es gearbeitet ist und was es kostet. Das Design hat mich begeistert. Ich habe noch nie ein Collier gesehen, das auf der Haut aufliegt wie ein Gespinst aus Stoff.»

«Willst du es dir kaufen?» Arroganz und eine Spur unterdrückter Zorn klangen mit, als Ettore sie das fragte. «Hundertfünfundzwanzigtausend Euro, und es gehört dir!»

Traurig sah Susanna ihn an. Ahnte er nicht, wie verletzend er in diesem Moment war, wie wenig anziehend? Warum nur hatte sie recht behalten wollen? Nein, Ettore Lanzi war nicht eine Nummer zu groß für sie, wie Andreas sie gewarnt hatte, er war eine Nummer zu arrogant für sie.

«Ich denke, ich gehe jetzt besser.» Susanna wandte sich von ihm ab, aber Ettore vertrat ihr den Weg.

«Nein, bitte nicht. Susanna, ich ...», er rang buchstäblich nach Worten. «Verzeih mir, ich wollte dich nicht verletzen. Glaub mir ... o Gott! Wie erkläre ich es bloß?»

«Wie wäre es mit der Wahrheit?» Ohne lange zu überlegen, platzte diese Antwort aus ihr heraus.

Über die Treppe kamen feste Schritte nach oben, und Teresa, Ettores Hausdame, erschien auf der obersten Stufe. Sie ging auf die beiden zu, und ein wissendes Lächeln legte sich auf ihr schmales, freundliches Gesicht. Die Italienerin mochte etwas über fünfzig Jahre alt sein. Sie war sehr zierlich gebaut, ihr graumeliertes, dickes Haar trug sie kurz geschnitten, und ihre Augen verrieten Energie und Humor. Mit dem Zeigefinger drohte sie den beiden und sagte: «Ihr habt Streit. Das sehe ich. Da könnt ihr mir nichts vormachen.» Ein klares Lachen kam aus ihrem Mund, und die Augen wanderten dabei flink hin und her. «Sehr gut! Harmonie ist der beste Weg zur Langeweile.» Immer noch lachend, aber mit einem gewissen Nachdruck in der Stimme fuhr sie fort: «*Allora!*

Willst du mir nicht endlich verraten, wie die Signorina heißt, mit der du ganze Nachmittage verbringst?»

Offenbar standen Ettore und Teresa auf sehr vertrautem Fuß, wenn er es zuließ, dass sie ihn duzte, wunderte sich Susanna. Wer weiß, wie lange sich die beiden schon kannten?

«Darf ich dir Susanna vorstellen», antwortete Ettore folgsam, ohne auf den scherzenden Ton von Teresa einzugehen. «Susanna Martens. Sie kommt aus München, und sie hilft mir, das Geheimnis um das Bild zu lüften.»

Das Lächeln der Italienerin erlosch wie auf Knopfdruck.

«Sie wissen davon?», fragte sie Susanna und sah überrascht von einem zum anderen. «Hat Ihnen Ettore erzählt, wie er zu dem Bild kam und wie es wieder verschwand?»

«Nein, dazu war noch keine Zeit», stellte Ettore klar.

«Das Essen ist fertig. Genug Zeit, um alles zu erzählen.» Jetzt wurde Teresa energisch. «Ettore, ich nehme deine Freundin schon mit nach unten in den Salone. Ihr zwei seid imstande und diskutiert hier oben weiter, und ich stehe in der Küche und schlage Wurzeln.»

Zu Susanna gewandt, fragte sie: «Mögen Sie *tagliatelle con funghi porcini*, Signorina? Die Steinpilze sind ganz frisch. Heute vom Markt geholt. Die Saison hat gerade angefangen. Jetzt sind sie wirklich am allerbesten. Weich, saftig und ohne Mitbewohner.» Wieder lachte sie laut. «Ich mag keine Pilze mit Würmern.»

«Ich liebe Steinpilze», antwortete Susanna wahrheitsgemäß und fragte: «Haben Sie die Tagliatelle selbst gemacht, Signora?»

«Naturalmente.» Teresa warf ihr einen entrüsteten Blick zu. «Was, meinen Sie, sollte ich den ganzen Tag über machen?

Zeitung lesen? Sticken und stricken wie alle alten Weiber? Ha, so weit bin ich noch nicht!»

Gemeinsam stiegen sie die Treppe hinunter, die von der Mitte der Loggia in den großen Salone, das Kernstück des *piano nobile*, führte. Langgestreckt auch er, fast über die volle Breite des Palazzos verlaufend, besaß er mehrere Meter hohe Wände. Ein bunter, abgetretener Terrazzo als Bodenbelag bewies, dass das Gebäude einige Jahrhunderte alt war. Die Einrichtung war jedoch überwiegend modern und sehr sparsam über den Raum verteilt. Die Längswand diente als Bildergalerie. Viele gerahmte Fotografien füllten sie. Susanna erkannte die Schwestern von Ettore, den Vater mit Cosima, ein weiteres Foto zeigte ihn in jüngeren Jahren mit einer schwarzhaarigen Frau, die offen in die Kamera lachte. Ihre lange, nach unten gezogene Nase hatte Ettore geerbt. Es musste seine Mutter sein. Daneben sah sie viele Abbildungen von Schmuckstücken. In der untersten Reihe der Fotografien klaffte eine auffällige Lücke. Ein verwaister Nagel wies darauf hin, dass dort einmal ein Bild gehangen hatte. Vor der Wand stand ein dreiteiliges, weißes Ledersofa auf kurzen Chromfüßen. Rechts und links daneben waren moderne Fluter aufgestellt, die die Stuckleisten an der hohen Decke anstrahlten.

Teresa, die immer noch neben Susanna stand, schüttelte missbilligend ihren Kopf. «Seit der Junge hier eingezogen ist, haben wir fast gar keine Möbel mehr. Alles ist weg. Dabei hatte die Mamma, Signora Adriana, Gott hab sie selig, so einen guten Geschmack. Alle Möbel waren gepflegt und sahen aus wie neu. Nicht einmal mehr Vorhänge haben wir jetzt noch. Guarda», sagte sie und nahm Susannas Arm.

Dabei deutete sie mit der Hand zur Decke. In der Mitte prangte eine riesige Stuckkartusche.

«Eh ... was glauben Sie, Signorina, gehört dorthin?»

«Ein Murano-Lüster.»

«Brava ... bravissima!» Enthusiastisch klatschte Teresa in ihre Hände.

«Ettore, hast du das gehört?» Sie sah sich um und entdeckte ihn etwas abseitsstehend. «Ein Murano-Lüster. *Veramente!* Deine Freundin gefällt mir. Sie hat Geschmack. Sie weiß, was sich gehört.»

Teresa nahm Susanna an der Hand und führte sie zur Fensterfront, die der Bilderwand gegenüberlag und den Blick zum Arno öffnete. In einer der Nischen war ein kleiner Tisch für zwei Personen gedeckt. Kerzen brannten, bauchige Rotweingläser schimmerten in ihrem Licht, und das weiße Porzellan auf einer cremefarbenen Damasttischdecke zeugte von vergangenen Zeiten. Zwei gepolsterte hohe Sessel, überzogen mit einem goldfarbenen Seidenstoff, standen am Tisch gegenüber und ließen erahnen, in welchem Glanz und Prunk dieser Salone einmal erstrahlt war.

Ettore zog einen der Stühle nach hinten und ließ Susanna Platz nehmen. Sie sah es ihm an, er fühlte sich alles andere als wohl in seiner Haut. Das Gespräch zwischen ihnen war noch nicht vergessen. Es würde interessant werden, ob er nochmals auf den Anlass ihres Disputs einging oder die Angelegenheit mit Small Talk überspielte. Susanna machte sich nichts vor. Sie war verletzt und traurig über sein unehrliches und arrogantes Verhalten. Außerdem ärgerte sie sich, weil sie wieder einmal ihren Mund nicht hatte halten können.

Teresa servierte einen lauwarmen Oktopussalat mit kleinen Kartoffelstücken und Kapern in einer leichten Zitronensauce als Vorspeise. Sie hatte frische Weißweingläser gebracht und hielt Ettore eine volle Weinflasche hin, damit er selbst die Gläser füllte.

«Buon appetito», wünschte sie den beiden und nötigte Susanna mit einer deutlichen Handbewegung, sofort ihre Vorspeise zu probieren.

«Delizioso!», sagte Susanna und meinte es auch. Die Tintenfischstücke waren weich und schmeckten wunderbar nach Zitrone. Zusammen mit der Vinaigrette umhüllten die Kartoffeln die Fischstücke mit einer feinen, cremigen Sauce, die dem Gericht zusammen mit den essigsauren Kapern eine pikante Note gab. «Es schmeckt wirklich ganz wunderbar», versicherte Susanna der Signora, weil sie das Gefühl hatte, Teresa wartete auf eine weitere Bestätigung ihrer Kochkunst. Endlich lächelte sie. Dann zog sie sich in ihre Küche zurück, um die Pasta vorzubereiten.

Ettore saß Susanna gegenüber und widmete seine volle Aufmerksamkeit dem Oktopussalat. Er stocherte darin herum, schob die Stückchen hin und her und konnte sich nicht entschließen, wirklich davon zu essen. Offenbar hatte er keinen Hunger. Schließlich legte er seine Gabel beiseite und sah sie direkt an.

«Ich bin ein Idiot. Ich weiß nicht, was in mich gefahren ist, vorhin, als ich dich belogen habe.» Er ließ sein volles Weißweinglas geistesabwesend kreisen. «Du hast natürlich recht mit deiner Annahme. Das Collier, dessen Skizze du auf meinem Arbeitstisch gesehen hast, wurde auf der Show von Cesare gezeigt. Ob du es mir nun glaubst oder nicht, aber ich hatte davon keine Ahnung. Ich habe bis gestern Abend nicht gewusst, dass er meinen Entwurf überhaupt kennt. Er ist nicht ganz neu, vielleicht zwei, höchstens drei Monate alt. Es war einer von mehreren Versuchen, wie man sie vor großen Shows macht. Erst vor gut einem Monat habe ich mich entschlossen, nur Diamanten, Brillanten und Perlen zu zeigen und mich auf geometrische Formen zu konzentrieren. Das Collier passte überhaupt nicht mehr in mein Konzept.» Ratlos hob er beide Hände und ließ sie in seinen Schoß fallen. Die Tatsache, dass Russo einen Entwurf von ihm umgesetzt und auf der Show präsentiert hatte, machte ihm sichtlich zu schaffen.

«War das der Grund, weshalb ihr euch in der Sala Bianca gestritten habt?»

«Certo! Ich stellte ihn zur Rede, aber er leugnete alles. Heute Morgen war ich deswegen bei meinem Anwalt. Deshalb konnte ich auch erst mittags mit dir nach Sansepolcro fahren.»

Ettore griff nach seinem Glas und hob es leicht an. Sein Blick, den er ihr über den Glasrand schickte, bat sie um Verzeihung.

«Es tut mir wirklich sehr leid, dass ich mich vorhin so dumm benommen habe. Ich wollte dich ganz sicher weder belügen noch beleidigen. Aber ich bin immer noch verwirrt und so furchtbar wütend auf Cesare, dass ich keine Worte finde.»

Unterdrückter Zorn kam zurück in seine Stimme. Die dunklen Augen blitzten. «Ich möchte bloß wissen, von wem er den Entwurf bekommen hat. Wer ihm meine Idee verraten oder verkauft hat. Cesare ist ein hervorragender Geschäftsmann. Er versteht eine Menge von Marketing, er weiß, wie man den Leuten das Geld aus der Tasche zieht. In dieser Hinsicht bin ich nur mäßig begabt. Das überlasse ich meinen Schwestern und vor allem meinem Vater. Er hat den richtigen Charme, um eine Frau dahin zu bringen, wo er sie haben will, nämlich an seine Kasse. Oder einem untreuen Ehemann so lange ein schlechtes Gewissen zu machen, bis er das teuerste Collier für seine Gattin ersteht und gleichzeitig einen Brillantring für die Geliebte kauft.» Ettore lachte zum ersten Mal wieder seit langer Zeit.

«Versteh mich bitte nicht falsch. Ich liebe meinen Vater», fügte er dann ein wenig erschrocken hinzu, als fürchtete er, Susanna könnte ihn abermals missverstehen. Aber sie lachte auch.

«Ich bewundere ihn als Juwelier, ich liebe ihn als Mensch und muss neidlos anerkennen, dass ich leider sein Verkaufstalent nicht geerbt habe.» Entschuldigend und lächelnd zog er beide Schultern nach oben und sah Susanna entwaffnend ehrlich an. Wenn du glaubst, dachte Susanna amüsiert, du wüsstest deinen Charme nicht richtig einzusetzen, dann irrst du dich gewaltig. Sie jedenfalls hatte ihm seine Bemerkung verziehen, wenn das auch alles andere als konsequent war. Sie kannte Cesare Russo nicht, aber sein Auftritt im Pitti hatte ihr genügt, um ihm im Zweifelsfall aus dem Weg zu gehen.

«Aber Cesare ist kein guter Designer», fuhr Ettore fort. «Seit ihm sein Creative Director davongelaufen ist – warum, weiß kein Mensch so genau –, hat er nur noch zweitklassige Entwürfe präsentiert. Ich weiß nicht einmal, wer nun für die kreative Seite seines Geschäfts zuständig ist. Und es interessiert mich auch nicht», schob er fast trotzig nach. Aber Susanna sah es ihm nur zu deutlich an, wie sehr ihn dieser Aspekt beschäftigte. Er hätte viel darum gegeben zu wissen, was sich beim Konkurrenten so abspielte.

Seine Bemerkung über treulose Ehemänner hatte ihr aber eine andere Szene in Erinnerung gerufen, die ihr immer noch ausgesprochen unangenehm war, und sie wagte einen Vorstoß: «Bist du eigentlich gestern nochmal in den Pitti zurückgekehrt?»

Sofort war sein Argwohn geweckt. Skeptisch schaute er ihr ins Gesicht. «Warum fragst du?», sagte er bemüht gleichgültig.

«Ich habe vorhin Elisabetta besucht und mich für die Einladung und den Abend bedankt. Carlo Sabrini hat von einem Zwischenfall berichtet, als er gegen Mittag nach Hause kam. Ein Collier wurde vermisst, und die Polizei hat wohl den halben Palazzo auf den Kopf gestellt.» Susanna bemühte sich um einen beiläufigen Plauderton. Sie war sicher, dass er die Geschichte kannte. Schließlich spielte Cosima Bettone darin eine entscheidende Rolle. Aber sie war neugierig, ob er ihr gegenüber ehrlich sein würde, ob er ihr erzählen würde, was vorgefallen war.

Ettore lachte ein wenig gequält auf. «Ja, meine Schwestern haben mir erzählt, dass sich Cosima, der bunte Vogel in unserer Familie, ein Collier vorübergehend ausgeliehen und sich in einem Porzellankabinett damit zur Ruhe gelegt hat. Natürlich hat sie dazu ausgerechnet ein Schmuckstück von Cesare gewählt. Die beiden haben so etwas wie eine Dauerfehde. Man weiß nie, wann das Spiel beginnt und wo der Streit der beiden endet. Mich wundert es manchmal, dass Papa sie gewähren lässt. Sie ist schließlich kein junges, unerfahrenes Mädchen mehr.»

Susanna wurde sofort hellhörig. Was war das? Kritik an der Stiefmutter?

«Dreimal darfst du raten, welches Collier sie dabei erwischt hat! Sie hat einen ähnlich guten Geschmack wie du. Cesare muss rotgesehen haben. Er hat getobt und sich wie ein Wilder aufgeführt. Kein Wunder! Er musste denken, wir holen uns zurück, was uns gehört.» Ettore lachte in sich hinein. Die Geschichte schien ihm wirklich Spaß zu machen. «Cosima sollte aber auch langsam wissen, dass sie keinen Alkohol verträgt. Wenn sie zu Hause über den Durst trinkt, ist das nicht so schlimm. Aber gestern Abend, vor allen Leuten ...» Er hielt inne. Susanna war sicher, dass er seinen Redefluss bremste, um nicht weiter schlecht über seine Stiefmutter zu sprechen.

«Nein, ich bin nicht mehr in den Palazzo Pitti zurückgegangen», nahm er nach kurzem Zögern den Erzählfaden wieder auf. «Ich war viel zu müde dafür. Aber ich hätte viel darum gegeben, Cesares Gesicht zu sehen, als er merkte, dass ihm sein Glanzstück abhandengekommen war.» Jetzt lachte er laut und herzlich. Dann entdeckte er den leeren Teller vor Susanna.

«Ich bin ein miserabler Gastgeber», entschuldigte er sich.

«Willst du deinen Salat nicht auch essen? Er ist wirklich ganz ausgezeichnet.»

Ettore schüttelte den Kopf. «Bist du bereit für die Tagliatelle?», fragte er sie stattdessen. «Möchtest du Rotwein dazu? Vom eigenen Weinberg? Ich weiß ja nicht, ob er mit Andreas' Tropfen konkurrieren kann, aber unser Wein ist in jedem Fall auch trinkbar.» Den Seitenhieb konnte er sich nicht verkneifen.

«Ich würde es mir nie erlauben, ihn nicht wenigstens probiert zu haben.» Beide wussten sie, dass sie mit Andreas nicht so höflich umgegangen waren und ihn mit seinem Rotwein alleingelassen hatten.

«Grazie!» Ettore war aufgestanden und verbeugte sich in gespielter Demut. Als auch Susanna Anstalten machte aufzustehen, legte er seine Hand auf ihre Schulter. «Bitte, lass mich das alleine machen. Du bist mein Gast. Ich werde nach Teresa sehen, ob ihre Tagliatelle schon fertig sind. Ich bin gleich zurück.»

Dennoch stand Susanna von ihrem Stuhl auf. Die Bilderwand hatte es ihr angetan. Alle Fotografien waren von gleich guter fototechnischer Qualität. Die Schmuckstücke, perfekt ausgeleuchtet, glänzten, blitzten und schimmerten. Die Lanzis präsentierten sich fotogen und sympathisch. Susanna schaute sich vor allem Cosima Bettone genauer an. Was fand nur ein Mann wie Lorenzo Lanzi an dieser jungen Frau? Stark blondiert, wirkte sie unnatürlich, auf eine aufreizende Art unreif. Sie hatte die Lippen leicht geöffnet und stellte ungeniert ihr ansehnliches Dekolleté zur Schau. Hatte man dieses Foto wirklich für die Familie gemacht? Und ihr unbekümmerter Fehltritt im Palazzo Pitti passte bestens zu diesem Eindruck. Ihr Mann daneben wirkte in seinem Smoking mit perfekt gebundener Fliege und den silbrig glänzenden, aus der Stirn gekämmten Haaren wie die Verkörperung von Seriosität und Gesetztheit. Susanna wusste nur zu gut, dass Fotografien lügen, dass der Schein trügen konnte. Und dennoch kam sie angesichts des Doppelporträts, das Ettore prominent in seiner Bildergalerie aufgehängt hatte, ins Grübeln. Denn die Frage, was eine Frau wie Cosima veranlassen sollte, ein Bild nach München zu einer Versteigerung transportieren zu lassen, drängte sich förmlich auf. Susanna war sicher, dass ihr Lorenzo jeden Wunsch erfüllen würde, dass es ganz sicher keine finanziellen Gründe waren die Cosima eine Fälschung auf den Markt bringen ließen.

Ettore kam, in jeder Hand einen tiefen Teller, aus der Küche zurück. Ihr Studium der Bilderwand war ihm nicht entgangen.

«Na, was sagst du zu unserem Panoptikum? Sind die Lanzis nicht besonders schöne, gutaussehende Leute?» Er lachte.

«Ja, in der Tat ... sehr beeindruckend», bestätigte Susanna und stimmte in sein Lachen ein. Sie kehrte an den Tisch zurück, und Ettore stellte einen der Teller vor ihr ab.

«Wer hat die Fotos gemacht?»

«Ein alter Freund meines Vaters. Er fotografiert die Familie und unsere prämierten Schmuckstücke bestimmt schon seit vierzig Jahren. Die Bilder sind so ziemlich das Einzige, was ich von der ursprünglichen Einrichtung übernommen habe. Alles andere, was mich an meine frühere Kindheit und an Adriana erinnert, habe ich in die untere Etage verbannt. Teresa hat schon recht. Es sind sehr schöne, wertvolle alte Möbel darunter. Aber es sind auch Erinnerungsstücke. Und man kann nicht immer nur mit der Erinnerung leben. Und ich brauchte einmal Abwechslung, etwas ganz Neues. Als Adriana starb und später ...» Ettore brach unvermittelt ab und schwieg.

Susanna wartete. Sie hatten inzwischen zu essen begonnen. Verzweifelt kaute und schluckte Ettore jetzt an seinen Nudeln herum. Er tat ihr unsagbar leid. Jedes Mal, wenn die Sprache auf seine Mutter kam, musste er Haltung bewahren. Gleichzeitig fragte sie sich, weshalb er ausgerechnet die Bilder behalten hatte. Wenn er sichtbare Erinnerungsstücke aus seiner Wohnung verbannen wollte, hätten ihrer Meinung nach die Bilder zuerst weichen müssen. Sie schaute zur Wand hinüber. Wieder blieb ihr Blick an der Lücke hängen. Vermutlich hatte dort ein besonders schmerzliches Erinnerungsstück seinen Platz gehabt.

«Wir Italiener sind komisch, wenn es um die Familie geht.» Ettore nahm einen kräftigen Schluck von seinem Rotwein und legte das Besteck über seinen ungeleerten Teller.

«Das enge Verhältnis zwischen Mutter und Sohn ist nicht nur legendär, es ist das Klischee schlechthin, das millionenfach in unserem Land ausgelebt wird. Ich will mich nicht dafür entschuldigen, ich will es noch weniger leugnen, sondern ja ... einfach nur feststellen.» Wieder machte er eine Pause. Susanna dachte schon, dass damit das Thema erledigt wäre, als er erneut ansetzte: «Meine Schwestern versuchen – natürlich erfolglos, aber mit guter Absicht und einer gewissen Logik folgend –, ihrem Bruder die verlorene Mutter zu ersetzen. Ganz so, als wäre ich noch keine zehn Jahre alt. Sie haben auf alles, was ich mache oder unterlasse, ein wachsames Auge und ein offenes Ohr. Und seit einigen Jahren habe ich auch noch eine sogenannte Stiefmutter, die die Mutterrolle immer wieder ansatzweise zu übernehmen versucht. Gott sei Dank ist Konsequenz und Durchhaltevermögen nicht ihre Stärke. Cosima ist lebenslustig, energiegeladen und manchmal, so wie gestern Abend, unberechenbar. Aber ich glaube, genau das ist der Grund, weshalb mein Vater sie so vergöttert. Sie verkörpert für ihn das Leben, das ihm langsam, aber sicher durch die Finger rinnt. Sie ist die Jugend, die er nicht mehr zurückholen kann. Manchmal habe ich wirklich nur den einen Wunsch: dass er glücklich ist. Aber für uns Kinder ist seine Entscheidung manchmal nur schwer nachvollziehbar. Unsere Mutter war einfach von gänzlich anderer Wesensart. Für mich gab es nur einen einzigen Weg, in gewisser Weise eine Art Befreiungsschlag, indem ich den ganzen Familienpalazzo auf den Kopf stellte und die Familie förmlich entrümpelte.»

«Und wo leben die anderen heute, wenn das hier der Familienpalazzo ist?»

«Meine Schwestern sind verheiratet und bei ihren Schwiegermüttern untergekommen.» Er zog bedeutungsvoll beide Augenbrauen in die Höhe. «Und mein Vater hat mit Cosima die Räume über dem Laden am Lungarno Archibusieri bezogen. Das Geschäft liegt genau hier gegenüber am anderen Ufer des Arno. Die erste, zweite und dritte Etage waren völlig heruntergekommen. Er hat sie renovieren und nach dem Geschmack seiner neuen Frau einrichten lassen. Mein Vater hat nur wenige Erinnerungsstücke und Möbel von Adriana mitgenommen. Alles andere lagert hier bei mir in der ersten Etage, die niemand mehr bewohnt seit der Flut von 1966.»

«Du meinst, ihr habt keinen Laden auf dem Ponte Vecchio?», fragte Susanna ehrlich überrascht.

Ettore rückte seinen Stuhl etwas vom Tisch ab, lehnte sich schräg zurück und legte seinen rechten Arm dabei über die Rückenlehne. Entspannt schlug er die Beine übereinander.

«Natürlich hatten wir einen Laden auf dem Ponte. Bis vor etwas über zehn Jahren. Da hat mein Vater an Romero Russo verkauft.»

Susanna zog hörbar die Luft ein. Sie bekam mehr und mehr das Gefühl, dass die Familiengeschichte der Lanzis sich zu einem Quell der Überraschungen entwickelte. Sie hörte Ettore gern zu. Dass er ein guter Erzähler war, hatte er schon im «Rivoire» bewiesen. Sie war gespannt darauf, was nun kommen würde.

«Seit Generationen verkauften wir unseren Schmuck dort, wo man das meiste Geld mit Schmuck machen kann. Dort, wo die Hollywoodschauspielerinnen am liebsten gesehen und fotografiert wurden, wo ihnen und ihren Gönnern die Dollars am lockersten saßen. Liz Taylor und Richard Burton liebten den Ponte. Und andere beeilten sich, es ihnen nachzumachen. Doch die Brücke forderte gerade im letzten Jahrhundert immer wieder ihren Tribut. Als mein Großvater Aldo Mitte der dreißiger Jahre die Leitung des Geschäfts von seinem Vater übernahm, war alles in schönster Ordnung. Die Auswirkungen des Ersten Weltkriegs waren verarbeitet. Die Industriezweige entwickelten sich, die Leute hatten wieder Geld und waren bereit, es auszugeben. Als der Zweite Weltkrieg ausbrach, bedeutete das für die Juweliere von Florenz, und natürlich nicht nur für sie, das Ende einer glanzvollen Ära. Kurz vor Kriegsende wurden auch noch Aldo mit knapp vierzig Jahren und sein Sohn, Lorenzo, mit fünfzehn eingezogen. Meine Großmutter machte den Laden auf der Brücke dicht und verlegte sich aufs Beten.

Es ist zwar richtig, wenn in den Geschichtsbüchern immer betont wird, die Deutschen hätten bei der Bombardierung von Florenz 1944 die Brücke geschont. Tatsache ist aber auch, dass sie die Viertel rund um die Brücke, zu beiden Seiten des Arno, in Schutt und Asche legten. Schwarz-Weiß-Aufnahmen aus jener Zeit belegen, dass die Brücke ein einziges Trümmerfeld war, durchgerüttelt und durch die vielen Explosionen um sie herum bis in ihre Grundfesten erschüttert. Alle Glasscheiben waren zerbrochen. Schutt und Gerümpel stapelten sich auf dem Weg über den Ponte und sammelten sich in den verlassenen Geschäften. Als Aldo und sein Sohn aus dem Krieg zurückkamen, fingen sie von vorne an. Es dauerte bis Mitte der fünfziger Jahre, bis die Qualität des Ladengeschäftes und der Schmuckstücke an die der Jahre vor dem Krieg endlich heranreichte. Der Wiederaufbau hatte immense Geldmengen verschlungen und den vollen Einsatz aller Familienmitglieder erfordert.

Alles lief gut, bis zum November 1966, als die große Flut kam, der Arno infolge eines Jahrhunderthochwassers anschwoll und alles mit sich riss, was ihm in die Quere kam. Es wird zwar immer wieder behauptet, die Behörden hätten die Flut kommen sehen, aber niemanden in der Stadt gewarnt, mit Ausnahme der Juweliere auf dem Ponte. Ich kann nur sagen, meine Familie hat davon nichts gewusst und alles, wirklich jedes Schmuckstück, das im Laden war, verloren. Die Einrichtung war ein einziger Haufen Schrott. Die Wände zum Arno hin nicht mehr vorhanden. Der Fluss hatte sich einfach sein Bett durch unseren Laden gegraben.»

Ettore hielt einen Augenblick inne und schaute zum Fenster hinaus. Sein Blick suchte den Ponte, der sich seit vielen Jahrzehnten wieder in alter Schönheit über den Arno spannte.

«Aber das war noch nicht das Schlimmste», fuhr er leise fort. «Mein Vater war damals achtunddreißig Jahre alt. Seine erste Frau, Maria, die immer im Laden gearbeitet hatte, wurde ein Opfer der Flut. Großvater Aldo und sein Sohn Lorenzo waren untröstlich. Sie brauchten Jahre, um den persönlichen Verlust und den geschäftlichen Niedergang zu verkraften. Doch sie gaben nicht auf. Wie die anderen Juweliere auch setzten sie den Ponte und seine Geschäfte wieder in Stand.

Dreißig Jahre nach dem Unglück brach in unserem Laden

ein Feuer aus. Die Polizei vermutete, dass einer unserer Angestellten beim Arbeiten mit einer Lötlampe unachtsam war und das Feuer auslöste. Wir haben diese Version nie bestritten, aber auch nie wirklich geglaubt. Mein Vater hatte keine Lust mehr, den Laden erneut von Grund auf zu renovieren. Er fragte mich, ob ich mit dem Verkauf einverstanden sei. Mir war es, ehrlich gesagt, gleichgültig damals. Ich war 1996 sechsundzwanzig Jahre alt und hatte ein Ticket nach New York in der Tasche, um dort bei einem befreundeten Juwelier für einige Monate zu arbeiten. Anschließend wollte ich auf verschiedene Kunstakademien gehen und Design studieren. Eine Goldschmiedelehre im eigenen Betrieb hatte ich schon hinter mir. Außerdem zwei Jahre in Idar-Oberstein, wo ich mich mit Perlen und Schmucksteinen beschäftigt und an der Edelsteinbörse gehandelt hatte.»

Jetzt verstand Susanna, weshalb er so gut Deutsch sprach. Idar-Oberstein war weltberühmt für seine Schmuckindustrie. Die Ausbildung zum Silber- und Goldschmied, zum Steinschleifer und -setzer gehörte zur besten der Welt. Außerdem besaß sie, neben den Meistern von Murano, die einzige Ausbildungsstätte für Glasperlenzieher und -dreher.

«Mein Weg war vorgezeichnet und klar. In welchem Laden mein Vater und meine Schwestern meine entworfenen Schmuckstücke verkaufen wollten, interessierte mich nur in zweiter Linie. Romero Russo, der schon seit Jahrzehnten einen Laden auf dem Ponte erwerben wollte, und mein Vater wurden handelseinig. Wie ich später in den Papieren gesehen habe, hat mein Vater unseren Laden fast verschenkt. Ich mache ihm keinen Vorwurf, schließlich habe ich mich für den Verkauf nicht interessiert, aber gewundert habe ich mich schon darüber.

Adriana, die zweite Frau meines Vaters, sie stammt ebenfalls von einer alten Juweliersfamilie ab, den Casaglieri, brachte einen Laden am Lungarno mit in die Ehe. Er diente lange Jahre als Zweitgeschäft. Ihn baute Lorenzo jetzt aus. Er modernisierte ihn und machte aus dem früher wenig beachteten Laden unweit der Uffizien ein repräsentatives, hochprofitables Geschäft. Keiner von uns weint dem Touristenspektakel auf dem Ponte auch nur eine Träne nach. Cesare Russo, der den Laden von seinem Vater im Jahr 2000 übernommen hat, ist dort bestens aufgehoben.» Ettore grinste. Es schien ihn wirklich nicht im Geringsten zu stören.

Susanna, mit dieser Fülle an Familiengeschichten versorgt, wagte es endlich, die Frage zu stellen, die sie schon auf der Rückfahrt beschäftigt hatte: «Und passt in diesem Zusammenhang die Geschichte, die Andreas über Piero della Francesca und Federico da Montefeltro erzählt hat, in eure Familienhistorie?»

Ettore schüttelte etwas resigniert den Kopf. «Ich habe ehrlich gesagt keine blasse Ahnung. Auf der ganzen Fahrt nach Hause habe ich über nichts anderes nachgedacht. Aber das Schauermärchen, das uns dein Professore aufgetischt hat, ergibt in meinen Augen keinen Sinn. Weshalb aber wird dann dieses Bild heimlich in meinen Palazzo gebracht und dort drüben», er deutete auf die Lücke in seiner Bilderwand, «vor zwei Wochen aufgehängt? Und das ohne sichtbare Fremdeinwirkung! Ich komme eines Abends nach Hause, und anstelle einer Fotografie von mir und ... Daniela blickt mich dieser blonde Jüngling an.»

Ettore hatte erneut Probleme weiterzusprechen. Er stand unvermittelt auf und trat vor die Bilderwand. Den Rücken Susanna zugewandt, sagte er: «Und nach knapp einer

Woche verschwindet das Gemälde auf die gleiche mysteriöse Weise.»

«Aber das gibt es doch nicht!», entfuhr es Susanna.

«Du sagst es! So etwas gibt es nicht, und trotzdem ist genau das passiert.» Langsam drehte er sich wieder um. Beide Hände in den Hosentaschen vergraben, sah er auf den antiken Terrazzoboden.

«Und was sagt die Polizei dazu?»

Ettore stutzte. Ein ungläubiger Blick traf sie, dann fing er schallend zu lachen an. Ihre Frage schien ihn, trotz der eigenartigen Vorfälle, köstlich zu amüsieren.

«La polizia?», fragte er und lachte wieder laut los. «Was soll sie sagen? *Niente*. Nichts. Die Erklärungsversuche eines aufgeblasenen Sergente in vollem Ornat kann ich mir wirklich schenken. Außer seinen weißen Handschuhen und seinem blitzenden Degen interessiert ihn doch nichts. Ich habe sie erst gar nicht hergebeten. Glaubst du, ich will mich zum Gespött der Stadt machen? Ettore Lanzi sieht Gespenster! Bei den Lanzis gehen fremde Leute ein und aus. Sie bringen und stehlen Bilder! Die ganze Stadt würde sich das Maul über uns zerreißen. Das müssen meine Familie und ich schon im Stillen, im Privaten klären.»

«Und was willst du als Nächstes machen?»

«Ich würde morgen gern mit dir nach Urbino fahren.»

Völlig entgeistert sah Susanna Ettore an. Sie schüttelte abwehrend den Kopf. Dafür hatte sie keine Zeit. Schlimmer noch, in ihrem Hotelzimmer wartete das Jünglingsporträt darauf, seiner rechtmäßigen Besitzerin zurückgegeben zu werden. Mehr denn je schien Susanna dieser Weg, einfach zu Cosima Bettone zu spazieren, ein paar schlaue oder unangenehme Fragen zu stellen und nach München zurückzufahren, unmöglich. Geradezu absurd! Und sie sah auch keinen Weg, wie sie aus dieser verfahrenen Geschichte herauskommen sollte, ohne Ettore vor den Kopf zu stoßen. Eine Fahrt mit ihm nach Urbino würde sie immer weiter in den Schlamassel hineintreiben.

«Urbino ist weit weg», versuchte sie zaghaft einzuwenden.

«Ich weiß! Drei bis vier Stunden müssen wir ganz sicher für die Fahrt rechnen. Bitte begleite mich! Sag nicht nein!»

Susanna fühlte sich überrumpelt und unwohl in ihrer Haut. Sie kam sich in höchstem Maße unehrlich vor.

«Was glaubst du, wirst du dort sehen oder finden, was dir weiterhilft?»

«Ich weiß bis jetzt nicht, wonach ich eigentlich suchen soll. Wenn du einen teuren Schmuck kaufst, willst du ihn anschauen, in die Hand nehmen, anlegen und nicht über einen Katalog bestellen. Ich hoffe einfach, dass das echte Bild mir mehr sagt als eine Aufnahme in einem Buch. An das Porträt, das mir jemand so freundlich für wenige Tage zur Verfügung gestellt hat, kann ich mich kaum mehr erinnern.»

Als Ettore jetzt an den Tisch zurückkam, fürchtete Susanna, er könnte ihr Herz schlagen hören, ihr das schlechte Gewissen vom Gesicht ablesen. Er stützte sich mit beiden Händen auf der Tischplatte ab und suchte ihren Blick. Sie hatte den Eindruck, er wollte ihre Zustimmung erzwingen. Sie verstand ihn sehr gut, denn die Geheimnisse um das Gemälde machten auch ihr Angst. Auch sie wollte mehr erfahren. Doch wie sollte ihr das gemeinsam mit ihm gelingen, ohne ihre Tarnung als Journalistin aufzugeben?

«Was steht auf dem Zettel, den du Andreas gegeben hast, und wo hast du ihn her?»

Ettore wurde blass. Er setzte sich wieder gegenüber auf seinen Stuhl und sah sie weiter unverwandt an. Doch Susanna wollte es jetzt wissen, sie musste es wissen.

«Darum dreht sich doch alles. Das Bild allein ist es nicht. Du hast eine Botschaft bekommen. Richtig?»

«Der Zettel ist noch in meiner Hose», sagte Ettore tonlos und sehr leise.

«Was steht darauf? Bitte ... sag's mir!»

Ettore beugte sich vor, schob seinen Teller zur Seite und griff nach den Händen von Susanna, die sie vor sich verschränkt auf dem Tischtuch liegen hatte. Sein Griff war hart und schmerzte. Aber sie gab keinen Ton von sich.

«Der Zettel klebte auf der Rückseite des Porträts. Als ich es von der Wand genommen habe, habe ich dabei das Schriftstück entdeckt.»

«Und?»

«Du hast ja gehört, was Andreas gesagt hat. Es handelt sich um eine Kopie aus seinem Buch. Es ist eine Passage, in der der Professore genau den Hergang jener Mordnacht beschreibt, als der junge Graf Oddantonio im Palazzo von Urbino erstochen wird. Es ist die Beschreibung des Brudermordes.»

«Hast du einen Bruder, Ettore?»

«No!»

«Und trotzdem glaubst du, dass die Botschaft dich betrifft?»

Er sah sie an. Seine Augen waren fast schwarz. Sie merkte, wie er zögerte, überlegte, wie er diese Frage beantworten sollte.

«Jemand hat mit Schreibmaschine noch einen Satz hinzugefügt.» Wieder hielt er inne, bevor er leise fortfuhr:

«Derjenige schrieb: ‹Du wirst das gleiche Schicksal erleiden, Ettore!›»

Er ließ Susannas Hände los und lehnte sich erschöpft in seinem Stuhl zurück.

«Teresa glaubt, die Mafia hat ihre Finger im Spiel!» Er versuchte ein Lachen, aber es glückte ihm nicht so recht.

«Kommt sie aus Sizilien?» Auch Susanna versuchte einen Scherz, obwohl sie einen Kloß im Hals hatte, der ihr fast die Luft nahm.

«Nein! Ihre Familie kommt aus Lucca. Olivenbauern seit Generationen.» Ettore tat alles, um das Thema zu wechseln. Die Lebensgeschichte seiner Haushälterin schien ihm jetzt besonders interessant. «Teresa hatte keine Lust aufs Landleben und ist mit sechzehn von zu Hause weggelaufen. Adriana hat sie aufgelesen, wie fast alle Leute, die für uns arbeiten. Einschließlich Cosima!»

Susanna spitzte die Ohren.

«Wie meinst du das?»

«Cosima stammt aus Neapel. Als auch sie von zu Hause wegläuft, ist sie gerade siebzehn Jahre alt. Ein hochgewachsenes, schlankes Mädchen mit einer kaum vorhandenen Schulbildung. Meine Mutter spricht sie eines Tages an, weil sie immer um unseren Laden herumstreicht und sich die Nase am Schaufenster platt drückt. Zunächst arbeitet sie im Haus. Aber sie will unbedingt im Laden Schmuck verkaufen. Das ist ihr großer Traum. Schließlich lässt sich unser Vater erweichen, kommt den Bitten seiner Frau und Cosimas nach und stellt das junge Mädchen als Lehrling ein. Mit zwanzig ist Cosima eine Schönheit. Sie wird unser Schmuckmodel bei allen Präsentationsterminen. Wir landen mit ihr einen Verkaufserfolg nach dem anderen. Sie wird umschwärmt von Kunden und von Freunden, die unserer Familie nahestehen. Aber sie ist nicht wählerisch. In dieser Zeit nimmt sie es mit Männerbekanntschaften nicht genau. Sie ist jung, sie ist schön, sie ist begehrenswert, und sie will um jeden Preis leben. Wie nicht anders zu erwarten, wird sie eines Tages schwanger und weiß angeblich nicht, von wem. Eine einfache Geschichte, wie sie immer wieder vorkommt. Meine Mutter überredet sie, das Kind zu behalten, und verfrachtet sie auf unser Landgut im Chianti. Wenig später wird Adriana schwerkrank. Auch sie zieht aufs Land. Cosima hütet ihr Kind und pflegt aufopfernd unsere Mutter. Das ist auch der Grund, weshalb wir Geschwister ihr ihre Fehler und Fehltritte verzeihen. Und vermutlich ist das mit ein Grund, weshalb unser Vater sie vor vier Jahren geheiratet hat. Er wollte ihr eine Familie geben, einen Platz, wo sie hingehört. Nicht immer dankt sie es ihm, aber meistens.»

«Und was hat sie für ein Kind bekommen?», fragte Susanna atemlos nach.

«Einen Sohn.» Ettore sah sie an und verstand plötzlich ihre Frage. Mit beiden Händen wehrte er ihren unausgesprochenen Gedanken ab. «Riccardo ist sieben Jahre alt. Für einen Brudermord ist er noch ein bisschen zu jung. Und um es gleich vorwegzunehmen: Cosima hat noch einen zweiten Jungen bekommen. Mario ist drei und angeblich der Sohn unseres Vaters.»

Susanna wagte es nicht, darauf hinzuweisen, dass auch Oddantonio Opfer gedungener Mörder geworden war. Federico da Montefeltro hatte sich nicht selbst die Hände schmutzig gemacht. Gefährliche Gedanken kamen ihr in den Sinn, die sie am liebsten schnell verdrängt hätte. Denn die Idee, Cosima könnte hinter der ganzen Sache stecken, drängte sich so zwingend auf, dass es eigentlich nicht sein konnte. Diese Lösung wäre zu einfach, zu plump. Es sei denn, die Verteilung des Erbes unter den Geschwistern und Stiefsöhnen wäre nicht im Sinne Cosimas geregelt.

Ging es nicht auch hier um Einfluss, Macht, Geld, um den Konkurrenzkampf rivalisierender Geschlechter? Waren die Montefeltros, Colonnas und Estes aus dem 15. Jahrhundert die Parallelen zu den Lanzis, Russos und Casaglieris? In welche Familien die Schwestern Ettores eingeheiratet hatten, wusste Susanna noch gar nicht.

Sie stand erneut von ihrem Stuhl auf. Über Ettore hatte sich eine Gewitterwolke zusammengebraut, deren Ausmaße sie noch nicht überblickten. Aber für sie beide kam das Bild und seine Botschaft einer Bedrohung, einer Morddrohung schon sehr nahe. Andreas' Warnung fiel ihr ein. Sie solle sich nicht in den Streit der Juweliersdynastien verstricken lassen, hatte er ihr geraten. Wie war er überhaupt auf diese Idee verfallen, fragte sie sich jetzt beklommen. Was wusste er? Eigentlich sollte sie jetzt den Rückzug antreten und ihre Recherchen aufgeben. Lieber wollte sie den Zorn Wagners riskieren, weil sie ohne Ergebnisse zurückkam, als sich in die Belange rivalisierender, italienischer Familien einbinden zu lassen.

«Es ist spät geworden», sagte Susanna und hörte selbst, wie unecht ihre Stimme klang. Ettore stand vor ihr und suchte ihren Blick. Er merkte ihre Zurückhaltung, ihr Zögern, auf seinen Vorschlag einzugehen. Unvermittelt nahm er sie in die Arme. Sie spürte seine warmen Hände durch die Bluse auf ihrem Rücken, fühlte seine Lippen auf ihrer Wange und schließlich auf ihrem Mund. Es war ein zarter, weicher Kuss, der ihre Lippen zum Vibrieren brachte. Sachte schob sie ihn von sich. Wenn sie jetzt nicht sofort ging, schaffte sie es nicht mehr.

«Wann darf ich dich morgen vom Hotel abholen?» Ettore ließ nicht locker.

Und immer noch zögerte sie. Sie war dabei, eine große Dummheit zu begehen. Immer mehr verstrickte sie sich in ihrer Lügengeschichte. Es gab für sie keinen Weg mehr, aus der ganzen Sache herauszukommen, ohne Ettore zu verletzen.

«Wann?»

Würde die Fahrt nach Urbino wirklich neue Erkenntnisse bringen? Was sollte ein Blick auf das Original am Sachverhalt ändern? Aber sie verstand, dass Ettore sich an jeden Strohhalm klammerte, dass er der Bedrohung förmlich ins Auge sehen wollte, um sie wirklich zu begreifen. Gleichzeitig war diese Fahrt mit ihm verlockend; die Erfüllung ihres Wunsches, möglichst viel Zeit mit ihm zu verbringen, schien greifbar nah. Sie würde anschließend furchtbar leiden und sich selbst zur Hölle wünschen, weil sie sich das antat. Zum Teufel auch mit den guten Ratschlägen von Andreas, der nur dozieren konnte und sonst keine echte Hilfe war.

«Ist neun Uhr eine gute Zeit?», hörte sie sich selbst sagen und konnte nicht glauben, dass sie wirklich weitermachte.

Ettore lächelte sie erleichtert an und drückte sie noch einmal fest an sich. «Ich habe für uns im ‹Albergo San Frediano› zwei Zimmer bestellt. Urbino ist zu weit weg, um die Strecke an einem Tag zweimal zu fahren.»

Susanna fühlte, wie ein Stein ins Rollen kam, den sie nicht mehr aufhalten konnte.

XI.

Palazzo Ducale

Der Maserati schnurrte leise vor sich hin und verschlang Kilometer um Kilometer. Ein Klavierkonzert von Mozart perlte aus sechs Lautsprechern eines perfekten High-Fidelity-Systems. Die flache Landschaft, die sich entlang der Autobahn Richtung Ancona auf der linken Seite erstreckte, lag in einem fahl wirkenden weißen Sonnenlicht. Herbstlicher Dunst breitete sich in weiten Flächen über dem tiefblauen Himmel aus. Die Hitze ließ den Asphalt weich werden und die Luft über ihm in Wellen flirren. Die scharfgezogene Kante des Horizonts verschmolz weit draußen mit der Adria. An ihrer rechten Seite zog dagegen eine dichtbewachsene flache Hügelkette mit Ginsterbüschen und Oleanderhecken vorbei, bescheidene Vorboten des Apennins, der viele Kilometer entfernt als mächtiger Gesteinswall in dunklen Gewitterwolken nur zu ahnen war. Es hätte ein perfekter Tag sein können, ein Ausflugstag zum Baden am Meer, mit gegrillten Fischen und fruchtigem Weißwein am Abend in einer kleinen *trattoria* am Strand von Milano Marittima oder Riccione. Susanna fühlte eine Sehnsucht in sich aufsteigen, die unerfüllbar blieb, denn stattdessen fuhren sie nach Urbino, um ein mörderisches Rätsel zu lösen. Sie schaute zur Windschutzscheibe hinaus, ohne wirklich zu begreifen, was sie sah, und sie fragte sich zum wiederholten Male, was diese Fahrt für Überraschungen und Erkenntnisse bringen würde. Inzwischen hoffte sie fast, dass sie ohne Ergebnisse bliebe. Denn es konnte doch nur noch schlimmer werden. Sie war dankbar für die weiche, harmonische Musik von Mozart, die ihr und Ettore die mühevolle Verpflichtung nahm, Konversation zu machen. So vertraut sie sich auch am Abend zuvor unterhalten und verabschiedet hatten, am Morgen, als Ettore sie vom Hotel abholte, war davon nichts mehr zu spüren.

Schatten unter den Augen verrieten ihr, dass er genauso wie sie kaum geschlafen hatte. Er nahm sie in die Arme und küsste sie auf beide Wangen, aber sie merkte deutlich, dass er mit den Gedanken ganz woanders war. Jetzt aber, wo sie so neben ihm saß, in seinem teuren Wagen mit Sitzen aus Leder und einem Armaturenbrett in Teakholz, hoch aufpoliert und glänzend, sein herb duftendes Eau de Toilette in der Nase, und er selbst nur auf Armlänge von ihr entfernt und doch so unerreichbar, fühlte sie sich verunsichert und völlig fehl am Platz. Sein Schweigen, seine fast abweisende Konzentration, die dem regen Verkehr auf der Autobahn galt und nicht das geringste Gespräch zuließ, nahmen ihr den Mut, selbst auch nur eine belanglose Bemerkung zu machen. Sie war sich nicht mehr sicher, ob er immer noch so dringend mit ihr nach Urbino wollte oder ob er seinen Vorschlag inzwischen bereute.

Die halbe Nacht hatte sie sich mit Andreas' Buch beschäftigt und sich gefragt, worauf seine Ausführungen über Brudermörder hinzielten, wo dabei die florentinischen Juweliersdynastien ins Spiel kamen und wo die Lanzis im Speziellen gemeint sein könnten. Und die Aussicht, mit Ettore allein in einem Hotel zu wohnen, hatte ihr die andere Hälfte der Nacht über den Schlaf geraubt. Als sie schließlich völlig erschlagen und übermüdet in den Morgenstunden weggedämmert war, schürten Albträume ihre Ängste und ließen sie immer wieder aufschrecken.

Scheu musterte sie Ettore von der Seite, suchte sie in seinem Gesicht ein Lächeln, einen Hauch von Gelassenheit, die sie beruhigt hätten. Aber vielleicht war das nach allem, was sie gestern zusammen erlebt hatten, zu viel verlangt.

Als hätte er ihren Blick gespürt, schaute er plötzlich zu Susanna hinüber. Für einen kurzen Moment nur löste er seine rechte Hand vom Lenkrad und strich ihr leicht über die Wange, bevor er den Blinker setzte und einen Sattelschlepper überholte.

«Es tut mir leid, Susanna», sprach Ettore in ihre Gedanken hinein, «beim Autofahren bin ich kein besonders guter Unterhalter. Ich fahre nicht gern.»

Bei dem tollen Wagen, den er sich leistete, konnte sie sich über seine letzte Bemerkung nur wundern. Aber Ettore fixierte erneut den Verkehr und hatte dabei die Kiefer fest zusammengepresst, als kämpfte er mit großer Anstrengung gegen etwas an.

Es war kurz vor zwölf Uhr mittags, als er bei Pesaro die Autobahn verließ. Sie fuhren an Fano vorbei, und bald danach leuchtete rechts auf einer Anhöhe Urbino in der Sonne auf. Dicht an dicht saßen die Häuser auf dem steil ansteigenden Hügel. Die Kuppel des Doms und die Campanile der Kirchen konnte Susanna gut erkennen, als sich Ettore in rascher Fahrt dem Ort näherte. Eine wuchtige Stadtmauer aus ockerfarbenen und rötlichen Backsteinen umschloss das Städtchen. Ein kurzes Stück fuhren sie an der Mauer entlang, um dann über eine schräge Rampe in die bereits weiter oben liegenden Randgebiete der Altstadt einzutauchen. Von hier öffnete sich ein wunderbarer Blick auf die reiche Hügellandschaft der Marken: Olivenhaine, Pinien- und Kastanienwälder, dazwischen verbrannte Wiesen des Sommers und immergrüne Zypressen.

Susanna sah in ihren Seitenspiegel, um den steilen Verlauf der Straße zu beobachten. Ein schwarzer Alfa folgte dicht hinter ihnen, und sie erschrak, obwohl sie insgeheim mit diesem Anblick seit langem gerechnet hatte. Auf der Autobahn hatte er sich offenbar geschickt zwischen den Lastwagen verborgen. An einen Zufall glaubte sie nun wirklich nicht mehr. Der Wagen war ihnen schon bis nach Borgo Sansepolcro nachgefahren. Gestern, als sie kurz vor Mitternacht aus dem Stadtpalazzo der Lanzis getreten und in ein Taxi gestiegen war, parkte ein ebensolches Auto am Straßenrand. Wieder sah sie zu Ettore hinüber. Er schien von dem Sportwagen keine Notiz zu nehmen. Vielmehr war er damit beschäftigt, sich im Ort zu orientieren. Die blecherne Frauenstimme seines Navigationssystems wies ihnen mit aufdringlicher Präzision den Weg.

Die kurvenreichen Sträßchen wurden von durchgehenden Häuserfronten flankiert, die stetig ansteigend nach oben verliefen. Wenig Leben herrschte hier, es gab kaum Läden, die die Fassaden unterbrachen. Urbino präsentierte sich geheimnisvoll und durch die schattigen Gassen, die sich durch die hohen Häuserzeilen ergaben, kühl und unnahbar. Schließlich erreichten sie die langgestreckte Piazza Rinascimento. Der Platz wurde geprägt von der wenig einladenden, sehr schlichten Seitenansicht des Palazzo Ducale. Ein riesiger Baublock aus hellrotem Backstein mit kleinen, vergitterten Fenstern im Erdgeschoss und einer kaum gegliederten Schauwand, die über zwei weitere Stockwerke verlief, enthielt die ehemaligen Gemächer des Duca Federico da Montefeltro und seiner Gattin Battista Sforza. Das riesige Gebäude diente seit Anfang des 20. Jahrhunderts ausschließlich als Museum und Gemäldegalerie. Dort lagerten die reichen Schätze der Montefeltro, delle Rovere, Sforza und Medici. Adelsgeschlechter, die es sich nicht hatten nehmen lassen, mit ungebremstem Mäzenatentum, zur Not auch mit Mord und Totschlag, wie Andreas mehr als plastisch geschildert hatte, ihre politische Macht und ihren fast unanständigen Reichtum zu demonstrieren. Das trutzige Bauwerk verströmte wenig Charme. Noch war der Funke Urbinos nicht auf Susanna übergesprungen. Die rötliche Wärme toskanischer Orte, wie sie sie von Siena oder Lucca kannte, fehlte ihr. Dieser Ort wirkte kühl und durch seine schweren Renaissancebauten auf engstem Raum sehr imposant. Das rege Treiben, die vielen bunten Geschäfte, Restaurants und Bars, die aus Florenz, dem Prototyp einer Renaissancestadt, eine lebendige und trotz der alten Gebäude moderne Stadt machten, davon war hier weder etwas zu sehen und noch weniger zu spüren. Selbst die vereinzelten Touristen, die sich auf der Piazza rund um den Palazzo Ducale aufhielten, vermochten den verstörenden Eindruck der Enge zwischen uralten Gemäuern nicht zu mildern.

Ettore hielt vor dem Eingang des Hotels. Ein Page stürzte heraus und bemächtigte sich der wenigen Gepäckstücke.

Ein anderer brachte den Wagen auf den Hotelparkplatz, der um die Ecke lag. Bevor Susanna Ettore über die wenigen Stufen ins Innere des Albergo folgte, wagte sie einen weiteren prüfenden Blick die Straße hinunter. Der schwarze Alfa parkte verdeckt hinter mehreren Abfalltonnen im Halteverbot. Sie konnte sich vorstellen, dass der Fahrer sich hilflos gefragt hatte, wo er seinen Wagen in der Fußgängerzone von Urbino, ohne Fahrgenehmigung und Hotelreservierung in der Tasche, lassen sollte. Aber diese Vermutung reichte nicht aus, um Susanna zu beruhigen oder gar zu amüsieren. Ganz im Gegenteil, sie fühlte sich sehr unwohl in ihrer Haut. Ungern gestand sie es sich ein, aber sie hatte Angst. Bei nächster Gelegenheit musste sie Ettore auf den Wagen ansprechen. Sie hielt es eigentlich für ausgeschlossen, dass er das Sportauto noch nicht bemerkt haben sollte. Aber im Moment gab er ihr keine Möglichkeit, darüber zu sprechen, denn er schritt sehr energisch durch die Hotellobby zur Rezeption.

Alles an ihm verriet Eile und Ungeduld. So hatte Susanna ihn bisher nicht erlebt. Selbst auf der Show hatte er Ruhe und Souveränität ausgestrahlt. Die Art und Weise, wie er mit der Dame hinter dem Tresen verhandelte, war völlig untypisch für ihn. Unverbindlich und sehr kurz angebunden sprach er mit ihr. Kein Scherz, nicht das kleinste Lächeln entkrampfte seine ernsten Gesichtszüge. Er wirkte unfreundlich, bis zu einem gewissen Grad sogar unhöflich. Der Zweck der Reise bestimmte all sein Denken und Handeln. Was in Gottes Namen erwartete er von dem Gemälde, auch wenn es tatsächlich das Original war?, fragte sich Susanna beklommen. Es würde nicht zu ihm sprechen, so viel stand fest.

Der Page zog die beiden Rollkoffer hinter sich her und geleitete Susanna und Ettore von der Lobby aus einen Gang entlang. Lehmgelbgestrichene Wände, smaragdgrüne Ledersessel, moderne Bilder und Skulpturen ließen vergessen, dass das Hotel in den dicken Mauern eines mittelalterlichen Klosters untergebracht war. Susanna atmete auf. Die lichte, leichte Atmosphäre des Hauses nahm etwas von der trüben Stimmung, die seit ihrer Abfahrt nicht weichen wollte.

Der Page öffnete die beiden nebeneinandergelegenen Zimmer, nahm das Trinkgeld in Empfang und entfernte sich diskret.

Noch auf dem Gang fragte Ettore: «Hast du etwas dagegen, wenn wir sofort, ohne die Koffer auszupacken, zum Museum hinübergehen? Oder möchtest du zuvor noch etwas essen?»

Die letzte Frage ordnete Susanna, wie so oft bei ihm, unter gutes Benehmen ein. Was sollte ihr ein gemeinsames Essen bringen, wenn er mit seinen Gedanken ganz woanders war?

«In fünf Minuten in der Lobby?»

«Grazie!» Er sah sie dankbar an. «Ich hoffe, wir werden nicht lange brauchen!»

Sie betrat ihr Zimmer, das genauso freundlich möbliert war wie das übrige Hotel, und stellte ihren Koffer in eine Ecke. Neugierig ging sie zum Fenster. Ein dichtbewachsener Innenhof überraschte sie. Die kleinen runden Tische waren für das Mittagessen weiß eingedeckt. Fast bereute sie es jetzt, Ettore nicht doch zu einer kleinen Pause überredet zu haben. Hier zu sitzen, zwischen Rosen- und Oleanderbüschen mit Blick auf eine antike Zisterne und die romanischen Rundbögen des ehemaligen Kreuzgangs, hätte ihr durchaus gefallen. Vielleicht konnten sie hier zu Abend essen. Sicher war die Stimmung bei Kerzenschein noch viel schöner. Gegen alle Vernunft und Widrigkeiten hoffte sie, mit Ettore einen romantischen Abend zu verbringen.

Er erwartete sie schon in der Lobby, und ohne weitere Verzögerung gingen sie die wenigen Schritte zum Palazzo Ducale hinüber. Ettore nahm sie an der Hand, als sie die Piazza überquerten, die im vollen Licht der Mittagssonne lag. Selbst jetzt, Mitte September, schien sie noch heftig und stechend, brannte ihre Hitze auf der Haut. Die neidischen Blicke der Touristinnen, die ihnen auf dem kurzen Weg begegneten, sprachen Bände. Mit Ettore gesehen zu werden, war eine ganz neue Erfahrung für Susanna. Er hatte eine Ausstrahlung, die nicht nur auf sie selbst gefährlich anziehend wirkte. Sie waren ein Paar, das konnte jeder sehen. Nur zu gern gab sie sich dieser Illusion hin. Aber es fehlte ihr die innere Ruhe, um es auch zu genießen. Susanna warf einen verstohlenen Blick über die Schulter, suchte die parkenden Wagen nach einem schwarzen Alfa Romeo ab, doch sie konnte nichts Auffälliges entdecken. Vielleicht sah sie ja doch Gespenster. Dieser Sportwagentyp hatte in Italien wahrlich keinen Seltenheitswert.

Ettore löste Eintrittskarten an der Kasse, und sie betraten den Innenhof des Palazzo Ducale. Bei seinem Anblick hielt Susanna unwillkürlich den Atem an. Genau das war es eigentlich, was sie sich von Urbino erhofft hatte: ein vollkommen gestalteter, quadratischer Renaissanceinnenhof, wie er schöner und harmonischer nicht sein konnte. Rundbögen auf hohen, weißen Säulen mit korinthischen Kapitellen trugen eine klar gegliederte Backsteinfassade in einem hellen Rotton. Dort, wo die einfallende Sonne deutliche Schatten warf, verwandelte sich das Rosarot in tiefes toskanisches Rot, wie Susanna es liebte und bislang vermisst hatte.

Sie folgten den Schildern zum Eingang in den Palazzo, stiegen eine breite, graue Steintreppe in den ersten Stock hinauf und durchwanderten eine endlose Zahl von Zimmern und Kabinetten. Die Gemäldesammlung bestand aus einer Mischung provinzieller, alter Kunst und echten Meisterwerken: allen voran Raffael, der Sohn der Stadt, Uccello und Signorelli hingen einträchtig neben Malergrößen, von denen Susanna noch nie etwas gehört hatte. Doch studieren konnte sie keines der Werke, denn Ettore hastete mit einem Plan des Palazzo in der Hand von einem Raum in den nächsten. Sie hatten den Alkoven der Grafen von Montefeltro besichtigt, jenes Schlafgemach, in dem vermutlich Oddantonio auf so heimtückische Weise gemordet worden war, die Wohnräume Federicos durchwandert und endlich auch seinen Audienzsaal erreicht. Kahle, weißgetünchte Wände setzten sich von wunderbar gestalteten Türeinfassungen ab. Mit Rosetten und Musterbändern aufgebrachte Rahmen aus Marmor zeugten vom Reichtum des ehemaligen Hausherrn. Als Prunkstücke der Handwerkskunst präsentierten sich die riesigen Holztüren. Ihre Füllungen bestanden aus wertvollen Hölzern, die zu Intarsien verarbeitet waren und prächtige Landschaften abbildeten. Einzige weitere Ausstattungsstücke des Saals waren die Gemälde. Ettore hatte endlich den Raum seiner Wünsche erreicht. Im ehemaligen Audienzsaal des Duca hing die «Flagellazione» des Piero della Francesca.

Es handelte sich dabei um eine Holztafel von sechzig mal achtzig Zentimetern, bemalt in Tempera. Auch Susanna war überrascht, obwohl ihr das Bild natürlich nicht fremd war. Aber im Original wirkte es doch viel kleiner, als sie es erwartet hatte. Die Dichte der Details, die genau ausgeführten Hauptszenen und die architektonischen Spielereien erschufen auf dem knappen Raum eine eindringliche, fast magische Atmosphäre. Susanna war Ettore dankbar für seine Hartnäckigkeit, das Bild in natura anzusehen. Kein Bildband, keine Postkarte konnten den Eindruck und die Anziehungskraft vermitteln, die das Bild im Original erreichte.

Ettore stand wie hypnotisiert davor. Die Hände in den Hosentaschen vergraben, starrte er völlig in sich gekehrt auf das Bild. Susanna hätte viel darum gegeben, seine Gedanken lesen zu können. Aber sie hielt sich im Hintergrund. Ließ ihn mit dem Bild und seinen Problemen allein. Was hätte sie ihm auch sagen sollen?

Ihre Beobachtung konzentrierte sich auf die perfekte Malkunst von Piero della Francesca. Und sie musste zudem überrascht feststellen, wie professionell und handwerklich perfekt die Fälschung ausgeführt war, die sie in ihrem Hotelzimmer aufbewahrte. Wer immer den Jünglingskopf gemalt hatte, beherrschte genauso wie Piero die Technik, Temperafarbe zu mischen und lasierend, Schicht für Schicht übereinander aufzutragen. Brillant leuchteten die Farben, obwohl über fünfhundert Jahre seit ihrer Entstehung vergangen waren. Wagner lag völlig richtig mit seiner Einschätzung, der Fälscher gäbe einen hervorragenden Restaurator ab. Wer immer das auch sein mochte.

Susanna beglückwünschte sich jetzt zu ihrer Eingebung, Vorsichtsmaßnahmen bezüglich der Fälschung getroffen und ihre schlaflose Nacht im Hotel doch noch gut genutzt zu haben. Gerade weil das Duplikat so gelungen und auf so geheimnisvollem, kriminellem Weg in Ettores Palazzo gelangt war, hatte sie sich ein Versteck für das Bild überlegt.

Kurz vor Morgengrauen war sie aufgestanden, hatte ihren Kleiderschrank an einer Ecke angehoben und mit viel Kraft nach vorne ins Zimmer gewuchtet. So konnte sie zwischen die Rückseite des Kleiderschranks und die Zimmerwand treten. Das Jünglingsporträt steckte sie in eine Plastiktüte, wie sie für Schmutzwäsche in jedem besseren Hotel bereitlagen. Beim Nachtportier lieh sie sich ein breites Klebeband und befestigte damit das Plastikbündel an der Schrankrückwand. Anschließend schob sie das Möbelstück wieder sorgfältig an die Wand zurück. Sie hätte in diesem Moment keine logische Erklärung abgeben können, weshalb es ihr so wichtig war, das Porträt zu verstecken. Aber ihr Gefühl sagte ihr, dass es zumindest nicht schaden konnte, vorsichtig zu sein.

Ettore gab seinen Platz vor dem Bild für einen anderen Museumsbesucher frei und blieb etwas abseits stehen. Er starrte seine schwarzen Mokassins an und verharrte einige Momente völlig bewegungslos in dieser Stellung. Langsam näherte sich Susanna, unschlüssig, ob sie ihn ansprechen durfte. Dann, plötzlich, drehte er sich wieder zu dem Bild um, trat nahe heran und betrachtete es mit einer so grimmigen Miene, dass sich Susanna besorgt neben ihn stellte. Was machte ihn so wütend?

«Dein Professore erzählt Unsinn!» Aufgebracht sah er Susanna an, die gar nicht wusste, wie ihr geschah. «*A detto sciocchezze!* Dort ...», und er deutete mit dem Zeigefinger auf das Bild, «sind zwei Väter abgebildet. Einer setzt seinen Sohn aus, und der andere nimmt ein fremdes Kind als seinen Sohn an. *Questa è un'idea assolutamente impossibile!*» Ettore fuchtelte empört mit den Armen. «Völlig absurd ist das! Mein Vater würde niemals seinen Sohn verleugnen. Kein Florentiner würde jemals einen Sohn hergeben! Wir wünschen uns doch alle Söhne, und wir sind stolz auf sie. Wer denkt sich so einen

Unsinn aus? Und um dem Ganzen noch die Krone aufzusetzen, bringt ein Bruder den anderen um. Eh? Glaubst du das alles, Susanna? Hältst du das wirklich für möglich?»

Susanna fühlte sich von Ettores Ausbruch komplett überrumpelt. Was sollte sie ihm antworten? Natürlich konnte sich kein Sohn vorstellen, dass sein Vater ihn nicht wollte. Im Übrigen auch keine Tochter! Allein der Gedanke, ein Kind, das man endlich bekommen hatte, wegzugeben, war für Susanna ein einziger Albtraum. Ihm ging es offenbar nicht anders. Sie merkte, wie es in ihm arbeitete, wie die Erläuterungen von Andreas ihm zusetzten. Sie hätte ihn so gern beruhigt und ihm recht gegeben. Doch an der Geschichte von Andreas war nicht zu rütteln. Und auch an der Drohung, die Ettore bekommen hatte, ließ sich nicht zweifeln.

Ettore wandte sich vom Gemälde ab, ging ans Fenster und sah auf die Piazza hinaus. Sie trat von hinten an ihn heran und legte ihm den Arme um die Taille. Sie spürte seine kühle Wange und den schon wieder sprießenden Bart auf ihrer Haut. Er drehte sich zu ihr um und umarmte sie. Seine warmen Lippen strichen behutsam über ihren Hals, bis eine Gänsehaut ihnen antwortete.

«Du hast recht gehabt. Das Bild ist wunderschön.» Vorsichtig löste er sich von ihr. «Aber mit dem Porträt kann ich nichts anfangen. Die Botschaft, die dahintersteckt, verstehe ich nicht. Ich will sie auch gar nicht verstehen.» Trotzig und verzweifelt zugleich wehrte er sich dagegen. «Warum macht jemand so etwas? Wer denkt sich so etwas aus? Kannst du mir das erklären?»

Ernst sah er Susanna durch seine schwarzgerandete Brille an, als erwartete er von ihr eine Erkenntnis, die ihn weiterbrachte. Doch es war nicht viel, was ihr dazu einfiel.

«Hast du denn in letzter Zeit schon andere unerklärliche Dinge erlebt, die du nicht verstanden hast?»

Nachdrücklich schüttelte Ettore den Kopf. «No», kam es entschieden über seine Lippen.

«Oder hast du schon einmal bei einer anderen Gelegenheit ein Bild geschenkt bekommen, ohne dass du dir dabei etwas Schlechtes gedacht hast?»

«No!»

Susanna hob resigniert ihre Schultern. Lorenzo Lanzi bedeutete für Ettore eine unangreifbare Instanz. Sie konnte es ihm nicht verdenken. Aber wenn sein Vater über jeden Zweifel erhaben war, ergab alles andere keinen Sinn. Eine vage Idee hatte sie noch. Doch bevor sie mit ihm darüber sprach, musste sie erst mit Beate telefonieren.

«Komm», Ettore griff nach ihrer Hand, «... lass uns ins Hotel zurückgehen und etwas essen. Ein paar *tramezzini* werden sie schon noch für uns haben. Am besten ist es, wir vergessen das dumme Bild! Vermutlich wollte sich jemand einfach einen schlechten Scherz mit mir erlauben. Und wir beide machen uns um den ganzen Unsinn viel zu viele Gedanken.» Er sah Susanna an. In seinen dunkelbraunen Augen lag eine Wärme, die ihren Herzschlag beschleunigte. Ein charmantes, leicht schiefes Lächeln umspielte seine Lippen. «Es wäre doch wirklich zu dumm, wenn wir beide nicht wüssten, was wir mit diesem Ausflug nach Urbino am besten anfangen!» Er zwinkerte ihr zu, und Susannas Herz kam endgültig ins Stolpern. Tramezzini zu essen erschien ihr dabei noch die gefahrloseste aller Möglichkeiten.

Wenig später betraten sie erneut das Hotel und gingen den Gang zu ihren Zimmern entlang.

«Du möchtest doch sicher noch schnell deinen Koffer ausräumen?», fragte Ettore. «In einer halben Stunde im Garten?»

Susanna nickte und ging auf ihr Zimmer zu. Gerade wollte sie den Schlüssel ins Schloss stecken, als sie Ettore laut ausrufen hörte: *«Madonna, qu'è successo?»*

Alarmiert eilte sie die wenigen Schritte zu seinem Hotelzimmer zurück und blieb erschrocken auf der Türschwelle stehen. Es bot sich ihr ein unbeschreibliches Durcheinander. Der Inhalt von Ettores Reisekoffer war überall verstreut: Unterwäsche, Socken, ein weißes Oberhemd, zwei Seidenkrawatten, ein Anzugjackett – alles lag wüst zugerichtet auf dem Boden herum. Das Bettzeug war auseinandergerissen, die Kissen aus ihren Hüllen gezerrt, der Inhalt des Hotelsekretärs – Briefpapier, Umschläge und Stifte – auf dem Boden verteilt und offenbar mit Fußtritten malträtiert. Ettore stand mitten in diesem Chaos und fuhr sich mit den Händen durch die Haare. Als er Susanna ansah, stellte sie erstaunt fest, dass er nicht betroffen, sondern unbeschreiblich wütend war.

«Macht es dir etwas aus, in deinem Zimmer auf mich zu warten?» Seine Stimme klang unheilvoll. Wer immer jetzt in seine Schusslinie geriet, hatte nichts zu lachen. Wortlos zog sich Susanna zurück, sperrte ihr Zimmer auf und ließ sich auf ihr Bett fallen. Die Freude auf den Abend, die sie nur wenige Augenblicke zuvor im Palazzo Ducale empfunden hatte, war wie weggeblasen.

Kurze Zeit später hörte sie laute Stimmen, die aus der Lobby kamen. Susanna mochte nicht in der Haut der Dame an der Rezeption stecken. Dann fiel Ettores Zimmertür mit einem Knall ins Schloss. Sie hob ihren Kopf und lauschte, aber alles blieb ruhig. Der Sturm schien vorüber.

Susanna stand vom Bett auf und ging zum Fenster. Ein schmaler Spalt ließ die Wärme des Mittags herein. Nachdenklich schob sie den Riegel zu. Ihr Zimmer lag im Parterre, genauso wie das von Ettore nebenan. Für jeden, der einsteigen wollte, ein Kinderspiel. Ob Ettore diesmal die Polizei verständigen würde? Sie bezweifelte es sehr. Und die Leitung des Hotels hatte mit Sicherheit kein Interesse daran, die übrigen Gäste mit neugierig fragenden Carabinieri zu verschrecken.

Ihr jedenfalls war die Lust, den Koffer auszupacken, gründlich vergangen. Keinesfalls wollte sie hier übernachten. Urbino war nicht ihre Stadt. Weiterer Beweise und Eindrücke bedurfte es nicht. Stattdessen nahm Susanna ihr Handy aus der Handtasche und wählte die Nummer ihres Büros. Vielleicht brachte ja Beate etwas Licht ins Dunkel.

«Hallo, Sanna! Ich habe schon geglaubt, du bist verlorengegangen. Du hättest dich ja wirklich mal melden können. Wie ist das Wetter? Bei uns regnet es in Strömen. Hey! Du sagst ja gar nichts!»

«Vielleicht lässt du mich auch mal zu Wort kommen.»

«Wenigstens bist du die Alte geblieben. Immer charmant, immer gut aufgelegt. Was ist denn los bei dir?»

«Es gibt Probleme!»

«Ach! ... Ich dachte, das wüsstest du. Deshalb bist du doch losgefahren.»

«Bea ... bitte! Ich hab nicht viel Zeit. Kannst du mal in den alten Unterlagen nachsehen, ob Cosima Bettone schon in früheren Jahren Kunstwerke zur Versteigerung eingereicht hat? Ich meine, in der Zeit, bevor wir beide bei Wagner angefangen haben! Ich ruf dich in zehn Minuten wieder an. Falls du nichts von mir hörst, schick mir eine SMS. Es ist wirklich wichtig.»

Sie unterbrach die Verbindung, bevor Beate ihr ein Loch in den Bauch fragen konnte, und wartete. Immer wieder sah sie auf die Uhr, ob die zehn Minuten schon vorüber waren, immer wieder trat sie ans Fenster, um sich abzulenken. Die Sonne verschwand hinter dem roten Ziegeldach des gegenüberliegenden Gebäudes. Der Nachmittag brach langsam über den Ort herein. Der ehemalige Klostergarten mit seiner antiken Zisterne lag im Schatten. Die roten Rosen leuchteten intensiv und dunkel zwischen dem grünbraunen Laub. In diesem wunderbaren Garten würden sie nun ganz sicher keine Mahlzeit mehr zu sich nehmen. In diesem Moment war ihr das ziemlich gleichgültig. Als acht Minuten vorüber waren, hielt es Susanna nicht mehr aus und wählte erneut die Nummer des Büros. Beate meldete sich sofort nach dem ersten Klingelton.

«Woher hast du das gewusst?», fragte sie atemlos.

«Ich habe es nicht gewusst, sondern nur vermutet. Also Cosima ist eine alte Kundin von Wagner?»

«Wie alt, kann ich dir nicht sagen, denn die Korrespondenz und die gesamten Unterlagen der Auktionen, die vor 1998 stattgefunden haben, sind im Speicher ausgelagert. Für das Archiv hat nur Wagner den Schlüssel. Ihn danach zu fragen war jetzt keine Zeit.»

«Was hast du herausgefunden?», drängte Susanna, denn sie rechnete jeden Moment damit, dass Ettore zur Tür hereinkam, und dann musste sie das Gespräch sofort beenden.

«Cosima Bettone hat im Herbst 2000 ein barockes Stillleben eingereicht, das hauptsächlich Früchte, Blumen und Gefäße darstellte. Vermutlich stammt es von der Malerfamilie Ciampi oder aus deren Umkreis. Cosima Bettone hat keine Kosten gescheut und auch noch ein italienisches Gutachten beigelegt. Es bestätigt die Echtheit des Gemäldes, das um 1690 entstanden sein soll. Auf einer Röntgenaufnahme, die der Gutachter machen ließ und die er beilegte, erkennt man eine aufgeschnittene Melonenhälfte. Sie wurde übermalt und durch eine antike Pistole ersetzt.»

«Bitte?»

«Ja, ja ... du hast schon richtig gehört. Die Pistole wurde über eine verfaulte Melonenhälfte gemalt. Das ist allerdings noch nicht das Spannendste an der Sache. Dreimal darfst du raten, wer das Gutachten ausgestellt hat.» Beate machte eine Kunstpause.

«Bea ... bitte! Ich habe weder die Zeit noch die Nerven für Ratespielchen.»

«Ist ja gut! Dein geliebter Professore. Andreas von Weisenfels.»

Susanna musste sich am Fensterrahmen festhalten. Wie eine Welle überkam sie die Übelkeit. Sie spürte, wie der Magensaft scharf nach oben drängte.

«He, Sanna, bist du noch dran?»

«Danke, Bea.» Sie schluckte hart. «Ich melde mich!» Dann warf Susanna achtlos ihr Handy aufs Bett und stürzte ins Badezimmer. Zitternd umklammerte sie die Waschschüssel und unterdrückte mit Macht den Brechreiz. Langsam und konzentriert atmete sie durch, schluckte in kurzen Abständen, um den Magensaft nicht hochsteigen zu lassen. Dann drehte sie den Wasserhahn auf und trank aus der hohlen Hand schlückchenweise eiskaltes Leitungswasser. Beates Mitteilung kam einem Schock gleich. Immer wieder Cosima und jetzt auch noch Andreas! Er wäre geradezu prädestiniert dafür, Botschaften zu schicken. Niemand kannte seinen Text besser als er selbst. Mühsam rang sie um ihre Fassung, versuchte sie die zitternden Hände wieder unter Kontrolle zu bringen, als es an ihrer Zimmertür klopfte.

«*Subito*», rief sie, eilte aus dem Bad, packte ihr Handy in die Tasche und öffnete die Zimmertür. Ettore stand davor. Auch er sah blass und mitgenommen aus, schien sich aber wieder unter Kontrolle zu haben. Dennoch merkte sie, dass er immer noch gegen seine Wut ankämpfte. Sie selbst stand unter Schock und wahrte nur mühsam die Haltung. Das durchwühlte Zimmer von Ettore hatte dazu vollkommen ausgereicht, aber die Erwähnung von Andreas hatte ihr den Rest gegeben. Hatte er ihnen etwas vorgemacht und gleichzeitig genau gewusst, um was es wirklich ging? Sie wollte diese Ungeheuerlichkeit nicht glauben. Ihr Verstand wehrte sich gegen diese Einsicht.

«Was ist los mit dir?», fragte Ettore dann auch sofort. «Du bist ja ganz grün im Gesicht.» Er drängte an ihr vorbei. «Ist in deinem Zimmer auch etwas nicht in Ordnung?» An diese Möglichkeit hatte er offenbar bislang nicht gedacht.

«Nein, nein», versuchte Susanna ihn zu beruhigen. «Alles in Ordnung. Ich bin nur erschrocken.» Sie sah ihn an. «Was willst du jetzt machen? Ich würde am liebsten abreisen», fügte sie ehrlich hinzu.

«Möchtest du zurück nach Florenz?», fragte er, aber sie hörte heraus, dass er alles andere als das wollte.

«Was schlägst du stattdessen vor?»

«Ich möchte mit dir reden. Ungestört!» Er schloss die Tür hinter sich. «Zu Hause geht das nicht. Meine Familie würde alles zerreden, Schuldige suchen, Verdächtigungen aussprechen, ohne wirklich nachzudenken. Meine Schwestern sind schon nervös und aufgeschreckt wie junge Hühner. Cosima reagiert grundsätzlich, wenn es um mich geht, hysterisch. Sie und Papa wissen noch gar nichts von dem Porträt. Ich höre ihn förmlich sagen: ‹Was, mein Sohn fürchtet sich vor einem Bild?› Dann würde er mich schief ansehen und schallend zu lachen beginnen. Ich muss damit irgendwie allein klarkommen. Oder sagen wir besser: mit deiner Hilfe. Dich hat der Himmel geschickt! Du bist neutral, wenn es um meine Familie geht.»

Sofort regte sich in Susanna das schlechte Gewissen. Aber was sollte sie ihm sagen? Für eine Beichte war der Augenblick alles andere als günstig.

«Und ich habe Vertrauen zu dir!»

Susannas Gesicht brannte. Musste er das jetzt sagen? Aber er fügte noch leise hinzu: «Ich hätte nie gedacht, dass es für mich jemals wieder eine Frau geben könnte, mit der ich alles besprechen möchte, ohne fürchten zu müssen, ausgenutzt oder, wegen meines Berufs oder meiner Familie, ausgenommen zu werden.»

Sein Blick warb bei Susanna für seine Bitte. Und sie kämpfte mit sich, weil er sie in eine fürchterliche Situation brachte. Sie hatte sich verliebt, aber unter ganz falschen Vorzeichen. Und ihm war es offenbar ähnlich ergangen. Wie sehr hatte sie sich das gewünscht. Wie wenig Hoffnung hatte sie gehabt, dass der Florentiner etwas für sie empfinden könnte. Aber was würde Ettore sagen, wenn er hinter ihr falsches Spiel kam? Sie wollte ihm helfen, aber sie musste dabei doch auch an sich selbst denken. Wie sollte sie unbeschadet aus dieser Zwickmühle herauskommen?

«Wohin möchtest du?», fragte sie tapfer nach, obwohl sie am liebsten auf der Stelle das Weite gesucht und erst einmal über ihre eigene Situation nachgedacht hätte. Aber dazu blieb keine Zeit. Sie ahnte, dass alles, was er ihr jetzt vorschlagen würde, ihren Zeitplan gefährdete. Morgen ging ihr Flugzeug um sechs Uhr abends. Und diesen Flug musste sie unter allen Umständen bekommen. Davor musste sie noch eine Möglichkeit finden, mit Cosima Bettone zu sprechen. Wie sollte sie das anstellen, ohne Ettore misstrauisch zu machen oder gar seinen Zorn zu erregen?

«Darf ich dich entführen?» Sein kleines Lächeln kam zurück. Trotz der prekären Lage und dem Schreck über das verwüstete Zimmer, der auch ihm in den Knochen stecken musste, kam sein Charme zum Vorschein, versuchte er sie, auf eine ganz eigene, entwaffnend natürliche Art zu umgarnen. Was hätte sie tun sollen? Ihm diese verführerische Einladung abschlagen?

«Lass dich überraschen», sagte Ettore. Er holte ihren Koffer aus der Ecke und öffnete die Zimmertür. Die Würfel waren gefallen.

Da offenbar auch die Hotelpagen Siesta hielten, machten sie sich mit ihren Rollkoffern zu Fuß auf den Weg zum Parkplatz des Hotels. Sie gingen eine schmale, steil nach unten abfallende Straße entlang, vorbei an noch geschlossenen Geschäften. Die Gasse war verlassen. Niemand ließ sich blicken. Der Weg führte durch einen Torbogen, der die Häuserfronten miteinander verband. Er eröffnete einen freien Blick auf die weiter unten liegende Stadtmauer und auf einen riesigen Olivenhain, der die umliegenden Hügel bedeckte. Das hohe, strohgelbe Gras zwischen den Baumreihen leuchtete golden im Licht der Nachmittagssonne. Silbrig blitzten die Blätter der Olivenbäume im leichten Wind. Der Ausblick suggerierte eine beschauliche, ländliche Idylle, die Susanna in diesem Moment unerträglich war. Sie empfand sie wie die

Kulisse eines perfiden Spiels, das Unbekannte mit ihnen trieben. Urbino wirkte nach wie vor wie ein verschlafenes, unberührtes Nest aus dem Mittelalter, und gleichzeitig fühlte man sich auf eine beunruhigende Weise in seinen Mauern nicht sicher. Eine alte Frau schaute aus einem vergitterten Fenster und schenkte ihnen ein zahnloses Lächeln. Auf dem Fenstersims saß eine graue Katze und musterte die Fremden aus bernsteinfarbenen Augen. Susanna wünschte sich, der Parkplatz möge nicht mehr weit sein. Ein prickelndes Gefühl im Nacken sagte ihr, dass die beobachtenden Blicke der Frau und ihrer Katze auf sie gerichtet waren.

Schließlich tat sich eine Öffnung in der Häuserreihe auf. Der Hausdurchgang führte in einen gepflasterten Innenhof, in dem zwei Autos parkten: ein metallicblauer Maserati Quattroporte und ein schwarzer Alfa Romeo mit dunkelgetönten Scheiben. Susanna fuhr der Schreck wie ein Messer in die Magengrube. War es möglich, dass eine weitere Katastrophe auf sie in Urbino wartete? Sie eilte auf Ettore zu, der in seiner Hosentasche nach den Autoschlüsseln suchte.

«Dieser Wagen da», Susanna deutete mit einer Kopfbewegung nach rechts, wo der Alfa stand, «verfolgt uns schon seit Tagen. Das musst du doch auch bemerkt haben.»

«Das kann ich ihm auch nur raten!»

«Aber ... wieso?»

«Das sind meine persönlichen Beschützer.» Die Ironie, die in Ettores Stimme mitschwang, ließ Susanna aufhorchen. «Natürlich beschützen sie auch dich, wenn sie nicht gerade irgendwie abgelenkt sind oder etwas Besseres zu tun haben.»

«Du hast Bodyguards?»

«So nennt man diese Clowns wohl.»

«Und weshalb haben sie es dann nicht verhindert, dass dein Hotelzimmer in ein Schlachtfeld verwandelt wurde?»

«Siehst du, das ist genau die Frage, die mir seit einer halben Stunde im Kopf herumspukt und die ich jetzt gleich stellen werde.»

Ettore wuchtete die Gepäckstücke in den Kofferraum und ließ den Deckel dann mit einem leisen Klick ins Schloss fallen. Mit wenigen Schritten erreichte er den Alfa und riss die Fahrertür auf. Drinnen saß ein großer Mann hinter dem Lenkrad, den Kopf auf die Nackenstütze gelegt, und schlief. Ettore fasste ihn an der Schulter und schüttelte ihn.

«He, Francesco, wach auf, es brennt!»

«Signor Lanzi, *scusi*. Fahren wir weiter?» Mühsam rappelte er sich hoch, griff nach seiner Chauffeurskappe, die er auf dem Beifahrersitz abgelegt hatte, und kletterte aus dem Wagen.

«Mach dir keine Mühe», herrschte ihn Ettore an. «Du fährst zurück nach Florenz, verstanden! Ich will dich nicht mehr im Rückspiegel sehen.»

«Aber, Signore, was wird die Signora sagen, ich habe doch einen Auftrag?»

«Steck dir deinen Auftrag an den Hut! Wo warst du denn heute Mittag, als irgendjemand mein Hotelzimmer auf den Kopf gestellt hat? Hast du da auch geschlafen? Oder in einer Bar einer jungen Touristin schöne Augen gemacht?»

«Ich habe auf Ihr Auto aufgepasst, Signor Lanzi!» Selbstgefällig grinste er Ettore an.

«Na, wunderbar. Ab sofort passe ich selbst auf mein Auto auf. Du kannst Massimo ausrichten, wenn du ihn wieder einmal triffst, dass ihr beide euch besser nach einer neuen Arbeit umseht. Ich werde Signora Bettone unmissverständlich klarmachen, dass ich eure Dienste weder benötige noch weiter dulden werden. Ist das klar?»

Susanna sah Ettore völlig entgeistert an. Das konnte doch nicht wahr sein! Jedes Mal, wenn es hart auf hart ging, fiel Cosimas Name.

«Sieh zu, dass du Land gewinnst, Francesco. Dein Ausflug endet hier! Du fährst den Alfa in die Garage und gibst bei Teresa die Schlüssel ab. Weder dich noch Massimo will ich jemals wieder in meiner Nähe oder in der Nähe meiner Häuser oder Läden sehen. Capito?»

Ein verschlagenes, hinterhältiges Lächeln huschte über das Gesicht des sogenannten Chauffeurs. Man sah ihm förmlich an, was er dachte: Da warten wir doch erst einmal ab, was die Signora dazu sagt. Du hast doch hier überhaupt nichts zu melden.

Ettore war das Lächeln allerdings nicht entgangen. «Freu dich nicht zu früh, Francesco. Die Sache wird ein Nachspiel haben. Du bist von der Dame an der Rezeption gesehen worden. Sie hat eine ziemlich genaue Beschreibung eines Mannes abgegeben, der steif und fest behauptet hat, ich hätte ihn gebeten, einen Aktenkoffer im Zimmer abzustellen. Die Dame hält sich an die Vorschriften. Auf legalem Weg bist du jedenfalls nicht in mein Zimmer gelangt. Aber vielleicht hast du es ja über den Hof versucht.»

Unvermittelt packte Ettore den verdutzt dreinschauenden Francesco am Revers seines schwarzen Anzugs und zog ihn zu sich heran. Die beiden Männer maßen sich mit Blicken, die Susanna einen Schauer über den Rücken jagten. Unwillkürlich trat sie ein paar Schritte zurück. Sie zweifelte keine Sekunde daran, dass Francesco nicht nur Auto fahren, sondern im Notfall auch gut zuschlagen konnte.

«Ich habe keine Ahnung, wovon Sie sprechen, Signore.»

«Das glaube ich dir gern.» Kurz zog Ettore nochmal an dem Revers, dann gab er Francesco mit Schwung frei. Dieser taumelte rückwärts und stieß unsanft mit dem Chassis des Wagens zusammen. «Sieh zu, dass du verschwindest. Und bestelle Cosima einen schönen Gruß von mir!»

Francesco ließ sich das nicht zweimal sagen. Er stieg in den Alfa und fuhr mit aufheulendem Motor auf die Gasse hinaus. Ettore sah ihm nach und stieß einen Fluch aus, den Susanna nicht verstand.

«Entschuldige! Ich weiß gar nicht, was in mich gefahren ist. Normalerweise neige ich nicht zu unkontrollierten Zornausbrüchen, aber diese Kerle gehen mir fürchterlich auf die Nerven. Keine Ahnung, was Cosima für die beiden Armleuchter monatlich bezahlt! Es ist schade um jede Lira!»

Er nahm Susanna am Arm, als wäre sie nicht in der Lage, selbst zu laufen, und öffnete die Beifahrertür des Maserati.

«Komm, lass uns endlich fahren. Es ist spät. Am besten, wir vergessen die Sache so schnell wie möglich.»

Ungläubig schaute Susanna in sein Gesicht. Er meinte doch nicht wirklich, was er da sagte? Wie sollte sie das alles vergessen? Sie war weder naiv noch blind oder taub. Ob er das nun schätzte oder nicht, sie machte sich Gedanken, und er würde sich bald einige Fragen über Cosima Bettone und seine Familie gefallen lassen müssen. Sie war sicher, diese Form der Einmischung würde er nicht besonders schätzen. Wie sollte sie es bei all dieser immer offensichtlicher werdenden Bedrohung fertigbringen, sich unvoreingenommen auf einen romantischen Hotelaufenthalt zu freuen? Hielt er sie wirklich für so dumm und oberflächlich?

XII.

Locanda Alda Rosa

Susanna schwieg und starrte wie betäubt zum Fenster hinaus. Bäume, Sträucher, Hügel, unterschiedliche Landschaften zogen vorbei, ohne dass sie auch nur irgendetwas hätte mit Namen benennen können. Small Talk während der Autofahrt war nicht Ettores Sache. Das hatte sie mittlerweile begriffen. Und ein ernsthaftes Gespräch hatte er mit seiner Bitte, alles möglichst rasch zu vergessen, unterbunden. Allerdings brütete er finster vor sich hin und bewies, wie wenig er in der Lage war, sich selbst an seine Vorgaben zu halten. Sie wagte es nicht, an den Vorkommnissen im Hotel oder auf dem Parkplatz zu rühren, und machte keinen Versuch, ihm das Ziel ihrer Reise zu entlocken. Es sollte ja eine Überraschung sein, sie sollte ja «entführt» werden. Die Freude über diese Art von Abenteuer unter Verliebten war ihr inzwischen gründlich vergangen. Doch ihr blieb nichts anderes übrig, als sich in Geduld zu üben.

Ettore fuhr nicht zurück zur Autobahn, sondern wählte die Bundesstraße Richtung Westen, die durch kleine Orte, hügelige, manchmal fast alpine Landstriche führte. Susanna las Ortsnamen, die sie noch nie gehört hatte, und bekam erst eine Vorstellung, wo sie sich ungefähr befanden, als ein Wegweiser nach Borgo Sansepolcro führte. Es ging also wieder ins Tibertal und von den Marken zurück in die Toskana. Die Straße war wenig befahren, und sie kamen trotz der gewundenen Streckenführung zügig voran. Immer wieder sah sie auf die Uhr, und nach knapp drei Stunden fuhren sie durch Sinalunga. Wieder einmal parkte Ettore am Straßenrand. Diesmal schaltete er sein Navigationssystem aus. Offenbar kannte er die Gegend. Lächelnd sah er zu ihr hinüber. Es war das erste Mal, seit sie in Urbino aufgebrochen waren.

«Ich sterbe vor Hunger. Ich verspreche dir, du wirst heute das beste Abendessen seit langem bekommen. Vielleicht sogar das beste, an das du dich überhaupt erinnern kannst. Und du wirst den nettesten Hotelier kennenlernen, den man sich nur denken kann.» Er beugte sich Susanna entgegen und nahm behutsam ihren Kopf in seine Hände. «Ich würde viel darum geben, wenn ich dir auch einen ruhigen, wunderschönen Abend versprechen könnte. Aber ich bin vorsichtig geworden. Und ich vermute, du würdest mir auch nicht glauben.»

Er ließ sie los und manövrierte den Wagen auf die Straße zurück. Es ging ein paarmal links und rechts, und dann, nach einem kurzen Stück auf der Staatsstraße, las Susanna das Schild «Locanda Alda Rosa». Der Maserati bog in eine lange, ungeteerte Zypressenallee ein, deren Ende zunächst gar nicht zu sehen war. Die Sonne schickte letzte rotgoldene Strahlen über ein ausgedörrtes Sonnenblumenfeld, das sich neben der Allee erstreckte. Die Zypressen stachen dunkel in den rötlichen Abendhimmel. Schleierwolken in leuchtenden Grau- und Rosétönen verliefen mit dem violettroten Horizont, dort, wo die Sonne bald untergehen würde. Schließlich öffnete sich die Allee auf ein riesiges Gehöft zu, das aus mehreren Gebäudeteilen bestand, die ziegelrot gedeckt behäbig in einer weiten Senke standen. Auf dem Parkplatz reihten sich die Luxuskarossen der teuren Automarken einträchtig nebeneinander.

Völlig steif vom langen Sitzen stieg Susanna aus dem Wagen. Warme Herbstluft, ein leichter Wind aus Süden und der Duft nach vertrockneten Kräutern und Gras waren ein mehr als angenehmer Willkommensgruß. Über dem ganzen Besitz lag eine Ruhe und Beschaulichkeit, wie sie es bei der Menge von parkenden Autos gar nicht vermutet hätte. Zikaden zirpten. Sie saßen in den noch dichtbelaubten und saftig grünen Walnussbäumen, die am Rande des Parkplatzes in einer Dreiergruppe standen. Tief sog Susanna die Luft ein, als hätte sie den ganzen Tag über zu wenig davon abbekommen. Es war wie eine Art Befreiung von der Last der Ereignisse, die ihr beklemmend auf der Brust lagen. Nur zu gern wollte sie den Versprechungen Ettores glauben. Im Moment reichte es ihr völlig, wenn sich der Aufenthalt einfach ohne böse Überraschungen gestaltete. Sie ahnte, dass Ettore sie in eines der besten Landhotels, die die Toskana zu bieten hatte, entführte. Die mit alten Backsteinen gemauerten ehemaligen Stallungen und Scheunen waren geradezu mustergültig instand gesetzt. Als sie durch das Eingangstor den Innenhof betraten, zauberte indirekte Beleuchtung Lichtspiele auf die alten Gemäuer. Vor den Rundbogen einer umlaufenden Galerie hingen üppig bepflanzte Tröge mit rosa- und rotblühenden Geranien. An den Wänden rankten sich Rosen meterhoch empor und verströmten einen wunderbar süßen, schweren Duft. In hohen Terrakotta-Töpfen wuchsen Zitronen- und zapfenförmig zugeschnittene Buchsbäume. Die Rasenflächen vor den Gebäuden waren frisch gestutzt und makellos. Am anderen Ende des Platzes erhob sich die schmale Fassade der hofeigenen Kapelle. Susanna konnte sich gut vorstellen, dass man in dieser Anlage gerne Hochzeiten feierte.

Ettore ging voraus und betrat durch eine offenstehende, breite Glastür ein ehemaliges Gewölbe, aus Ziegelsteinen grob gemauert. Der etwas rustikale Eindruck wurde durch echte Teppiche auf versiegeltem Cottoboden und mit Gobelinstoff überzogene Polstersessel und Diwane mehr als wettgemacht. Lobby und Rezeption des Hotels präsentierten sich mit edlen Stoffen und dunklen Hölzern elegant und gemütlich. Der Raum mit seinem niedrigen Gewölbe aus grobverputzten alten Backsteinen strahlte Wärme und Behaglichkeit aus.

Hinter dem Tresen der Rezeption stand ein etwas korpulenter Mann. Er trug einen dunkelblauen Anzug und ein weißes Hemd mit aprikotfarbener Seidenkrawatte. Sein Haar war schon etwas schütter und an den Schläfen silbrig ergraut. Aber er strahlte die Souveränität eines erfolgreichen Hoteliers aus und zeigte dabei eine offene, heitere Miene, die Susanna sofort für ihn einnahm. Als er Ettore erkannte, fingen seine fast schwarzen Augen zu strahlen an. Mit offenen Armen stürzte er auf ihn zu und umarmte ihn mit der vollen Wucht seiner breiten Brust.

«Etto, finalmente. Wie freue ich mich, dich endlich wieder bei uns zu sehen. Du warst eine Ewigkeit nicht hier. Ich habe schon geglaubt, du hast deine Verwandten völlig vergessen.» Er gab Ettore frei und schaute ihn prüfend wie ein Vater an, der seinen Sohn nach Monaten endlich wiedersieht.

«Du siehst nicht gut aus, wenn ich das so sagen darf! Du arbeitest zu viel, mein Lieber, und gönnst dir zu wenig vom

Leben. Ich werde dafür sorgen, dass du zumindest heute Abend nicht mehr ans Geschäft denkst.» Sein Blick fiel auf Susanna, und sein Lächeln vertiefte sich noch mehr.

«Entschuldigen Sie bitte, Signorina, ich bin sehr unhöflich. Sono Alvise. Alvise Casaglieri, der Lieblingscousin von Ettore, wenn er das auch meistens vergisst.» Er lachte laut.

«Darf ich dir Susanna vorstellen», mischte sich nun Ettore ein, «eine Freundin aus München.»

«So, so, eine Freundin aus München.» Dabei machte Alvise mit der rechten Hand schnelle kreisende Bewegungen. «Sie ist sehr schön *e molto simpatica*», flüsterte er nicht gerade leise. «Ich bin sehr froh, dass du nicht mehr allein bist. Das ist doch kein Leben für einen Mann. Immer nur Arbeit. Das ist ungesund!»

«Pass auf», sagte Ettore und lachte nun auch, «lass dich nicht täuschen. Sie ist zwar eine Deutsche, spricht aber perfekt Italienisch. Sie versteht jedes Wort.»

Mit gespieltem Entsetzen schlug sich Alvise mit der linken Hand vor den Mund und sagte dann: «Ist das wahr? Wie schrecklich!» Dann lachte er erneut laut und herzlich. «Kommt, lasst uns dort hinten in der Ecke erst einmal etwas trinken. Schließlich müssen wir euren Besuch doch gebührend feiern. Und noch habe ich etwas Zeit, bevor das Abendessen beginnt.»

Er rief einen Kellner herbei, bestellte eine Flasche Champagner und führte Susanna und Ettore zur hintersten Sitzgruppe der Lounge. Dort konnten sie ungestört plaudern und dabei alle Leute gut beobachten. Die übrigen Gäste kamen bereits in Anzug und eleganten Kleidern und Kostümen an die Bar, um einen Cocktail oder Aperitif vor dem Abendessen einzunehmen. Gedämpfte Musik und leise

Unterhaltung füllten die niedrigen Gewölbe. Susanna ließ sich in die weichgepolsterte Couch sinken. Zum ersten Mal an diesem Tag fühlte sie sich rundum wohl. Sie merkte, wie sich ihr Körper entspannte, wie sie gelöst in den Polstern saß. Ettore setzte sich neben sie und legte den Arm hinter ihr auf die Couchlehne, wobei seine Brust ihre linke Schulter berührte. Seine Körpersprache zeigte deutlich, dass sie zusammengehörten, und das machte sie glücklich. Sie würde von diesen kleinen Augenblicken in Zukunft zehren. Ihr war schmerzlich bewusst, wie fragil und wie kurz dieses Glück war.

Alvise entkorkte den Champagner, den sein Kellner gebracht hatte, und füllte die herbeigeschafften Flöten. Sie stießen an.

«Salute, liebe Freunde, ich hoffe auf zahlreiche Besuche von euch.» Alvise füllte seinen Sessel voll aus. Er saß ihnen gegenüber und wirkte völlig mit sich im Reinen. Seine flinken Augen musterten Ettore und Susanna, und ein beifälliges Lächeln lag auf seinem breiten Gesicht. Er freute sich und machte keinen Hehl daraus.

«Wie lange ist es her, dass wir hier deinen dreißigsten Geburtstag gefeiert haben? Sechs Jahre, kann das sein?», fragte er Ettore. «Seit damals bist du nicht mehr hier gewesen. Eine Schande ist das. Es hat sich viel geändert. Ich habe mächtig umgebaut und renoviert. Ihr bekommt meine beste Suite. Du wirst staunen!» Sein ganzer Stolz sprach aus diesen Worten. «Wie geht es Cosima?»

«Wie soll es ihr gehen bei uns in der Familie?», ging Ettore auf den Plauderton ein. «Sie beschäftigt Papa und verhindert, dass er sich alt und grau fühlt.»

Alvise lachte. «Sie ist ein Schatz, sie ist wunderschön, aber verdammt anstrengend.» Er schüttelte den Kopf. «Ich würde es keinen Tag mit ihr aushalten.»

Beide Männer prosteten sich zu. Sie waren sich einig.

«Kein Vergleich zu deiner Mutter, Etto, sie ist einfach unersetzlich für uns alle.» Unvermittelt wurde Alvise ernst. «Du weißt, ich habe *zia* Adriana sehr gemocht. Alle Kinder haben sie geliebt. Nie werde ich unsere Sommerferien bei euch auf dem Gut in Radda in Chianti vergessen.»

Susanna merkte, wie Ettore beim Namen seiner Mutter kurz zusammenzuckte. Aber sie fand es richtig, dass Alvise so frank und frei von ihr sprach. Schließlich wurden auch geliebte Tote nur durch die gelebte Erinnerung unvergesslich. Sie war froh, dass Ettore nichts unternahm, um den Redefluss seines Cousins zu stoppen.

«Es war eine Idylle, ein Geschenk, bei euch zu wohnen und mit Adriana unbeschwerte, ja ausgelassene Tage zu verbringen. Erinnerst du dich noch an die Indianerspiele, die sie organisiert hat? Sie ließ richtige Zelte kommen. Mit Nonno Aldo malten wir Baumstämme an und stellten sie als Marterpfähle auf. Adriana nähte Kostüme mit uns und färbte Taubenfedern ein. Einen ganzen Sommer waren wir damit beschäftigt, hinter der Villa ein Indianerdorf aufzubauen. Und abends haben wir uns gegenseitig Karl May vorgelesen.» Alvises Augen glänzten nun doch verräterisch. Es war ihm anzusehen, noch heute war er mit Leib und Seele dabei. «Und alle waren sie da: deine Schwestern, mein Bruder Bruno und Maddalena, die Tochter von Adrianas Bruder Fabrizio. Kannst du dich noch an Cesare Russo erinnern, als er unbedingt Häuptling werden wollte und Carlo ihn mit einem Kinnhaken auf den Rasen streckte, weil er natürlich diese Rolle für sich in Anspruch nahm?»

Die Ruhe war dahin. Das Gefühl der Sicherheit und Entspannung hatte sich bereits wieder verflüchtigt. Fast atemlos fragte Susanna nach: «Carlo Sabrini?»

Überrascht sah Alvise sie an, und dann lachte er los: «Es ist doch nicht möglich. Sogar bis München reicht sein Ruf. Kein Wunder, dass die arme Elisabetta vor Eifersucht fast wahnsinnig wird.»

Ettore hob abwehrend die Hand. «No, no! Susanna ist mit Elisabetta befreundet. Sie haben zusammen in Florenz Kunstgeschichte studiert.» Es lag ihm wohl viel daran, dieses Missverständnis sofort aufzuklären. Susanna konnte sich denken, dass er nicht den Eindruck erwecken wollte, für ihn blieben nur noch die abgelegten Freundinnen von Carlo Sabrini über.

«Was macht Carlo, wenn er nicht gerade eine neue Flamme ausführt?»

«Er treibt den Stadtkämmerer in den Wahnsinn, weil das Kulturbudget, das er sich jährlich buchstäblich ergaunert, alle vertretbaren Dimensionen sprengt. Alle dachten eigentlich, er habe die Stiftung zur Förderung der Kunst und Kultur der Stadt Florenz ins Leben gerufen, um die Stadtkasse zu entlasten. Aber von den Wohltaten dieser Stiftung macht sich wenig bemerkbar. Mich interessiert das alles auch nicht besonders, wenn ich ehrlich bin. Er stellt der Juweliersgilde klaglos und für ein unanständig hohes Honorar zweimal im Jahr den Palazzo Pitti für Präsentationen zur Verfügung, aber das ist so ziemlich der einzige Kontakt, den ich zu ihm habe. Wenn wir uns nicht zufällig auf einer Einladung begegnen. Aber du kennst mich ja, für sinnloses Herumstehen auf sogenannten angesagten Partys fehlt mir jegliches Verständnis.»

«Wie haben Sie diesen Einsiedler eigentlich kennengelernt, Susanna?»

«Wir sind uns in den Uffizien über den Weg gelaufen», gab Ettore ausweichend Antwort. Susanna begriff, er würde über seine momentanen Probleme und Ängste nicht mit Alvise sprechen.

«Apropos Uffizien.» Alvise füllte alle Gläser nochmals voll und lachte schon wieder. Eine weitere Erinnerung schien ihn offenbar zu amüsieren. «Was ist eigentlich aus diesem Schinken, dieser unglaublichen Scheußlichkeit geworden, die du zu deinem Geburtstag geschenkt bekommen hast?» Er lachte über das ganze Gesicht und sah Ettore erwartungsvoll an.

«Welchen Schinken?»

«Es kann doch nicht sein, dass du dieses Stillleben, dieses Monstrum von einem Ölgemälde vergessen hast. Sie müssen wissen, Susanna, irgend so ein Scherzbold hat Ettore zum dreißigsten Geburtstag ein Ölgemälde von enormen Ausmaßen in einem goldenen Barockrahmen geschenkt. Hast du eigentlich je erfahren, wer diese Geschmacklosigkeit verbrochen hat?»

Ettore schüttelte den Kopf und lachte jetzt auch. «Nein. Keine Ahnung. Ich erinnere mich noch an einen Lieferwagen, der hier in den Innenhof fuhr. Drei livrierte Diener haben das Gemälde aus dem Wagen gehoben und auf einer mitgebrachten Staffelei aufgestellt. Das war's. Kein Glückwunschschreiben, keine Karte, einfach nichts.»

«Und? ... Hast du das Bild noch?»

«Bist du verrückt?»

«Die Wände in deinem Palazzo sind doch groß genug dafür? Teresa hätte ihre helle Freude daran. Endlich wieder ein altes Stück im Haus.» Alvise lachte, bis ihm die Tränen kamen.

«Gott sei Dank wurde Cosima wenige Wochen nach meinem Geburtstag auf eine Benefizgala eingeladen. Dort brauchte man dringend wertvolle Gegenstände zum Versteigern. So hat das Stillleben noch einem guten Zweck gedient, und ich war es wieder los!»

Ein Kellner näherte sich der Sitzgruppe und flüsterte Alvise einige Worte ins Ohr.

«Ja, ja ... ich komme gleich.» Alvise sah auf seine goldene Uhr und erschrak ein bisschen. Er hielt den Kellner am Ärmel fest, damit er nicht sofort wieder verschwand. Zu Ettore und Susanna sagte er: «Es tut mir leid, die Pflicht ruft. Das Abendessen beginnt in wenigen Minuten. Eure Koffer sind inzwischen sicher schon oben in der Suite. Fausto hier kümmert sich um euch und zeigt euch den Weg. Es hat keine Eile mit dem Essen. Ihr kommt einfach, wenn ihr so weit seid.» Er zwinkerte den beiden verschwörerisch zu und erhob sich aus dem Sessel.

Ettore stand ebenfalls auf, und Susanna folgte ihm wie betäubt. Immer wieder tauchten die gleichen Namen auf, traten Ereignisse ein, die nur scheinbar einen normalen Verlauf genommen hatten. Gefahr lag in der Luft, ohne dass Susanna sie genau hätte bestimmen können. Die Spur des Ölgemäldes, von dem Beate vor wenigen Stunden erst berichtet hatte, führte erneut über Cosima zu Ettore. Und an der Reaktion der Cousins war abzulesen, dass die beiden völlig ahnungslos waren, dass sie das Bild lediglich für einen schlechten Scherz hielten. Sie war fast sicher: Das Stillleben hatte schon vor sechs Jahren eine Botschaft enthalten, die Ettore nicht erkannt hatte. War es damals bereits eine Morddrohung gewesen? Weshalb malte jemand eine Pistole über eine Melonenhälfte? Warum die ganze Mühe? Das Gemälde wurde dadurch nicht wertvoller. Entgegen Ettores Hoffnung, ihr einen ruhigen und schönen Abend zu schenken, würde sie vorsichtig das Gespräch auf dieses Bild lenken müssen. Keine wirklich guten Aussichten für ein romantisches Dinner zu zweit.

XIII.

Il Stiletto

C*ara ...!*» Ettore beugte sich nach vorne und schaute Susanna liebevoll ins Gesicht. «Hey, was ist los mit dir? Gefällt es dir hier nicht?» Natürlich war es ein Scherz. Amüsiert musterte er sie über den Tisch hinweg. Sie saßen ungestört in einer Nische des Restaurants. Feine Tischwäsche, wertvolle Gläser, Silberbesteck, Kerzenlicht und ein Arrangement aus Rosen unterstrichen die Exklusivität und Liebe, mit der Alvise seine Gäste verwöhnte.

Seit sie in der Locanda angekommen waren, hatte sich Ettores Laune sprunghaft verbessert. Er wirkte entspannt, gelöst fast und heiter. Vielleicht lag es an Alvise und seiner herzerfrischenden Art, an seinem Humor, der keine Depression zu kennen schien und dem Cousin mehr als nur guttat.

«Susanna, bitte, mach dir nicht so viele Gedanken!» Er griff nach ihrer Hand, die eine Damastserviette umklammert hielt und das mühevolle Werk einer Bügelmaschine ruinierte. «Versuch dich zu entspannen und den Abend zu genießen. Es ist mit Abstand das Beste, was ich dir in der Toskana bieten kann.»

Nichts täte ich lieber, dachte Susanna verzweifelt. Ihre geheimsten Wünsche waren wahr geworden. Sie saß hier zusammen mit ihm an diesem wunderschön gedeckten Tisch und wartete vermutlich auf ein Essen, das Sternequalität hatte. Aber weder die Erinnerungen Alvises noch die Luxussuite, die er ihnen gegeben hatte, waren dazu angetan, ihre Nerven zu beruhigen. Sie wusste nicht, was sie mehr verstörte – die Geschichte mit dem neuerlich aufgetauchten Bild oder das Häuschen, das Alvise ihnen zugedacht hatte. Über zwei Stockwerke verteilt bewohnten sie einen Salon, ein Kaminzimmer und jeder ein elegantes Schlafzimmer mit dazugehörigem Marmorbad. Von einem riesigen, überdachten Balkon ganz zu schweigen, von dem sie einen wunderbaren Blick auf einen saftig grünen Weinberg, auf Rosmarinbüsche und eine blaublühende Hortensienhecke hatten.

Geradezu verschämt und in höchster Eile hatte sie sich für das Abendessen zurechtgemacht. Peinlich darauf bedacht, von Ettore nicht beim Umkleiden überrascht zu werden. Als sie seine Dusche plätschern und kurz darauf das Summen seines Rasierapparats durch die geschlossene Badezimmertür hörte, hatte ihr Herz schon einige Takte schneller geschlagen. Ihre Phantasie war ein wenig mit ihr durchgegangen. Und jetzt saß er ihr gegenüber, im dunkelblauen Anzug und mit dem unvermeidlichen weißen Hemd, das er am Kragen offen trug. Er sah so verführerisch gut aus, dass sie es kaum wagte, ihn wirklich richtig anzusehen. Halbverdeckt durch die Speisekarte, riskierte sie immer wieder einen vorsichtigen Blick über den Tisch. Sein Gesicht war zum ersten Mal, seit sie ihn kennengelernt hatte, entspannt und weniger ernst. Seine Augen ruhten auf ihr mit einer Wärme und einer Besorgnis, die sie befangen machten.

Dabei wollte und musste sie ihn so viele Dinge fragen, die alles andere als angenehm waren und mit Sicherheit die wunderbare Stimmung dieses Abends zerstören würden. Dieses Wissen allein reichte aus, um sie verstummen zu lassen. Hilflos fühlte sie sich - ihren Gefühlen, die um ihn und den Gedanken, die um das Jünglingsbild kreisten, ausgeliefert. Es war ein Zwiespalt, der ihr die Kehle zuschnürte. Unter ihrem silbergrauen Etuikleid brach ihr kalter Schweiß aus, der ihr in kleinen Rinnsalen über den Rücken lief. Sie spürte die Klimaanlage des Restaurants wie einen kalten Windhauch auf den bloßen Armen. Eine Gänsehaut bildete sich auf der feuchten Haut.

Ettores wacher Blick sah es. Mit einer ruhigen Geste nahm er ihr die Speisenkarte aus der Hand, die sie ohnehin nicht wirklich brauchte, weil Alvise das Dinner für sie auswählte. Forschend fragte er: «Susanna, wovor hast du Angst? Oder ist dir einfach nur kalt?» Er führte ihre Hand an seine Lippen und drückte ihr einen warmen Kuss auf die Innenfläche. Es war kein probates Mittel, um Susannas Gänsehaut zu vertreiben.

«Scusi, Signori!» Fausto, Alvises Kellner, tauchte am Tisch auf und brachte die Amuse-Geules: gegrillte Jakobsmuscheln auf Friséesalat mit gebratenen Croûtons und roten Pfefferkörnern. Ettore gab Susannas Hand frei, damit Fausto servieren und aus einer bereitgestellten Weißweinflasche ihre Gläser füllen konnte.

«Buon appetito, Signori!» Diskret zog sich der Kellner zurück.

Ettore reichte Susanna ein silbernes Brotkörbchen, in dem auf einer weißen Leinenserviette daumendicke, noch lauwarme *grissini* lagen. Sie nahm sich eines und biss hinein, obwohl ihr der Hals immer noch eng war und sie eigentlich überhaupt keinen Hunger verspürte – so nervös war sie inzwischen. Aber das Salzgebäck schmeckte köstlich nach Olivenöl und Thymian. Ettore hob sein Weinglas und prostete ihr zu.

«Auf ein wunderschönes, erholsames Wochenende. Ich glaube, das haben wir beide uns mehr als verdient.» Sein Lächeln war bezwingend. Aber der Schreck, der ihr bei seinen Worten in die Glieder fuhr, löste endlich die Starre, die sich wie eine zweite Haut um sie gelegt hatte.

«Ich fürchte, das geht nicht», sagte sie langsam. «Mein Flug geht morgen um sechs Uhr abends zurück nach München.»

«Warum hast du mir das nicht gesagt?»

«Du hast mich nicht danach gefragt. Und bis vor wenigen Stunden habe ich auch nicht wirklich geahnt, was du vorhast. Es sollte ja eine Überraschung werden. Sei versichert, die ist dir gelungen.» Sie versuchte ein entschuldigendes Lächeln. Die Enttäuschung auf seinem Gesicht tat ihr körperlich weh.

«Es tut mir furchtbar leid, Ettore, aber ich muss am Montag meinen Artikel abgeben.» Wie von selbst ging ihr diese Lüge über die Lippen. «Und, wie du dir sicher denken kannst, habe ich noch keine Zeile geschrieben. Solange ich mit dir zusammen bin, werde ich auch keine schreiben», fügte sie leise hinzu. «Und solange du in meiner Nähe bist, ist mein Kopf nicht frei für die Bedürfnisse deutscher Touristen.» Es sollte ein Scherz sein, aber sie fühlte, wie ihr dabei die Hitze in die Wangen stieg.

«Du weißt natürlich am besten, was du tun musst.» Er war verstimmt und beleidigt, dass sie seine Überraschung auf diese Weise zunichtemachte. Susanna verstand ihn zwar, gleichzeitig nahm sie es ihm aber auch übel. Er hatte einfach über ihren Kopf hinweg entschieden. Andreas hatte das mit ihr gemacht, Jochen lebte überhaupt nur nach dieser Devise. Vielleicht war es an der Zeit, dieses Selbstverständnis, das Männer im Umgang mit ihr an den Tag legten, zu durchbrechen.

Was Heribert Wagner anlangte, blieb ihr jedoch keine andere Wahl. Er bekäme einen Tobsuchtsanfall, wenn sie nicht am Sonntagmorgen im Auktionshaus auftauchte.

Ettore hatte inzwischen die kleine Vorspeise des Hauses gegessen und sah ihr schweigend zu, wie sie die letzten, sperrigen Salatblätter in den Mund schob. Unter seinem bohrenden Blick zu essen fiel Susanna nicht leicht. Doch sein gekränktes Schweigen half ihr andererseits, ihre Selbstsicherheit zurückzugewinnen.

«Erinnerst du dich noch», sagte sie deshalb forsch und tat so, als würde sie seine Verstimmung nicht bemerken, «dass ich dich heute im Palazzo Ducale gefragt habe, ob du schon einmal ein Bild geschenkt bekommen hast?»

Fragend sah Ettore sie an. «Ja ... und?»

«Nun, Alvise hat doch von dem Geburtstagsgeschenk erzählt, das du offenbar bekommen hast.»

Ettore lachte auf. «Dieses Bild war eine ausgemachte Geschmacklosigkeit. Ein Monstrum! Ein schlechter Scherz! Wir haben uns damals alle sehr darüber amüsiert. Jeder gab Mutmaßungen ab, wo ich dieses Schmuckstück in meiner Wohnung aufhängen würde. Du hast ja Alvise gehört. Es hat so einen Eindruck auf ihn gemacht, dass er es im Gegensatz zu mir noch nicht vergessen hat. Aber Alvise liebt solche

Geschichten. Wenn ich es nicht besser wüsste, müsste ich annehmen, das Bild war seine Idee.» Er überlegte einen Augenblick und lachte dann richtig los. «Vielleicht war es das wirklich? Ich muss ihn später unbedingt nochmal danach fragen.»

Susanna bezweifelte sehr, dass Alvise dahintersteckte. Aber sie ging nicht näher auf Ettores Vermutung ein.

«Und ist danach etwas passiert? Hast du eine Drohung bekommen? Hast du damals vielleicht schon das Gefühl gehabt, jemand will dir etwas Böses?» Verzweifelt suchte sie nach neutralen Formulierungen. Sie wollte das Wort Brudermord gar nicht mehr in den Mund nehmen, obwohl es um nichts anderes ging.

Ettore wurde blass. Mit einer flüchtigen Geste legte er seine rechte Hand auf die linke Brustseite, dort, wo unter der Anzugjacke das Herz schlug. Als sie sich vorhin an den Tisch setzten, hatte er die gleiche Handbewegung gemacht. Susanna war beunruhigt. Hatte er Schmerzen? Tat ihm das Herz weh? Er lehnte sich in seinem Stuhl zurück und schickte Fausto, der mit gefüllten Tellern auf ihren Tisch zukam, mit einer kleinen Handbewegung zurück.

«Ja, es ist damals etwas passiert. Aber es hatte nichts, aber rein gar nichts mit dem Bild zu tun.» Er nahm seine Brille ab und strich sich mit der freien Hand über die Stirn. Entschlossen schob er den geleerten Vorspeisenteller zur Seite und verschränkte seine Finger fest ineinander. Als er wieder aufschaute, waren seine nussbraunen Augen fast schwarz. Er legte die Stirn in Falten und konzentrierte seinen Blick auf einen Punkt hinter Susannas Rücken.

«Leider ist das, was mir damals im Jahr meines dreißigsten Geburtstags widerfahren ist, nicht mit drei Worten erzählt.

Ich muss ein paar Jahre früher anfangen, damit du verstehst, wie die Ereignisse mein Leben für immer verändert, aus mir einen anderen Menschen gemacht haben.»

Susanna hielt unwillkürlich den Atem an. Es lag doch alles mindestens sechs Jahre zurück. Aber sie fürchtete, dass etwas seinen Anfang genommen und noch kein Ende gefunden hatte.

«Beim Abendessen gestern habe ich dir erzählt, dass ich 1996 nach New York gegangen bin, um bei einem befreundeten Juwelier eine Art Praktikum zu machen und anschließend auf einer der privaten Akademien Design zu studieren. Es war eine wunderbare, unbeschwerte Zeit. Ich habe viel gelernt über Design, über Schmucksteine und über Menschen und ihre Vorlieben. Die Philosophie, der Kunde ist das Maß aller Dinge, wurde dort propagiert. Während hier sehr oft der Juwelier, Schneider oder Kürschner glaubt, er wisse genau, was seine Kunden möchten, und entsprechend anmaßend auftritt, fragten die Lehrer an der Akademie danach, was sich der Kunde vorstellt. Das Design wird vom Kunden bestimmt und nicht umgekehrt. Der Freund unserer Familie beschäftigte damals eine Goldschmiedin, die den sechsten Sinn für Kundinnen und ihre Extravaganzen hatte. Sie war einfühlsam, sehr zurückhaltend im Gespräch, aber sensibel genug, um dem Wunsch einer Kundin nachzuspüren und entsprechend passende Entwürfe zu machen. Sie hieß Daniela Strega und kam aus Mailand. Sie war nicht nur besonders liebenswert, sie war auch wunderschön. Zum ersten Mal in meinem Leben habe ich mich restlos, mit Haut und Haar verliebt. Ich war machtlos gegen dieses Gefühl, und ihr ging es genauso. Wir verlebten zwei glückliche, herrliche Jahre in New York. Ohne die scharfen Augen ihres Vaters, ohne die eifersüchtigen Blicke meiner Mutter, ohne Ermahnungen an überholte Familientraditionen, die uns von Kindesbeinen einbläuten, dass man sich nicht mit anderem Blut als mit florentinischem oder mailändischem vermischte.»

Ettore sah Susanna an, und sein Blick bat sie um Verzeihung für das, was er ihr gerade gestanden hatte. Er ahnte natürlich, wie wenig gern sie diesen Teil der Geschichte hörte. Aber sie wusste, zumindest sagte ihr das der Verstand, sie hatte die Vergangenheit Ettores zu akzeptieren. Er kämpfte mit Andreas, und sie würde ab sofort mit dem Phantom Daniela klarkommen müssen.

«Im Herbst des Jahres 1999 erreichten mich beunruhigende Nachrichten von zu Hause. Adriana war krank. Keiner wollte mir so richtig sagen, was ihr fehlte. Cosima beschwichtigte mich in einem fort. Aber ich bekam natürlich mit, dass sich meine Mutter auf unser Landgut zurückgezogen hatte. Das war für mich mehr als nur ein Warnsignal. Sie hatte der Familie noch nie den Rücken gekehrt, nie den Wunsch gehabt, für sich allein zu sein. Daniela und ich waren noch damit beschäftigt, unsere Zelte in New York abzubrechen, um nach Italien zurückzukehren, als eines Tages Vater anrief und sagte, er hätte Adriana in eine Spezialklinik nach Mailand bringen lassen.» Ettore unterbrach seine Erzählung und leerte sein Weißweinglas in einem Zug. Seine entspannten Gesichtszüge, seine gesunde Bräune waren wie weggewischt. Er wich Susannas Blick aus und starrte auf seine verschränkten Hände. Es kostete ihn enorme Überwindung, in ruhigem Erzählton weiterzusprechen, aber es gelang ihm schließlich.

«Als Daniela und ich endlich in Mailand ankamen, ging es meiner Mutter so schlecht, dass sie niemanden mehr erkannte. Drei Tage später war sie tot. Sie hatte Leukämie gehabt und ich hatte es nicht gewusst.» Ettore blickte Susanna ins Gesicht, und in seinen dunkelbraunen Augen sah sie nun Wut, gepaart mit Trauer. Auch jetzt noch, fast sieben Jahre nach dem Tod Adrianas, konnte er sich offensichtlich mit den Umständen, die zu diesem geführt hatten, nicht abfinden.

«Es tut mir sehr leid, Ettore.» Susanna rang nach Worten und wusste nicht, ob er wollte, dass sie seinen Bericht kommentierte. Er ging auf ihre Bemerkung gar nicht ein.

«Ich hatte keine Gelegenheit, von meiner Mutter Abschied zu nehmen. Der Mensch, der für mich bis dahin der wichtigste im Leben war, der mir am nächsten stand, schied ohne ein Wort aus meinem Leben. Aus falsch verstandener Rücksicht hatte sie mir ihre Krankheit verschwiegen und alle in der Familie dazu verdonnert, das Gleiche zu tun. Vater, meine Schwestern, Cosima, die Brüder von Adriana, sogar Alvise, alle haben sie es gewusst, nur ich nicht. Die ersten Tage nach ihrem Tod war ich so wütend auf sie und auf meine Familie, dass ich erst im letzten Moment zur Beerdigung ging. Es hat Monate gedauert, bis ich überhaupt begriffen habe, dass es hier nicht um mich ging, sondern um Adriana, dass sie mich schützen wollte, dass sie mir meinen USA-Aufenthalt nicht verderben wollte, dass sie bis zum Schluss die besorgte Mutter geblieben war, die ich so sehr geliebt habe. Ohne dabei an sich selbst zu denken. Erst nach und nach ist mir aufgegangen, wie schmerzhaft es für sie gewesen sein muss, auf ihren einzigen Sohn in dieser schlimmen Zeit zu verzichten. Auf meine Wut folgte die Scham. Am liebsten hätte ich mich von allem und von allen zurückgezogen. Doch bevor ich richtig trauern konnte, bis ich endlich bereit war, den Tatsachen ins Auge zu sehen, kam der nächste Schlag.»

Ettore lehnte sich in seinem Stuhl zurück und winkte den Kellner heran, der abseitsstand und wohl schon geraume Zeit auf ein Zeichen von ihm wartete.

«Ich frage mich», sagte er, «ob ich dich mit dieser Familiengeschichte wirklich belasten soll, Susanna?»

«Ich habe nicht geahnt, was ich mit meiner Frage für traurige Gedanken bei dir auslöse. Bitte, verzeih mir, ich wollte nicht den schönen Abend aufs Spiel setzen. Aber du selbst warst es und hast darum gebeten, mit mir offen und frei zu sprechen. Noch im Hotel in Urbino warst du dir ganz sicher, dass du das möchtest.»

Fausto war an ihren Tisch getreten und fragte: «Darf ich Ihnen das Pastagericht servieren?»

«Ja, unbedingt», ermunterte Ettore den Kellner, der etwas verunsichert war und nicht recht wusste, was er von diesem Pärchen halten sollte. Vermutlich hatte ihm Alvise eingeschärft, genauestens auf die Wünsche dieser Gäste zu achten. Er füllte die Gläser nochmals mit Weißwein und verschwand dann in Richtung Küche.

«Im Juli, wenige Monate später, hatte ich meinen dreißigsten Geburtstag.» Wieder unterbrach sich Ettore und fasste sich mit der Hand an seine Brust.

«Hast du Schmerzen?»

Unwillig schüttelte er den Kopf. «Nein, nein, es ist nichts.»

Susanna glaubte ihm kein Wort, schwieg aber, weil Fausto mit zwei Tellern kam. In weiten Porzellanplatten lagen feingeschnittene *fettuccine* in einer cremigen Sahnesauce, bedeckt von einem Berg frischgeriebener, schwarzer

Trüffel. Der Duft, der aus den Tellern aufstieg, war geradezu betäubend, füllte die Nase aus. In diesem Moment roch alles nach Trüffel. Kein Parfüm, kein Wein, keine Rosen kamen dagegen an. Noch bevor Susanna auch nur eine Gabel davon gegessen hatte, meinte sie, die Trüffel bereits zu schmecken.

«Das riecht geradezu göttlich!», entfuhr es ihr.

Ettore lachte. «Lass es dir schmecken! Ich glaube nicht, dass man irgendwo sonst in der Toskana so frische Trüffel serviert bekommt. Alvises Lieferant ist ein gesuchter und geschätzter Mann und sein Hund mehrfach prämiert. Und Alvises Frau, Sabrina, ist eine Meisterin am Herd. Ein besseres Hoteliergespann und ein glücklicheres Ehepaar lässt sich kaum denken.»

Einen Moment aßen sie schweigend, fast andächtig. Das *primo* verdiente es, mit Hingabe gegessen zu werden.

«Was ist damals im Juli passiert?» Susanna ließ nicht locker, obwohl sie innerlich mit sich kämpfte und zutiefst unglücklich war. Sie ruinierte den einzigen, intimen Abend, den sie vermutlich je mit Ettore haben würde. Wenn er erst einmal dahinterkam, welch falsches Spiel sie mit ihm trieb, würde er sie zum Teufel wünschen. Aber sie durfte nicht nachgeben, sie musste diesen Abend opfern, um endlich zu begreifen, welche Rolle die verschiedenen Gemälde und die verschiedenen Personen in seinem Leben spielten. Vielleicht gab es ja noch einen Weg, sich am Ende selbst als Retterin und nicht nur als Lügnerin zu präsentieren.

«Cosima versicherte mir glaubhaft und immer wieder, dass Adriana für mich eine große Wiedersehens- und Geburtstagsparty veranstalten wollte. Je mehr ihre Kräfte schwanden, umso mehr verließ sie sich auf Cosima und nahm ihr offenbar das Versprechen ab, diese Party unter allen Umständen stattfinden zu lassen. Anfangs verweigerte ich meine Bereitschaft, dieses Fest überhaupt zu besuchen. Ich hatte absolut keine Lust, mich feiern zu lassen. Der Tod von Adriana lag noch kein halbes Jahr zurück. Es erschien mir undenkbar, pietätlos, im großen Stil zu feiern. Jeder war doch in Gedanken bei meiner Mutter.

Allerdings wusste ich natürlich auch, dass Adriana kein Kind von Traurigkeit war. Ihr Motto war es stets gewesen: Lass die Toten ruhen und gib dem Leben eine Chance. Feiere, solange du kannst, denn einmal wird es zu spät sein. Cosima zwang mich mehr oder weniger unter Tränen zu meinem Glück. Und ich habe es nicht bereut. Sie organisierte zusammen mit Alvise ein wunderbares, unvergessliches Fest. Über hundert Personen kamen zusammen. Weit über die Hälfte übernachtete hier. Wir hatten die ganze Locanda für uns. Zwei Tage lang gingen Freunde und Verwandte hier aus und ein. Alle waren sie gekommen: Studienfreunde, Cousins und Cousinen, Onkel und Tanten, Freunde aus der Kindheit, mit denen wir in Radda unvergessliche Ferien verbracht hatten. Wie Alvise vorhin schon erzählt hat, auch Carlo Sabrini kam mit seiner Frau und Cesare Russo. Cesare wie üblich in Begleitung seiner Eltern. Eine Frau an seiner Seite habe ich noch nie gesehen. Er wechselt die Damen regelmäßig. Wie Carlo. Allerdings macht er sich dabei wenigstens nicht laufend des Ehebruchs schuldig. Carlo hat da ja weniger Hemmungen.»

«Und wie kam es zu deiner Freundschaft mit den beiden?»

«Cesare Russo ist der Sohn unseres größten Konkurrenten. Doch unsere Väter verstanden sich trotzdem. Sonst hätte Lorenzo ihm niemals den Laden auf dem Ponte zu einem derart günstigen Preis verkauft. Man verkehrte miteinander, man lud sich zu Hochzeiten und Begräbnissen ein. In der Not half man sich aus. Innerhalb der Juweliersgilde gibt es natürlich Rivalitäten, aber auch einen Ehrenkodex. Nach außen hält man zusammen. Man lässt eine andere Familie nicht untergehen. Im Notfall wird sie aufgekauft, finanziell unterstützt oder durch Heirat der Kinder miteinander verknüpft.

Adriana hatte einen Narren an Cesare gefressen. Jede Sommerferien verbrachte er bei uns auf dem Landgut. Ich bin nur zwei Jahre jünger als er. Wir hatten immer ein angespanntes Verhältnis. Ich war nicht selten eifersüchtig auf ihn, weil meine Mutter ihn überall mitnahm, weil mein Großvater Aldo viele Stunden mit ihm in seinem Atelier verbrachte.

Carlos Vater gehört das Landgut neben unserem in Radda. Nur ist es ungefähr doppelt so groß. Die Sabrinis waren und sind steinreiche Bankiers. Aber Carlo hielt sich immer bei uns auf. Cesare, Carlo und ich gingen in die gleiche Schule. Es blieb nicht aus, dass sich alle bei uns einfanden. Adriana hatte kein Problem damit, wenn es unordentlich aussah, wenn Porzellan zu Bruch ging, wenn Indianergeheul die Wände zum Wackeln brachte.

Die Bank der Sabrinis stellte und stellt bis heute die Kredite für die Juweliersfamilien. Es gab ja immer wieder Rückschläge. Der Krieg, die Flut. Irgendwann war jeder genötigt, die alten Geschäfte zu renovieren. Bei größeren Kollektionen oder Shows nehmen wir alle Kredite auf, um Edelsteine und Diamanten zu bezahlen. Im übertragenen Sinne stehen wir alle in Carlos Schuld. Er arbeitet zwar nicht offiziell in der Bank seiner Familie, aber er hält genug Anteile, um sich an unseren Krediten eine goldene Nase zu verdienen.»

Ettore langte in das silberne Brotkörbchen und nahm sich das letzte *grissino* heraus. Er hatte sich etwas gefangen und verfiel in seinen Plauderton, den Susanna schon kannte und schätzte. Dennoch war sie sehr gespannt, wann er zum eigentlichen Punkt seiner Schilderung kommen würde. Sie hatte das Gefühl, dass er fast unbewusst den Moment der Wahrheit hinausschob.

«Vermutlich wundert es dich nicht», fuhr er noch kauend fort, «dass ich bei dieser großen Feier, wo alle Menschen, die mir wichtig waren, die ich seit meiner Kindheit kannte, in eine besondere Stimmung geriet. Ich war zum einen depressiv und traurig, weil meine Mutter nicht mehr dabei war, gleichzeitig euphorisch und in bester Feierlaune. Und ich war hoffnungslos verliebt. Also habe ich in feuchtfröhlicher Stimmung die Verlobung mit Daniela bekanntgegeben. Es war die natürlichste Sache der Welt. Niemand nahm Anstoß daran. Alle waren glücklich. Vor allem Daniela und ich. Der Vater in Mailand allerdings fühlte sich düpiert.

Zurück in Florenz, gelang es meinem Vater, Maurizio Strega davon zu überzeugen, dass es am besten wäre, seine Tochter würde als Goldschmiedin bei uns anfangen. Signor Strega, der in Mailand ein großes Immobilienimperium besitzt, kam eigens angereist, um sich unsere Läden anzusehen. Dann redete er mir ins Gewissen. Ich sollte seine Tochter anständig behandeln und vor Jahresfrist sollten wir den Hochzeitstermin festlegen. Eine lange Verlobungszeit wollte er nicht dulden. Er setzte seinen Willen durch. Wir beschlossen, am 25. Oktober, nach der großen Show im Pitti, hier in der alten Dorfkirche der Locanda und mit Alvises kundiger Unterstützung zu heiraten.»

Fausto kam und brachte den Hauptgang. Ettore schien

sehr erleichtert über die Unterbrechung. Mit großer Geste forderte er den Kellner auf, zu erläutern, was er ihnen servierte.

«Signor Alvise hat für Sie Kaninchenrücken in Pflaumen-Schokoladen-Sauce mit grünen Bohnen und einer Steinpilzpolenta ausgesucht. Dazu empfiehlt er einen Brunello di Montalcino.» Fausto hatte eine Rotweinflasche mitgebracht. Er goss den violettroten Wein in eine bauchige Glaskaraffe, schwenkte den Brunello gefühlvoll am Glaskörper entlang und goss schließlich etwas davon in ein Burgunderglas, das vor Ettore stand. Er probierte und nickte anerkennend.

«Ganz ausgezeichnet.» Zu Susanna gewandt meinte er: «Dieser Wein wird deine düsteren Gedanken vertreiben, glaub mir. Danach werden wir einfach nur noch schweben.» Er prostete ihr zu und tat ganz so, als wäre nur sie besorgt. Aber sein Manöver gelang ihm nicht. Sie sah es nur zu deutlich, wie verkrampft er inzwischen um gute Laune bemüht war. Die Vergangenheit hatte ihn eingeholt. Sie hatte ihn darum gebeten, und sie sah es ihm an, dass es wirklich etwas zu erzählen gab, wenn er auch sehr damit kämpfte, endlich mit der Sprache herauszurücken. Sie langte über den Tisch und suchte seine Hand, die neben dem Rotweinglas lag. Es drängte sie, ihn zu berühren, zu streicheln. Seine Hand fühlte sich warm an. Die Haut war angenehm glatt und trocken. Er erwiderte ihre Berührung und hielt ihre Hand fest.

«Ich fürchte, ich kann dir nichts vormachen», sagte er dann leise. «Die Geburtstagsfeier und die Verlobung waren die letzten glücklichen Momente in meinem Leben.» Er ließ ihre Hand los, schob den Teller mit dem wunderbaren Essen achtlos zur Seite und griff sich erneut an das Revers seines Jacketts. Susanna unterdrückte eine weitere besorgte Frage danach, sie wusste, er würde ihr doch nicht ehrlich antworten.

«Daniela arbeitete wenige Tage bei uns als Goldschmiedin. Sie hatte ein Collier mit großen Saphiren entworfen. Unsere Steinsetzer waren ausgelastet. Sie bereiteten die Schmuckstücke für die Show vor. Aber Daniela wollte natürlich auch etwas präsentieren, schließlich gehörte sie jetzt zu uns. Sie wollte zeigen, was sie konnte. Deshalb entschieden wir, einen uns bekannten, inzwischen pensionierten Steinsetzer nach ihren Entwürfen das Collier arbeiten zu lassen. Er wohnte in Lucca.

An einem sehr heißen Tag im August fuhren Daniela und ich mittags los. Die Strecke zieht sich über gebirgige, steile Straßen. Kurz vor der Stadt holte uns ein Gewitter ein. Die Landstraße wurde plötzlich schmierig vom Regen. Und auf einem kurvigen Teilstück ertönte plötzlich ein Knall. Ich konnte den Wagen kaum noch lenken. Er brach hinten aus, und ich fuhr mehr oder weniger ungebremst und schlitternd mit viel zu hoher Geschwindigkeit auf eine Baumgruppe zu. Frontal krachte mein Wagen auf den ersten Baum. Damals fuhr ich einen alten Alfa ohne Airbags und mit glattgefahrenen Reifen. Es war ein Leichtsinn, den ich mir wohl nie mehr im Leben vergeben werde. Der rechte hintere Reifen war geplatzt und hatte den Wagen manövrierunfähig gemacht. Daniela starb auf dem Weg ins Krankenhaus. Ich erlitt Quetschungen im Brustkorb und ein Schleudertrauma. Aber das ging alles ziemlich rasch vorbei. Was blieb, war meine Verzweiflung über den Tod meiner Verlobten, und die Vorwürfe, die ich mir und die mir Signor Strega machte. Zu Recht. Ich verstand ihn. Er hängte mir ein Strafverfahren wegen fahrlässiger Tötung an. Die Polizei nahm die Untersuchung des

Wagens und der Unfallstelle sehr ernst. Man konnte mir aber keine wirklich begründete Fahrlässigkeit nachweisen. Strafrechtlich kam ich davon. Aber mir selbst entkam ich nicht. Ich musste mit meinem Gewissen, mit dem Verlust und den Selbstvorwürfen weiterleben. Manchmal habe ich nicht gewusst, wo ich die Energie dazu hernahm.»

Ettores Hände zitterten so, dass er sie unter dem Tisch vor den Blicken Susannas verbarg. In ihrem Kopf wirbelten die Gedanken. Der Knall des geplatzten Reifens hallte förmlich in ihr nach. Dieser Punkt in der Geschichte von Ettore gefiel ihr überhaupt nicht. Sie setzte gerade zu einer Frage danach an, als er sich erneut an die Brusttasche seines Jacketts fasste. Jetzt konnte sie nicht mehr an sich halten.

«In Gottes Namen, Ettore, was hast du? Warum greifst du dir immer wieder an diese Stelle? Hast du Schmerzen? Sind das Spätfolgen von deinem Unfall?» Wie ein Wasserfall stürmten ihre Fragen auf ihn ein. Doch er schüttelte nur den Kopf.

Dann griff er unendlich langsam, zaudernd in die Innentasche seines Jacketts und zog ein weißes Herrentaschentuch heraus. Es war nicht fein säuberlich gefaltet, wie Susanna das erwartete, sondern in das Tuch war ein Gegenstand eingewickelt. Ettore legte das Stoffpäckchen auf den Tisch, klappte die Stoffecken auseinander, und zum Vorschein kam eine Stichwaffe. Ein antikes Stilett in seiner silbernen, mit Perlmutt verzierten Scheide. Der Griff und die Parierstange waren mit Zuchtperlchen und bunten Edelsteinen besetzt. Susanna hielt die Luft an. Die Waffe war unvergleichlich schön, wertvoll, alt und – tödlich. In der Renaissance benutzten Damen am Hof diese Art von Waffen, um sich vor Übergriffen und Wegelagerern auf ihren beschwerlichen Reisen in der Kutsche über die Lande zu schützen. Susanna war fasziniert und alarmiert zugleich. Die Mörder von Oddantonio da Montefeltro hatten für ihre Tat einen Dolch benutzt. Wo hatte Ettore die Waffe her, und warum brachte er sie auf diese Reise mit? Wie lange trug er sie schon mit sich herum? Unsicher sah sie zu ihm hinüber, aber bevor sie ihm auch nur eine ihrer Fragen stellen konnte, kam ihr jemand zuvor.

«Was ist eigentlich mit euch beiden los? Wir geben uns die größte Mühe in der Küche, und was macht ihr – ihr rührt den Hasen nicht einmal an!» Alvise stand neben ihnen am Tisch und schien fassungslos und sehr ärgerlich. Er hatte Susannas Teller in die Hand genommen und roch daran. «Ist das Fleisch roh? Sind die Pflaumen zäh? Oder ist die Schokolade in der Sauce zu süß? Fausto, der arme Kerl, weiß sich schon gar ...», dann stockte Alvise mitten im Satz. Er hatte das Stilett auf seinem Tisch entdeckt. Betroffen blickte er Ettore ins Gesicht. Dann wanderten seine Augen forschend zu Susanna.

«Warum hast du den Brieföffner von Adriana dabei? Seid ihr beiden schon so vertraut miteinander, dass du eines der wertvollsten, sehr geschätzten Stücke deiner Mutter an Susanna weitergeben möchtest? Und das genau jetzt, zwischen Primo und *secondo*? Also wirklich, Ettore, könnt ihr solche Geschichten nicht oben in eurem Zimmer ausmachen?» Wieder hielt er inne und sah auf die beiden. Dann zog er sich entschlossen einen freien Stuhl vom Nachbartisch heran und setzte sich.

«Also, wenn ich ganz ehrlich sein soll, ihr wirkt auf mich nicht gerade wie die Glückseligkeit. Ihr schaut eher aus, als hätte es euch die Weinlese verhagelt. Was ist los? Das hier hat doch etwas zu bedeuten.»

«Ich bin genauso überrascht», sagte Susanna ehrlich, «und ich wüsste auch gern, was diese Waffe hier auf dem Tisch zu bedeuten hat.» Jetzt waren schon zwei Augenpaare auf Ettore gerichtet, der steif und sehr blass dasaß und offenbar die Sprache verloren hatte.

«Also, was willst du mit Adrianas Brieföffner?» Alvise wollte nach der Waffe greifen, aber Ettore war schneller und packte ihn am Unterarm.

«No, *non toccare!* Nicht anfassen.»

«Fausto, nimm die Teller in die Küche zurück. Ich fürchte, das dauert noch, bis unsere Gäste Lust darauf haben. Wenn sie überhaupt noch etwas essen», murmelte Alvise leise und ein wenig resigniert.

«Wir waren heute Mittag in Urbino.» Ettore begann endlich aus seiner Starre zu erwachen. «Wir haben dort die Gemäldegalerie besucht. Anschließend sind wir in unser Hotel zurück, um eine Kleinigkeit zu essen. Irgendwie will uns das heute nicht so recht gelingen.» Er versuchte ein schwaches Lächeln. Aber es blieb ein Versuch. Es fiel kläglich aus.

«Als ich in mein Zimmer kam, herrschte dort komplettes Chaos. Mein Koffer, den ich nach der Ankunft nur geöffnet hatte, um ihn aufs Bett legen zu können, war komplett geleert. Alle Kleidungsstücke auf dem Boden und im Zimmer verteilt. Dazwischen habe ich den Dolch gefunden. Ich hatte ihn natürlich nicht auf die Reise mitgenommen. Warum auch!» Ettore hob und senkte seine Schultern. «Ich habe keine Erklärung dafür. Außerdem habe ich den Brieföffner bestimmt schon zehn Jahre nicht mehr gesehen. Er gehörte meiner Mutter, und sie hat ihn in einem Geheimfach ihres Sekretärs aufbewahrt. Die Waffe ist gefährlich, denn ihre Schneide hat nichts von ihrer Schärfe verloren. Adriana hatte immer Angst, wir Kinder könnten damit Unsinn treiben. Ich wollte ihn heute Abend überhaupt nicht ins Spiel bringen. Aber ich wollte ihn auch nicht auf dem Zimmer lassen. Also habe ich ihn in die Innentasche meines Jacketts gesteckt. Leider hat mich der Vorfall in Urbino ziemlich nervös gemacht, und ich habe immer wieder an die Anzugjacke gegriffen. Was natürlich Unsinn war.»

«Und wer hat den Sekretär nach Adrianas Tod bekommen?», fragte Alvise.

«Papa! Der Sekretär und sein Inhalt gehörten zu den wenigen Stücken, die er in die neue Wohnung mitgenommen hat. Er steht in seinem privaten Arbeitszimmer. Ich bin mir sicher, dass er den Schlüssel dazu an einem geheimen Ort aufbewahrt und seit Jahren niemand mehr das Möbelstück geöffnet hat.»

«Das kann ja nun nicht sein!», bemerkte Alvise trocken.

«Ich gebe zu, dass es genau diese Tatsache ist, die mich so erschreckt», bekannte Ettore. «Ich bin auch der Meinung, dass niemand an das Stilett herankonnte. Andererseits ist diese Waffe so selten und wertvoll, dass es mit Sicherheit kein zweites Stilett dieser Art gibt. Es ist eine seltene Juweliersarbeit aus dem sechzehnten Jahrhundert und stammt aus dem Familienbesitz der Lanzis. Es wird von einer Generation an die nächste weitervererbt. Mein Vater hätte es niemals freiwillig aus der Hand gegeben.»

«Und wie kommt es dann in ein Hotelzimmer in Urbino?» Alvise ließ nicht locker. Und Susanna war ihm ausgesprochen dankbar dafür. Einmal musste nicht sie die unangenehmen Fragen stellen. Einmal wenigstens konnte sie sich im Hintergrund halten. Dabei rotierten ihre Gedanken. Der Tod von Daniela und das Stilett spielten dabei natürlich die Hauptrolle. Aber auch das Stillleben, das Alvise erwähnt hatte, kam darin vor. Der Tod des jungen Grafen vor über fünfhundert Jahren und sein Porträt im Hotelzimmer in Florenz rundeten die geheimnisvolle Reihe von Ereignissen ab. Hier legte jemand ganz gezielt Spuren, verunsicherte alle Beteiligten, schickte verschlüsselte Morddrohungen.

«Ich denke», sagte Ettore, «Francesco hat mir den Dolch ins Zimmer gelegt.»

«Wer ist Francesco in Gottes Namen?»

«Einer meiner Bodyguards!»

Alvise starrte seinen Cousin an, als hätte er eine Erscheinung. «Sag das nochmal!» Seine Stimme klang ungläubig. Gleichzeitig hatte sie einen unterschwellig drohenden Unterton angenommen.

«Ja, das ist Cosimas Werk! Nachdem meine Wohnung mehrmals auf den Kopf gestellt worden war, Schmuck und Edelsteine verschwunden sind, hat sie auf Personenschutz bestanden.»

«Du bist ausgeraubt worden?» Gleichzeitig stellten Susanna und Alvise diese Frage.

Ettore wehrte mit beiden Händen ab. «Das klingt dramatischer, als es ist. Ein Juwelier muss immer damit rechnen, dass er Begehrlichkeiten weckt. In unseren Läden ist schon mehrmals eingebrochen worden. Das ist weder überraschend noch besonders aufregend. Denn die Diebe wollen dabei ja nicht erwischt werden. Also passen sie auf, dass niemand im Laden ist, damit der Diebstahl nicht ausartet, keine Menschen zu Schaden kommen. Und genauso ist es mit meiner Wohnung auch gewesen. Ich war entweder verreist oder im Laden. Und Teresa ist ja auch immer nur ab drei Uhr in der Stadtwohnung. Zwischen zehn Uhr morgens und drei Uhr nachmittags kann man in aller Ruhe bei mir zu Hause die Lage sondieren und mitnehmen, was einem gefällt. Deshalb war die Einstellung von Bodyguards, die mir seit fast zwei Jahren auf Schritt und Tritt folgen, eine vollkommene Überreaktion von Cosima. Ich war von Anfang an dagegen. Deshalb habe ich sie auch nicht bezahlt. Cosima nimmt Adrianas Auftrag, auf mich aufzupassen, für meinen Geschmack manchmal etwas zu ernst. Ihre Besorgnis geht mir, gelinde gesagt, auf den Geist. Deshalb habe ich meinen beiden Schatten heute fristlos gekündigt. Ich glaube, dass Francesco irgendeine Schweinerei plant. Vielleicht wollen er und Massimo mich erpressen.» Ettore schickte einen beschwörenden Blick zu Susanna. Sie verstand, was er von ihr wollte. Sie sollte es bei dieser Mutmaßung belassen. Nicht weiter nachfragen. Denn ihm war natürlich klar, dass es hier nicht um Erpressung ging. Aber Ettore wollte Alvise nicht weiter ins Vertrauen ziehen. Schweren Herzens fügte sie sich in seine stumme Bitte. Sie hoffte aber gleichzeitig, Alvise würde hartnäckig bleiben und weiterfragen.

Sehr skeptisch schaute dieser auf seinen Cousin und wiegte bedächtig seinen Kopf hin und her.

«Gibt es denn ein Druckmittel? Mit was sollen dich denn deine Bodyguards erpressen, bitte schön?»

«Ich weiß es nicht, aber ich werde es sicher erfahren, wenn wir nach Florenz zurückkommen.» Ettore griff nach der Weinkaraffe und füllte Susannas Glas. «Hast du auch eines für dich in Reichweite?», fragte er Alvise.

Während sein Cousin aufstand und sich ein Glas besorgte, packte Ettore schnell das Stilett in das Taschentuch ein und ließ das Stoffpäckchen wieder in seiner Anzuginnentasche verschwinden. Dann legte er verschwörerisch seinen Finger an den Mund. Susanna sollte schweigen, keine weiteren Fragen mehr stellen. Alvise war zurück, und Ettore füllte dessen Glas und anschließend auch sein eigenes.

«Und worauf wollt ihr jetzt anstoßen?», fragte der Hotelier.

«Auf einen wunderbaren, ungestörten Abend», sagte Ettore und stieß mit Susanna an. «Denn deshalb bin ich eigentlich zu dir gekommen.»

«Ich habe schon verstanden.» Alvise lachte. Es klang erleichtert. Es war ihm anzusehen, dass er sich mit Ettores Problemen zumindest im Moment nicht weiter beschäftigen wollte. «Und wie kann ich zum Gelingen beitragen? Was wollt ihr denn jetzt noch essen?» Ganz offensichtlich vertrat er die Auffassung, ein wunderbarer Abend ginge mit einem wunderbaren Essen einher. Aber Ettore hatte andere Pläne.

«Lässt du uns eine Flasche Champagner aufs Zimmer bringen? Und vielleicht eine Auswahl von *sorbetti* mit frischem Obst? Oder habt ihr keine Sorbetti mehr?»

«Ma, naturalmente. Etto, wo denkst du hin. Sabrina macht sie jeden Tag frisch. Zurzeit haben wir Zitronen-, Pfirsich- und Birnen-Sorbetti auf *macedonia* mit Marsala angemacht.»

«Sorbets mit Obstsalat, das ist wunderbar.» Ettore stand auf. Susanna folgte ihm. Sie verabschiedeten sich von Alvise, der ihnen eine angenehme Nacht wünschte.

Gemeinsam traten sie auf den Innenhof des Gutshofes hinaus. Die Nacht war sternenklar. Vom Rasen stieg schon spürbar eine kühle Feuchte auf. Die Blüten der Zitronenbäumchen rochen intensiv wie Parfüm und ersetzten den Duft der Rosen, die um diese Zeit keine Gerüche mehr verströmten. Ettore legte seinen Arm um Susannas Schultern und zog sie an sich. Es war keine zarte Geste, sein Griff war fest und bestimmt. Schweigend gingen sie zu ihrem Häuschen, das hinter der Kapelle am anderen Ende des Innenhofs stand. Susannas Herz schlug bis zum Hals. Und in ihrer Magengrube machte sich ein nervöses Gefühl breit. Der schwere Rotwein, den Ettore noch eingeschenkt und den sie tapfer getrunken hatte, stieg ihr zu Kopfe. Sie zweifelte keine Sekunde daran, dass Ettore das Gleiche wollte wie sie. Diese Nacht gehörte ihnen, egal, was um sie herum geschah.

Als sie auf das Haus zutraten, kam Fausto heraus. Er musste geflogen sein. Alvises Personal wusste, was man den Gästen schuldig war. Im Haus brannte das Kaminfeuer. Stehleuchten und Wandlampen schufen eine intime Atmosphäre. Eine Geruchsmischung aus Zimt und Lavendel unterstrich die ganz persönliche Note der Suite. Fürsorgliche Hände mussten mehrere Schalen mit einer Mischung aus frischen Kräutern und Zimtrinde aufgestellt haben.

Susanna fühlte sich schwindlig und hatte plötzlich Angst vor ihrer eigenen Courage. Sie stand vor dem offenen Kamin und sah in die flackernden Flammen. Sehr warme Luft schlug ihr entgegen, trotzdem fröstelte sie. Sie hörte Ettore hinter sich hantieren. Ein dumpfes Plopp vom Korken der Champagnerflasche ertönte, schäumend goss Ettore die perlende Flüssigkeit in die Gläser. Susanna konnte sich nicht erinnern, jemals so reichlich Champagner getrunken zu haben wie in den wenigen Tagen, seit sie in Florenz angekommen war. Eisern blieb sie vor dem Kamin stehen, unfähig, sich umzudrehen, voller Angst, Ettore in die Augen zu schauen. Sie wusste, er würde ihre Gefühle darin lesen, er würde wissen, wie verliebt sie in ihn war. Dann hörte sie seine Schritte, fühlte seine Hände an ihrer Taille, die sie zu ihm umdrehten. Sie sahen sich an, und in diesem Moment gab es keine Zweifel mehr und auch kein Halten. Susanna spürte seine Lippen auf ihrem Hals, auf ihrem Mund. Sie fühlte seine Hände, die ihren Rücken entlangstrichen und vorsichtig, aber entschieden den Reißverschluss ihres Etuikleides öffneten. Die Sorbets schmolzen in ihren Tellern dahin. Nur einen kurzen Moment bedauerte Susanna Alvise und die Kochkunst seiner Frau. Doch Eis war mit Sicherheit das Letzte, wonach Ettore und ihr jetzt der Sinn stand.

XIV.

Cosima

Am nächsten Morgen holte die Realität Susanna erbarmungslos ein, verflüchtigte sich die Champagnerlaune des Abends zuvor. Ettore lenkte seinen Maserati in die Via della Scala. Nur noch wenige Meter vom Hotel entfernt, das Susanna seit Montag bewohnte, suchte er nach einer Parklücke. Noch ahnte er nicht, weshalb Susanna so dringend zurück nach Florenz wollte, weshalb sie sich kaum Zeit genommen hatte für ein gemeinsames Frühstück auf dem Balkon der Suite.

Der Morgen war berauschend gewesen. Ein wolkenloser, tiefblauer Himmel hatte sie begrüßt. Auf vollreifen Trauben und dem Grün der Weinstöcke, die sich Reihe für Reihe vor dem Häuschen über einen sanft ansteigenden Hügel erstreckten, glitzerten die Tautropfen in der Sonne. Der Tisch war liebevoll gedeckt, ein reichliches Frühstück serviert, doch Susanna hatte bei dem Anblick von Hörnchen, Marmeladen und Parmaschinken nichts als Übelkeit empfunden. Ihre Unehrlichkeit, die sie nach wie vor in ihrem Verhalten Ettore gegenüber zeigte, setzte ihr körperlich zu. Die Angst vor den Folgen machte sie so nervös und fahrig, dass Ettore schließlich aufmerksam wurde. Als ihr das Glas mit Orangensaft aus den Händen glitt, nahm er sie fest in seine Arme, hielt sie umschlungen und deutete ihre Unsicherheit völlig falsch.

«*Tesoro,* was ist los mit dir? Dies ist doch kein Abschied, auch wenn du in wenigen Stunden zurück nach München fliegst. Wir sehen uns doch wieder.» Prüfend suchten seine Augen nach einer Zustimmung auf ihrem Gesicht. Doch Susanna sah zu Boden. Sie schämte sich, und gleichzeitig war ihr Herz übervoll. Ettore bedeutete für sie die Erfüllung aller Träume. Er war ein zärtlicher und leidenschaftlicher Liebhaber gewesen. Er hatte sie mit Bedacht, mit Rücksichtnahme geliebt und gleichzeitig keinen Zweifel daran gelassen, wie sehr er sie begehrte, wie sehr sie ihm gefiel. Alles hätte wunderbar sein können, wenn sie von Anfang an mit offenen Karten gespielt hätte. Doch wie wäre ihr das möglich gewesen? Und jetzt war es dafür zu spät. Noch einmal rettete sie sich in eine Ausflucht, zögerte sie den Moment der Wahrheit hinaus, weil sie die Erinnerungen an die Locanda nicht für immer mit Schmerz, Streit und Vorhaltungen vergiften wollte. Der Grund ihrer Verstörtheit befand sich in ihrem Hotelzimmer in Florenz, und dort, so dachte sie, sollte auch die Aussprache mit Ettore stattfinden.

Sie nahm sein Gesicht in die Hände, küsste seinen Mund und presste sich an ihn. Als seine Hände über ihren Po streichelten, ihre Haut mit Schauern reagierte, machte sie sich los von ihm. Sie musste den Abschied schaffen, sie durfte sich nicht noch einmal von ihm lieben lassen, obwohl sie sich nichts mehr als das wünschte. Es war ihr schmerzlich bewusst, es könnte einer ihrer letzten Küsse, ihrer letzten Liebkosungen sein.

«Ettore, verzeih mir bitte, aber ich möchte wirklich so

schnell wie möglich zurück. Ich habe jetzt einfach keine Ruhe mehr. Es gibt noch so viel für mich zu erledigen.»

Ihre Worte kamen ihr selbst hölzern und unpassend vor. Sie redete wie mit einem Geschäftspartner. Aber sie konnte nicht anders, wollte sie sich nicht im letzten Moment noch verraten.

«Meine Reise in die Toskana war eine Dienst- und keine Urlaubsreise. Ich hätte gar nicht mit dir hierherfahren dürfen.» Verzweifelt versuchte sie sich herauszureden. Sie war sicher, dass Ettore ihr das schlechte Gewissen ansah, wenn es auch ganz andere Gründe hatte als die, die sie ihm nannte.

Und Ettore war einsichtig gewesen, hatte nicht mehr lange nachgefragt. Im Stehen noch hatten sie ihre *cappuccini* getrunken und anschließend eilig ihre Sachen zusammengepackt.

Inzwischen hatte er eine Parklücke in der Via della Scala unweit des Hotels gefunden. Er stellte den Wagen ab und sah Susanna ernst ins Gesicht. Während der Fahrt hatten sie wie immer wenig gesprochen. Sie konnte sich denken, dass der Abschied ihn beschäftigte und dass ihre Eile ihn misstrauisch machte. Und sie täuschte sich nicht.

«Wirst du deinem Freund, diesem Robert ...»

«Jochen!»

«*Bene,* Jochen ... von unserer Nacht erzählen?» Seine Gedanken führten in eine ganz andere Richtung. Ihre Nervosität deutete er völlig falsch. Fast hätte sie zu lachen begonnen. Jochen war wirklich das kleinste Problem. Er machte ihr nun gar kein Kopfzerbrechen. Oder sollte sie lieber vorsichtig sein? Wenn sie heute Abend in München ankam, würde er sie vom Flughafen abholen. Zumindest hatte sie ihm noch vor ihrer Abreise die Ankunft auf einen Zettel geschrieben und diesen auf den Küchentisch gelegt. Wollte sie überhaupt noch abgeholt werden? Und würde er bemerken, dass etwas nicht stimmte? Wann hätte Jochen jemals von ihrer Gemütslage wirklich Kenntnis genommen? Nein, Jochen war wirklich kein Problem, über das man reden oder länger nachdenken sollte.

«Nein», sagte sie wahrheitsgemäß, «ich werde Jochen nichts von unserer Nacht erzählen.»

Ettore sah sie betroffen an. «Aber du kannst ihn doch nicht einfach so belügen?»

Susanna erkannte ihren Fehler. Wenn sie so weitermachte, hielt er sie noch für eine notorische Lügnerin.

«Du hast mich falsch verstanden.»

Ettores Augenbrauen gingen in die Höhe.

«Es ist überhaupt nicht nötig, ihm etwas zu erzählen, weil es ihn nichts mehr angeht. Ich werde ihn morgen bitten, sich eine neue Wohnung zu suchen.»

«Du willst eure Beziehung beenden?»

Jetzt war Susanna irritiert. Glaubte Ettore, er könnte zum geheimen Liebhaber für schöne, unkomplizierte Stunden im fernen Florenz werden? Eine Wochenend- und Urlaubsliaison ohne Verantwortung und ohne Bindung? Susanna wunderte sich im gleichen Moment über ihren Gedankengang. Wenn sie erst einmal in ihrem Hotelzimmer waren und sie ihm erzählt hatte, weshalb sie ursprünglich nach Florenz gefahren war, dann gab es keine Wochenendbeziehung, dann gab es überhaupt nichts mehr in dieser Richtung. In spätestens einer Stunde war das Kapitel Ettore vermutlich abgeschlossen.

«Ja, genau das werde ich machen.» Eine weitere Erklärung gab sie nicht ab, und an dem Lächeln, das über Ettores besorgte Miene glitt, sah sie, dass er auch nichts anderes erwartete. Für ihn war damit die Welt in allerschönster Ordnung.

«Was hältst du davon, wenn du jetzt rasch deine Sachen aus dem Hotel holst, und dann fahren wir zu mir? Ich zeige dir unseren Laden, und anschließend gehen wir noch gemeinsam schön zum Mittagessen. Bis sechs Uhr abends ist genug Zeit. Und ich werde keine Minute mit dir verschenken. Außerdem habe ich von dir bisher überhaupt nichts erfahren. Ich weiß nichts von deinem Leben, deinen Eltern und deiner Arbeit – und bin sehr neugierig darauf. Im Gegensatz zu den letzten Tagen wirst du mir jetzt etwas erzählen, und ich höre zu.»

Er wollte sie an sich ziehen, doch Susanna wehrte ihn behutsam, aber entschieden ab.

«Ich möchte dich bitten, mit mir nach oben in mein Zimmer zu kommen, weil ich dir wirklich etwas erzählen muss. Anschließend wirst du entscheiden, ob du noch mit mir essen gehen willst.»

Ettore war blass geworden.

«Was ist los, Cara?»

«Eine ganze Menge ist los, Ettore. Du kannst doch nicht einfach so tun, als wäre in den letzten beiden Tagen nicht genug passiert, um besorgt zu sein, um mit Schlimmem zu rechnen. Du kannst doch nicht wirklich glauben, alles sei in bester Ordnung.»

Um seinen Mund bildete sich ein ärgerlicher Zug, sein Blick wurde abweisend. Jetzt war es wieder so weit, dachte Susanna, der reiche Juwelier hatte sie zwar mehrfach um Rat gefragt, hatte sich in Urbino auf ihren kunsthistorischen Sachverstand verlassen, ihr erzählt, was ihn bewegte, aber jetzt sollte sie so tun, als wäre alles erledigt, als wären es nur leidige Familienangelegenheiten, die ihn beschäftigten und die sie nichts angingen.

«Ich weiß, dir passt es nicht, wenn ich mich in die Angelegenheiten der Lanzis einmische, aber leider ist eure Angelegenheit auch die meine.» Endlich war es ausgesprochen, der Bezug hergestellt. Jetzt konnte sie nicht mehr zurück, und sie fühlte sich sehr erleichtert.

Sein arroganter Gesichtsausdruck verwandelte sich augenblicklich in Misstrauen.

«Was soll das werden, Susanna? Du sprichst in Rätseln!»

«Lass uns oben in meinem Zimmer weiterreden.»

Endlich öffnete er die Wagentür und stieg aus. Er hob ihren Koffer aus dem Kofferraum. Gemeinsam gingen sie ins Hotel und fuhren mit dem Aufzug in den dritten Stock. Susanna sperrte die Zimmertür auf und trat ein. Leise schrie sie auf. Ettore schob sie sanft ins Zimmer und blieb dann auch wie angewurzelt stehen. Das Chaos erinnerte fatal an den Zustand seines Hotelzimmers in Urbino. Nur hier hatten die Täter wenig gefunden, um Unordnung zu hinterlassen, denn die meisten Kleidungsstücke hatte Susanna auf der Fahrt dabeigehabt. Aber die Betten waren auseinandergeschoben, sämtliche Schubladen waren offen, ihr Inhalt lag auf dem Boden, die Türen des Kleiderschranks standen sperrangelweit auf, aber er stand zumindest unverrückt vor der Wand. Susanna konnte sich denken, dass der oder die Täter etwas ganz Bestimmtes gesucht hatten, und sie hoffte, betete inständig, dass das Bild noch an seinem Platz war. Ohne diesen Beweis würde es noch viel schwieriger für sie werden, Ettore ihre Beweggründe zu erklären.

«Setz dich bitte», sagte sie und deutete auf das leere Bett. Sie schloss die Schranktüren und stellte sich davor. So herrschte der größtmögliche Abstand zwischen Ettore und ihr. Jetzt kam es sehr darauf an, die richtigen Worte zu finden, den richtigen Weg einzuschlagen, um den Schaden so gering wie möglich zu halten.

«Was hast du mit der ganzen Sache zu tun?», fragte Ettore. «Für wen arbeitest du?»

«Das, was ich dir jetzt erzählen muss, fällt mir sehr schwer. Ich kann nur inständig hoffen, dass du mir glaubst, was ich dir erzähle, und dass du dir alles in Ruhe anhörst, ohne mich zu unterbrechen. Was anschließend aus uns beiden wird, wage ich mir nicht auszumalen. Trotzdem werde ich versuchen, die Fakten so sachlich und neutral wie möglich auf den Tisch zu legen.»

Susanna drehte sich um, bückte sich und wuchtete die Kleiderschrankecke nach vorne. Ihr Herzschlag dröhnte in ihren Ohren, ihr war schwindlig vor Panik, die Rückwand könnte leer sein. Ettore saß auf der Bettkante und bewegte sich nicht von der Stelle. Sie spürte seinen Blick in ihrem Rücken. Was in seinem Kopf vor sich ging, wollte sie lieber nicht wissen. Als sie aufschaute, begannen ihre Hände vor Erleichterung zu zittern. Die Plastiktüte mit dem Bild befand sich unangetastet an Ort und Stelle. Sie löste die Klebebänder von der Rückwand und trat auf Ettore zu. So ruhig wie möglich öffnete sie den Beutel und zog das Jünglingsporträt heraus. Sorgfältig breitete sie das Plastik auf dem Boden vor Ettores Füßen aus und legte das Bild darauf. Die hellen Augen Oddantonios sahen an ihm starr vorbei. Der Blick des Jünglings zeigte, dass er um sein schreckliches Schicksal wusste.

Susanna hob den schweren Schrank zurück und hörte, wie Ettore hinter ihr tief einatmete. Die neuerliche Konfrontation mit dem Porträt erschreckte ihn. Noch bevor er eine Möglichkeit hatte, Fragen zu stellen, begann sie zu erzählen, und sie war wild entschlossen, ihre Geschichte – koste es, was es wolle – zu Ende zu bringen.

«Gestern vor einer Woche fuhr eine dunkle Limousine abends in den Innenhof eines Münchner Auktionshauses. Ein dunkelhaariger Mann stieg aus und hob aus dem Kofferraum eine große Holzkiste. Ich stand am Fenster meines Büros und beobachtete den Vorgang. Nach den Vorkommnissen dieser Woche bin ich sicher, Francesco oder Massimo ist in dem Alfa Romeo nach München gefahren.

Als ich die Kiste zusammen mit meiner Kollegin öffnete, erlebten wir eine Überraschung. Sie enthielt zwei Gemälde. Ein sehr wertvolles Altarblatt aus dem dreizehnten Jahrhundert. Und ein Bild, das mir zwar auf Anhieb bekannt vorkam, mich aber irgendwie irritierte. Ich hielt das Bild von Anfang an für eine Fälschung. Und meinem Chef Heribert Wagner, Besitzer und Auktionator des gleichnamigen Auktionshauses, für das ich arbeite, ging es nicht anders. Das Bild liegt vor dir, Ettore, und ich bin sicher, du kennst es. Dem Porträt lag ein Schreiben von einer gewissen Cosima Bettone bei. Signora Bettone bat darum, die beiden Bilder bei unserer Herbstauktion Ende Oktober meistbietend zu versteigern.»

Susanna sah zu Ettore hinüber, um zu sehen, wie ihre Worte auf ihn wirkten. Seine Miene war wie versteinert. Erschreckend blass, mit seiner typisch nach oben gezogenen Augenbraue und einem leicht blasierten Ausdruck musterte er sie. Seltsamerweise schien ihn das, was sie ihm erzählte, nicht zu schockieren. Dass sie ihn mit diesen Dingen behelligte, erregte offenbar nur seinen Unmut. Susanna war zwar weit davon entfernt, ihr Verhalten ihm gegenüber als ehrlich einzuschätzen, aber diese Miene, die verbohrte Überheblichkeit, die ihr unmissverständlich zu verstehen gab, dass das, was sie ihm da erzählte, gar nicht wahr sein konnte, machte sie wütend. Er würde ihr nie verzeihen, das war ihr in diesem Moment vollkommen klar. Aber sie würde ihm jetzt schonungslos alles erzählen, was sie wusste, und auch das, was sie vermutete. Beides würde ihm nicht gefallen.

«Diese Bilderlieferung aus Italien kostete mich zwei schlaflose Nächte. Ich machte am vergangenen Montag den vergeblichen Versuch, meinen Chef davon zu überzeugen, beide Bilder wieder nach Italien zurückzuschicken. Auf das Altarblatt wollte er allerdings nicht verzichten. Nach einer längeren Diskussion willigte er schließlich ein und ließ mich nach Florenz reisen, um der Fälschung auf den Grund zu gehen. Ich sollte herausfinden, wer das Bild gemalt hat und vor allem für wen, wie das Original aussieht beziehungsweise von wem es stammt, und ich sollte Signora Bettone zur Rede stellen. Wie du an dieser Aufzählung erkennen kannst, habe ich meinen Auftrag bislang nur sehr unzureichend erfüllt. Ich weiß zwar, von wem das Original stammt, aber ich weiß immer noch nicht, wer die Fälschung angefertigt hat. Ich weiß, dass sie dazu dienen soll, dich zu erschrecken, zu bedrohen, aber ich weiß noch immer nicht, wer das Bild in Auftrag gegeben hat. Eine Frage, die dich in allererster Linie interessieren sollte.»

Sie sah Ettore an, und sein Blick verriet nichts Gutes. Er schien zu sagen, rede du nur weiter, aber komm rasch zu einem Ende. Das alles geht dich nämlich gar nichts an.

«Mit Cosima habe ich auch noch nicht gesprochen, wie

du weißt. Aber das will ich im Laufe des Nachmittags versuchen. Ich habe keine Ahnung, ob es dich interessiert, wie deine Stiefmutter in diese Sache verwickelt ist, ob du mir behilflich sein wirst, ein Gespräch mit ihr zu arrangieren, und ob du selbst dabei sein willst. Das alles überlasse ich dir. Ich bin sicher, du wirst es nicht gern hören, wenn ich deine Familie mit Schuldzuweisungen und Verdächtigungen konfrontiere. Aber darauf kann ich keine Rücksicht nehmen. Schon in deinem Interesse nicht, wenn du das vielleicht auch jetzt nicht so siehst. Du denkst nun sicher, ich habe dein Vertrauen missbraucht, das sehe ich dir deutlich an. Dich vom Gegenteil zu überzeugen wird mir zumindest im Moment nicht gelingen.»

Geringschätzig musterte er sie. Sie hatte ganz offensichtlich den Nagel auf den Kopf getroffen. Es war klar, dass Ettore nicht gefallen konnte, was Susanna ihm erzählte. Aber sie war schon dankbar dafür, dass er sie nicht unterbrach. Denn sie war noch nicht fertig, und sie wusste, dass das, was sie ihm zu sagen hatte, um einiges schwerer wog als das, was ihm vermeintlich schon bekannt war.

«Als wir in Urbino auf ein ähnliches Chaos stießen wie hier, habe ich in München meine Kollegin angerufen. Du warst ja damit beschäftigt, dein Zimmer in Ordnung zu bringen und wieder einmal ohne Polizei die Spuren des Einbruchs zu verwischen. Nur ganz nebenbei bemerkt: Man kann die Loyalität zur Familie auch übertreiben! Du scheinst dabei völlig zu übersehen, dass die Unruhestifter und Spurenleger es auf dich abgesehen haben, nicht auf deine Familie, nicht auf euer Geschäft oder Geld – es geht um dich! Und zwar ausschließlich um dich, aber das hast du noch immer nicht begriffen oder willst es einfach nicht wahrhaben.

Bereits vor sechs Jahren hast du eine ähnliche Botschaft erhalten, wie sie dir hier zu Füßen liegt. Eine verschlüsselte Morddrohung, und damals ist auch jemand zur Tat geschritten. Nur hat es nicht so funktioniert, wie es hätte funktionieren sollen. Schlimmer noch, du hast die Botschaft gar nicht verstanden.»

Wieder unterbrach sie sich und schaute zu Ettore hinüber. Zum ersten Mal schien seine Miene etwas von ihrer Arroganz einzubüßen. Die gespielte Selbstsicherheit bekam Risse.

«Vielleicht wollte der Täter, ich nenne ihn jetzt einfach mal so – schließlich wissen wir seit den Ausführungen von Andreas, dass es sich vermutlich um einen Mann handelt, der dich aus dem Weg räumen möchte –, zunächst gar keine so klare Botschaft formulieren. Möglicherweise war das erste Bild mehr eine Spielerei mit dem Feuer. Der Täter wusste, um was es ging, ob du es auch begreifen würdest, war ihm vermutlich nicht wichtig. Das zweite Mal jedoch wollte er sichergehen. Diese Botschaft hat er kommentiert, und du hast den Zettel, der hinten auf dem Jünglingsporträt angebracht war, auch richtig interpretiert und bist aktiv geworden.»

«Willst du nicht endlich zum Punkt kommen?», fragte Ettore böse.

Jetzt hatte sie ihn endlich da, wo sie ihn haben wollte. Er hörte ihr zu! Bislang hatte die innere Abwehr ihn davon abgehalten.

«Das Ölgemälde, jenes Monstrum von Stillleben, das dich und deine Geburtstagsgesellschaft so amüsiert hat, war eine solche Botschaft gewesen. Am meisten allerdings dürfte der Schenkende Spaß gehabt haben. Er war mitten unter euch und hat mit diebischer Freude gesehen, wie sein Plan unerkannt blieb. Die Person, um die es hier geht, muss ein sehr großes Selbstbewusstsein haben, sie muss dich hassen und dir deinen Erfolg neiden. Wie dieses Jünglingsporträt, so ist auch das Stillleben dem Auktionshaus Wagner zum Verkauf angeboten worden. Dreimal darfst du raten, wer es anliefern ließ?»

Ettore sah sie stumm an. Inzwischen war er sehr blass. Völlig verkrampft saß er auf ihrem Bett und wartete darauf, dass Susanna endlich zum letzten Schlag ausholte.

«Einsenderin war wieder Cosima Bettone. Sie hatte das Bild nicht, wie sie dir erzählt hat, einer Benefizveranstaltung gestiftet, sondern es in München versteigern lassen. Ein Gutachter», und hier stockte auch Susanna für einen Moment, bevor sie fortfuhr, «hat bei einer Röntgenaufnahme festgestellt, dass das Stillleben manipuliert worden war. Anstelle einer faulen Melonenhälfte war eine antike Pistole aufgemalt. Eine chemische Untersuchung in München bestätigte, dass die Ölfarbe noch frisch und nicht vollständig ausgehärtet, der Betrug also nur wenige Monate alt war.» Sie hatte nicht vor, Andreas' Rolle bei dieser Transaktion zu erwähnen. Sie war weit davon entfernt, sein Gutachten als Zufall abzutun, aber das war eine Angelegenheit, die sie nach allem, was vorgefallen war, nicht mit Ettore diskutieren wollte. Diesen Trumpf wollte sie ihm nicht in die Hände spielen.

Susanna räusperte sich. Das, was sie Ettore jetzt erzählen musste, würde ihn schwer treffen, würde einen tiefen Graben zwischen ihnen aufreißen, aber was sollte sie tun? Sie konnte an dieser Stelle nicht aufhören, und so fuhr sie so sachlich wie möglich fort:

«Als du mir den tödlichen Unfall deiner Verlobten geschildert hast, habe ich zunächst keinen Zusammenhang hergestellt, aber etwas hatte mich an deiner Schilderung stutzig gemacht und seither nicht mehr losgelassen. Du hast von einem Knall berichtet, als der Reifen platzte. Ich bin mir sicher, du hast diesen Knall, dieses Geräusch immer noch im Ohr. Könnte es sein, dass der Reifen damals durch einen Pistolenschuss zum Platzen gebracht worden ist? Dass das kein Unfall war, sondern Mord? Wer hat damals gewusst, dass ihr beide nach Lucca fahren wollt? War es nicht eher ein Zufall, dass Daniela dich damals begleitet hat? Musste der Täter nicht annehmen, du würdest dich allein auf den Weg machen?»

Ettore stand schwankend von der Bettkante auf, schaffte es gerade noch ins Badezimmer, wo er sich übergab. Auch Susanna fühlte sich am Ende ihrer Kräfte. Sie rutschte an der Schranktür nach unten und blieb auf dem Boden sitzen. Ettore kämpfte nebenan mit seiner Übelkeit, und sie hätte sich am liebsten neben ihn an die Toilettenschüssel gehockt. Zittrig stand sie vom Boden auf und setzte sich auf den einzigen Stuhl des Zimmers.

Ettore kam zurück. Sein Teint wirkte wächsern, die Stirn glänzte schweißnass. Erschöpft ließ er sich auf der Bettkante nieder und sah zu Susanna hinüber. Sein Blick wirkte müde und verloren. Seine Arroganz hatte er in ihrem Badezimmer zurückgelassen, er wirkte nun sehr verletzlich - und verletzt.

«Bist du nun fertig mit deinen Schauermärchen?» Es sollte vielleicht aggressiv klingen, herausfordernd, aber er war zu erschüttert, um seiner Stimme den nötigen Nachdruck zu verleihen.

«Leider nein. Aber ich werde dich nicht mehr lange aufhalten. Ich möchte dich nur noch auf ein paar Dinge aufmerksam machen, die du vielleicht nicht in den richtigen Zusammenhang stellst oder stellen willst. Deine Stiefmutter hat in beiden Fällen die Bilder nach München zur Versteigerung geschickt. Sie hat dir Leibwächter aufgedrängt, die dich beschützen sollten. Aber die konnten nicht verhindern, dass deine Wohnung zweimal aufgebrochen wurde. Erst, um das Porträt aufzuhängen und dafür die Fotografie zu entfernen, die dich und Daniela zeigt. Hast du die Fotografie noch, oder ist sie gleichzeitig verschwunden?»

Ettore sah sie nur an und schwieg. Seine Augen musterten sie kühl. Er schien jedes Gefühl der Zuneigung für sie verloren zu haben. In ihrer Kehle saß ein Klumpen. Sie zwang sich dazu, weiterzusprechen, wollte es hinter sich bringen.

«Dann, einige Tage später, verschwindet das Porträt wieder genauso sang- und klanglos aus deinem Palazzo. Du musst dich doch gefragt haben, wer Schlüssel zu deiner Wohnung hat? Ich vermute einmal, Teresa und die Bodyguards ... vielleicht deine Schwestern, vielleicht sogar ... Cosima oder dein Vater. Auf der Show taucht plötzlich ein Collier von dir auf, das dein härtester Konkurrent als sein eigenes ausgibt. Wie war ihm das möglich? Wer hat ihm deine Entwürfe zugespielt, oder hat er sie sich selbst besorgt? Aber vielleicht hat dieser Diebstahl auch gar nichts mit dem anderen zu tun.» Susanna hob ratlos die Hände und ließ sie wieder fallen. «Ehrlich, ich weiß es nicht!

Dann unser Ausflug nach Urbino: Dein Zimmer wird auf den Kopf gestellt, und eine antike Stichwaffe taucht auf, die deiner Mutter gehört hat. Cosima, denke ich, hätte leichtes Spiel, an den Schreibtisch, in dem das Stilett verwahrt wurde, zu kommen. Sie kennt die Bodyguards und händigt Francesco die Waffe aus. Die Dame an der Rezeption war sich sicher, dass er in deinem Zimmer war. Und dieses Chaos hier», Susanna machte eine müde raumgreifende Armbewegung, «geht bestimmt auch auf sein Konto. Inzwischen ist deinen Widersachern klar, dass ich wegen des Bildes nach Florenz kam. Und sie haben es hier gesucht. Zu Recht, wie du siehst.

Es tut mir leid, Ettore, wenn ich das sagen muss, aber für mich steckt Cosima hinter allem. Du hörst es nicht gern, aber ich gebe erneut zu bedenken, sie ist diejenige, die zwei Söhne, deine Stiefbrüder, in die Familie gebracht hat. Vielleicht solltest du deinen Vater ins Vertrauen ziehen. Möglicherweise gibt es ein Testament, das Cosima nicht gefällt.»

«Das geht dich, verdammt nochmal, gar nichts an! Ich habe keine Lust ...»

Susanna unterbrach ihn sofort, ohne auf seinen Ausbruch einzugehen. Sie spürte, wie der Klumpen in ihrem Hals so dick wurde, dass ihr selbst das Atmen schwerfiel. Sie war nicht mehr in der Lage, mit ihm zu diskutieren. So entschieden wie möglich fiel sie ihm ins Wort und sagte: «An deiner Stelle würde es mich brennend interessieren, ob der Reifen damals wirklich geplatzt ist oder ob jemand mit einer Schusswaffe nachgeholfen hat. Du hast mir erzählt, die Polizei hätte eine genaue Untersuchung vorgenommen, weil Signor Strega dich wegen fahrlässiger Tötung angezeigt hat. Daniela wird nicht mehr lebendig. Das ist leider wahr. Aber es würden dich keine Schuldgefühle, damals mit schlechten Reifen den Unfall durch Leichtsinn mitverschuldet zu haben, mehr quälen. Du könntest um deine Verlobte trauern, aber du wärst nicht mehr schuld an ihrem Tod. Allein um dein Gewissen zu entlasten, solltest du der Sache nachgehen.

Wenn meine Nachforschungen hier hilfreich wären, dann brauche ich mir wenigstens nicht nur Vorwürfe zu machen. Dann hätte es wenigstens ein Gutes gehabt.»

Susanna schwieg. Sie hatte alles gesagt, was ihr wichtig schien, was sie trotz ihrer Aufregung kombiniert hatte. Dennoch blieben Zweifel übrig. Sie hatte bislang mit keinem Wort ihre Beziehung erwähnt, noch kein Wort der Entschuldigung über die Lippen gebracht. Ettore wich ihrem Blick aus und sah auf seine Schuhe. Sie hatte ihm einen gehörigen Brocken an den Kopf geworfen. Seine Stiefmutter in einer Weise belastet, die ihn völlig aus dem Gleichgewicht werfen musste. Sie hatte die Ehre und den Stolz seiner Familie in Frage gestellt, die Wahl der Ehefrau seines Vaters in ein zweifelhaftes Licht gerückt. In den Augen eines Italieners war dieses Benehmen unverzeihlich. Susanna wusste, ganz egal, was Ettore bei seinen Nachforschungen herausfand, er würde ihr nie vergeben, und wäre sie noch so im Recht. Der Makel auf der weißen Weste seiner Familie wog so schwer, dass es kein Zurück gab. Ihre gemeinsame Nacht, ihre Gefühle füreinander hatten nicht mehr die geringste Bedeutung. Sie, eine Deutsche, hatte der alteingesessenen Florentiner Familie Lanzi den Spiegel vorgehalten, ihre intakte Welt ins Wanken gebracht. Dennoch machte Susanna einen verzagten Versuch, zu retten, was vielleicht zu retten war.

«Ettore», begann sie nochmals leise, «als ich dich in der Bibliothek getroffen und gesehen habe, welches Bild du da studierst, habe ich meinen Augen nicht getraut. Bibliothekar Terani hat mir erzählt, dass sich plötzlich eine Reihe von Leuten für Piero della Francesca interessiert hat. Das kam ihm komisch vor. Vielleicht sprichst du nochmal mit ihm, lässt dir eine Liste von Bibliotheksbesuchern zusammenstellen, die sich mit Piero befasst haben. Terani hat ein sehr gutes Personengedächtnis.»

Susanna erwähnte den Mann lieber nicht, den Terani ihr beschrieben hatte. Es war an Ettore, ihrem Hinweis nachzugehen.

«Vielleicht kommst du so dahinter, wer das Bild gemalt hat. Für mich wird die Zeit hier in Florenz zu knapp, um diese Frage zu klären. Ich wollte dich nicht belügen, Ettore, bitte glaub mir das. Ich hatte einen heiklen Auftrag zu erfüllen: Es ist nicht ungefährlich, sich auf die Spur von Fälschungen zu begeben. Die Quittung für meine Nachforschung habe ich bekommen wie du hier siehst. Auktionshäuser leben von ihrer Reputation, davon, dass sie legal erworbene, einwandfreie Originale anbieten. Genau deshalb bin ich nach Florenz gekommen, und deshalb habe ich einen anderen Beruf angegeben. Ich konnte dir doch am Anfang unserer Bekanntschaft nicht sagen, wonach ich wirklich suchte. Ich kannte dich doch nicht, wusste doch nicht wirklich, weshalb du dich für Piero interessierst. Damit hätte ich meinen Auftrag aufs Spiel gesetzt. Und dann ist es immer schwieriger für mich geworden, dir die Wahrheit zu sagen.»

«Und dein Professore hat mitgespielt.» Wie einen Brocken rohes Fleisch warf er ihr diese Bemerkung hin. «Hast du ihn vorher ins Bild gesetzt? Hast du ihm souffliert, was er mir erzählen soll?»

«Du brauchst nur sein Buch zu lesen, um zu wissen, dass dieser Vorwurf unsinnig ist.»

Unvermittelt holte Ettore mit seinem rechten Fuß aus und versetzte dem Bild einen Tritt. Dann stand er auf und ging auf die Tür zu. Susanna sah ihm nach. Sie hatte keine Kraft mehr, ihn aufzuhalten oder ihm noch etwas nachzurufen. An der Tür drehte er sich um und maß sie mit einem verächtlichen Blick.

«Niemand zieht ungestraft den Namen Lanzi in den Schmutz. Niemand bezichtigt eines unserer Familienmitglieder eines Mordkomplotts. Dass ich meine Treue zu Daniela für eine Nacht mit dir verraten habe, ist mein Problem. Dir aber empfehle ich dringend: Komm mir nie mehr in die Quere! Es könnte sonst sein, dass ich dann meine gute Erziehung vergesse.»

Die Zimmertür fiel hinter ihm ins Schloss.

XV.

Lorenzo Lanzi

Es war kurz vor zwei Uhr nachmittags, als Susanna mit dem Bild unter dem Arm über die Piazza della Signoria ging. Die Touristen standen nach wie vor in langen Schlangen, bestaunten die Loggia dei Lanzi, den Palazzo Vecchio und die Replik des David von Michelangelo. Susanna war nervös. Immer wieder blieb sie stehen, fragte sich, ob sie das Richtige tat. Ein heißer Wind hatte sich erhoben. Staubwellen trieben über die Piazza, und Körnchen davon reizten ihre Augen. Sie fing an zu reiben und verfluchte sich dabei. Lange hatte sie vor dem Spiegel gestanden, um ihre Erscheinung einigermaßen präsentabel aussehen zu lassen, die Spuren ihrer Verzweiflung wegzuschminken. Doch nun drohte ihr Werk zu scheitern. Mit schnellen Schritten bog sie zu den Uffizien ab und flüchtete sich unter die rechten Arkaden. Das Stimmengewirr der vielen Menschen, die sich unverdrossen gegenüber für die Gemäldegalerie anstellten, hallte zu ihr herüber, ließ ihre gereizten Nerven nicht zur Ruhe kommen.

Sie musste nur noch diesen Arkadengang bis zu seinem Ende gehen und um die Ecke biegen. Dann hatte sie ihr Ziel erreicht, dann stand sie vor dem Geschäft der Lanzis. Der Zeitpunkt an sich war nicht günstig. Kein Laden in Florenz hatte um zwei Uhr nachmittags geöffnet. Doch sie war sich ziemlich sicher, dass man sie bereits erwartete. Ettores Ziel, als er sie vor einer Stunde wutentbrannt verlassen hatte, war genau dieser Laden gewesen. Sie konnte sich lebhaft vorstellen, dass sie mit ihren Vermutungen und Verdächtigungen in ein Wespennest gestochen hatte.

Susanna klemmte das Bild, das wieder in der Hotelwäschetüte steckte, zwischen die Beine, fischte einen Spiegel aus der Handtasche und sah sich ihre geschwollenen Augen an. Mit einem Papiertaschentuch versuchte sie notdürftig, die Spuren der verwischten Wimperntusche zu beseitigen. Sie sah nicht gut aus. Dem Glück von gestern war die Verzweiflung gefolgt und stand ihr ins Gesicht geschrieben. Sie packte den Spiegel weg. Es hatte keinen Sinn, das Zusammentreffen mit den Lanzis weiter hinauszuschieben. Spätestens in zwei Stunden musste sie zurück im Hotel sein, ihren Koffer nehmen und ein Taxi rufen. Langsam, als hätte sie eine schwere Last auf ihren Schultern zu tragen, ging sie die schattigen Arkaden entlang, bis sie am Ende den Lungarno erreichte. Wieder hielt sie inne, schaute über den Arno auf die Hügel. Über San Miniato al Monte hatten sich dunkle Wolken zusammengebraut. Der heiße Wind, der durch die Gassen von Florenz fegte, war Vorbote eines Gewitters. Der Sommer ging zu Ende. Susanna kannte das. Ein schweres Gewitter im September ließ die Temperaturen fallen. Morgen würde das Thermometer die Dreißig-Grad-Marke nicht mehr erreichen. Erste Donner rollten über den Arno herüber, brachen sich in den Hügeln, als Susanna die Auslage der Juweliere Lanzi erreichte. Noch bevor sie einen Versuch unternommen hatte, die schwere Glastüre nach innen zu öffnen, wurde sie von Lorenzo Lanzi aufgezogen.

«Signorina, kommen Sie herein. Wir haben Sie erwartet.» Er ließ sie eintreten, reichte ihr aber nicht die Hand zur Begrüßung. Kühl musterte er sie von oben bis unten. Ein wenig geringschätzig verzog er seine vollen Lippen zu einem schiefen Lächeln, wie sie es nur zu gut kannte. Vater und Sohn hatten die gleiche Mimik, die gleiche Art, ihre Distanziertheit auszudrücken. Ganz offenbar fand ihr teurer schwarzer Hosenanzug, der ein italienisches Label am Kragen trug, nicht seine Zustimmung. Er selbst im klassischen dunkelblauen Anzug mit blau-weiß gestreiftem Hemd und einer dunkelroten Seidenkrawatte bekleidet, die mit kleinen, weißen Punkten übersät war, präsentierte sich als vollendeter Gentleman italienischer Herkunft. Sein weißes Haar hatte er nach hinten gekämmt. Jede Welle saß an ihrem Platz. Keine Strähne stand ab. Nichts an der ganzen Erscheinung von Lanzi senior verriet Aufregung, Verwirrung oder gar Zorn. Susanna bewunderte seine Selbstbeherrschung. In ihm musste ein Vulkan toben. Und sie wollte sich nicht vorstellen, was passierte, wenn er ausbrach.

«Prego!» Mit der Hand bedeutete er ihr, ihm zu folgen. Er ging voraus durch den Laden, den Susanna kaum wahrnahm. Sie durchquerten das Geschäft, betraten den Tresorraum und verließen ihn durch eine gepanzerte Tür. Ein kahles und sehr kühles Treppenhaus führte nach oben. Sehr behände für sein Alter stieg Signor Lanzi vor ihr die steile Treppe hinauf. Verkrampft hielt sie das Bild fest, ihr einziger Beweis für die unglaublichen Anschuldigungen, die sie in wenigen Augenblicken gegen Cosima Bettone erheben würde. Ein Überraschungsbesuch war es nicht. Ettore hatte mit Sicher-

heit bereits zu erzählen begonnen, sonst hätte man sie nicht eingelassen. Es wäre interessant für sie zu wissen, wie er seine Erlebnisse der letzten Tage und auch der letzten Wochen dargestellt hatte, was er bereit war preiszugeben.

Sein Vater öffnete eine schwere Eichentür. Sie betraten einen langen Gang, der direkt in einen riesigen Raum führte. Sehr hohe Fenster, mit dunkelroten Brokatportieren dekoriert, gaben den Blick auf die Hügel und auf Ettores Palazzo mit seiner aufgesetzten Loggia am gegenüberliegenden Arnoufer frei. Diese Einheit des Ortes vermittelte den trügerischen Eindruck, in einem kleinen, überschaubaren Dorf zu leben, wo sich alles Wichtige und Vertraute in Sicht- und Rufweite befand. Doch dieser Eindruck war nur flüchtig, zu dominant präsentierte sich dieser Salone im Piano Nobile, dem repräsentativsten Raum des Palazzo, in dem sich die ganze Familie versammelt hatte. Am Kopfende eines schweren Mahagonitisches, an dem mindestens zwanzig Personen speisen konnten, standen Ettore und seine Schwestern. Cosima repräsentierte am Tischende, sie sah Susanna direkt ins Gesicht. Lorenzo Lanzi trat zu ihr und stellte sich beschützend hinter sie. So als wolle er von dort aus alles überblicken, seiner jungen Frau von hinten Rückendeckung geben und dem Feind, der von vorne kam, einschüchternd die Stirn bieten. Ein Meer von Stühlen, Hochlehner mit dem gleichen Stoff wie die Portieren überzogen, verhinderte den Zugang zum Tisch und zu den Personen, die sich an seinem Ende versammelt hatten und jetzt wie eine Front, wie aus einem Blick Susanna musterten. Sie war der Eindringling, der die unglaubliche Frechheit besaß, den Frieden und das Selbstverständnis der Familie Lanzi zu stören.

Susannas Herz raste. Die Handfläche, die die Kante des

Bildes nach wie vor umklammerte, war schweißnass und klebte an der Plastiktüte. Sie hatte das Gefühl, in ihrem Hirn herrschte komplette Leere. Dabei musste sie entschieden und überzeugend auftreten, sonst würde sie hier überhaupt nichts erfahren, würde diese Familie wie eine Festung ihr gegenüberstehen und nichts, rein gar nichts preisgeben. Aber wie sollte sie das anstellen? Ihr Blick wanderte zu Ettore hinüber. Doch er schaute durch sie hindurch, als wäre sie Luft. Seine Miene zeigte keine Regung, kein Bedauern, nicht einmal Zorn. Auch er legte eine kalte Blasiertheit an den Tag.

Genau diese vermeintliche Unfehlbarkeit jedoch, diese Arroganz eines völlig überzogenen Selbstbewusstseins, die jeder einzelne dieser Familie Susanna spüren ließ – ohne sich der Wirkung vielleicht bewusst zu sein, weil sie immer so reagierten, wenn Fremde versuchten, der Familie zu schaden –, ließ die Wut in Susanna hochkochen. *Sie* hatte doch keine Fälschung angefertigt und nach München geschickt, mit dem Ansinnen, daran auch noch mehrere tausend Euro verdienen zu wollen. *Sie* hatte doch niemandem mit Mord gedroht, keine Zimmer auf den Kopf gestellt und antike Waffen ausgelegt. *Sie* hatte doch nicht unbefugt Wohnungen betreten und Reifen mit Pistolenschüssen zum Platzen gebracht. Sie hatte kein Blut an den Händen, aber einer von ihnen, einer oder eine aus dieser honorigen, sauberen Juweliersfamilie, hatte all das getan oder zumindest veranlasst. Plötzlich arbeitete Susannas Verstand auf Hochtouren. Sie würde nicht klein beigeben.

Entschieden schritt sie die gesamte Länge des Esstisches ab, der mit Sicherheit Zeuge zahlreicher Familienfeiern und -intrigen, Familiengelage und -streitereien war, zog das Jünglingsporträt aus dem Plastikbeutel und legte es so vor

Cosima Bettone hin, dass Oddantonio an ihr vorbei nach hinten sah, direkt in die Richtung ihres Gatten. Cosima sah das Bild lange an. Auch sie beherrschte die Gabe, unbeteiligt auszusehen, während ihre Gedanken hinter der Stirn rasten. Susanna brauchte keine Hellseherin zu sein, um das zu wissen. Auch Lorenzo beugte sich leicht über die Schulter seiner Frau und musterte das Porträt scheinbar emotionslos. Die Schwestern traten nahe an den Tisch heran und betrachteten das Bild mit Widerwillen, so als würden schlechte Dämpfe von ihm aufsteigen.

«Ich denke, Ihnen ist das Bild bekannt, Signora Bettone», sagte Susanna laut in den Raum. Sie nahm nicht an, dass die Signora antworten würde. Doch sie täuschte sich.

«Es tut mir leid, Signorina, aber das Bild ist mir völlig unbekannt. Ich habe es noch nie gesehen. Und ich habe es ganz gewiss nicht nach München geschickt.» Dieser Äußerung entnahm Susanna, dass Ettore seine Stiefmutter über die Vorkommnisse informiert hatte. Umso besser, dachte sie, dann brauchte sie nicht lange um den heißen Brei herumzureden.

Susanna hatte zwar nicht damit gerechnet, dass Cosima Bettone irgendetwas zugeben würde, aber noch weniger, dass die junge Frau – wie jetzt – völlig unschuldig wirken könnte. Offen und mit einem ehrlichen und warmen Lächeln bedachte sie Susanna, als täte es ihr leid, ihr nichts anderes sagen zu können. Susanna war verwirrt. Was ging hier vor?

«Sie meinen, Sie haben diesen Brief nicht geschrieben und zusammen mit zwei Gemälden an das Auktionshaus Wagner nach München geschickt?», fragte sie und zog eine Kopie des Schreibens aus ihrer Handtasche. Das Schriftstück hatte Beate ihr noch schnell in die Hand gedrückt, als

Susanna das Büro am Montagnachmittag verlassen hatte. Die Kopie war nicht besonders gut, aber der Text war annähernd lesbar und die Unterschrift von Cosima Bettone deutlich zu erkennen.

Neugierig nahm diese das Schreiben in die Hand.

«Ach, es ist in Englisch geschrieben», sagte sie enttäuscht, «ich spreche kein Englisch. Noch weniger bin ich in der Lage, in dieser Sprache zu schreiben.» Sie wollte Susanna den Brief zurückgeben, aber ihr Mann war schneller. Er nahm ihr das Schreiben aus der Hand und drehte es um.

«Ist das die Unterschrift Ihrer Frau?»

Lorenzo Lanzi hielt Cosima den Brief direkt vor die Augen.

«Keine Ahnung, Amore, ich habe meine Brille nicht hier.» Wieder glitt dieses Jungmädchenlächeln, das wirkte, als könnte sie kein Wässerchen trüben, über ihr kunstvoll geschminktes Gesicht. Erst jetzt bemerkte Susanna, wie sorgfältig Cosima zurechtgemacht war. An ihren Ohrläppchen hingen Brillanten in Kirschkerngröße. Sie trug ein graues Seidenkleid mit einem dezenten Paisleymuster in Rosé und Grün. Die beiden Schwestern hatten Hosenanzüge aus Wildseide in Dunkelrot und Nachtblau an. Hatte Ettore die Familie vorhin aufgehalten, als sie das Haus verlassen wollten? Waren sie dabei gewesen, ein Familienfest zu besuchen? Oder standen die Lanzis so in ihrem Laden, um Kunden zu bedienen? Nur Ettore hatte keine Zeit gefunden, sich umzuziehen. Er hatte nach wie vor Jeans und ein hellblaues Hemd an, beides hatte er auf der Fahrt von Sinalunga nach Florenz getragen. Und er trug das Anzugjackett darüber, in dessen Brusttasche am Abend zuvor das Stilett gesteckt hatte. Ob sich die Waffe immer noch dort befand? Susanna fixierte seine Brust, als wollte sie mit Röntgenblick durch das Wolltuch seines Jacketts blicken. Wieder schaute sie von einem Familienmitglied zum anderen. Und plötzlich begriff sie. Die Lanzis hatten sich für sie in Schale geschmissen. Offenbar meinten sie, sie müssten die Deutsche mit Bella Figura beeindrucken, ihre Unantastbarkeit beweisen, in jedem Fall die Form wahren! Wenn das zutraf, hatte Ettore kaum die Möglichkeit gehabt, alles, was sich in den letzten Tagen ereignet hatte, zu berichten, denn seine Familie war damit beschäftigt gewesen, sich herauszuputzen. Susanna fixierte ihn mit eisernem Blick, doch er schaute zu Boden und wich ihm aus. Alle anderen sahen sie an, feindselig, distanziert, lauernd. Sie würden schweigen, von ihnen würde sie nichts erfahren.

Susanna beschloss, die Taktik zu ändern. Mit Vorwürfen und Anschuldigungen kam sie hier nicht weit. Gegen die Phalanx der Lanzis konnte sie nichts ausrichten.

«Sie können den Brief gerne behalten», sagte sie mit freundlichem Lächeln. «Für mich, das heißt besser gesagt für das Auktionshaus Wagner, ist der Fall erledigt. Wir haben Ihnen Ihr Eigentum zurückgebracht. Wir gehen davon aus, dass es sich um einen Irrtum handelt und Sie nicht beabsichtigten, uns eine Fälschung anstelle eines Originals anzubieten. Wir empfehlen Ihnen, sich mit dem Maler in Verbindung zu setzen oder mit dem Händler, bei dem das Gemälde erworben wurde. Aus unserer Sicht ist das Werk von sehr geringem Wert. Es bleibt Ihnen natürlich unbenommen, sich um ein Gutachten zu bemühen und andere Meinungen einzuholen. Das Auktionshaus Wagner jedenfalls muss es jedoch ablehnen, dieses Gemälde in einer unserer Auktionen anzubieten.»

«Sie unterstellen meiner Frau also allen Ernstes, sie hätte

Ihnen eine Fälschung nach München geschickt, um Geld damit zu verdienen?», fragte nun doch Lorenzo Lanzi nach, und der drohende Unterton in seiner Stimme war nun nicht mehr zu überhören. Susanna unterdrückte ein Grinsen. An der Ehre konnte man sie doch immer wieder packen. Und war der Angriff auch noch so geschickt kaschiert.

«Wie gesagt, wir glauben, dass es sich um ein Versehen handelt, und werden deshalb auch von polizeilichen oder juristischen Maßnahmen Abstand nehmen.» Wäre Wagner hier, er würde jetzt ein unterdrücktes Brummen von sich geben und sie mit Blicken töten. Susanna wusste selbst nicht, was sie in diesem Moment antrieb. Es war gefährlich, Polizei und Gesetz ins Spiel zu bringen. Aber sie hatte in den letzten Tagen gelernt, dass das Wort Polizia bei Ettore regelmäßig Entrüstung ausgelöst hatte. Wenn sie die Lanzis aus der Reserve locken wollte, dann nur durch Provokation. Und sie hatte richtig kalkuliert. Sowohl Lorenzo als auch Ettore starrten sie ungläubig an. Im Gesicht von Lanzi senior arbeitete es. Seine Hände umklammerten die Polsterung des Stuhls, auf dem seine Frau saß, mit eisernem Griff.

«Es bleibt natürlich Ihnen überlassen, wie Sie weiter vorgehen möchten», fuhr Susanna im geschäftsmäßigen Ton fort. Ganz so, als wäre sie emotional völlig unbeteiligt. Nur sie allein wusste, welche Energie sie aufbringen musste und was für eine starke Belastung es für ihre Nerven darstellte, die Abgesandte des Auktionshauses Wagner zu spielen und die vergangene Nacht und ihre Gefühle für Ettore zu verdrängen.

«Ich bin sicher, Ihr Sohn hat Ihnen inzwischen erzählt, was es mit dem Bild, das Sie vor sich liegen haben, auf sich hat.»

Niemand sah zu Ettore hinüber. Alle Augenpaare waren auf Susanna gerichtet. Jetzt wusste sie zumindest, dass er inzwischen auch seinen Vater und Cosima in die Geschichte eingeweiht hatte. Die Schwestern und Teresa hatten es ja offenbar von Anfang an gewusst.

«Ich weiß allerdings nicht, ob er Ihnen auch erzählt hat, dass wir beide seit drei Tagen gemeinsam versucht haben, dem Bild und seinem Urheber auf die Spur zu kommen, und dabei von einigen unliebsamen Überraschungen heimgesucht wurden. So unterschiedlich auch die Ereignisse sein mögen, sie alle führen unweigerlich zu Ihrer Person, Signora Bettone. Doch wie gesagt, das aufzuklären ist Angelegenheit der Familie, nicht meine. Mein Auftrag lautete, das Bild zurückzubringen und deutlich zu machen, dass das Auktionshaus keine Fälschungen veräußert.» Susanna hielt inne. Sie sah in verschlossene Gesichter, und der Impuls, die Lanzis endlich aus der Reserve zu locken, wurde übermächtig. Und lächelnd fügte sie hinzu: «Im Übrigen war das ja nicht das erste Gemälde, das uns Signora Bettone angeboten hat.»

«Was soll das? Sie stellen sich hier vor uns hin und äußern eine Vermutung und Anschuldigung nach der anderen.»

«Ich muss Sie enttäuschen, Signor Lanzi, aber das Auktionshaus Wagner hat im Herbst 2000 im Auftrag Ihrer Frau ein Stillleben der Gebrüder Ciampi veräußert. Darüber gibt es hieb- und stichfeste Belege, die Sie selbstverständlich jederzeit einsehen können.»

«Lorenzo, ich versteh das alles nicht. Ich habe niemals auch nur ein Bild nach München geschickt. Ich habe noch nie etwas von einem Auktionshaus Wagner gehört.»

«Cara, reg dich nicht auf. Das ist doch alles ein Komplott. Was wollen Sie von uns, Signorina? Welches Ziel verfolgen

Sie mit Ihren haltlosen Anschuldigungen? Wer bezahlt Sie dafür, dass Sie uns hier Lügenmärchen auftischen?»

«Ich glaube, ich lasse Sie jetzt besser allein. Im Familienkreis lässt es sich sicher in aller Ruhe erörtern, wer hier wen unter Druck setzen und beschuldigen will.»

Susanna war mit ihrer Geduld am Ende. Sie hatte genug vom Katz-und-Maus-Spiel. Und sie hatte in diesem Moment auch genug von Ettore, der stumm wie ein Fisch neben seiner Stiefmutter stand, die beileibe nicht so unschuldig war, wie sie tat. Natürlich widersprach er seinem Vater nicht. So konnte dieser ungestört und ohne Gesichtsverlust seiner Rolle als Familienoberhaupt gerecht werden.

Wie sehr sie das alles satthatte. Diese Verlogenheit, all diese Anstrengungen, den Schein um jeden Preis zu wahren. Die oberen Zehntausend der Stadt Florenz konnten ihr gestohlen bleiben! Sie hatte es eigentlich schon immer gewusst. Wenn sie an die dekadente Lebensweise Elisabettas dachte, an die Via Tornabuoni mit ihren Läden für die Superreichen der Stadt und jetzt vor dieser florentinischen Kaufmannsfamilie stand, die glaubte, allein durch pompöses Auftreten im Recht zu sein, dann wurde ihr übel.

Allein wegen Ettore wagte sie noch einen letzten Vorstoß, um das mühsam aufrechterhaltene Kartenhaus endgültig zum Einsturz zu bringen. Susanna setzte alles auf eine Karte.

«Seit gestern ahnt Ihr Sohn, dass ihm ernstlich Gefahr droht.» Dies war eine gelinde Untertreibung, aber deutlicher wollte Susanna es nicht formulieren. «Ein Unbekannter hat ihm einen antiken Dolch ins Hotelzimmer gelegt, als wir in Urbino das Originalgemälde im Museum besichtigten, das als Vorlage für das Jünglingsporträt diente.»

Lorenzo Lanzi zog hörbar die Luft ein. Der Verlauf der Unterhaltung überschritt entschieden seine Toleranzschwelle. Die Vorstellung, sein Sohn hatte mehrere Tage und vielleicht sogar Nächte mit dieser Person zusammen verbracht, die seine Familie so frech beschuldigte, raubte ihm ein wenig den Atem. Noch schwieg er und beschränkte sich darauf, Susanna böse zu mustern.

«Es ist ein wunderschönes Renaissancestilett», fuhr Susanna, von den Seelenqualen des weißhaarigen Lorenzo wenig beeindruckt, fort, «wie es reiche Damen an Fürstenhöfen benutzten, um sich vor zudringlichen oder räuberischen Männern zu schützen. Mit einer solchen Waffe wurde der Jüngling, der hier mit blassblauen, unschuldig jungen Augen in eine unbekannte Ferne blickt, vor mehr als fünfhundert Jahren auf Befehl seines Stiefbruders erdolcht. Wie so oft ging es um Macht, Besitz und Reichtum, um ein begehrenswert großes Erbe. Die Waffe, Signor Lanzi, wird Ihnen vertraut vorkommen, wenn sie Ihnen Ettore zeigt. Dass sie Symbolcharakter hat, muss ich Ihnen sicher nicht erklären. Ettore ist in großer Gefahr. Bedenken Sie das bitte, wenn Sie es auch nicht gerne hören.»

Sie sah zu Ettore hinüber, aber er blieb unbewegt. Die Hände hinter dem Rücken verschränkt, machte er keinerlei Anstalten, den Dolch, der sich vermutlich noch in der Innentasche seines Jacketts befand, hervorzuholen.

«Es handelt sich um den Brieföffner Ihrer verstorbenen Gattin, Adriana.» Susanna gab nicht auf, wählte ihre Worte mit Bedacht, in der Gewissheit, dass sie ihr Ziel erreichten.

«Das ist infam! Wie können Sie es wagen, den Namen meiner verstorbenen Frau auch nur in den Mund zu nehmen. Zudem ist es völlig unmöglich, dass irgendjemand das *stiletto* von ihr besitzt. Es befindet sich fest verschlossen in ihrem Sekretär, den ich seit ihrem Tod nicht mehr geöffnet habe. Wer, außer mir, sollte an seinen Schlüssel herankommen? Wer, außer mir, sollte überhaupt wissen, wo der Platz des Schlüssels ist?»

«Ihre Gattin Cosima», sagte Susanna aufs Geratewohl, aber mit fester Stimme.

«*Basta. Finito!* Ich habe genug von Ihren Unterstellungen.» Lorenzo Lanzi hatte sich endlich von dem Stuhl gelöst, der ihm bislang als Halt gedient hatte. Er bewegte sich auf Susanna zu. «Ich möchte, dass Sie jetzt verschwinden. Wir haben uns lange genug mit Ihnen unterhalten.»

Doch Susanna ließ sich nicht beirren.

«Ettore, willst du deinem Vater nicht das Stiletto zeigen, das du immer noch in deiner Anzugjacke aufbewahrst?» Es konnte nur dort sein. Niemals hätte er es aus den Augen gelassen. Es gab nur zwei Aufbewahrungsorte, die für den Dolch in Frage kamen: das Jackett oder der Schreibtisch seiner Mutter.

Lorenzo fuhr herum und schaute seinen Sohn ungläubig an. Ettore erwachte aus seiner Erstarrung. Bedächtig griff er in seine Anzugjacke und zog das weiße Taschentuch heraus, wie er es schon in der Locanda getan hatte. Mit einem prüfenden Blick auf seine Stiefmutter legte er das Stoffpäckchen mitten auf das Gesicht des Jünglings, klappte die Stoffzipfel auf und legte das Stilett frei. Die Edelsteine sprühten Feuer im Licht der Stehleuchten. Im Raum war es totenstill. Draußen rollte der Donner. Erste Windböen schlugen an die alten Fensterscheiben. Ettore und Susanna sahen sich über den Tisch und das Stilett hinweg ins Gesicht. In seinem Blick lag Wehmut und Zärtlichkeit.

Es war ein Abschiedsblick, der frei war von Zorn und Enttäuschung. Es war ein kurzer Moment, der Susanna sagte, dass es zu Ende war, weil die Menschen und die Ereignisse in diesem Raum stärker waren als alle Gefühle, die sie vielleicht füreinander empfanden. Susanna spürte einen Stich in ihrer Brust, als hätte Ettore den Dolch wirklich gegen sie gerichtet. Der Moment ging vorüber. Ettore zog sich hinter den Stuhl seiner Stiefmutter zurück, dort, wo bis vor wenigen Augenblicken sein Vater die Stellung gehalten hatte. Nichts und niemand würde diese Familie entzweien. Wenn die Situation nicht so absurd gewesen wäre, hätte Susanna einen Augenblick des Neids empfinden können für diesen Begriff von Familienzusammengehörigkeit, der ihr so völlig fremd war. Cosima war leichenblass geworden. Lorenzo sah es und ging auf sie zu.

«Cara, du fühlst dich nicht wohl? Ich denke, du legst dich ein wenig nieder.» Entschieden griff er sie unter der Achsel und zog sie von ihrem Stuhl hoch. «Mariella, bitte begleite deine Stiefmutter in ihr Zimmer.» Dann drehte sich Lorenzo Lanzi zu Susanna um. Sein gebräuntes Gesicht wirkte grau und mit einem Mal von vielen Falten durchzogen. «Wir danken Ihnen für Ihren Besuch, Signorina. Wenn ich meinen Sohn richtig verstanden habe, geht Ihr Flugzeug in wenigen Stunden. Ich begleite Sie zur Tür.»

Ettore nickte ihr zu und folgte Cosima und Mariella durch eine Tür am anderen Ende des Salone. Susanna drehte sich um. Das Gespräch war beendet. Mit weichen Knien und dem Gefühl, versagt, alle Trümpfe ausgespielt und doch nichts erreicht zu haben, bildete sich ein unverdaulicher Kloß in ihrem Magen.

Lorenzo Lanzi ging voraus. Sie nahmen den gleichen

Weg zurück. Am Ende öffnete er die Glastür seines Ladens, die auf den Lungarno führte. Susanna wollte ihm an der Türschwelle die Hand reichen, aber er schüttelte den Kopf, fasste sie am linken Unterarm und betrat mit ihr den Gehsteig vor dem Geschäft. Er wartete auf eine Lücke im Verkehr auf dem Lungarno und führte dann Susanna hinüber an die Brüstung, die hoch oben über dem Ufer des Arno entlangführte.

Der Wind war aufgefrischt. Er brachte feuchte Luft und vereinzelte Regentropfen mit, von einem Gewitter, das über den Hügeln in weiterer Entfernung den Regen einem weißen Vorhang gleich über die grüne Landschaft sprühte. Es war kurz nach drei Uhr nachmittags. Aber die Wolken hatten die Nachmittagssonne völlig hinter sich versteckt. Die Lichter in den Läden auf dem Ponte reflektierten in der brodelnden, ockerfarbenen Brühe des Arno. Erste Baumstämme und Äste wälzten sich in den Wassermassen des Flusses, aufgewühlt durch die Schauer und Winde der Gewitter in den toskanischen Bergen.

Lorenzo Lanzi lehnte sich über die steinerne Brüstung und sah in den tobenden Fluss. Dann sah er Susanna ins Gesicht.

«*Mi dica!* Erzählen Sie mir, Signorina, was geschieht hier?»

«Lassen Sie sich das von Ettore berichten!»

Susanna hatte keine Lust, sich auf eine weitere Diskussion einzulassen, allein mit dem alten Juwelier auf dem Lungarno, ohne Zeugen und ohne Beistand.

«Ich möchte es von Ihnen hören, ohne Ettore, um den es hier ganz offensichtlich geht und der mir aus falsch verstandener Rücksichtnahme niemals die ganze Wahrheit sagen wird.»

Sorgenvoll und angespannt sah er sie an. Die Überheblichkeit der Lanzis, die sie noch vor wenigen Augenblicken in ihrem Palazzo geradezu zelebriert hatten, war wie weggewischt.

«Ettore weiß alles, was Sie wissen möchten. Sprechen Sie in aller Ruhe mit ihm. Er wird Fragen haben, die nur Sie beantworten können.»

Susanna gab sich zugeknöpft. Sie wollte das Gespräch so schnell wie möglich hinter sich bringen. Sie wollte ins Hotel. Sie wollte vor allem zurück nach München. In Florenz hielt sie nichts mehr. Wieder einmal hatten ihr die Stadt und ihre Menschen bewiesen, dass es hier keinen Platz für sie gab. Ihr Hals war wie zugeschnürt. Heftige Gewitterböen, die feucht und in Wellen über den Arno kamen, gingen ihr durch und durch. Susanna fror, und sie wusste, diese Kälte, die von innen kam, würde sich auch unter einer Daunenbettdecke in ihrem Bett zu Hause nicht vertreiben lassen. Diese Kälte würde bleiben. Sie kannte sie nur zu gut. Nach ihrer ersten Rückkehr aus Florenz hatte sie monatelang gefroren.

«Ettore hat nicht viel erzählt, als er vorhin kam. Ich habe nur so viel verstanden, dass das Bild eine versteckte Morddrohung ist.» Auch Lorenzo Lanzi ließ nicht locker. «Er hat gesagt, dass Sie etwas von Bildern verstünden und mit ihm recherchiert haben. Was genau haben Sie herausgefunden?»

Susanna stöhnte innerlich auf. So kamen sie nicht weiter. Weshalb sollte sie hier Rede und Antwort stehen? Warum nicht Cosima? Es ging sie doch alles verdammt nochmal gar nichts an. Das war eine Familiengeschichte. Aber es war ganz gewiss nicht ihre Geschichte.

«Hören Sie zu, Signor Lanzi, ich möchte mich gerne aus

Ihren Familienangelegenheiten heraushalten. Und dort oben», sie deutete auf die Fenster des Salone im Piano Nobile, «waren auch Sie ganz der Ansicht, dass ich das tun sollte. Ich bin Auktionatorin und Gutachterin von Gemälden. Ich schätze Bilder nach ihrem pekuniären Wert, nicht nach ihrer inhaltlichen Aussage. Nur so viel: Ettore und ich haben herausgefunden, dass das Bild, das Ihre Frau nach München transportieren ließ, auf ein Bild aus dem fünfzehnten Jahrhundert zurückgeht. Der Maler erhebt mit seiner Darstellung eine Mordanklage. Ettores Bild, das eines Tages bei ihm zwischen all den Familienfotografien hing, war mit einem Kommentar versehen, der ihm das gleiche Schicksal androhte, wie es der Jüngling auf dem Bild erfahren musste. Gedungene Mörder hatten ihn auf Befehl des Stiefbruders erdolcht. Ich bin ganz sicher, dass irgendwo da draußen jemand auf eine passende Gelegenheit wartet, die Drohung an Ettore wahr zu machen. Einmal schon hat er zugeschlagen, aber damals hat es Daniela getroffen.»

Susanna hielt inne und forschte im Gesicht von Signor Lanzi, wie er diese Mitteilung aufnahm. Ungläubig starrte er sie an. Ettore hatte also noch keine Gelegenheit gehabt, diese Geschichte zu erzählen. Vielleicht glaubte er auch einfach nicht an ihre Version.

«Weshalb der oder die Täter sechs Jahre warteten, um sich wieder bemerkbar zu machen, müssen Sie selbst herausfinden.»

«Sie meinen, der Unfall ... damals war gar keiner?»

Susanna nickte. «Als dann gestern auch noch der Dolch auftauchte, habe ich richtig Angst bekommen. Ettore dagegen ist, so glaube ich, immer noch nicht bereit, das Naheliegende zu glauben. Er hält das alles anscheinend für

Zufall, bestenfalls für einen schlechten Scherz. Es liegt jetzt an Ihnen, ihm den Ernst der Lage deutlich zu machen. Sie wissen schließlich ganz genau, ob Ettore einen Stiefbruder hat, der zu so einer Tat fähig wäre. Alle Spuren, die Ettore und ich aufdecken konnten, führen immer unweigerlich zu Cosima Bettone. Klären Sie, wer den Dolch von Adriana aus dem Sekretär entwendet hat, und Sie wissen, wer Ihrem Sohn nach dem Leben trachtet. Aber warten Sie nicht zu lange. Sonst werden Sie es Ihr restliches Leben bereuen.»

Ob Signor Lanzi von diesem heftigen Appell beeindruckt war, konnte Susanna nicht feststellen. Jedenfalls ließ er sich nichts anmerken.

«Es ist völlig ausgeschlossen, dass Cosima hinter all diesen Vorfällen steckt. Verstehen Sie mich nicht falsch, Signorina. Ich bin nicht blind und taub vor lauter Liebe. Ich bin kein alter Mann, der verzweifelt die Jugend zurückholt, indem er sich eine blutjunge Frau nimmt. Meine Kinder glauben das zwar manchmal, aber das ist Unsinn. Wenn es nur nach mir gegangen wäre, hätte ich nicht wieder geheiratet.»

Signor Lanzi sah Susanna offen ins Gesicht. «Für mich hat und wird es immer nur eine Frau geben, der mein Herz gehört, und das ist Adriana. Cosima weiß das, und trotzdem hat sie mich angefleht, sie zu heiraten. Sie stand da mit einem unehelichen Kind. Sie wollte zwar nie sagen, wer der leibliche Vater ist, aber sie wollte auch nicht allein bleiben. Florenz ist eine sehr alte Stadt. Und wenn es um solche Dinge geht, um Dinge, die man nicht verstecken oder kaschieren oder verschweigen kann, dann sind wir Florentiner geradezu antiquiert. Cosima wusste, dass außer mir kein Mann mit Ansehen, Geld und Reputation bereit sein würde, sie zu heiraten. Außerdem stand ich in ihrer Schuld.

Sie war der Schützling meiner Frau. Adriana hatte sie buchstäblich von der Straße aufgelesen. Wenn ich ihr nicht half, zerstörte ich die Bemühungen Adrianas. Außerdem hatte Cosima meine Frau aufopfernd bis zu ihrem Tod gepflegt.»

Genauso wie bei Ettore brach Lorenzo Lanzis Redefluss an dieser Stelle ab. Er schaute über den Arno, hinüber in die Hügel. Nebel und Dampf stiegen auf. Das Gewitter zog nach Süden ab. Der Arno hatte die Altstadt von Florenz vor dem Wolkenbruch bewahrt.

«Wir sind kein ideales Ehepaar, Cosima und ich», fuhr der alte Juwelier fort. «Ich kann ihren Lebenshunger und ihre Sucht nach Vergnügungen und Verabredungen nicht stillen. Cosima geht sehr oft eigene Wege.»

Den besten Beweis hatte sie auf der Show erbracht, dachte Susanna und unterdrückte ein Lächeln. Betrunken in einem der Kabinette des Pitti einzuschlafen, mit einem fremden Collier um den Hals, gehörte offenbar zu den Vergnügungen, die ihr Signor Lanzi nicht bieten konnte.

«Solange sie mich und meine Familie nicht kompromittiert, wird das toleriert», führte Lorenzo passenderweise weiter aus. «Sie würde niemals ihre Sicherheit, ihren Platz in unserer Familie durch eine Intrige oder gar ein Mordkomplott riskieren. Sie mag jung sein, lebenslustig, aber sie ist nicht dumm.»

«Und wenn sie sich verliebt hätte? Wenn sie jemandem einen Gefallen täte oder gar schuldete? Vielleicht ihrem Stiefsohn?»

Susanna kam zum Ausgangspunkt des Gesprächs zurück, legte den Finger in die Wunde, wo sie glaubte, den alten Lanzi aus der Reserve locken zu können.

«Cosima Bettone hat zwei Söhne. Ettore hat mir erzählt, Sie hätten den älteren der beiden bei Ihrer Hochzeit adoptiert. Der jüngere soll von Ihnen sein?»

Fragend sah Susanna in Lorenzos Gesicht. Sie hatte die falsche Frage gestellt. Abweisend und mit kaltem Blick sah er sie an.

«Wie gesagt, Signor Lanzi, es geht um einen Stiefsohn. Wie viele es gibt und wie sie in der Erbfolge bedacht sind, wissen nur Sie. Bestellen Sie Grüße an Ettore, bitte!»

Susanna hielt ihm ihre Hand zum Abschied hin, die er ein weiteres Mal ignorierte. Unnachgiebig sah er sie an.

«Lieben Sie Ettore?»

Die Frage traf Susanna so unerwartet, dass sie einen Schritt zurückwich.

«Ich kenne Ihren Sohn erst seit Dienstag!»

«Hm ... Und bereits am Freitag fährt er mit Ihnen zu Alvise?»

«Das hat er Ihnen in der kurzen Zeit erzählt?»

Lorenzo Lanzi lachte zum ersten Mal und schüttelte den Kopf.

«No, no», sagte er, «Alvise hat angerufen!»

«Dann wussten Sie ja schon, dass Adrianas Stiletto aufgetaucht ist?»

«No», wieder schüttelte er den Kopf. «Alvise hat mir zu meiner schönen, deutschen Schwiegertochter gratuliert.»

Susanna fühlte, wie sie rot wurde. Sie wusste gar nicht, wo sie hinschauen sollte, so peinlich war ihr seine Bemerkung.

«Dass daraus nichts werden kann, brauche ich Ihnen nicht zu erklären. Das wissen Sie selbst. Aber Sie haben versucht, meinen Sohn vor großem Unheil zu bewahren. Dafür bin ich Ihnen sehr, sehr dankbar.»

Er langte in die Seitentasche seiner Anzugjacke und zog ein dunkelblaues Schmuckkästchen heraus. Instinktiv trat Susanna einen weiteren Schritt zurück und hob abwehrend beide Hände.

«Sie sind mir gar nichts schuldig, Signor Lanzi. Ich nehme ganz gewiss kein Geschenk von Ihnen an.»

Doch Lorenzo griff Susanna am linken Handgelenk und drückte ihr das Kästchen in die Hand.

«Bitte, Signorina. Das Geschenk hat symbolischen Wert. Es ist eine Anstecknadel. Treue Kunden, besonders wichtige Kunden bekommen es als Zeichen unseres Dankes, dass wir etwas für sie tun durften. Ich möchte, dass Sie eine Erinnerung haben. An uns. An Ettore. Im Moment wollen Sie das ganz gewiss nicht. Das verstehe ich sehr gut. Aber in ein paar Monaten denken Sie anders darüber. Glauben Sie mir. Es wird das Einzige sein, was Ihnen von Ettore bleibt.»

Er verbeugte sich und nutzte rasch eine Verkehrslücke, um über den Lungarno zu hasten und in seinem Geschäft zu verschwinden.

Susanna blieb ratlos zurück und schob das Schmuckkästchen in ihre Hosentasche. Sie drehte sich um und schaute zu Ettores Palazzo, seiner Loggia, die hoch oben thronte, auf den Ponte mit seinen Lichtern und den vielen Touristen, auf den Arno, der die Pfeiler des Ponte umspülte. Es roch nach Regen und Flusswasser, nach Staub und Verkehr. Es war ein letzter Blick auf ihr geliebtes, so vertrautes Florenz. Dann wandte Susanna sich zum Gehen. Sie würde nicht wiederkommen.

XVI.

Il Professore

Und ... was kam dann?» Beate fragte, als würde Susanna einen Abenteuerroman erzählen.

«Dann bin ich zurück ins Hotel gegangen, um zu packen.»

Susanna stand am Fenster ihres Büros und schaute auf den Hinterhof. Feine Regenspuren liefen die Scheiben entlang. Draußen war es grau in grau. Warum machte es München seinen Einwohnern immer so schwer, von einer Reise zurückzukommen? Susanna fror, aber das hatte sie ja nicht anders erwartet.

«Erzähl mir nichts! Das war doch noch nicht alles?», bohrte Beate weiter. Mit diesem unbefriedigenden Ende einer sonst mehr als ausgefüllten Dienstreise wollte sie sich nicht zufriedengeben.

«Mir hat es gereicht.» Susanna sah Lorenzo Lanzi noch vor sich auf der Brücke stehen, und wenn sie in ihre Hosentasche langte, dann konnte sie das Schmuckkästchen, das er ihr zum Abschied zugesteckt hatte, fühlen. Doch an diesem Punkt hörte die Freundschaft zu Beate auf. Sie würde darüber kein Wort verlieren.

«Was soll denn noch passiert sein?», sagte sie stattdessen. «Ich bin zum Flughafen gefahren und zurückgeflogen.»

Susanna starrte weiter zum Fenster hinaus. Tränen stiegen ihr in die Augen, verschleierten ihren Blick wie die Tropfen auf den Fensterscheiben. Beate hatte mit dem Instinkt eines Jagdhundes gespürt, dass da noch mehr war. Aber Susanna wollte nicht darüber sprechen. Sie hatte schon genug erzählt. Über ihre Gefühle zu Ettore hatte sie sich, so gut es ging, ausgeschwiegen. Aber sie zweifelte nicht daran, dass ihre Freundin sie durchschaute. Wenn sie auch nicht wirklich wissen konnte, was nach ihrem Besuch bei den Lanzis noch passiert war.

Während sie ihren Koffer mit den wenigen Habseligkeiten füllte, läutete das Telefon auf ihrem Nachtkästchen.

«Signorina, ein Professore Weisenfels ist hier. Haben Sie etwas dagegen, wenn er Sie in Ihrem Zimmer besucht?»

Susanna war viel zu überrascht, um abzulehnen. In diesem Moment wollte sie eigentlich nur allein sein und möglichst rasch zum Flughafen kommen. Die letzten Stunden verdrängte sie in die hinterste Ecke ihres Herzens und auch ihres Verstandes. Nur jetzt nicht nachdenken, nicht fragen, was wäre wenn. Denn dann würde sie sich in diesem Hotelzimmer förmlich in Wasser auflösen, dann würden Dämme brechen.

Wenige Augenblicke nach dem Anruf stand Andreas vor ihr. Ohne viele Worte zu verlieren, ging er auf sie zu und umarmte sie. Einen Augenblick lang hielt er sie fest, und sie spürte seinen warmen Körper. Doch der freudige Schauer, der sich immer regte, wenn Andreas sie umarmte, blieb aus. Mehr oder weniger teilnahmslos ließ sie es geschehen. In ihrer Gefühlswelt herrschte ein solches Chaos, eine solche Verzweiflung, dass für ihn nun wirklich gar kein Platz mehr war.

«Du bist tatsächlich schon dabei, zu packen? Alle Fragen geklärt? Mordkomplott aufgedeckt?» Sein Versuch, nonchalant Fragen zu stellen, so zu tun, als wäre alles nur ein Spiel, scheiterte. Er ahnte, was passiert war. Seine Miene war zu ernst, sein Blick zu prüfend, als er sich von ihr löste.

Susanna ging an ihren Schrank zurück, um mit dem Packen sowie mit der Tatsache fertig zu werden, dass Andreas sie hier besuchte. Ihn hier zu sehen irritierte sie. Über ihre Schulter hinweg fragte sie möglichst ungerührt: «Was willst du? Hast du etwas herausgefunden, das ich unbedingt noch wissen sollte, weil du dich eigens von Sansepolcro nach Florenz bemühst? Ich dachte, du fährst nicht mehr gern in die Stadt.»

Sie war sicher, dass es einen bestimmten Grund gab, weshalb er die Fahrt unternommen hatte. Seine letzten Worte, sie solle sich nicht in die Streitereien der Juweliersdynastien einmischen, hallten in ihr nach – so, als hätte er sie eben erst ausgesprochen. Sie wandte sich zu ihm um. Aufmerksam sah sie ihn an und erschrak. Seit Mittwoch schien er um weitere Jahre gealtert. Seine Haut war bleich, die Augen müde und glanzlos. Sein Haar, das er immer betont lang trug und das normalerweise wie eine Mähne seinen Kopf umgab, hing kraftlos auf den Hemdkragen. Er trug einen unscheinbaren, anthrazitfarbenen Pullover und Jeans. Selten hatte sie ihn so leger gekleidet gesehen.

«Ich wollte mich verabschieden, denn ich fürchte, du wirst so schnell nicht mehr nach Florenz zurückkommen!» Er wirkte erschreckend ernst. Nicht der geringste Anflug eines ironischen Lächelns zeigte sich auf seinem Gesicht. Susanna wunderte sich noch mehr. Eigentlich hatten sie sich ja schon vor wenigen Tagen voneinander verabschiedet.

«Nein, vermutlich nicht.»

«Mir hat euer Besuch keine Ruhe gelassen. Hast du das Bild, dieses Jünglingsporträt, wirklich nicht gesehen?»

Einen Moment nur zögerte Susanna, aber dann entschloss sie sich, die Wahrheit zu sagen. Gut möglich, dass Andreas dann auch mehr von dem preisgab, was er wusste. Außerdem könnte sie ihn dann nach seinem Gutachten fragen, das Beate erwähnt hatte. Sie erzählte ihm daher, wie sie zu dem Bild gekommen, wie sie Ettore kennengelernt und wie sie gemeinsam zu recherchieren begonnen hatten.

«Ich habe erst bei unserem Besuch bei dir die Gewissheit gewonnen, dass Ettore und ich an demselben Bild interessiert waren.»

«Und wo ist das Bild jetzt?»

«Ich habe es vor einer Stunde Cosima Bettone zurückgebracht.»

«Das ist gut. Sehr gut sogar! Ab jetzt ist es allein die Angelegenheit der Lanzis. Wer immer hinter der Sache steckt, wird dich in Ruhe lassen.» Er schien sehr erleichtert.

«Willst du damit andeuten, du hättest Angst um mich? Warum? Was hast du herausgefunden, Andreas?»

Wenn sie an das Chaos in ihrem Hotelzimmer dachte, lag er mit seiner Besorgnis nicht so falsch. Aber das konnte er doch nicht wissen? Argwöhnisch beobachtete sie ihn.

Er ging die wenigen Schritte zu ihrem Bett hinüber und setzte sich auf dessen Kante, dort, wo wenige Stunden zuvor Ettore gesessen hatte und das Drama in seine letzte Phase eingetreten war. Andreas wirkte völlig erschöpft. Susanna war sich inzwischen sicher, dass er krank war. Mitleid regte sich in ihr, aber sie hütete sich davor, ihn das merken zu lassen. Er würde explodieren, wenn sie ihm Fragen stellte, seine Gesundheit in Zweifel zog. Da verstand er absolut keinen Spaß.

«Nicht viel, wie ich zu meiner Schande gestehen muss. Ich kenne mich schon ein wenig in der Kunstszene aus, kenne einige junge, moderne Künstler, die mit alten Techniken experimentieren, die alte Meister kopieren, um zu lernen. Aber keiner von ihnen wäre so dumm oder so einfallslos und würde eine Kopie verkaufen wollen. Jeder von ihnen versteht sich als eigenständiger, kreativer Geist, keiner von ihnen würde sich als Kopist akzeptieren, nur um Geld zu verdienen.»

Hier sprach Andreas einen wunden Punkt an, der auch Susanna seit einiger Zeit beschäftigte. Warum zog der Künstler seine als Morddrohung getarnten Gemälde, wenn sie ihren Zweck erfüllt hatten, nicht einfach wieder aus dem Verkehr? Warum wollte er sozusagen zwei Fliegen mit einer Klappe schlagen: drohen und daran auch noch Geld verdienen? Er riskierte damit doch, entdeckt zu werden! Aber vielleicht war es ja auch gar nicht der Kopist selbst, der die Bilder veräußern wollte.

«Wie gut war das Bild?»

«Technisch war es perfekt. Sogar Wagner war beeindruckt. Du kennst doch Heribert Wagner?», fragte sie so unbeteiligt wie möglich. Das Gutachten, das Beate erwähnt hatte, hatte ihr die letzte Gewissheit gegeben. Doch sie wollte es von ihm selbst hören. «Er versteht etwas von Plunder.»

«Du arbeitest tatsächlich für den alten Gauner?» Andreas lachte. «Wer hätte das gedacht?»

Jetzt wurde Susanna richtig wütend. Mit Wucht warf sie ihren Schuhbeutel in den Koffer und drehte sich endgültig ganz zu ihm um. Sie ließ sich nicht gern für dumm verkaufen. Wagner hatte nicht ohne Grund Grüße an Andreas bestellt.

«Stell dich nicht dümmer, als du bist. Du kennst Wagner und weißt haargenau, dass ich bei ihm arbeite. Du selbst hast mir seine Adresse gegeben.»

«Weshalb so angriffslustig?» Andreas schien verblüfft. «Ich hatte keine Ahnung, wo oder für wen du tätig bist. Ich habe dir bei deinem Abschied eine ganze Reihe von Namen genannt und einige Adressen gegeben. Schließlich habe ich lange genug nebenher als Gutachter für Händler in München gearbeitet. Daraus habe ich nie ein Geheimnis gemacht.»

Susanna war nicht wirklich überzeugt, dass er von ihrer Anstellung bei Wagner nichts gewusst hatte. Sie hatte immer das dumpfe Gefühl gehabt, Andreas hatte damals sein schlechtes Gewissen beruhigt, indem er ihr einen verknitterten Zettel mit einigen Namen und Telefonnummern in die Hand drückte. Nur für den Fall, dass sie selbst nichts Passendes fand, könnte sie ja den einen oder anderen seiner Kontakte anrufen, hatte er vorgeschlagen. Einer davon war Wagner gewesen.

«Einige haben nachgefragt, als du dich bei ihnen beworben hast. Wollten Referenzen haben, hören, ob du auch etwas kannst.» Diesen Zusatz hätte Andreas sich besser gespart, denn Susanna sah nun wirklich rot.

«Willst du damit sagen, ohne dich hätte ich die Stelle bei Wagner nicht bekommen? Muss ich mich jetzt vielleicht, nach allem, was du dir damals geleistet hast, auch noch für die wohlmeinende Fürsprache bei dem alten Haudegen bedanken?»

Andreas schüttelte resigniert den Kopf. Die Wendung ihrer Unterhaltung passte ihm gar nicht.

«Su, nun mach keine Staatsaffäre daraus. Ja, Wagner hat mich damals angerufen und mich gefragt, ob ich dich kenne. Natürlich habe ich ihm erklärt, dass du eine der besten Doktorandinnen warst, die ich bis dahin hatte. Das war schließlich nicht gelogen. Das Gespräch war kurz. Und er hat sich nie mehr gemeldet. Ich wusste nicht, wer dir letztendlich eine Stelle angeboten hat.»

Verbissen schwieg Susanna zu dieser Erklärung. Ihr Stolz war verletzt. Die Vorstellung, ihre Bewerbungen waren von Andreas kommentiert oder bestätigt worden, während sie vor Liebeskummer nächtelang keinen Schlaf fand, machte sie im Nachhinein noch wütend.

«Können wir die alten Geschichten nicht ruhenlassen? Es hat doch keinen Sinn, wenn wir uns erneut streiten. Bitte, Su, die Sache ist viel zu ernst, um sich wegen verletzter Eitelkeiten die Köpfe heißzureden. Was sagt Wagner zu dem Jünglingsporträt? Weshalb nimmt er Geld in die Hand, damit du auf Geschäftskosten nach Florenz reisen kannst? Das passt überhaupt nicht zu ihm.»

Verwundert sah Susanna Andreas an. Er kannte Wagner wirklich gut, sehr gut sogar.

«Er wollte unbedingt, dass ich den Künstler ausfindig mache. Weniger um ihn zur Rechenschaft zu ziehen, sondern vielmehr um ihn als Restaurator beschädigter Gemälde im Bedarfsfall zu beschäftigen. Kaum einer beherrscht heute noch Tempera.»

«Dann war die Fälschung also wirklich professionell!» Andreas schwieg nachdenklich, bevor er fortfuhr: «Es gibt nur einen Künstlertyp, der sich zur Not auch als Kopist akzeptiert, und das ist der eitle, unentdeckte, glücklose, der es nicht übers Herz bringt, seinen eigenen Werken die Anerkennung zu versagen. Weil er aber in diesem Fall nicht entdeckt werden darf, schickt er sein Bild ins Ausland. Er erhofft sich von dem Verkauf eine gewisse Genugtuung. Die dummen, deutschen Käufer werden es schon nicht bemerken, wenn sie mit einer Kopie betrogen werden. Und damit die Spuren verwischt bleiben, schickt er die Kopie unter falschem Namen ein und lenkt damit, wenn die Geschichte auffliegt, den Verdacht auf den anderen – in diesem Fall auf Cosima Bettone. Ein geschickter Rachefeldzug. Möglicherweise geht es dem Täter nicht nur um Ettore, vielleicht geht es ihm auch darum, Cosima zu schaden? Wäre das möglich?»

«Keine Ahnung! Vielleicht.» Susanna blieb einsilbig. Andreas hatte sich weitere Sympathien bei ihr verscherzt.

«Wann geht dein Flieger?»

«In knapp zwei Stunden.»

«Vergiss die Sache. Fahr nach Hause und kümmere dich nicht mehr darum.» Er stand von der Bettkante auf und trat dicht vor Susanna hin, die an ihrem Kleiderschrank lehnte. «Oder hat dir dein Juweliersohn den Kopf verdreht?»

«Ich glaube kaum, dass dich das noch etwas angeht.»

«Also doch!»

«Er ist nicht mein Juweliersohn. Und das weißt du auch ganz genau. Florentinisches Kaufmannsblut vermischt sich nicht mit Unwürdigen. Vor allem dann nicht, wenn diese der honorigen Familie auf den Zahn fühlen, wenn sie hinter ihre unsauberen Machenschaften kommen.»

Und etwas versöhnlicher im Ton fragte sie: «Du hast wirklich keine Ahnung, wer hinter dem Komplott gegen Ettore stecken könnte?» Sie wollte ihm das nicht so recht glauben und machte einen letzten Versuch, etwas aus ihm herauszubekommen.

Aber Andreas schüttelte den Kopf. «Es tut mir leid, Su. Ich kenne die Lanzis nur dem Namen nach, bin ihnen nie vorgestellt worden. Ich habe keine Ahnung, wie das alles zusammenhängt.»

«Aber du kennst Carlo Sabrini! Hast du gewusst, dass er und Ettore Lanzi Jugendfreunde sind?»

«Carlo Sabrini hat einen schier unüberschaubaren Freundes- und Bekanntenkreis. Er stammt aus einer sehr reichen Bankiersfamilie. Vermutlich gibt es in Florenz jede Menge Leute, die den Sabrinis jede Menge Geld schulden. Außerdem kommt er in seiner Position mit Gott und der Welt zusammen. Sabrini ist eine Institution in der Stadt. Wer ihn kennt, dem öffnen sich Türen. Ihn zum Feind zu haben wäre nicht besonders klug.»

Andreas wandte sich ab und ging zur Tür. Seine Schritte waren langsam. Von hinten wirkte er wie ein alter Mann. Gegen alle Vernunft tat er ihr leid. Sie hoffte für ihn, dass er bald wieder Vorlesungen halten, Studentinnen becircen, sein Exil in Borgo Sansepolcro aufgeben und Bücher schreiben konnte.

«Eine Frage noch, Andreas», sie ging ihm nach, «wann ist dein Buch über Piero eigentlich erschienen?»

«Im Januar dieses Jahres.»

«Hat es eine Buchpräsentation gegeben? Konntest du es vorstellen?»

«Ja, natürlich. Hochwohlgeboren Carlo Sabrini hat mir den Lesesaal der Biblioteca zur Verfügung gestellt. Über

Besuchermangel konnte ich mich nicht beklagen. Der ganze Saal war bis auf den letzten Platz gefüllt. Es war ein schöner Erfolg für mich.»

«Und du hast dabei sicher deine Erkenntnisse über die ‹Flagellazione› in kurzen Worten zusammengefasst.»

Plötzlich begriff Andreas, worauf Susanna hinauswollte.

«Du meinst, ich habe den tieferen Sinn des Bildes erklärt.»

Susanna sah ihn fragend an.

«Na klar, das ist ja der zentrale Gedanke des Buches. Natürlich habe ich den kurz umrissen. Irgendjemand von den Zuhörern hat daraus seine Idee zu dem Jünglingsporträt entwickelt. Der Fälscher saß vermutlich bei der Buchpräsentation unter den Gästen.»

«Gibt es eine Gäste- oder Zusagenliste?»

«Vielleicht, ja. Ich kann Milena bitten, in meinen Unterlagen danach zu suchen.»

«Weshalb soll Milena das für dich machen? Fährst du nicht nach Sansepolcro zurück?» Sie suchte seinen Blick und hoffte darauf, dass er endlich mit der Wahrheit herausrücken würde. Andreas wich ihr aus und sah auf den Boden.

«Ich bin krank.» Sehr leise und heiser gestand er es Susanna endlich ein. Dann drehte er ihr den Rücken zu und ging zur Tür. Er würde doch nicht jetzt einfach gehen und sie mit dieser fürchterlichen und zugleich vagen Nachricht alleine lassen?

«Ja, ich bin auf dem Weg ins Krankenhaus. Milena wartet unten im Wagen. Ich wollte dich nochmal sehen. Auf meine alten Tage werde ich sentimental.» Er drehte sich zu ihr um. In seinen Augen stand ein Anflug von Ironie. Doch sie ließ sich nicht täuschen. Er schien mit dem Schlimmsten zu rechnen.

«Ich bekomme eine neue Leber. Bis jetzt konnte ich mit wöchentlichen Besuchen im Krankenhaus, mit Blutwäsche und Infusionen einigermaßen über die Runden kommen. Aber das geht nun nicht mehr. Morgen soll ich operiert werden. Drück mir die Daumen, dass ich die Spenderleber vertrage, dass ich eine zweite Chance bekomme.» Er sah Susanna an und suchte in ihrem Gesicht nach etwas, das er dort nicht mehr finden würde. Mitleid wollte er ganz sicher nicht, und Zuneigung war ihm zu wenig. Sie erkannte mit Schrecken, dass er nach ihren alten Gefühlen für ihn forschte. Aber er hatte zu lange gewartet. Sie hatte ihr Herz in der Locanda Alda Rosa an Ettore verschenkt und heute in diesem Hotelzimmer die schwache Hoffnung auf eine glückliche Zukunft verspielt. Doch zumindest in einem Punkt hatte die Reise hierher ihren Zweck erfüllt: Andreas spielte endgültig keine Rolle mehr in ihrem Leben. Dennoch war es schmerzlich für sie, ihn so verloren und gesundheitlich angegriffen an der Tür stehen zu sehen. Aber außer Mitgefühl und guten Worten konnte sie ihm nichts mehr geben, und er begriff es, ohne dass sie es sagen musste.

«Es tut mir leid, Su, dass ich dir keine größere Hilfe war und nichts in Erfahrung gebracht habe, was euch von Nutzen sein könnte. Als ihr beide abgefahren seid, hatte ich einen ziemlich schweren Zusammenbruch. Milena hat mir jegliches Arbeiten und Telefonieren verboten. Sie ist wie ein Bullterrier. Widerspruch ist absolut zwecklos.» Er lachte sein tiefes Lachen. Und Susanna atmete etwas auf.

«Wie kommt es, dass ihr beide, du und Milena, zusammenwohnt?» Diese Frage hatte sie sich in den letzten Tagen mehrmals gestellt. Jetzt lachte Andreas laut und schallend.

«Wir sind doch ein prächtiges Paar», meinte er und zwinkerte ihr zu. Doch dann wurde er unversehens ernst. «Wir sind eine Zweckgemeinschaft. Als mir klar wurde, wie krank ich bin und mir der Arzt nahelegte, meine Arbeit ruhenzulassen, brauchte ich jemand, der mir im Notfall zur Hand gehen konnte. Meine jungen Freundinnen, die den starken Mann in mir schätzen, kamen als Pflegepersonal nicht in Betracht. Milena kenne ich schon sehr lange. Sie hatte einige Monate zuvor ihre Galeristin und Lebensgefährtin verloren, die ihr das Studium finanziert und für Aufträge gesorgt hatte. Wir beide standen plötzlich ziemlich einsam und verlassen da. Ein guter Kunde von ihr, der ihre Skulpturen in aller Welt vor seinen Firmen aufstellt, hat das Rustico in Sansepolcro mit enormem Aufwand renovieren lassen. Er ist viel auf Reisen und kann sich kaum um das Anwesen kümmern. Er brauchte ein Hausmeisterehepaar, das alles in Schuss hält.» Wieder lachte er.

Zumindest erklärte das die Geranientöpfe und Teakmöbel, die so gar nicht zu Andreas passen wollten. Susanna verstand nun, wie alles zusammenhing.

«Es tut mir leid, Andreas», begann sie, aber er hielt ihr den Mund mit der Hand zu und schüttelte den Kopf.

«Ich habe dir sehr wehgetan, Su. Ich hatte eine höllische Angst davor, in einer Beziehung eingesperrt zu werden. Ich glaubte damals, dass ich dann nicht mehr arbeiten könnte, dass mir die Luft zum Atmen fehlen würde. Leider habe ich erst jetzt begriffen, was Stillstand und Ende wirklich bedeuten. Ich bete darum, eine zweite Chance zu bekommen.»

Er gab ihr einen Kuss auf jede Wange. «Ciao, *amore,* werde glücklich und such dir endlich einen Mann, der dich auch verdient.» Er machte Anstalten zu gehen, aber Susanna hielt ihn mit einer letzten, entscheidenden Frage zurück.

«Erinnerst du dich noch an das Gutachten, das du vor sechs Jahren für Cosima Bettone erstellt hast?»

Verblüfft sah Andreas sie an. «Ich kenn die Frau doch überhaupt nicht. Ich habe noch nie ein Gutachten für Cosima Bettone verfasst. Das wüsste ich, da kannst du sicher sein.»

«In den Unterlagen von Wagner findet sich ein Gutachten von dir zu einem Stillleben von Ciampi, das Cosima nach München zur Versteigerung geschickt hat.»

«Ah, du meinst dieses Monstrum von einem Bild. Eine absolute Geschmacklosigkeit. Ja, ich habe ein Gutachten erstellt, weil die ‹Stiftung für Kunst und Kultur›, die Carlo Sabrini damals neu gegründet hat, eine Benefizveranstaltung organisierte, um Gelder einzutreiben. Dieses Bild war unter den Einsendungen, die wir versteigern konnten. Und du meinst, es hat Cosima gehört?»

«Zumindest wurde es unter ihrem Namen und mit deinem Gutachten bei Wagner eingereicht.»

«Für Wagner war es aber ursprünglich sicher nicht bestimmt.»

«Kann es sein, dass sich auch bei eurer Benefizveranstaltung niemand für das Bild erwärmen konnte und es deshalb weitergereicht wurde?»

«Möglich. Ehrlich, ich habe keine Ahnung.» Andreas sah auf die Uhr und erschrak. «Es tut mir leid, Su, aber jetzt muss ich wirklich gehen, sonst holt mich Milena noch hier oben ab, und das wollen wir beide ganz sicher nicht erleben.»

Er winkte ihr ein letztes Mal zu. Dann fiel die Tür hinter ihm ins Schloss.

Der Regen fiel inzwischen in Strömen. Die Konturen der Gebäude und Lagerhallen, in denen die Schätze Wagners auf Käufer warteten, verschwammen im diffusen, von tiefhängenden Wolken ausgesperrten Licht – dabei war es noch nicht einmal Mittag. Trostlos war das einzige Wort, das Susanna bei diesem Anblick einfiel. Sie wandte sich vom Fenster ab und ging auf die beiden Schreibtische zu, die in der Mitte ihres Büros zu einem großen Viereck zusammengeschoben waren. Es wurde höchste Zeit, dass sie sich mit dem Umbruch des Auktionskatalogs beschäftigte, den Beate während ihrer Abwesenheit vorbereitet hatte. Sie setzte sich auf ihren Schreibtischstuhl und starrte blind auf die obersten Seiten. Als sie Beates Blick auf sich ruhen fühlte, zwang sie sich zu begreifen, was vor ihr lag. Doch es gelang ihr nicht. Sie hatte die Eindrücke der letzten Tage, die sich in ihr Gedächtnis und ihr Herz gebrannt hatten, unterschätzt.

«Und ... was sagt Jochen zu deiner Rückkehr?» Mit der Zielgenauigkeit eines Präzisionsgewehrs schoss Beate ihre nächste Frage ab.

«Ich habe Jochen noch nicht gesprochen.»

«Du meinst, Jochen hat dich nicht abgeholt?»

«Nein, er hat mich nicht abgeholt», wiederholte Susanna leicht gereizt und sah zu ihrer Freundin über den Schreibtisch, «und er war auch nicht zu Hause.»

«Auch nicht heute Morgen?»

«Sag mal, bist du taub? Nein, auch nicht heute Morgen!»

«Und was gedenkst du jetzt zu tun?»

Susanna beschloss, ihr die Antwort auf diese Frage schuldig zu bleiben, und blätterte im Umbruch, den Beate gemacht hatte. Das, was sie sah, gefiel ihr. Die Abbildungen der Gemälde und Grafiken, die Ende Oktober unter den Hammer kamen, hatte die Freundin professionell fotografiert, Schätzpreise waren typographisch hervorgehoben und gut lesbar, die Seitenaufteilung geschickt gelöst. Ihre Freundin hatte in den letzten Jahren viel dazugelernt. Wagner hätte sich nicht so anzustellen brauchen. Beate kam gut allein zurecht. Susanna hätte den Katalog nicht besser vorbereiten können.

«Na klar, das sieht dir doch wieder ähnlich. Aber du kannst nicht immer nur den Kopf in den Sand stecken und so tun, als wäre mit dir und Jochen alles in Ordnung. Ich weiß ja nicht, ob es dich interessiert, aber am Freitag saß dein Lebensgefährte wieder mit der langbeinigen Blonden im Café am Hofgarten. Und ich kann dir versichern, sie haben sich nicht über Rechtsfälle unterhalten. Außer, es ist bei der Erörterung von Wirtschaftsdelikten nötig, der Kollegin an die Wäsche zu gehen.»

Susanna warf ihren Kugelschreiber auf die Papiere und sah Beate fest ins Gesicht. Eigentlich wollte sie sich wirklich nicht mit Jochen beschäftigen. Aber sie wollte sich auch nicht länger selbst belügen. Nach ihren Erlebnissen mit Ettore war kein Platz mehr für den Staatsanwalt in ihrem Leben. Wenn sie ehrlich war, dann hatte die Abwesenheit von Jochen ihr einige unangenehme Erklärungen erspart. Abends um zwölf, als sie endlich in ihrer Schwabinger Wohnung ankam, wäre sie nicht bereit gewesen, Diskussionen zu führen, Erklärungen abzugeben. Als er auch heute Morgen nicht in seinem Bett neben ihr lag, hatte sie sich dann doch so ihre Gedanken gemacht. Es war ja wohl nicht zu übersehen, dass er sie betrog. Aber trotz des verletzten Stolzes fühlte sie große Erleichterung. Sie musste es nur hinter sich bringen, ihn bitten auszuziehen. Das war der eigentlich heikle Punkt. Sie konnte sich vorstellen, dass Jochen ungern auf sein praktisches Leben in ihren vier Wänden verzichtete.

Vermutlich würde er ihr ein Lügenmärchen auftischen, von wegen Prozessaktenstudium mit Kollege Obermeier bis zum Morgengrauen. Bisher hatte sie solche Erklärungen nicht angezweifelt. Doch heute früh hatte sie zum ersten Mal in seinem Arbeitszimmer, dem besten Zimmer ihrer Wohnung mit Blick zum begrünten Innenhof, im Kalender auf seinem Schreibtisch nachgesehen. Sie war sich sehr schlecht dabei vorgekommen, hatte sich aber auch wegen ihrer Naivität, ja, vielleicht sogar Gleichgültigkeit, gescholten.

Susanna sah auf ihre Uhr. «Hast du Hunger?», fragte sie Beate. Diese starrte sie nur an und wartete. «Jochen speist in genau einer halben Stunde im ‹Vapiano› mit C. zu Mittag.»

«Mit C.?»

«Hmm ... ja, ich vermute, das ist die langbeinige Blonde. Wir könnten ja mal unverbindlich nachsehen.»

«Du willst also das junge Glück selbst in Augenschein nehmen?»

«Ja, ich denke schon. Dann brauche ich mich nicht mehr mit Erklärungen aufzuhalten.»

«Ha», rief Beate und lachte befreit auf. «Dass ich diesen Tag noch erleben darf. Lieber Gott, ich danke dir!» Theatralisch warf sie die Hände in die Höhe, dann stürmte sie um den Schreibtisch herum und umarmte Susanna, dass dieser die Luft wegblieb.

«Verrücktes Huhn! Was hat Jochen dir eigentlich getan, dass du ihn so gern in die Wüste schicken würdest?»

«Er hält meine beste und einzige Freundin zum Narren. Und dafür wird er jetzt büßen.» Beate war schon im Mantel, so schnell konnte Susanna gar nicht schauen. Sie warf ihr die Autoschlüssel zu und sagte: «Komm, bevor du es dir noch anders überlegst.»

XVII.

La Famiglia

Inzwischen waren sechs Wochen vergangen. Ein bleigrauer Novembersamstag sah zum Fenster herein. Susanna saß an ihrem Schreibtisch im Büro und las die Ergebnisliste der letzten Herbstauktion durch. Zumindest hatte sie den Vorsatz zu lesen. Aber wie so oft in den letzten Wochen verschwammen die Zeilen vor ihren Augen, schoben sich Bilder über die Buchstaben, Gedanken über die Realität. Arbeiten half ihr meistens, Kummer und Ängste zu verdrängen. Dabei hätte sie aufatmen, endlich wieder ungestört ihre Wohnung genießen können, anstatt an einem Samstag im Büro zu sitzen.

Der Besuch des «Vapiano», Lokalität einer pseudoitalienischen Restaurantkette mit Studenten aus aller Herren Länder hinter der Brutzeltheke, die sich an Woks bemühten, frische Spaghettigerichte für Selbstbediener zu rühren, hatte zwar kulinarisch nicht unbedingt mit Highlights aufgewartet, aber dafür Susannas Privatleben wieder in ruhige Bahnen gelenkt. C. stellte sich in der Tat als blassgesichtige, sehr langbeinige Blondine mit Fransenpony über den, wie

Susanna neidvoll zugeben musste, wunderschönen, blauen Augen heraus. Ihr rosa geschminkter Mund versprach Jochen offenbar das Himmelreich, denn er hing an ihren Lippen wie ein Dürstender an der Kaktusfrucht inmitten der Wüste Namib. Wäre sein Verhalten nicht eine Riesengemeinheit gewesen, wie Beate sich deutlich ausdrückte, so hätten Jochens dümmliches Grinsen und die knetenden Bewegungen, die er mit seiner rechten Hand am bloßen linken Knie seiner neuen Flamme vollführte, etwas geradezu Rührendes gehabt. So aber hatte Susanna ihre trockenen *spaghetti carbonara*, die ein unangebrachtes Rührei zierten, möglichst rasch hinuntergezwängt, dabei immer mit wachsamem Auge auf Jochen und seine Begleitung. Fast tat ihr die junge Frau leid. Es gab doch nichts Armseligeres, als im «Vapiano» mit der Angebeteten zu sitzen. Jochen würde sich niemals ändern, niemals lernen, was man einer Frau nach einem Wochenende schuldig war. Wenn sie an die Locanda Alda Rosa dachte, an das wunderschöne Restaurant, die elegante Lobby, die fürstliche Suite, dann war diese amerikanische Version eines italienischen Schnellimbisses eine gelungene Pervertierung guten Geschmacks und guter Manieren. Nach ausgiebigem Studium dieser seltsamen Zweiersymbiose hatte sich Susanna schließlich, entgegen Beates ausdrücklichem Rat, Jochen so richtig die Meinung zu sagen, für einen lautlosen Abgang entschieden. Sie hatte es nicht nötig, Jochen vorzuführen. Und C. würde schon noch selbst dahinterkommen, welch großartigen Fang sie gemacht hatte. Und wenn nicht? Dann wollte sie es vermutlich nicht anders.

Als Entschädigung für eine verlorengegangene filmreife Auseinandersetzung hatte sie Beate anschließend erlaubt, gemeinsam mit ihr für Jochen zwei Koffer und drei Plastiktüten zu packen, die sie ihm zur Abholung vor die Tür stellten. Mehr Habseligkeiten besaß der vielversprechende Staatsanwalt nicht. Ein Schlüsselnotdienst, Sonntagnacht um eins herbeigerufen, hatte das Werk der Freundinnen vollendet.

Susanna hatte ihren ehemaligen Freund nicht wiedergesehen, allerdings noch zwei aufschlussreiche Telefonate mit ihm geführt. Im ersten versuchte es der eloquente Jurist mit Überredungskünsten. Susanna habe die Situation im «Vapiano» einfach falsch eingeschätzt. Corinna, so hieß C., sei wirklich nur eine aufstrebende, neue Kollegin im Amt, der er ein wenig Hilfestellung geben müsse. Susanna verkniff sich die Frage, in welcher Hinsicht die junge Dame Hilfestellung nötig hätte. Sie blieb hart und bei ihrer Entscheidung, dass in ihrer Wohnung eigentlich nur Platz für eine Person sei, nämlich einzig und allein für sie selbst. Diese harte Haltung brachte ihr ein zweites Telefonat ein, schon wenige Stunden nach dem ersten. Jochen forderte ultimativ den ausstehenden Teil seines Mietbeitrags für die letzten acht Septembertage zurück. Einer Forderung, der sie natürlich nicht nachgekommen war. Sie hatte ihm freundlich, aber bestimmt zu verstehen gegeben, er könne die Summe ja einklagen. Danach hatte sich wohltuende Ruhe in ihren vier Wänden eingestellt. Sie konnte ihr Frühstück mit Käse- und Schinkenbrot genießen, ohne das Missfallen ihres Freundes zu erregen. Doch die Freude darüber währte nur wenige Tage. Als sie die Wohnung gründlich geputzt und alles, was sie eventuell noch an Jochen erinnern könnte, getilgt hatte, waren die wahren Gründe ihrer Rastlosigkeit zum Vorschein gekommen. Holten sie die Schrecken ein, die sie bis dahin erfolgreich verdrängt hatte.

Die Nächte waren am schlimmsten. Schlaflos oder von wirren, schier endlosen Träumen geplagt, wälzte sie sich in ihrem Bett hin und her. Morgens dann im Büro fühlte sich Susanna fahrig, müde und unkonzentriert. Beates Miene wurde täglich sorgenvoller, aber sie hatte es sich inzwischen abgewöhnt, Ratschläge zu geben, die ihre Freundin nicht beachten wollte.

Susanna schob entnervt die Papiere zur Seite, deren Inhalt sie ohnehin nicht aufnehmen konnte, weil ihr Verstand den Dienst verweigerte, und schaltete den Computer ein. Sie konnte auf ihr tägliches Ritual nicht verzichten, sosehr sie es auch versuchte. Sie klickte ihre Favoriten an: «La Repubblica», die Website einer überregionalen Tageszeitung mit gehobenem Informationsanspruch, und «La Nazione», die italienische Ausgabe eines Provinzblatts, in diesem Fall von Florenz. Augenblicklich schnellte ihr Puls hoch, bekam die diffuse Angst, die in der Nacht ihren Schlaf störte, ein konkretes Gesicht. Je länger ihr Florenzaufenthalt zurücklag, desto mehr fürchtete sie sich vor den Nachrichten aus dem Internet. Sie erwartete Schlagzeilen wie: «Mysteriöser Mord an jungem Juwelierserben», oder: «Leiche im Palazzo am Lungarno gefunden», oder noch schlimmer: «Männliche Leiche aus dem Arno gefischt».

Sie wusste, dass sie auf eine Hysterie zusteuerte, dass ihr tägliches Forschen nach Nachrichten im Internet suchtartige, ungesunde Züge angenommen hatte. Aber die Angst um Ettore wurde mit jedem Tag, den sie ohne ihn hinter sich brachte, größer, auswegloser und beklemmender. Auch an diesem Samstag wusste sie eigentlich, dass sie nichts erfahren würde. Und doch war der Drang, sich diese Gewissheit zu verschaffen, so stark, dass sie auf die Bestätigung nicht verzichten konnte.

Der schwarze Schriftzug von «La Repubblica» erschien. Mehrere Wagen waren auf der Autobahn Richtung Bologna kurz vor der Stadt auf den drei Spuren ineinandergerast. Das Foto mit umgestürzten Last- und völlig deformierten Personenwagen konnte selbst einen unbeteiligten Betrachter das Fürchten lehren. Susanna wandte sich rasch ihrer anderen Zeitung zu. «La Nazione» flackerte auf, und eine Abbildung erschien in der Mittelspalte, die Susanna erneut nach Luft schnappen ließ. Im ersten Moment glaubte sie an ein Trugbild, das überreizte Nerven ihr vorgaukelten. Doch ein zweiter Blick bestätigte den ersten. Das Foto zeigte Cosima Bettone. Zwei Carabinieri führten sie aus einem Gebäude. Susanna meinte den Geschäftseingang am Lungarno im Hintergrund zu erkennen. Die Schlagzeile daneben lautete: Ermittlungen wegen Mordversuch gegen Juweliersgattin eingeleitet.

Der Text darunter flirrte vor Susannas Augen. Sie war im ersten Moment unfähig, auch nur eine Zeile zu lesen. Sie suchte, von einer unbekannten Macht getrieben, die ganze Spalte nach Ettores Namen ab. Erst als sie an deren Ende angelangt und Ettore mit keinem Wort erwähnt worden war, wagte sie es auszuatmen. Sie hielt sich mit beiden Händen an den Armlehnen ihres Schreibtischstuhls fest und begann nochmals von vorne.

«Gestern Morgen, gegen 9 Uhr, wurde C. B. von zwei Carabinieri abgeführt. Es besteht der dringende Verdacht, die Frau habe ihren Mann, L. L., vorsätzlich und böswillig in der Nacht zuvor bewusstlos im Treppenhaus des eigenen Palazzo am Lungarno liegen gelassen. Zurück von einer

Cocktailparty, sei sie einfach schlafen gegangen. Als morgens das Hauspersonal den Dienst antrat, wurde der inzwischen stark unterkühlte und bewusstlose Juwelier gefunden und ins Krankenhaus gebracht. Sein Zustand wird von den Ärzten als sehr kritisch bezeichnet. Der Haftrichter beantragte Untersuchungshaft. Die Kaution in Höhe von 250 000 Euro wurde von einem Freund der Familie aufgebracht. Worauf C. B. unter Auflagen auf freien Fuß bis zum Beginn ihrer Verhandlung gesetzt wurde. Wie aus unterrichteten Kreisen verlautet, hatte sich die Ehe des Juwelierpaares in einer Krise befunden. Ob es zu einer handgreiflichen Auseinandersetzung zwischen beiden in der Nacht gekommen war, kann zum gegenwärtigen Zeitpunkt nicht mit Bestimmtheit angenommen werden. Als mögliches Tatmotiv gilt der große Altersunterschied zwischen C. B. und L. L., der sich immerhin auf 35 Jahre beläuft und unterschiedliche Auffassungen des Lebensstils zur Folge hatte.»

Susanna lehnte sich in ihrem Stuhl zurück und versuchte, langsamer und ruhiger zu atmen. Ihr Puls flog dahin, und ihre Handinnenflächen waren schweißnass. Wer war der Freund der Familie, der eine solche Summe für Cosima aufbrachte? Und warum? Sie konnte sich beim besten Willen nicht vorstellen, dass Ettore nicht in der Lage sein sollte, seine Stiefmutter auszulösen. Das hieß aber im Umkehrschluss, dass diese Meldung stimmte. Cosima hatte Lorenzo einfach seinem Schicksal überlassen. Susanna mochte es nicht ausschließen, dass purer Leichtsinn und Verantwortungslosigkeit zu dem Unglück geführt hatten. Vermutlich war die junge Frau angetrunken von einer feuchtfröhlichen Party nach Hause gekommen und hatte den leblosen Körper ihres Gatten, der, aus welchen Gründen auch immer, auf den Stufen seines Palazzo zusammengebrochen war, nicht einmal gesehen. Sie vertrug keinen Alkohol. Das wusste jeder in der Familie. Bislang hatte man ihre Eskapaden, die mit reichlich Alkoholgenuss einhergingen, amüsiert toleriert. Doch jetzt ging es um den Vater und um das Ansehen der Firma Lanzi. Kein Wunder, dass keiner der Geschwister den Finger für die Stiefmutter krumm machte. So weit reichte ihre Loyalität dem Schützling der verstorbenen Mutter gegenüber wieder nicht. Oder hatte sich zwischenzeitlich herausgestellt, dass Cosima doch hinter den Morddrohungen steckte, die Ettore erhalten hatte? Konnte es wirklich sein, dass das Gleichgewicht der Familie Lanzi ins Wanken geriet, der blitzblanke Lack Kratzer bekam?

Susanna schaltete ihren Computer aus, nachdem sie sich die Meldung ausgedruckt hatte. Sie stand von ihrem Stuhl auf und begann nervös in ihrem Büro hin und her zu gehen. Auf der anderen Seite, so dachte sie, bedeutete die Einmischung Dritter, die Bezahlung der Kaution durch einen Freund der Familie, einen Skandal. Warum rührte die Familie Lanzi keinen Finger für Cosima? Hatte die Familie zu lange gewartet? War ihnen der Unbekannte zuvorgekommen? Oder hatte Cosima einen Liebhaber, der, in Anbetracht der entwürdigenden Haftumstände, aus dem Schatten trat und nicht abwartete, ob *la famiglia* einschreiten, Cosima zu Hilfe kommen würde? Susanna war sicher, dass es eine Reihe von Personen gab, von denen sie noch nichts gehört hatte, die aber im Leben der Lanzis eine bedeutende Rolle spielten. Sie jedenfalls konnte nichts tun. Sie wusste zu wenig, um das Geflecht der Familie zu durchblicken.

Doch sie musste einen Weg finden, an Informationen zu kommen.

Bislang hatte sie sich mit ihrer Rolle als unbeteiligte, abgeschobene deutsche Bekannte, die sich nicht in die Familienbelange der Lanzis einzumischen hatte, notgedrungen zufriedengegeben. Doch diese neue Entwicklung machte es ihr unmöglich, weiter stillzuhalten. Cosima war nicht der bedürftige Unschuldsengel, die arme Süditalienerin mit unehelichem Kind, die man unter die Fittiche nehmen musste. Susanna mochte ihrem treuherzigen Blick, den sie zuwege gebracht hatte, als sie auf den Jünglingskopf schaute, nicht trauen. Zu gerne wäre sie in den letzten Wochen Mäuschen am Lungarno gewesen. Lorenzo Lanzi war kein Dummkopf. Er war den Drohungen, die sein Sohn erhalten hatte, mit Sicherheit nachgegangen, und er hatte seiner dritten Frau unangenehme Fragen gestellt. Wer weiß, was dabei ans Tageslicht gekommen war.

Und zu allem Überfluss musste sie dieser Frau nun auch noch eine gehörige Portion Geld für ihr Altarblatt überweisen. Susanna ging an ihren Schreibtisch zurück und nahm sich nochmals die Papiere vor, die sie zuvor achtlos beiseitegeschoben hatte. Die Umsätze der letzten Herbstauktion hatten alle bisherigen übertroffen. Wagner konnte sich über eine zweistellige Prozenterhöhung seiner Gewinne freuen. Nicht unwesentlich hatte das Sieneser Altarblatt von Cosima dazu beigetragen. Es war für 125 000 Euro an einen Telefonbieter aus England gegangen. Das Bild hatte inzwischen seine Reise über den Kanal angetreten, und wie Susanna ihrer Liste entnehmen konnte, war der Betrag auch dem Auktionshaus bereits gutgeschrieben worden. Fast schon widerwillig zog sie eine Schublade ihres Rollcontainers auf und suchte sich die Akte von Cosima Bettone heraus. Sie entfaltete den Brief, um nach einer Kontoverbindung zu suchen. Am besten, sie brachte die Angelegenheit möglichst rasch zu einem Ende. Wenn Wagner erst einmal Wind davon bekam, dass die Florentinerin eine Anklage wegen unterlassener Hilfeleistung, Totschlag oder gar Mord am Hals hatte, stoppte er womöglich noch die Zahlung. Sie kannte ihren Chef. Aber mit dieser Art von Geschäftspraktik wollte sie nichts zu tun haben, und schon gar nicht in diesem Fall.

Aufmerksam las sie den Brief nochmals durch, den sie seit ihrer Abreise nach Florenz nicht mehr in die Hand genommen hatte. Erst jetzt fiel ihr auf, wie eigenartig dieses Schreiben abgefasst war. Die erste Seite oben links enthielt Cosimas vollen Namen in einer schnörkeligen Schrift, aber keine Adresse, keine geschäftlichen Verbindungen. Auf der zweiten Seite unten standen folgende Angaben sehr klein gedruckt: «Bitte überweisen Sie den ersteigerten Betrag nach Abzug Ihrer Gebühren und des Aufgelds an die ‹Stiftung für Kunst und Kultur› der Stadt Florenz.» Als Geschäftsführer der Stiftung wurden genannt: Dottore Carlo Sabrini und Cesare Russo, beratende Sachverständige und Gutachter: Professore Andreas von Weisenfels und Professoressa Gabriella Tibaldi. Letztere lebte inzwischen nicht mehr. Es folgten weitere Namen, die Susanna nichts sagten, und schließlich die Kontonummer. Die Überweisung sollte auf ein Konto der «Banca Pasqualina da Firenze» erfolgen. Es war das Bankhaus der Sabrinis. Und plötzlich war es Susanna völlig klar, wer der Freund der Familie war: Carlo Sabrini und seine Bank hatten dafür gesorgt, dass Cosima auf freien Fuß kam. Wie hatte sich Ettore ausgedrückt: Bei aller Feindschaft hielt man im Notfall zusammen, gaben sich die Familien in der Öffentlichkeit keine Blöße. Bedeutete das auch, dass die Lanzis so knapp bei Kasse waren, dass Carlo erneut hatte einspringen müssen? Hatte die Show alle finanziellen Reserven der Familie aufgebraucht? Steckten sie unter Umständen unter einer Decke und hatten eines ihrer besten Stücke, ein gotisches Altarblatt, geopfert, um wieder flüssig zu sein, aber nicht den Mut oder die Aufrichtigkeit besessen, dies zuzugeben, und unter dem Deckmantel der Stiftung die Beschaffung von Barkapital bewerkstelligt? Und hatte gleichzeitig Cosima die Frechheit besessen und die Gunst der Stunde genutzt, um das kompromittierende Bild, die Fälschung, auch gleich noch zu Geld zu machen und damit endgültig loszuwerden? Allerdings war Susanna in diesem Moment fast geneigt, dem überraschten und auch ein wenig amüsierten Gesichtsausdruck Cosimas Glauben zu schenken, als sie die Kopie ihres Schreibens in die Hand nahm. Sie könne kein Englisch, hatte sie gemeint, und sie könne es ganz gewiss nicht schreiben. Der vorliegende Brief aber hatte einen geschäftsmäßigen Ton. Hier schrieb jemand, der genau wusste, wie man solche Texte zu verfassen hatte, und, was noch entscheidender war, der genau wusste, wie eine Auktion funktionierte.

Wer aber hatte dann den Deal eingefädelt? In Susannas Augen kamen dafür nur Lorenzo Lanzi, die Geschwister Lanzi oder Carlo Sabrini als Berater der Familie in Frage. Und welche Rolle spielten dabei Andreas, Cesare und die Tibaldi? Waren sie Werkzeuge im Spiel der Lanzis? Saß Carlo an entscheidender Stelle und agierte in doppeltem Interesse: einmal als Kulturreferent und Stiftungspräsident und einmal als Anteilseigner der Bank? Ihm traute Susanna jedes Ränkespiel zu. Der smarte Ehemann von Elisabetta war genau der Richtige, um auf möglichst vielen lukrativen Hochzeiten zu tanzen. In ihren Augen war er eine der Schlüsselfiguren.

Susanna stand erneut von ihrem Bürostuhl auf und ging an ihren Garderobenschrank. In ihrer Handtasche suchte sie nach ihrem Adressbuch. Sie würde jetzt über ihren Schatten springen und das tun, was sie unter gar keinen Umständen hatte tun wollen. Sie würde anfangen, in dem Sumpf der Florentiner High Society herumzustochern. Und Elisabetta würde ihr dabei als Stock dienen, um den Morast aufzuwühlen.

Nach dem dritten Läuten meldete sich Martina, die Hausdame. Kurze Zeit später war Elisabetta selbst am Apparat.

«Pronto!»

«Ciao, Etta. Ich bin's ... Susanna!» Sie hielt gespannt den Atem an. Sie musste durchaus damit rechnen, dass Elisabetta einfach auflegte. Ihr letztes Zusammentreffen war wenig freundschaftlich gewesen. Und die Italienerin war nachtragend. Das hatte sie noch sehr gut in Erinnerung.

«Ciao, Sanna. Wie geht's dir?»

Susanna hörte, wie sich ihre Freundin in die Seidenkissen ihres Sofas zurückfallen ließ. Ihr schwante, dass Elisabetta sich an diesem Samstagvormittag tödlich langweilte. Das bedeutete zwar ein ergiebiges Gespräch, aber schlechte Karten für Wagners Telefonrechnung.

«Ich wollte mich einfach mal wieder bei dir melden. Nicht dass es eines Tages heißt, Susanna meldet sich nur, wenn sie vorhat, nach Florenz zu kommen.» Susannas Lachen klang auch in ihren Ohren reichlich bemüht.

Aber Elisabetta nahm daran wenig Anstoß. Wie schon

befürchtet, hatte sie eine Menge über Carlo zu berichten, der sich immer weniger zu Hause blicken ließ und sie und die Mädchen nur noch besuchte. Elisabetta schien hocherfreut, die Geschichte ihrer tragischen Ehe erneut mit einer geduldigen Seele durchkauen zu können. Susanna hörte schweigend zu und hoffte, die Freundin würde irgendwann ein Stichwort liefern, das ihr die Möglichkeit gab nachzuhaken. Schließlich fand der Redeschwall eine kurze Unterbrechung. Elisabetta nahm ganz offensichtlich ein Getränk zu sich, denn Susanna hörte, wie sie ein Glas auf dem Sofatisch abstellte. Die unschönen Szenen in der Villa Sabrini traten so lebhaft vor ihr inneres Auge, dass ihr Magen sich zusammenzog. Offenbar hatte sich am Lebensstil der Freundin nichts geändert.

«Und ...? Was hört man aus den besseren Kreisen?», fragte Susanna leichthin.

Elisabetta lachte. Die Seide der Kissen raschelte, als sie es sich bequem machte. «Florenz ist ein Dorf. Und der Klatsch sprießt, wie anderswo die Krokusse. Du bist also auch neugierig! Und ich dachte immer, du wärst über Tratsch erhaben.» In dieser Feststellung schwang deutlich die Befriedigung mit, Susanna auch in den Kreis derer einreihen zu können, die vom Bazillus der üblen Nachrede befallen waren. Eine gewisse Genugtuung war aus der Stimme Elisabettas herauszuhören, was Susanna sehr missfiel. Aber das musste sie sich nun gefallen lassen.

Elisabetta zögerte keinen Moment und präsentierte als erste Nachricht die überstandene Lebertransplantation von Andreas. Susanna schwieg sich aus. Erwähnte mit keinem Wort, dass sie Andreas sowohl in seinem Rustico besucht als auch in der Klinik nachgefragt hatte, wie es ihm nach der

Operation ging. Sie ließ die Freundin in dem Glauben, Überbringerin sensationeller Neuigkeiten zu sein.

«Seit einer Woche ist er wieder oben in den Bergen bei seiner schrecklichen Bildhauerin.»

Diese Mitteilung regte Susanna nicht auf. Ganz im Gegenteil. Sie war sehr erleichtert, dass Andreas inzwischen wieder zu Hause war.

«Erinnerst du dich noch an Milena Rubini? An dieses Mannweib mit den Fingern eines Bergbauarbeiters?»

«Ja, jetzt ... wo du die Frau erwähnst!»

«Man erzählt sich, die beiden wollen heiraten!» Elisabetta nahm hörbar einen weiteren Schluck Champagner und goss sich nach. Das typische leise Zischen des Perlweins war bis nach München durch die Ohrmuschel des Telefons zu hören. Susanna sah förmlich, wie sich der schöne Mund der Freundin zu einem breiten Lächeln verzog. Sie genoss es aus vollen Zügen, eine Ohrfeige auszuteilen. Dabei konnte sie nicht wissen, dass Susanna Andreas in diesem Moment aus vollem Herzen bedauerte, denn sie ahnte, unter welch ungünstigen Bedingungen ihr ehemaliger Freund einer solchen Beziehung zustimmte.

«Tja, und in der Juweliersfamilie, in der Familie des von dir so hochgeschätzten Ettore Lanzi, stehen die Dinge auch nicht zum Besten.» Die Bosheit Elisabettas hatte in diesem Fall ein Gutes. In dem Bemühen, ihrer Freundin in München einen weiteren Stachel ins Fleisch zu treiben, tat sie ihr den gewünschten Gefallen.

«Wie meinst du das?», fragte Susanna so unschuldig wie möglich und tat so, als hätte sie die spitze Bemerkung nicht registriert.

«Nun ja, Cosima Bettone soll angeblich ihren todkranken

Mann, der nach einem Herzanfall im Treppenhaus ihres Palazzo bewusstlos zusammengebrochen war, einfach liegen gelassen haben. Sie wird wegen unterlassener Hilfeleistung verklagt werden. Und die Staatsanwaltschaft ist der Meinung, dass es sich um Vorsatz handelt. Im besten Fall um versuchten Totschlag.»

«Du meinst, man hat Cosima eingesperrt – im Gefängnis?» Susanna legte so viel Verwunderung in ihre Stimme, wie sie aufbringen konnte, und kam sich furchtbar falsch dabei vor.

«Nein, nein. Du weißt doch, dass Leute unseres Schlages nicht im Gefängnis landen.»

Susanna stellte sich amüsiert die Frage, ob sie selbst bei dieser Form der gesellschaftlichen Unterscheidung auch in den Genuss einer Haftverschonung käme?

«Irgendein Trottel hat eine Kaution von 250 000 Euro für sie bezahlt. Kannst du dir das vorstellen?»

«Wieso? Hat die Familie nicht geholfen? Sind sie nicht in der Lage, eine solche Summe aufzubringen?»

«Bist du so naiv, oder was? So eine Frau gibt sich doch nicht mit einem Siebzigjährigen zufrieden. Lorenzo Lanzi hat wohl geglaubt, wenn er ihren Hals mit Colliers behängt und ihr jedes Jahr einen neuen Sportwagen kauft, kann das mangelnde Manneskraft ersetzen. Cosima hat seit Jahren ein Verhältnis. Und ihr dummer, alter Mann erkennt ihre Bastarde auch noch als seine eigenen Söhne an. Wie verliebt und verblödet muss ein Mensch sein, um so einen Schwachsinn zu treiben?»

Susanna wäre Elisabetta am liebsten über ihr Lästermaul gefahren. Sie bekam ein schwaches Bild davon, was hinter den honorigen Fassaden der florentinischen Familien vermutlich über die Lanzis gemunkelt wurde. Cosimas Fehltritt, ihre Entgleisung nach einer durchzechten Nacht, beschwor einen Skandal herauf, den die Familie nur durch Zurückhaltung und Schweigen im Keim ersticken konnte. Susanna war sicher, dass sie deshalb – zumindest offiziell – nicht die Kaution bezahlt hatten. Es war völlig unmöglich, dieser Schmach eine weitere folgen zu lassen, indem man den Fehltritt der Gattin auch noch bezahlte. Vermutlich hatte man irgendeinem Freund der Familie das Geld für die Kaution überwiesen, damit er sie freikaufte, um den Schein zu wahren, das Gesicht nicht völlig zu verlieren.

Allerdings fand sie es von Elisabetta schon sehr dreist, sich über das verkorkste Eheglück anderer so hässlich zu äußern. Schließlich sah es unter ihrem eigenen Dach nicht besser aus. Oder hielt sich auch bei ihr noch die alte italienische Überzeugung, dass Fehltritte der Ehemänner eine unvermeidliche Tatsache, Fehltritte von Ehefrauen dagegen in höchstem Maß verwerflich waren? Susanna hatte jedoch nicht vor, diese soziologisch interessante Frage mit ihrer Freundin zu erörtern. Vielmehr sagte sie: «Und du meinst, ihr Geliebter hat die Kaution bezahlt?»

«Na klar, wer sonst?»

«Und, was erzählt man sich? Wer ist der Glückliche?»

«Da sind mehrere im Spiel. Die Namen werden dir nichts sagen.» Elisabetta kostete ihren Wissensvorsprung genüsslich aus.

«Na, vielleicht hat ja auch die Bank deines Mannes den Lanzis unter die Arme gegriffen», Susanna freute sich, dass auch sie einen Hieb landen konnte. «Schließlich habe ich auf der Show gehört, dass die ‹Banca Pasqualina› den Juwelieren Kredite einräumt, damit sie die teuren Shows und

Kreationen auch finanzieren können.» Es war ein Schuss ins Blaue, und Susanna genoss jedes Wort. «Gut möglich, dass den Lanzis nach den spektakulären Designerstücken Ettores finanziell ein wenig die Luft ausgegangen ist. Wäre das so schlimm?»

«Ich weiß definitiv, dass Carlo, beziehungsweise sein Bruder, der ja die Bankgeschäfte leitet, kein Geld für die Lanzis zur Verfügung gestellt hat. Wir haben uns erst gestern beim Abendessen darüber unterhalten.»

Plötzlich mauserte sich Carlo wieder zum Familienmenschen, mit dem man beim Abendessen häusliche Gespräche über gemeinsame Freunde führen konnte. Susanna gab sich erst gar keine Mühe, ein wissendes Grinsen zu unterdrücken.

«Ach, du hast sicher recht.» Ihr Ton war honigsüß und zustimmend. «Cosimas Freund wird die Kaution bezahlt haben.» Sie machte eine Kunstpause. «Andererseits stehen Carlo und sein Bruder schon allein durch die großzügige Spendentätigkeit Cosimas immer wieder mit ihr in Verbindung. Sie lässt ja gelegentlich Gemälde der Familie Lanzi für einen guten Zweck versteigern.»

Elisabetta schnappte hörbar nach Luft. Ganz offenbar hatte Susanna mit dieser Bemerkung gefährliches Terrain betreten. Das war ihr durchaus bewusst. Denn eigentlich hatte auch sie selbst dieses Wissen geheim halten wollen. Doch sie erfuhr nichts, wenn sie nicht auch etwas preisgab.

«Woher weißt du das?», fragte die Freundin, und Susanna hatte das Gefühl, dass sie nach Luft rang. «Cosima hat Carlo eindringlich darum gebeten, ihre Spendentätigkeit unter allen Umständen geheim zu halten. Sie will weder Begehrlichkeiten von anderen Organisationen wecken, noch will sie irgendwelche Dankesbezeugungen bekommen. Es ist völlig ausgeschlossen, dass du etwas darüber wissen kannst.»

«Du hörst ja, dass ich es weiß. Und so verwunderlich ist das auch wieder nicht. Ettore Lanzi gab sich in dieser Hinsicht weniger zugeknöpft. Er hat mir von der Gemäldesammlung seiner Familie erzählt. In irgendeinem Landgut im Chianti müssen sie ein ganzes Arsenal mehr oder weniger wertvoller Gemälde herumstehen haben. Als Kunsthistorikerin interessiert man sich doch für solche Sachen. Hast du die Sammlung noch nie gesehen? Ihr seid doch bestimmt manchmal auf das Landgut eingeladen worden?»

Ein neuer Fallstrick war ausgelegt. Susanna war sich absolut sicher, dass die Sabrinis und die Lanzis gesellschaftlich miteinander verkehrten. Die Freunde aus Kindertagen verfügten jeder über repräsentativen Haus- und Grundbesitz, der für Sommerpartys und Silvesterbälle geradezu prädestiniert war.

«Du kennst dich doch bestens aus. Weshalb fragst du mich!»

Elisabetta war beleidigt. Doch Susanna gab nicht auf.

«Wie wird es denn jetzt mit Cosima Bettone weitergehen?»

«Ich weiß es nicht, und es interessiert mich auch nicht!»

Die Leitung war tot. Elisabetta hatte aufgelegt. Susanna lehnte sich in ihrem Bürostuhl zurück. Ihr Triumph, der Freundin gehörig auf den Zahn gefühlt zu haben, währte nur kurz. Ihr Erkenntnisstand hatte sich nur unwesentlich verbessert. An sich wäre es jetzt nur logisch und konsequent, Andreas anzurufen und nach weiteren Puzzlesteinen zu fahnden. Er musste doch eine Erklärung dafür haben, weshalb die Lanzis ihre Gemälde über die Stiftung veräußerten. Und warum sie das so klammheimlich über München machten und nicht in Florenz, wo man die Familie kannte und wo es sehr wohlwollend aufgenommen werden würde, wenn teure Gemälde für gute Zwecke versteigert würden. Stattdessen verurteilte Cosima Carlo angeblich zu Stillschweigen. Warum ließen sie sich diese Art der Werbung entgehen? Doch nur dann, wenn das Geld gar nicht gespendet werden sollte. Bei Fälschungen und bei Hehlerei tat man gut daran, im Verborgenen zu agieren. Könnte es sein, dass das wertvolle Altarblatt gar nicht den Lanzis gehört hatte? Oder verkaufte hier jemand im Namen der Familie Diebesgut, weit weg von Florenz, um unentdeckt zu bleiben? Benutzte jemand den guten Namen der Familie, um dunkle Geschäfte abzuschließen?

Wieder sah Susanna auf den Brief und auf die Unterschrift Cosimas. Niemand in der Familie hatte diese in Zweifel gezogen, als sie die Kopie des Schreibens vorgelegt hatte. Über die Möglichkeit einer gefälschten Signatur war nicht diskutiert worden. Es tauchten immer wieder neue Fragen auf. Und Susanna musste sich eingestehen, dass es ihr von München aus unmöglich war, die Vorkommnisse richtig zu beurteilen. Sie musste sich weiter darauf beschränken, die Nachrichten im Internet zu verfolgen.

Um Andreas anzurufen, fehlte ihr in diesem Moment der Mut. Seit einer Woche war er zu Hause. Zu kurz, ihrer Meinung nach, um sich bereits wieder in die Geschichten anderer Leute hineinziehen zu lassen. Und selbst wenn er etwas wusste, was sollte es ihr nützen? Mit Ettore in Verbindung zu treten, um ihm dann ihre Erkenntnisse aus zweiter oder gar dritter Hand zu präsentieren, kam nun gar nicht in Betracht. Sie war mit Sicherheit die letzte Person, die er in dieser Angelegenheit sprechen wollte. Er musste für sich selbst sorgen und für seine Familie. Der Ring, der sich um die Lanzis schloss, wurde enger und bedrohlicher. Sie wagte es nicht, sich auszumalen, welche Stimmung hinter den dicken Mauern der Palazzi herrschen mochte, die die reichen Florentiner bewohnten. Und welche Ängste sie ausstanden.

Susanna ging zu ihrem Garderobenschrank und schlüpfte in ihren Wintermantel. Es war an der Zeit, sich daran zu gewöhnen, dass die Probleme der Lanzis nicht die ihren waren.

XVIII.

Das Konvolut

«Schau dir das an!» Beate hatte ein Päckchen in der Hand und hielt es Susanna über den Schreibtisch entgegen. «Du hast Post aus Italien.»

Susanna hob überrascht den Kopf. Die Unterbrechung war ihr zwar alles andere als recht, denn sie steckte mitten in den Vorbereitungen für den letzten Auktionskatalog des Jahres. Es war immer ihr Lieblingskatalog gewesen. Für die Weihnachtsauktion, die traditionsgemäß am ersten Advent stattfand, obwohl das natürlich immer ein Sonntag war, kamen ausschließlich Schmuckstücke unter den Hammer. In diesem Jahr war das Angebot geradezu überwältigend. Viele Münchner Juweliere hatten noch vor dem Weihnachtsgeschäft ihre Läden aufgeben müssen. Außer einem einzigen Familiennachlass mit wunderschönen Stücken aus den sechziger Jahren, riesige bunte Broschen zu Spinnen, Papageien und Schmetterlingen verarbeitet, die jetzt bei den jungen Kundinnen sehr gefragt waren, gab es ausschließlich Ware aus Konkursmasse zu versteigern. Susanna erwartete eine rege Teilnahme. Nicht nur Privatpersonen kamen, die noch erschwingliche Weihnachtsgeschenke kaufen wollten, sondern vor allem Juweliere, die aus dem Unglück ihrer Kollegen Profite mit günstigen Einkäufen zu machen hofften. In diesem Jahr hatte Susanna an dem Katalog keine rechte Freude, obwohl sie selten ein so reiches Angebot zur Verfügung gehabt hatte. Mit Schmuck und Preziosen waren Erinnerungen verknüpft, die schmerzten. Und genau diese Erinnerungen holten sie allein bei dem Wort Italien ein.

«Für Konkursmasse ist dieses Päckchen etwas zu klein geraten. Aber es ist hoch versichert. Vielleicht bekommen wir noch einen wertvollen Familienschmuck zum Versteigern. Das wäre neben der ganzen Industrieware, die uns die Pleiten hereingespült haben, eine interessante Abwechslung.» Beate zeigte sich mal wieder als schonungslose Pragmatikerin.

Susanna nahm ihr das Päckchen ab und schaute auf den Absender. Sie traute ihren Augen nicht. Das *durfte* nicht sein. Das *konnte* gar nicht sein. Aber es gab keinen Zweifel. Als Absender stand niemand Geringerer als Cosima Bettone auf dem Begleitschein des versicherten Päckchens. Susanna legte es vorsichtig und widerwillig auf dem Schreibtisch ab, so als fürchtete sie, sich allein an der Verpackung schmutzig zu machen.

«Könntest du das Päckchen bitte für mich öffnen?»

Beate setzte sich an ihren Schreibtisch. Sie wusste natürlich, von wem die Postsendung kam. Wortlos sahen sich die Freundinnen an. Es war totenstill in ihrem Büro. Draußen fegte der Wind vorbei, und nasse Schneeflocken klatschten an die Scheiben. Nachdem sie einige Augenblicke schweigend auf das Päckchen gestarrt hatten, sagte Susanna nochmals: «Bitte, Bea, mach es auf!»

Die Freundin zog eine Schublade heraus, entnahm ein Teppichmesser und schlitzte fachmännisch und vorsichtig die Verpackung auf. Zum Vorschein kamen drei Schmuckkästchen und ein Briefkuvert, das mit einer steilen Handschrift Susannas Namen trug. Beate schob mit einer entschiedenen Geste die Teile zu Susanna hinüber und verließ leise das Büro. Selbst die sonst so neugierige Freundin erkannte, dass Susanna diese Sendung allein durchsehen musste. Mit spitzen Fingern drehte diese den verschlossenen Brief hin und her. Die Adresse auf der Rückseite des Kuverts sagte ihr nichts. Eine Straße in Radda war angegeben. Hatte sich Cosima auf das Landgut der Lanzis zurückgezogen?

Susanna gab sich einen Ruck und nahm den Brieföffner zur Hand. Das Kuvert enthielt einen elfenbeinfarbenen Briefbogen, der in nichts dem Schreiben glich, das den Gemälden beigelegt worden war, die im September das Auktionshaus erreicht hatten. Der Text war in Italienisch verfasst und mit der Hand geschrieben. Die Schrift las sich gut, und das, was Cosima mitzuteilen hatte, schilderte sie knapp und ohne besondere höfliche Floskeln. Mit Hilfe eines Gutachters hatte sie die beiliegenden Schmuckstücke, ein Hochzeitsgeschenk ihres Mannes Lorenzo, schätzen lassen. Demnach müsste das Mindestgebot bei 25 000 Euro liegen. Sie erteilte mit gleichem Schreiben dem Auktionshaus Wagner den Auftrag zur Versteigerung des Konvoluts zum nächstmöglichen Zeitpunkt, bestehend aus fünf Schmuckstücken: einem Ring, einem Armband, einem Collier, einer Brosche und Ohrringen. Der Erlös der Versteigerung sollte auf ihr Privatkonto überwiesen werden. Mit keinem Wort erwähnte sie die «Stiftung Kunst und Kultur» der Stadt Florenz, noch bedankte sie sich für die Überweisung der nicht geringen Summe, die das Sieneser Altarblatt eingebracht hatte. Ganz offensichtlich hatte sich die Florentinerin inzwischen schlaugemacht und wusste, wie eine Auktion vonstattenging. Es blieb die Frage ungeklärt, wie lange sie schon das richtige Vorgehen kannte und ob sie sich bislang mit Unwissenheit getarnt hatte. Die Geheimnisse, die die Familie Lanzi so trefflich vor der Außenwelt verbarg, blieben für Susanna weiterhin auf unangenehme Weise im Dunkeln.

Und es war immer noch nicht zu Ende. Das Florentiner Abenteuer ging auch ohne ihr Zutun in die nächste Runde. Eine Gänsehaut überzog Susannas Unterarme. Angewidert legte sie den Brief auf ihren Schreibtisch und starrte die Schmuckkästchen an. Was bewog Cosima Bettone, das Hochzeitsgeschenk ihres Mannes zu veräußern? Rache? Trennung? Hatten die Geldnöte inzwischen eine peinliche Dimension erreicht, sodass die Familie auch nicht mehr bei Carlo Sabrini anklopfen wollte? Oder hatte der spendable Liebhaber inzwischen das Weite gesucht und Cosima mehr oder weniger mittellos ihrem Schicksal überlassen?

Susanna langte nach dem größten der Schmuckkästchen und ließ es aufschnappen. Das Collier und die dazugehörenden Ohrgehänge schickten ihr ein Feuerwerk von blitzenden Brillanten entgegen. In rhodinierter Platinfassung, wie sie bei Stücken zwischen 1900 und 1930 vor allem in England und Italien üblich waren, schimmerten Saphirtropfen und zu Rosetten gefasste Diamanten in allen Farben des Prismas. Ein Kästchen nach dem anderen öffnete Susanna, um bei jedem neuen Schmuckstück den Atem anzuhalten. Vor allem der Ring hatte es ihr angetan. In Form einer spitz zulaufenden Spindel gearbeitet, saßen mittig drei gleich große Saphire hintereinander, umgeben von elliptisch und quadratisch geschliffenen Brillanten, die in ein filigran ziseliertes Netzmuster eingearbeitet waren. Das Konvolut zeugte von höchster Juwelierkunst, von großer Kreativität und war aufgrund seiner Vollständigkeit und der hochwertigen Steine von mehreren Karat, die jedes einzelne Stück aufwies, besonders wertvoll. Es würde das Glanzstück der Auktion werden. Da gab es überhaupt keinen Zweifel. Wagner würde sie küssen. Cosima entpuppte sich mit ihren erstklassigen Kunstwerken, die sie auf den Markt warf, als sehr gern gesehene Kundin. Das, was hier unter den Hammer kommen sollte, war ein typisches Beispiel für gepflegten und über mehrere Generationen vererbten Familienschmuck. Einmal verkauft, war er unwiederbringlich. Kein Juwelier würde ein solches Konvolut nochmals herstellen oder in Auftrag geben können. Es fehlte am nötigen Können und Sachwissen und an den günstigen Preisen für diese ausgesucht schönen Edelsteine.

Über den ideellen Wert der Schmuckstücke mochte Susanna gar nicht nachdenken. In ihr bäumte sich alles auf. Widerstrebend und mit zitternden Händen klappte sie die Schmuckkästchen wieder zu und versperrte sie im hauseigenen Safe. Cosima Bettone erwartete allen Ernstes von ihr, den Familienschmuck, das wertvollste Hochzeitsgeschenk der Lanzis, das mit Sicherheit der jeweiligen Braut vom Vater des Bräutigams oder von der Schwiegermutter weitergegeben wurde, unter den Hammer zu bringen. Adriana war die letzte Frau gewesen, die den Schmuck getragen hatte. Da war sich Susanna ziemlich sicher. Die antiken Stücke passten nicht zu Cosima, die modernen Schmuck liebte – dicke Panzerketten und mehrere Karat schwere Diamantohrringe, wie sie sie bei ihrem Besuch im Palazzo getragen hatte. Mit dem Verkauf des Konvoluts fügte sie der Familie Lanzi und vor allem den Schwestern von Ettore einen schmerzhaften

Stich ins Herz zu, traf sie sie bis ins Mark. Sollte Lorenzo Lanzi tatsächlich überleben, so würde ihn die Nachricht vom Verkauf des Familienschmucks vielleicht endgültig unter die Erde bringen. War es das, was Cosima wollte? Rache und Vergeltung? Oder war sie wirklich so ahnungs- und gefühllos und wollte einfach den alten Plunder - wie sie es sah - loswerden und veräußern? Susanna konnte das nicht glauben.

Leise betrat Beate das Büro. Sie warf Susanna einen prüfenden Blick zu und verstand. Kommentarlos zog sie die unterste Schublade ihres Schreibtisches auf, entkorkte eine Cognacflasche und goss zwei billige Wassergläser zwei Fingerbreit voll. Eines davon reichte sie ihrer Freundin. Im Gegenzug schob Susanna ihr den Brief von Cosima zu, stand auf und schaute zum Fenster hinaus. Sie ließ das Glas in ihrer Hand zirkulieren und nippte schließlich daran. Der Schneeschauer war vorüber. Auf den Dächern der flachen Lagerhallen lag eine dünne, weiße Schicht. Dichte, schiefergraue Wolken sperrten die Nachmittagssonne aus. Entlaubte Birken, die auf dem Nachbargrund standen, stachen mit ihren dünnen Ästen und korallenartig gewachsenen Zweigen wie Skelette in den Himmel. Der Wind schüttelte sie hin und her. Der Blick nach draußen genügte. Susanna fror in ihrem überheizten Büro und zog mit der freien Hand die Jacke ihres hellblauen Wolltwinsets zusammen.

«Und wie sehen die Preziosen aus Florenz aus?» Beate riss Susanna aus ihren trostlosen, winterlichen Betrachtungen.

Sie drehte sich zu ihrer Freundin um und trank den Rest des Cognacs. «Danke», sagte sie und stellte das Glas auf dem Schreibtisch ab.

«Hallo! ... Ich hab dich etwas gefragt!»

«Ich möchte, dass du Wagner gegenüber Stillschweigen bewahrst. Ich muss mir erst überlegen, was ich mit dieser Sendung anfange!»

«Du willst sie doch nicht etwa unterschlagen?»

«Lass mich wenigstens eine Nacht darüber schlafen!»

«Vergiss es, Susanna. Du weißt so gut wie ich, dass das Päckchen in unserer Poststelle registriert wurde. Schließlich ist die Sendung hoch versichert. Spätestens heute Abend, wenn Wagner die Liste durchgeht, weiß er Bescheid. Und er kann bis drei zählen. Er weiß ganz genau, wer ihm das Päckchen vorenthält. Das kostet dich deinen Job.»

«Das Päckchen war an mich adressiert», entgegnete Susanna eigensinnig.

«Das ist eine Geschäftsadresse, Susanna. Ich weiß nicht, was du alles in Florenz erlebt hast. Du hast mir nicht die ganze Wahrheit erzählt, so viel ist klar. Aber ich bin mir absolut sicher, dass es in keinem Fall deinen Job wert ist.»

Susanna ging zum Safe, entnahm ihm eines der Schmuckkästchen, die Cosima geschickt hatte, und hielt es Beate unter die Nase.

«Da! Damit du wenigstens weißt, um was es hier eigentlich geht.»

«O mein Gott! Passen die Teile alle zusammen?»

Susanna nickte und schwieg.

«Das ist der Familienschmuck der Lanzis, oder?»

Susanna sah ihre Freundin einfach nur an. Beate gab ihr das Schmucketui und den Brief zurück.

«Mach, was du willst. Ich habe den Inhalt dieses Päckchens nie gesehen. Aber tu mir den Gefallen, mach dich nicht noch unglücklicher, als du ohnehin schon bist. Du hast dich in den jungen Juwelier verliebt. Da machst du mir nichts vor. Und dieser Schmuck gehört ihm oder seinem Vater. Du solltest ihn zumindest benachrichtigen, damit er eine Chance hat, die Stücke zurückzubekommen. Und das solltest du schnell tun, bevor Wagner Lunte riecht und im Geiste schon die Euros zählt. Wenn er den Schmuck erst einmal zwischen den Fingern hat, rückt er ihn auch nicht mehr heraus.»

«Cosima muss ein Verfahren wegen versuchten Totschlags beziehungsweise unterlassener Hilfeleistung befürchten.»

«Bitte?» Beate nahm langsam und sichtlich schockiert wieder auf ihrem Stuhl Platz. Entgeistert schaute sie ihre Freundin an.

«Irgendein Freund der Familie hat die Kaution von einer Viertelmillion Euro bezahlt, damit sie nach Hause kann. Offenbar hat sie sich aufs Land zurückgezogen und will jetzt den Schmuck zu Geld machen.»

«Was, glaubst du, ist passiert?»

Susanna reichte ihr den Zeitungsartikel und erzählte von ihrem Telefonat mit Elisabetta.

«Ich bin ratlos, Bea. Ich weiß nur eins, ich muss den Familienschmuck retten. Denn letztendlich wird der Zorn der Lanzis wegen des Verlustes an mir hängenbleiben, wenn die Familie nichts vom geplanten Verkauf erfährt. Dann habe ich alle Chancen verspielt.»

«Du glaubst tatsächlich, du hättest noch welche?» Beate schaute Susanna an, als zweifle sie ein wenig an ihrem Verstand. «Ich gebe dir nur ungern einen weiteren Ratschlag, denn du schlägst sie erfahrungsgemäß alle in den Wind – aber auch ich bin unbelehrbar. Niemals wird eine von uns, eine Deutsche, eine Frau ohne nennenswerten Hintergrund, Geld und Einfluss, einen Fisch wie Ettore Lanzi angeln. Und wenn er selbst gefühlsmäßig dabei vor die Hunde geht, wird er den Wunsch seines Vaters respektieren, er wird sich niemals wegen einer deutschen Frau gegen seine Familie stellen. Ich muss dir doch keinen Vortrag über die starken Bande italienischer Familien halten. Du weißt besser als ich, dass florentinische Geschäftsleute – der alte, ehrenwerte Geldadel – Stolz, Geld und Macht vererben wie andere Leute Silberbesteck und Opas Daimler.»

Beate war aufgestanden. Erregt, mit roten Wangen stand sie neben Susanna und versuchte, ihr etwas Vernunft beizubringen.

«Denk an deinen Job. Setz ihn nicht aufs Spiel. Wagner kennt bei solchen Sachen keinen Spaß. Seit du mit leeren Händen aus Florenz zurückgekommen bist, sieht er dir auf die Finger. Ganz besonders dann, wenn es sich um Sendungen aus Italien handelt und wenn der Absender Cosima Bettone ist.»

XIX.

Bassi & Bassi

Der Wind peitschte den Schneeregen an die Fensterscheiben. Die Bäume bogen sich durch die knapp aufeinanderfolgenden Böen. Obwohl es erst kurz nach ein Uhr mittags war, brauchte Susanna die Deckenbeleuchtung, um richtig sehen zu können. Sie stand in ihrem Schlafzimmer vor dem Spiegel. Und was sie sah, gefiel ihr gar nicht. Mit dem Zeigefinger fuhr sie unter ihrem rechten Augenlid entlang. Sie sah müde aus, blass und alt. Die sonst kinnlangen Haare stießen am Blusenkragen auf. Sie hatte keine Zeit für einen Besuch beim Friseur gehabt. Seit drei Wochen schon schob sie den Termin vor sich her. Es half nichts. Auch wenn sie sich noch eine weitere halbe Stunde vor den Spiegel stellte, sie würde mit ihrem Aussehen nicht zufrieden sein. Susanna zog ihre dunkelblaue Kostümjacke vom Kleiderbügel und schlüpfte hinein. Mit beiden Händen zog sie den dazu passenden Bleistiftrock glatt und holte die Pumps aus blauem Veloursleder aus dem Schuhschrank. Bei dem feuchtkalten, regennassen Wetter würden sie ihr diesen Einsatz sehr übelnehmen. Aber besseres Schuhwerk zu ihrem eleganten Kostüm besaß sie nicht. Ein Blick in den

Spiegel bestätigte, dass sie so aussah, wie Heribert Wagner es von ihr erwartete. Es war der erste Adventssonntag, und in wenigen Stunden würde sie als Auktionatorin die letzte Versteigerung des Jahres leiten.

In der Küche nahm sie noch einen Schluck von dem inzwischen kalt gewordenen Kamillentee. Kaffee vertrug ihr Magen seit jenem Tag nicht mehr, als das Päckchen aus Florenz eingetroffen war. Der Gedanke an die Auktion ließ sie nervös werden. Sie merkte, wie sich der Magen beim bloßen Gedanken daran schmerzhaft zusammenzog und ihr am ganzen Körper kalter Schweiß ausbrach. Sie fragte sich beklommen, wie sie diesen Tag überstehen sollte, wenn sie bereits zu Hause kalte Füße bekam.

Alle Versuche, den Familienschmuck der Lanzis vor den habgierigen Fingern Wagners zu retten, waren gescheitert. Kaum hatte Beate damals das Büro verlassen, damit Susanna in Ruhe überlegen konnte, was mit der Sendung von Cosima geschehen sollte, stand Wagner unvermittelt im Büro. Susanna konnte sich nicht erinnern, dass ihr Chef das jemals zuvor getan hätte. Normalerweise klingelte er sie telefonisch an und zitierte sie in sein Arbeitszimmer im Erdgeschoss. Er residierte dort neben dem Auktionsraum, in unmittelbarer Nähe der riesigen Ausstellungsräume, wo Teppiche und Möbel lagerten und unzählige Vitrinen mit Schmuck aufgestellt waren. Das alte Fabrikgelände einer aufgelassenen Werkzeugmacherei hatte Heribert Wagner vor fast zwanzig Jahren gekauft, entrümpelt und zunächst mit seiner Trödelware vollgestellt, bis sein Antiquitätengeschäft und seine Auktionen in Schwung kamen.

«Reden Sie sich nicht heraus, Frau Martens», begann

er wenig vielversprechend, «die reiche Juweliersgattin aus Florenz muss ja in erheblicher Geldnot sein, wenn sie schon wieder etwas zu versteigern hat. Was ist es denn diesmal?»

Er nahm im Bürosessel von Beate Platz und grinste Susanna süffisant an. Ihm irgendetwas zu verheimlichen war unmöglich, und das wusste er natürlich nur zu genau. Sie spürte, wie ihr Magen zu brennen begann und Wut in ihr hochstieg. Eine Regung, die sie selbst völlig überraschte. Geärgert hatte sie sich über Wagner schon oft, doch so in Rage versetzt hatte er sie bislang noch nicht. Aber jetzt konnte sie ihm die Geldgier direkt im Gesicht ablesen. In diesem Moment war es ihr gleichgültig, ob sie sich um Kopf und Kragen redete. Es ging gar nicht mehr so sehr darum, den Schmuck für Ettore zu retten, es ging darum, ihn vor Wagner in Sicherheit zu bringen.

«Cosima Bettone hat sich widerrechtlich ein weiteres Mal am Besitz der Familie Lanzi vergriffen. Das Päckchen kam, wie Sie sicher von unserer Poststelle erfahren haben, ohne Papiere der Zollbehörden hier an.» Diesen Seitenhieb konnte sie sich nicht verkneifen. «Es geht mit der nächsten Post an die Familie zurück.»

Kühl musterte Susanna ihren Chef. Befriedigt stellte sie fest, wie sein Gesicht dunkelrot anlief. Auf seinen Bluthochdruck konnte man sich doch immer verlassen. Aber Heribert Wagner war nicht nur cholerisch, er war auch verschlagen. Er schnellte aus dem Sessel hoch, bevor Susanna noch wusste, wie ihr geschah. Mit einer Wendigkeit, die man ihm bei seiner Korpulenz kaum zutraute, bewegte er sich auf den Haussafe zu und entdeckte die neu hinzugekommenen Schmucketuis sofort. Schließlich prangte der Name Lanzi klar und deutlich auf dem dunkelgrünen Samt. Seine fleischigen Hände griffen danach. Die kleineren Kästchen verschwanden in den Taschen seines Sakkos, das große quadratische Etui mit dem Collier und den Ohrgehängen behielt er in der Hand. Triumphierend drehte er sich zu Susanna um, die inzwischen dicht hinter ihm stand.

«Es ist nicht nötig, die Post nochmals zu bemühen, meine Liebe. Und, ich wiederhole mich nur ungern, es ist nicht unsere Aufgabe, darüber zu entscheiden, ob die Anbieter auch die rechtmäßigen Besitzer der Ware sind. Darum können sich Rechtsanwälte und Gerichte kümmern. Wir leben von den Nöten unserer Kunden. Und je größer diese sind, umso besser ist die Ware und umso höher sind unsere Gewinne. So einfach ist das.» Sein süffisantes Grinsen verschwand. Zornig musterte er Susanna. «Und wenn Sie sich noch einmal für diese Frau und diesen florentinischen Gelddadel und Schmarotzerverein verwenden», schrie er sie an, «dann können Sie die noble Familie gleich fragen, ob sie für Sie eine Stelle als Putzfrau zur Verfügung hat.»

Die Tür fiel hinter Wagner ins Schloss, und Susanna schaffte es gerade noch bis zu ihrem Bürostuhl. Dort brach sie zitternd zusammen. Sie vergoss keine Träne, dazu hatte sie Wagners Wutanfall viel zu sehr erschreckt. Aber sein Auftritt schlug ihr erheblich auf den Magen. Nur zu gern hätte sie Wagner seine Unverschämtheit heimgezahlt. Doch wie sollte sie dem grobschlächtigen und dickschädeligen Mann beikommen, der offenbar keinerlei Rechtsempfinden hatte? Immerhin brachte sein Auftritt sie dazu, endlich Beates Ratschlag in die Tat umzusetzen.

Sie wählte die Nummer des Geschäfts der Lanzis am Lungarno Archibusieri. Doch sie hatte Pech. Eine Angestellte teilte ihr mit, dass Signor Ettore Lanzi auf unbestimmte Zeit verreist sei. Ettore war abgetaucht. Susanna verbot es sich, in diese Auskunft etwas hineinzuinterpretieren.

Am nächsten Morgen stürzte Beate atemlos ins Büro.

«Wagner hat die Schmuckstücke.»

«Ja, ich weiß.»

«Er hat mich gebeten, Fotos für den Katalog zu machen. Er will einen großen Aufmacher. Der Lanzi-Schmuck soll die Attraktion der Weihnachtsauktion werden. Warum hast du nichts unternommen, Sanna? Warum hast du das nicht verhindert?»

Susanna hielt sich nicht mit Erklärungen auf, sondern sagte: «Sehr gut! Schick mir die Datei mit den Fotos, damit ich sie der Familie Lanzi als Beweis mailen kann.» Sie hielt sich auch vor ihrer Freundin bedeckt, gab nicht zu, dass die Mail ausschließlich an Ettore ging. Niemand anderem sonst traute sie wirklich. «Vielleicht reagieren die Lanzis auf diese Nachricht.»

Keine zwei Stunden später hatte sie ihre E-Mail abgeschickt. Die wenigen erklärenden Zeilen dazu, geschäftsmäßig im Ton, sachlich und ohne jeden Hinweis auf ihre persönliche Beziehung, gingen ihr nur sehr mühsam von der Hand. Sie teilte Ettore mit, wie das Auktionshaus in den Besitz des Familienschmucks gelangt war und an welchem Tag die Versteigerung stattfinden würde. Sollten er oder seine Familie Einwände gegen die Versteigerung des Schmucks haben, müssten sie rasch handeln und einen notariell beglaubigten Beweis dafür erbringen, dass die Familie Lanzi und nicht Cosima Bettone Besitzer des Konvoluts sei. Susanna ahnte, dass ein solcher Beweis bei einem über

Generationen vererbten Schmuck nur schwer zu erbringen war. Außer, Cosima trat von ihrem Vorhaben von sich aus zurück und räumte ihr Verschulden ein. Jetzt musste Ettore handeln, wenn er behalten wollte, was ihm gehörte.

Susanna fuhr die wenigen Kilometer von ihrer Schwabinger Wohnung ins Auktionshaus. Der Parkplatz im Innenhof war bereits gefüllt. Nur ihr reservierter Privatplatz war noch frei. Als sie ausstieg, ließ sie gewohnheitsmäßig ihren Blick über die Autos schweifen. Doch auch an diesem Tag entdeckte sie keinen dunkelblauen Maserati und auch sonst keinen Wagen mit italienischem Kennzeichen. Bis zu diesem Moment hatte sie nichts von Ettore gehört. Und so wie es aussah, würde es auch dabei bleiben.

Sie betrat das Auktionshaus und fragte sich, warum sie sich so sehr von dieser Geschichte vereinnahmen ließ. Warum sie nicht endlich loslassen konnte? Ganz offenbar interessierte sich Ettore nicht für den Familienschmuck. Die Lanzis ignorierten Susannas erneuten Versuch zu helfen. Manchmal befürchtete sie, ihre Nachricht hätte ihn gar nicht erreicht. Täglich durchsuchte sie weiterhin die beiden Zeitungen nach Meldungen, fahndete sie nach Hinweisen, weshalb die Familie sich in Schweigen hüllte. Aber auch die beiden Zeitungen hatten keine Neuigkeiten, mit denen sie etwas hätte anfangen können.

In ihrem Büro holte sie den Hammer für die Versteigerung aus der untersten Schublade des Schreibtisches. Er war ihr wichtigstes Requisit. Einem letzten Impuls folgend, griff sie in ihre Handtasche und suchte nach dem Handy. Vielleicht hatte Ettore ja noch eine Nachricht hinterlassen. Dabei stieß sie auf das kleine, blaue Kästchen, das ihr Lorenzo Lanzi zum Abschied zugesteckt hatte. Sie wusste natürlich, was es enthielt. Bis zu diesem Tag hatte sie sich geweigert, das Schmuckstück zu tragen, obwohl sie es wie einen Talisman täglich mit sich herumschleppte. Doch in diesem Moment übte es eine besondere Anziehungskraft aus. Was hatte Lorenzo beim Abschied gesagt?

«Glauben Sie mir, es wird das Einzige sein, was Ihnen von Ettore bleibt.»

Sie nahm das Kästchen heraus und ließ es aufschnappen. Auf dunkelblauem Samt funkelte ein einzelner, etwa fünf Millimeter großer, runder Brillant, in einer Krabbenfassung aus Weißgold. Er war an der Rückseite mit einem Klippverschluss versehen und konnte an jedem Kleidungsstück als Anstecker befestigt werden. Susanna nahm das Schmuckstück heraus und steckte es sich an den Reverskragen ihrer Kostümjacke. Sie öffnete die Tür ihres Garderobenschranks und betrachtete die Wirkung der Nadel im Spiegel. Dieses Kundengeschenk, so hatte es Lorenzo Lanzi bezeichnet, war an Understatement und dezenter Wirkung kaum zu übertreffen. Männer konnten den Anstecker an Krawatten oder Revers befestigen, Damen an Blusen, Pullovern, Kleidern oder eben Kostümjacken. Es trumpfte nicht durch ein aufdringliches Firmenemblem auf. Niemand musste wissen, von wem es stammte. Aber jeder gute Kunde von Lanzi würde an seinem Gegenüber in den entsprechenden Kreisen mühelos erkennen, dass auch sein Gesprächspartner zum Club gehörte – eine geniale wie auch sehr teure Form der Kundenbindung. Und es ermöglichte auch ihr, das Schmuckstück zu tragen, ohne Wagner argwöhnisch zu machen.

Bislang hatte sie nicht den Wunsch verspürt, eine symbolische Verbindung zu Ettore und seiner Familie herzustellen.

In diesem Moment jedoch hatte sie das Gefühl, sie könnte den Talisman gebrauchen, um die kommenden Stunden einigermaßen schadlos zu überstehen. Susanna verschloss ihren Garderobenschrank und ging zu ihrem Schreibtisch zurück. Dort sammelte sie alle Utensilien ein, die sie brauchen würde: den Auktionskatalog, die Listen mit den vergebenen Bieternummern, das Auktionsbuch mit allen zum Aufruf kommenden Losen und den Hammer. Dann machte sie sich auf den Weg zum Auktionssaal.

Schon von weitem hörte sie Gemurmel, Lachen und Stühlerücken. Gemäß ihrer Liste würden sich über zweihundert Bieter im Saal befinden. Für Wagner versprach es ein großartiger Tag zu werden. Die Mindestgebote hatten einen Wert von über einer Million Euro. Sie sah ihn sich jetzt schon die Hände reiben.

Susanna durchschritt den Vorraum des Auktionssaals. Noch immer beugten sich die Bieter über Glasvitrinen und begutachteten die Schmuckstücke, die es in wenigen Minuten zu ersteigern gab. Ein Studentenservice hatte eine Mannschaft von Kunsthistorikern geschickt, die, mit kleinen Kompendien versorgt, über die Stücke Auskunft gaben und darüber wachten, dass nicht die besten Stücke schon geklaut wurden, bevor es überhaupt ans Bieten ging. In der Mitte des Raums, in der größten und modernsten Vitrine aus Panzerglas, prangte auf karmesinrotem Samt der Familienschmuck der Lanzis. Heribert Wagner hatte seine Drohung wahr und die Preziosen aus Florenz zur Hauptattraktion der Auktion gemacht. Zwei Doppelseiten hatte er im Hochglanzkatalog dafür spendiert. Der Schmuck würde mit dem letzten Los zum Aufruf kommen. Das Einzige, was Susanna erreicht hatte, war, dass er nur als Konvolut, als Ganzes, unter den Hammer kam. So konnte man vielleicht später versuchen, den Schmuck vom Käufer zurückzukaufen. War der Schmuck erst einmal in alle Winde zerstreut, war es nahezu unmöglich, wieder an alle Teile zu kommen.

Im Saal herrschte drangvolle Enge, obwohl noch nicht alle Stühle besetzt waren. Die überheizte, trockene Luft brannte Susanna bereits jetzt in den Augen. Sie hatte den Auktionssaal noch nie besonders gemocht. Fensterlos, im Erdgeschoss des alten Fabrikgebäudes untergebracht, kämpfte eine veraltete Lüftungsanlage damit, die verbrauchte Luft durcheinanderzuwirbeln. Der Staub von alten Teppichen, die Gerüche vor sich hin modernder Stoffe und Möbel, der klebrige Belag auf nikotingefärbten Gemälden und die unterschiedlichen Parfüms der Bieter, vermengte Gerüche aus vielen Jahren Auktionstätigkeit, ergaben ein Duftgemisch ganz besonderer Art. Drei Stunden noch, dachte Susanna, dann war es vorbei. Und sie betete zu Gott, dass Cosima Bettone sich nicht auch im neuen Jahr mit weiteren Kunstschätzen zurückmeldete. Inständig hoffte sie, dass das Kapitel Ettore Lanzi mit dieser Auktion zu einem Ende kam.

Sie betrat ihr Pult. Beate stand daneben schon bereit. Sie würde Susanna bei der Auktion unterstützen. Am anderen Ende des Saals entdeckte sie Praktikant Holler. Er hantierte mit PC und Beamer, um in einer Art Diashow die Exponate auf eine Leinwand zu projizieren, die hinter Susanna aufgestellt war. Beate würde jedes einzelne Stück hochheben, bis nach dem dritten Schlag der Hammer endgültig fiel und der Zuschlag verkündet wurde.

«Bist du o. k.?» Ein sorgenvoller Blick traf sie. Beate musterte die Freundin aufmerksam. «Du hattest schon mal mehr Farbe im Gesicht, wenn ich das bemerken darf.»

Susanna konnte ein Grinsen nicht unterdrücken. Beate war wirklich ein Schatz. Vermutlich würde sie am Totenbett noch versuchen, die Sachlage mit ironischen Bemerkungen herunterzuspielen.

«Es ging mir nie besser!», konterte Susanna.

«Na, dann kann ja gar nichts mehr schiefgehen!»

Susanna breitete ihre Unterlagen aus und schlug das Auktionsbuch auf, das in knappen Worten die wichtigsten Daten der einzelnen Losnummern zusammenfasste. War der Zuschlag erfolgt, würde sie in dieses Buch die Bietnummer eintragen. Die hatte der Bieter zuvor beim Empfang erhalten, nachdem er die dafür nötigen persönlichen Daten und eine kleine Gebühr hinterlassen hatte. Diese Nummer, auf einem großen Karton mit dicken schwarzen Zahlen aufgedruckt, würde er beim Bieten dann hochhalten. Durch diese Vorgehensweise konnte der Auktionator für den Saalbieter die größtmögliche Anonymität gewährleisten. Vom Auktionsbuch wurden die Nummern parallel in eine eigene Bieterliste übertragen und so Losnummer und Bieternamen einander zugeordnet.

Susanna ließ ihre Blicke über die Besucher schweifen. Sehr viele waren gekleidet wie für einen Empfang oder Theaterbesuch. Die Weihnachtsauktion war bei der Münchner Schickeria ausgesprochen beliebt. Die jungen Männer trugen Jeans und blaue oder schwarze Jacketts, die Damen erschienen in Kostümen, Hosenanzügen oder Seidenkleidern. Dennoch fehlte ihnen der letzte Schick, die einfache, klassische Eleganz, die Susanna von Florenz noch bestens in Erinnerung hatte. Auch der sogenannte bayerische Lodenadel, eingekleidet bei den einschlägigen Boutiquen rund um den Tegernsee, zeigte, was man im bayerischen Oberland zu den kommenden Festtagen tragen würde. Sie alle hatten die Haussafes geplündert und trugen die Beute mit sichtbarem Genuss an Hals und Ohren. Die Pelze ruhten auf den Schößen und produzierten dort eine Wärme, um die Susanna die Damen wahrlich nicht beneidete. Viele Gesichter erkannte sie wieder. Es waren Stammkunden, die über die Jahre viele Schmuckstücke, Teppiche, Möbel und Bilder erworben hatten. Zum überwiegenden Teil bestand diese Kundschaft aus Gewerbetreibenden mit Galerien, Kunsthandlungen und Juweliergeschäften.

Der schmale, markante Kopf mit schwarzgerandeter Brille auf der Nase war nicht unter ihnen. Ettore würde nicht mehr kommen. Susanna verstand zwar nicht, weshalb sich die Familie so gleichgültig verhielt, aber es lag nicht mehr in ihrer Hand, den Gang der Dinge aufzuhalten. Sie betätigte den Schalter ihres kleinen Mikrofons, das am Pult befestigt war. Mit dem Zeigefinger tippte sie vorsichtig auf die Membran, um zu prüfen, ob es auch funktionierte. Der leicht klopfende und pfeifende Ton, den sie damit erzeugte, übertrug sich laut im Saal. Die letzten Gäste hasteten auf ihre Plätze.

«Meine sehr verehrten Damen und Herren, ich darf Sie alle im Namen des Auktionshauses Wagner sehr herzlich begrüßen und mich für Ihr wirklich sehr zahlreiches Erscheinen bedanken.» Susanna eröffnete die Auktion, wie sie es schon viele Male in den letzten drei Jahren gemacht hatte.

«Traditionsgemäß beenden wir unser Auktionsjahr mit einem Schmuckverkauf. Und ich kann Ihnen versichern, dass wir wieder einige wunderschöne und wertvolle Exponate anbieten können. Wir beginnen mit Los Nummer 1. Ein Brillantring aus dem Nachlass der Familie Brandt. Der Stein hat 1,5 Karat, reinweiß, mit kleinen Einschlüssen in einer Weißgoldfassung.»

Der Ring erschien hinter ihr in zigfacher Vergrößerung auf der Leinwand. Beate stand vor der Schmuckvitrine, die von Hausmeister Gruber hineingeschoben worden war, öffnete den Glasdeckel und hob das Los Nummer 1 mit seinem Steckkissen in die Höhe.

«Schätzpreis 2500 Euro. Wer bietet 2600 Euro?»

Viele Losnummern folgten. Die Bieter waren begierig, eine der Kostbarkeiten zu erwerben. Die Schmuckstücke fanden für ein Vielfaches ihres Schätzwertes neue Besitzer. Heribert Wagner, der sich wie immer dezent im Hintergrund hielt und von einem bequemen Sessel aus die Auktion beobachtete, konnte ein zufriedenes Grinsen nicht unterdrücken. Für ihn war an diesem Adventssonntag bereits Weihnachten.

Nach über drei Stunden fühlte Susanna, wie ihre Stimme zu krächzen begann, wie der Hals austrocknete und sie kaum noch gegen die warme Luft, den Staub und ihre eigene Erschöpfung ankam. Nur noch zwei Losnummern, dann würde sie den Lanzi-Schmuck aufrufen müssen. Sie winkte den Hausmeister herbei und bat um ein weiteres Glas Wasser. Bis zu diesem Moment hatte sie geglaubt, die Routine, die immer gleichen Rituale der Auktion würden ihr helfen, das zu tun, was sie tun musste. Aber sie merkte, dass sie sich etwas vormachte, dass sie ihre Kraft überschätzte. Als sie die vorletzte Losnummer aufrief, zitterte und krächzte ihre Stimme derart, dass Beate sie besorgt von der Seite ansah. Auch Wagner hatte es bemerkt und schickte ihr einen bitterbösen Blick, der Unheil verriet. Sie durfte jetzt keine Fehler machen. Sie durfte ihm die letzte Losnummer nicht vermasseln. Zu viel Geld hing davon ab. Es war nicht auszudenken, was passierte, wenn einer der Bieter ihnen Fehler im Ablauf nachweisen und die Auktion in Frage stellen würde. Sie ließ den Hammer nach dem dritten Aufruf fallen. Das vorletzte Stück, ein Smaragdcollier, ging für 12 000 Euro an eine Bieterin in dunkelrotem Seidenkleid. Es war das dritte Schmuckstück, das sie an diesem Nachmittag ersteigerte. Susanna zitterten inzwischen auch die Knie, und sie hielt sich mit der freien linken Hand an der Pultkante fest.

Ein lautes Räuspern durchschnitt die Stille des Saals. Alles wartete gespannt auf den letzten Aufruf und die letzte Losnummer. Schwerfällig und leicht rot im Gesicht, erhob sich Heribert Wagner aus seinem Sessel und kam mit lauten Schritten auf das Pult zu. In seinen blassblauen Augen blitzten Zorn und Entschlossenheit. Mit einer wenig sanften Geste schob er Susanna von ihrem Platz. Sie versuchte einen möglichst unauffälligen Abgang, so als wäre das alles geplant und abgesprochen, und stellte sich links vom Pult an die Wand, auf Höhe der ersten Reihe der Bieter. Wagner zog das Mikrophon nahe an den Mund heran und sagte: «Meine sehr verehrten Damen und Herren ...»

Doch weiter kam er nicht. Geräusche und Stimmen im Hintergrund störten seine Rede. Hinter der Leinwand wurde die Tür geräuschvoll zugemacht, und kurz darauf erschienen zwei Männer. Einer davon, etwas schmächtig von Gestalt, in grauem Anzug und mit fast weißen Haaren, stellte sich an die Wand rechts neben dem Pult und blickte mit herabgezogenen Mundwinkeln auf Heribert Wagner. Mit einer Hand hielt er dabei eine schäbige Aktentasche fest, die andere umklammerte ein Pappschild. Ein verspäteter Bieter war eingetroffen. Neben ihn stellte sich ein schlanker Mann, der ganz offensichtlich einen schwarzen Maßanzug trug, so perfekt saß er an Schultern und Taille. Dazu hatte er ein weißes Hemd und eine weinrote Seidenkrawatte gewählt. Sein schmales, sehr bleiches Gesicht wurde von einer schwarzgerandeten Brille dominiert. Ettore blickte auf seine schwarzen Lederschuhe, dabei stellte er sein linkes Bein ein wenig steif zur Seite. Susanna lehnte sich an die Wand und presste ihre beiden Handflächen haltsuchend dagegen. Ängstlich fast schaute sie Heribert Wagner ins Gesicht, um zu sehen, wie er auf die neuen Bieter reagierte. Ob er eine Ahnung davon hatte, wer ab sofort der Auktion eine neue Wendung geben würde?

Doch Wagner ließ sich zumindest nichts anmerken. Viel zu sehr war er mit seiner Auktion und dem großartigen Abschlusslos beschäftigt, das ihm einen schönen Batzen Geld in die Kasse spülen würde. Ungerührt nahm er seinen Faden wieder auf und sagte:

«Keine Angst, die Auktion geht sofort weiter. Sie verstehen vielleicht, wenn ich es mir nicht nehmen lasse, den wertvollsten Familienschmuck, den wir seit langem zum Verkauf anbieten können, selbst aufzurufen.»

Hausmeister Gruber hatte gleich hinter Ettore und seinem Begleiter die Vitrine mit dem Lanzi-Schmuck hineingeschoben, und Beate öffnete sie jetzt vorsichtig, so als wäre auch schon ihr Glasdeckel mehrere tausend Euro wert.

«Wie Sie hinter mir sehen können», Wagner ruderte mit seinem linken Arm in Richtung Leinwand, «beinhaltet unsere letzte Losnummer ein Konvolut von fünf Schmuckstücken, die wir nur geschlossen anbieten. Es handelt sich um einen florentinischen Familienschmuck. Entstanden ca. 1920. Er wurde von dem Goldschmied und Steinschneider Eduardo Lanzi entworfen und hergestellt und war als Hochzeitsgeschenk für seine Frau Annalena bestimmt. Es sind hauptsächlich Brillanten und Saphire von sehr guter Qualität verarbeitet, in Platin gefasst und rhodiniert.»

Ettore und sein Begleiter verzogen keine Miene. Sie sahen beide zu Boden, als würde sie das marktschreierische Gebaren Wagners peinlich berühren, die Sache an sich aber nur von geringem Interesse für sie sein.

«Ganz selten nur erhalten wir solch ausgefallene und wertvolle Stücke», führte Wagner weiter aus. «Das Mindestgebot liegt bei 25 000 Euro. Wer bietet 26 000 Euro?»

Ein Wald von Pappschildern mit Bietnummern schnellte in die Höhe. Schlag auf Schlag rief Wagner die neuen Gebote aus. Sehr schnell war die erste magische Grenze von 30 000 Euro übersprungen, und noch immer boten fünf Personen mit. Der Mann in Grau machte nicht einmal Anstalten, die Hand zu heben. Susannas Magen spielte inzwischen verrückt. Er brannte wie Feuer, und sie hätte sich am liebsten zusammengekrümmt vor Schmerzen. Aber standhaft presste sie sich gegen die Wand und schaute starr auf die gegenüberliegende Seite.

Worauf warteten die beiden? Wann würden sie in das Geschehen eingreifen? Die übrigen Bieter verfolgten genauso gebannt wie sie die Auktion und Wagner, der wie ein Dompteur hinter dem Pult agierte. Auf seiner Stirn glänzte der Schweiß, und sein weißer Hemdkragen färbte sich dunkel vor Nässe. Er arbeitete mit vollem Körpereinsatz und rief geradezu enthusiastisch jedes neue Gebot in den Saal. Susanna fühlte sich wie erschlagen, wie erschöpft nach einer unmenschlichen Körperanstrengung. Gleichzeitig hatte sie das Gefühl, ihre Nervosität kaum noch bändigen zu können. Ihr Magen führte sich auf, als hätte sie Salzsäure getrunken.

Die Auktion schritt voran. Die Dame im roten Seidenkleid, bereits um drei wunderbare Preziosen reicher, und ein Herr im dunkelgrünen Loden, ein Juwelier aus der Prannerstraße mit einem Geschäft im Häuserblock des Hotels Bayerischer Hof, spezialisiert auf alten Schmuck, waren als letzte Bieter übrig geblieben und überboten sich in schöner Regelmäßigkeit.

Als Heribert Wagner das Gebot von 35 000 Euro ausrief, gab sich die Dame in Rot geschlagen. Sichtlich enttäuscht lehnte sie sich in ihrem Stuhl zurück. Das Ende der Schlacht schien gekommen.

«35 000 Euro zum Zweiten. Wer bietet 36 000? Keine weiteren Gebote?» Wagner hob den Hammer, um zum alles besiegelnden dritten Schlag auszuholen, als der Herr in Grau endlich sein Pappschild hochhob. Es trug die Nummer 1.

Susanna starrte auf die Zahl, und ganz langsam sickerte es in ihr Unterbewusstsein ein. Wie früh musste der Herr heute hier erschienen sein, um diese Nummer zu bekommen? Welche Rolle spielte der Mann im grauen Straßenanzug, den braunen Schnürschuhen und der abgewetzten Aktentasche? Wie kam Ettore Lanzi, der perfekt gekleidete, elegante Florentiner, zu diesem Begleiter? Das gelblich weiße Haar trug dieser peinlich genau an der Seite gescheitelt und zeigte damit roséfarbene Kopfhaut. Wer böswillig war, vermutete hinter dieser farblosen Erscheinung einen Finanzbeamten oder Gerichtsvollzieher. Aber ganz offensichtlich arbeitete er als Kommissionär für die Lanzis, um deren eigenen Schmuck zurückzuholen. Susanna mochte sich nicht ausmalen, wohin das Ganze führte. Geschockt und ungläubig verfolgte sie, wie Wagner ohne Rücksicht und ohne jegliche Scheu ein Gebot ums andere ausrief. Ettores Gesichtsfarbe war inzwischen so weiß wie die Wand hinter ihm, aber er verzog keine Miene, ließ dem Geschehen seinen Lauf. Nicht einmal hatte er bislang Susanna mit einem Blick bedacht.

Die graue Eminenz an seiner Seite und der Juwelier mit Geschäft in der Prannerstraße lieferten sich ein erbittertes Duell.

«37 000 Euro», donnerte die Stimme Wagners. Seine flinken Augen wanderten zwischen den beiden Bietern hin und her. «38 000 Euro!» Wieder hielt der Mann im grauen Anzug mit. Als wäre er völlig unbeteiligt, hob er nach jedem Gebot, das von dem Juwelier überboten wurde, emotionslos seine Pappnummer in die Höhe. Als Wagner, nun selbst schon ziemlich erschöpft, 40 000 Euro ausrief, zog sich der Mitbieter zurück. Der Juwelier kannte seine Grenzen. Vermutlich hatte er sie bereits seit einiger Zeit ausgereizt. Bei diesem Betrag allerdings war endgültig Schluss. Der Hammer fiel, und der Herr in Grau war Besitzer eines Familienschmucks, der zum Glanzstück florentinischer Hochzeiten geworden war und von schönen Frauen stolz getragen wurde. Susanna bezweifelte, ob er wirklich den Wert dieser Preziosen ermessen konnte, ob er wusste, wie viel er den wahren Besitzern bedeutete. Eigentlich hätte sie nun auf die beiden zugehen und zum Kauf gratulieren sollen, aber sie war außerstande, die schützende Mauer zu verlassen. Wagner dagegen trat auf den Bieter zu und schüttelte dem armen Mann den Arm, als wäre es ein nasser Sack. Ettore ignorierte er. Er hatte schließlich nichts ersteigert, seinen Reichtum nicht gemehrt.

«Meine Mitarbeiterin», dabei deutete er auf Susanna, die erneut versuchte, sich zusammenzunehmen, «wird Sie in mein Büro begleiten und schon einmal eine Flasche Schampus köpfen. Diesen Kauf und Verkauf», dabei lachte er sein unangenehmes joviales Lachen, «müssen wir doch begießen.»

Mit bleischweren Beinen und glühenden Wangen ging Susanna auf die beiden Männer zu, um zu gratulieren, um sich vorzustellen.

«Machen Sie sich keine Umstände», hörte Susanna den Bieter sagen, «es wäre uns in der Tat angenehm, wir könnten in Ihrem Büro weitersprechen.»

«Aber selbstverständlich! Frau Martens wird Sie in mein Büro begleiten. Es dauert nur einen kurzen Augenblick, dann bin ich bei Ihnen.» Heribert Wagner vollführte einen für ihn seltenen Diener und verschwand in der Menge der Gäste, die sich von ihren Stühlen erhoben und zum Ausgang oder zur Kasse drängten, um ihre ersteigerten Stücke zu bezahlen und in Empfang zu nehmen. Beate und Praktikant Holler kamen dieser wichtigen und verantwortungsvollen Aufgabe nach.

Susanna reichte dem Bieter ihre Hand und gratulierte. Ihre Stimme war so leise, dass sie sich selbst kaum hörte. Als sie sich an Ettore wandte, kam er ihr zuvor und sagte: «Piaciere, Signora.» Er verbeugte sich vor ihr. Seine Hand, die er ihr zum Gruß reichte, war eiskalt. Einen kurzen Moment schauten sie sich in die Augen. Ettore sah sie ernst an und schüttelte dabei kaum merklich den Kopf. Susanna verstand. Er wollte anonym bleiben.

Sie drehte sich um und ging voraus. In ihrem Kopf herrschte völlige Leere. Das kühle Verhalten Ettores ließ sie innerlich erstarren, obwohl sie nicht wirklich hätte sagen können, was sie erwartet hatte. Tatsache war, dass sein Erscheinen sie nach all dem, was an diesem Tag bereits geschehen war, nun endgültig aus der Bahn warf. Sie achtete nur noch darauf, nicht zu stolpern und die Haltung zu verlieren.

Eine kleine Tür, hinter der Leinwand versteckt, durch die die Vitrinen in den Saal geschoben worden waren und durch die auch Ettore und sein Begleiter den Auktionssaal betreten hatten, führte auf einen schmalen Gang hinaus. Nach wenigen Schritten erreichten sie Wagners Büro.

Susanna zeigte auf eine Besucherecke. «Darf ich Ihnen etwas anbieten?» Mit unendlicher Konzentration formulierte sie diese so oft schon gestellte Frage. «Einen Kaffee? Oder vielleicht doch ein Glas Champagner?»

«Nein, wie gesagt, keine Umstände. Wir warten hier auf Herrn Wagner, um das weitere Vorgehen zu besprechen.»

Die Besucher nahmen Platz. Diesmal bemerkte Susanna, dass Ettore sein linkes Bein leicht nachzog und, als er sich setzte, wieder nach außen stellte. Er bewegte sich auch nicht so geschmeidig, wie sie das von ihm kannte. Doch bevor sie sich darüber weitere Gedanken machen konnte, fragte sie der Käufer unvermittelt:

«Habe ich das vorhin richtig verstanden? Sie sind Susanna Martens?» Prüfend schaute er ihr ins Gesicht. Susanna nickte und wunderte sich.

«Sehr mutig von Ihnen, die Machenschaften Ihres Chefs nicht zu decken. Die Familie Lanzi wird sich erkenntlich zeigen.»

Susanna sah zuerst ihn und dann Ettore entgeistert an. Bis zu diesem Zeitpunkt hatte sie ihr Eingreifen als eine persönliche Sache zwischen Ettore und ihr gesehen. Doch das war natürlich völlig naiv gewesen. In diesem Moment wurde ihr klar, dass die beiden nicht gekommen waren, um Wagner jetzt 40 000 Euro in den Rachen zu schieben. Er hatte ohnehin nur Anspruch auf Gebühren und Aufgeld. Aber sie hatte das untrügliche Gefühl, dass es hier um mehr ging.

«Mein Name ist Gerhard Fischer. Anwalt Doktor Gerhard Fischer, um genau zu sein.» Der Graue deckte endlich die Karten auf.

Susanna schaute die beiden Männer ungläubig an. Warum, so fragte sie sich, ging Ettore diesen aufwendigen Weg? Warum hatte er seinen Schmuck nicht vorher zurückgefordert, sondern es auf die Auktion ankommen lassen? Warum hatte er den Schmuck nicht selbst ersteigert?

«Aber, aber», rief Heribert Wagner gönnerhaft und stürzte in sein Büro herein. «Sie haben ja den Champagner noch nicht aufgemacht. Frau Martens, also ich muss schon sagen ...» Schwitzend und sichtlich aufgeräumt, nahm er auf einem der Besucherstühle Platz.

«Machen Sie sich keine Mühe», fiel ihm Gerhard Fischer ins Wort. Mit seinen dürren Spinnenfingern hantierte er am Schloss seiner Aktentasche herum. Schließlich konnte er die Klappe öffnen und der schwarzen Ledertasche einen Schriftsatz entnehmen, den er vor Wagner auf den Tisch legte.

«Ich handle im Namen und Auftrag der Kanzlei ‹Bassi & Bassi, Firenze› und als Kommissionär für Signor Ettore Lanzi», dabei deutete er auf Ettore, der Wagner mit eisigem Blick musterte, «... und seine Familie. Die von Ihnen gemäß § 156 BGB durchgeführte Auktion für die Losnummer 998, betreffend ein Konvolut aus fünf Schmuckstücken, deren Eigentümer Lorenzo Lanzi ist, erkläre ich kraft einstweiliger Verfügung für ungültig.» Er ratterte seinen Text herunter, und gleichzeitig schob er ein weiteres Stück Papier auf den

Tisch vor Wagner hin, der sich inzwischen bleich und mit ungläubigem Gesichtsausdruck im Sessel zurücklehnte. Seine Augen waren starr auf den Anwalt gerichtet, und es war ihnen anzusehen, dass sie nicht glauben wollten, was sie sahen.

«Ich fordere Sie auf, mir die gemäß EU-Recht erforderlichen Papiere vorzulegen, als da sind: Eigentümernachweis, Zollpapiere sowie eine beglaubigte Ausfuhrgenehmigung eines italienischen Gutachters bzw. Museums bei Veräußerung von italienischem Kulturgut ins Ausland. Um es ganz klar und deutlich zu sagen: Wo ist der Beweis dafür, dass Signora Cosima Bettone, die Ihnen das Konvolut zur Versteigerung angeboten hat, die rechtmäßige Besitzerin ist? Und wo sind die Papiere, die Signora Bettone berechtigen, ihr Eigentum im Ausland versteigern zu lassen? Und nur für den Fall, dass Sie diese Papiere vorlegen können und ihre Echtheit außer Zweifel steht, wird die vor Ihnen liegende einstweilige Verfügung gegenstandslos. Dies können Sie im Absatz 5 der Verfügung nachlesen.»

Wagner lief so rot an im Gesicht, dass es Susanna mit der Angst bekam. Nicht auszudenken, was geschah, wenn ihr Chef vor ihren Augen einen Herzanfall bekam.

«Das Schriftstück, das Ihnen ebenfalls vorliegt ...», fuhr Anwalt Fischer ungerührt fort. Ihn schien die tomatenrote Färbung seines Gegenübers nicht im Geringsten aus dem Konzept zu bringen.

«... sind die Versicherungspolicen, die auf den Namen Lorenzo Lanzi ausgestellt sind und seinen Eigentumsanspruch auf das Konvolut beweisen. Da Signor Lanzi momentan nicht reisefähig ist, hat er seinen Sohn Ettore bevollmächtigt – siehe dazu auch beiliegendes Schreiben –, seine Interessen wahrzunehmen. Da Lorenzo Lanzi keine Absicht hat, sich von dem Konvolut zu trennen, muss ich Sie um die unverzügliche Herausgabe der Schmuckstücke unter Zeugen bitten. Ich denke, Frau Martens wird sich dafür zur Verfügung stellen.»

Wagner zwängte zwei Finger in seinen inzwischen völlig durchnässten Hemdkragen, in dem vergeblichen Versuch, sich etwas Luft zu verschaffen.

«Ja, Sie lausiger Winkeladvokat», begann er drohend, «was bilden Sie sich eigentlich ein? Es ist doch nicht mein Problem, wenn die sauberen italienischen Behörden Päckchen befördern, die nicht den Gesetzesvorschriften entsprechen. Bin ich vielleicht dafür verantwortlich, dass dem italienischen Staat seine Kulturgüter nicht abhandenkommen? Wenn Frau Bettone sich unrechtmäßig den Schmuck unter den Nagel gerissen hat, dann hetzt ihr doch mal eure Polizia auf die Fersen, oder glaubt ihr vielleicht, die deutsche Polizei ist jetzt auch noch für den italienischen Saustall zuständig?»

«Darf ich Ihre Reaktion so interpretieren», begann Anwalt Fischer, scheinbar unbeteiligt und ohne auch nur um eine Nuance seine Stimme zu heben, «dass Sie es vorziehen, den Schmuck zu behalten?»

«Ihr Auftraggeber da», der fleischige Zeigefinger deutete auf den stummen Ettore, «ist mir 25 Prozent Gebühren und Aufgeld vom Zuschlag schuldig. Wenn das Geld hier vor mir auf dem Tisch liegt oder auf mein Konto überwiesen wurde, können wir weiterreden.»

Wagner stand auf. Hochrot im Gesicht, wankte er auf die Tür zu. Nur mühsam konnte er sein Temperament noch im Zaum halten. Susanna wartete jeden Moment auf den großen Ausbruch. Doch bevor er noch seine Bürotür erreichte, um seine Gäste hinauszukomplimentieren, ließ sich wieder die unbeteiligte Stimme Fischers vernehmen.

«In diesem Fall muss ich Sie davon in Kenntnis setzen, dass es nicht allein bei der einstweiligen Verfügung und der Aufforderung zur Herausgabe des Schmucks bleiben wird. Meine Mandanten haben mich beauftragt, Sie für den Fall, dass Sie Ihre Mitarbeit verweigern sollten, wegen Veräußerung von Hehlerware anzuzeigen und zu verklagen. Dies betrifft dann allerdings nicht nur den Familienschmuck im Wert von 40 000 Euro, sondern auch das sienesische Altarblatt, das Sie im Oktober dieses Jahres für 125 000 Euro unrechtmäßig versteigert haben. Gemäß Gewerbeordnung für Auktionen und Auktionatoren sind Sie verpflichtet, sich Sicherheit über die Besitzverhältnisse der zu versteigernden Waren zu verschaffen. Da Sie es in beiden Fällen unterlassen haben, wird sich die Staatsanwaltschaft bei Ihnen melden. Mein Mandant ist entschlossen, Ihnen die Konzession als Auktionator entziehen zu lassen und des Weiteren eine Schadensersatzklage zu führen.»

Wagner riss die Tür auf.

«Raus!» Leise und heiser kam das Wort über seine Lippen.

«Raus!» Diesmal war der Ruf laut und deutlich. Und schließlich brüllte Wagner: «Raus! Sie alle beide, und zwar sofort, bevor ich mich vergesse. Und meine saubere Mitarbeiterin nehmen Sie gleich mit. Frau Martens – hiermit kündige ich Ihnen fristlos.»

Mit einem mitleidigen Blick bedachte Rechtsanwalt Fischer den völlig außer sich geratenen Heribert Wagner. Unendlich langsam ergriff er seine Aktentasche und stand von seinem Stuhl auf. Ettore, bislang stummer Beobachter, trat kaum merklich hinkend auf Wagner zu und maß ihn mit einem Blick, in dem sich Ekel und Zorn die Waage hielten. In makellosem Deutsch fragte er: «Wie fühlt es sich eigentlich an, ein Schwein zu sein?»

Susanna floh förmlich aus Wagners Büro. Es war vorbei. Mehr konnte sie in diesem Moment nicht denken. Ein leichtes inneres Zittern überfiel sie, aber sonst fühlte sie nichts. Gemeinsam mit Fischer und Ettore betrat sie den Kassenraum, wo Beate und Praktikant Holler hinter Panzerglas immer noch damit beschäftigt waren, den Bietern ihre Waren auszuhändigen.

«Wenn ich nun um die Schmuckstücke bitten dürfte?» Überkorrekt äußerte Dr. Fischer seine Bitte und stürzte Susanna in weitere Nöte. Sobald sie das Konvolut außer Haus gegeben hatte, machte sie sich in den Augen Wagners des Diebstahls strafbar. Kam sie dem Wunsch des Rechtsanwalts nicht nach, verstieß sie gegen die einstweilige Verfügung und gegen die berechtigten Ansprüche der Familie Lanzi. Aber was hatte sie noch zu verlieren? Den Job war sie ohnehin schon los. Und den Lanzis ihr Eigentum vorzuenthalten kam nun gar nicht in Betracht.

Susanna betrat entschlossen den Kassenraum. Hinter Beate und Praktikant Holler standen die Türen des großen Tresorschranks sperrangelweit offen. Überrascht drehte Beate den Kopf nach Susanna um, als sie die Panzertür des Kassenraums zuschnappen hörte.

«Was willst du?»

Ohne weiter auf Beate zu achten, entnahm Susanna die Schmuckkästchen der Lanzis aus dem Tresor. Die Freundin sprang auf und vertrat ihr den Weg.

«Bist du verrückt geworden? Du kannst nicht einfach den Schmuck nehmen und zur Tür hinausspazieren.»

«Es gibt eine einstweilige Verfügung. Ettore und sein Anwalt haben Wagner in der Hand. Die Luft wird dünn für unseren Chef.»

Beate schüttelte nur ungläubig und widerwillig den Kopf. Breitbeinig stand sie vor der Freundin und verteidigte die vermeintlichen Rechte ihres Arbeitgebers.

«Gib die Tür frei, Bea! Wagner muss sich jetzt vor einem Gericht verantworten. Er wollte ja nicht auf mich hören. Jetzt muss er die Suppe selbst auslöffeln, die er sich eingebrockt hat.»

Als Beate immer noch nicht bereit war, die Tür freizugeben, schob Susanna sie unsanft zur Seite. Mit einem dumpfen Ton fiel die Eisentür hinter ihr ins Schloss. Kommentarlos drückte Susanna die Schmucketuis Ettore in die Hände.

«Grazie», war alles, was er daraufhin sagte. Er sah sie an. Und in diesem Moment verwünschte sie die schicke Designerbrille mit ihrem schwarzen, rechteckigen Rahmen. Es war unmöglich, den Blick von Ettore zu deuten. Er hielt die Schmuckkassetten krampfhaft umklammert, als fürchte er, Wagner könne doch noch vorbeigestürmt kommen und ihm seinen Besitz streitig machen.

Als er weiterhin schwieg, gab Susanna Dr. Fischer und schließlich auch Ettore die Hand zum Abschied. Ein letztes Mal berührten sie sich. Wie gern hätte sie ihn festgehalten, aber sie musste sich rasch umdrehen, bevor er die Tränen in ihren Augen sah, die sie nicht länger zurückhalten konnte. Sie eilte die Treppe hinauf, ohne sich noch einmal umzuwenden, und betrat ihr Büro. Sie sollte jetzt ihre Habseligkeiten zusammensammeln, doch ihr Verstand wollte nicht gehorchen. Mitten im Zimmer stehend, war sie unfähig, auch nur irgendetwas in die Hand zu nehmen. Die Konturen des Raums, die Utensilien auf ihrem Schreibtisch verschwammen. Wenn sie noch einen Augenblick länger bliebe, würde sie hier zusammenbrechen, würden ihre Beine nachgeben. Sie wollte weder von Beate und noch weniger von Wagner hier gefunden werden. Also griff sie nach Mantel und Handtasche und verließ mit bleischweren Beinen ihr Büro. Sie hatte nicht vor, es noch einmal zu betreten.

XX.

Luisa

Susanna hätte später nicht mehr sagen können, wie sie nach Hause gekommen war. Sie funktionierte wie ein Automat, betätigte Bremspedal und Gangschaltung, und irgendwann sperrte sie dann auch ihre Wohnungstür auf. Ihr Hals schmerzte, als hätte sie sich eine schwere Erkältung zugezogen. Ihr Magen brannte wie Feuer, und in ihrem Kopf herrschte dumpfe Leere. Sie stellte sich unter die Dusche und ließ das Wasser heiß über ihren Körper strömen. Sie fühlte nichts, schmeckte nur salziges Wasser.

Die alte Standuhr ihrer Großmutter schlug neunmal, als Susanna endlich etwas zur Besinnung kam, ihr Verstand sich nicht weiter verweigerte. Sie hatte einen bequemen langen Wollrock und einen Kaschmirpullover angezogen, dennoch war ihr kalt. Sie hätte noch Stunden heiß duschen können, ohne diese Kälte, die sie von innen aushöhlte, loszuwerden. Sie saß auf ihrem Biedermeiersofa und versuchte zu lesen. Jede Ablenkung war willkommen. Auf dem Glastisch brannte eine dicke, rote Kerze, umgeben von Tannengrün und Zapfen. In einer silbernen Gebäckschale lagen Nürnberger Lebkuchen, und in einem dickbauchigen Burgunderglas schimmerte granatrot schwerer, spanischer Rioja. Wie in den vergangenen Jahren wollte sie den Abend nach der Weihnachtsauktion, den ersten Advent, nach gewohntem Ritual begehen. Doch sie hatte ihr Nervengerüst überschätzt.

Die Zeilen verschwammen vor ihren Augen. Ihr fehlte die Konzentration, der nicht wirklich anspruchsvollen Kriminalgeschichte zu folgen. Resigniert klappte sie das Buch zu und schaute in die Flamme der Kerze. Doch sie war auch unfähig, die beruhigende Wirkung des offenen Feuers zuzulassen. Zu sehr drängten sich die Geschehnisse der vergangenen Stunden auf und hielten Susanna in einem Albtraum gefangen. Sie sah Ettore und seinen Anwalt wie ein Gespensterpaar im Auktionssaal stehen. Sie hörte die Stimme Wagners drohender und mächtiger in ihrem Ohr, als er jemals im wirklichen Leben geklungen hatte. Sie sah Beate vor der riesigen Vitrine stehen und den Lanzi-Schmuck wie eine Basarverkäuferin feilbieten. Als Wagner zum dritten und letzten Hammerschlag ausholte und mit Inbrunst auf das Pult schlug, läutete ihre Wohnungsglocke. Susanna glaubte an eine Sinnestäuschung, an die benebelnde Wirkung des vierzehnprozentigen Rotweins, der endlich etwas Wärme in ihrem Körper entfachte, und blieb auf ihrem Sofa sitzen. Doch wieder läutete die Glocke – ein Zweifel war nicht länger möglich.

Müde stand sie auf, ging zu ihrer Wohnungstür und schaute durch den Spion. Sehen konnte sie nur einen dunklen Haarschopf, dennoch wusste sie genau, wer vor ihrer Tür stand. Ettore schaute zu Boden. Einen Moment kämpfte sie mit sich, doch dann öffnete sie und blickte in seine dunklen Augen. Fahl im Gesicht und mit bläulichen Schatten auf den Wangen, trat seine ungesunde Blässe deutlich hervor. Auch

Ettore schien zu frieren, obwohl er eine dicke, hellbraune Lammfelljacke trug. Noch bevor er etwas sagen konnte, machte Susanna eine Handbewegung, um ihn in die Wohnung zu bitten. Ihrer Stimme traute sie nicht.

Unschlüssig standen sie sich in dem kleinen Flur gegenüber. Die einzige Lichtquelle, eine Stehlampe im Wohnzimmer, produzierte einen warmen, aber kaum ausreichenden Lichtkegel. Ettores Gesicht wirkte plötzlich sehr dunkel. Die Augen glänzten schwarz hinter der Brille. Was sagte man sich nach über zwei Monaten des Schweigens und nach einem Tag, der die Gräben noch weiter aufgerissen hatte? Das schummrige Licht machte es Susanna unmöglich, zu erkennen, was er in diesem Moment dachte oder fühlte, weshalb er überhaupt gekommen war.

«Möchtest du deine Jacke ausziehen?», fragte sie schließlich verzweifelt in die Stille des Flurs. Ihr Hals war trocken, und die Stimme krächzte unnatürlich. Sie nahm einen Kleiderbügel von einem der Garderobenhaken und nahm ihm die Lammfelljacke ab. Als sie sie aufhängen wollte, blitzte der Brillant am Aufschlag ihrer Kostümjacke, die sie dort vergessen hatte. Auch Ettore sah den Stein im Halbdunkel glitzern. Mit dem Zeigefinger strich er darüber, sagte aber kein Wort. Entschlossen hängte Susanna sein Kleidungsstück davor.

«Wir gehen besser ins Wohnzimmer. Dort ist es wärmer und auch heller.» Susanna war entschlossen, die Situation jetzt endlich in die Hand zu nehmen. Ettore drehte sich um und ging vor ihr in den Raum. Sein Gang war verzögert und langsam. Vergeblich versuchte er, ein Humpeln zu unterdrücken. Susanna fühlte einen Stich in ihrem gereizten Magen.

«Was ist passiert, Ettore? ... Bist du verletzt worden? Wer hat das getan?» Schnell, zu schnell fast gingen ihr diese

Fragen über die Lippen. Sie stand vor ihm und schaute auf sein linkes Bein, das er ganz leicht nach außen stellte. Er trug eine ziemlich ausgewaschene Jeans, die schon bessere Tage gesehen hatte, aber bequem aussah. Ein dicker, beigefarbener Shetlandpullover mit einem breiten Zopfmuster über einem blau-weiß karierten Hemd vervollständigte die rustikal-legere und sehr warme Winterkleidung des Florentiners. Mehr als alles, was er vielleicht hätte sagen können, bewies ihr seine Kleidung, dass er einen sehr privaten Besuch machte.

«Es ist nichts, was nicht wieder verheilen würde.» Endlich machte er den Mund auf, aber es fiel ihm nicht leicht. Zögernd griff er nach ihren beiden Händen und drückte sie einen kurzen Moment. Sein Blick war weich. Der Zorn und die eiskalte Wut, die er im Auktionshaus gezeigt hatte, waren verraucht.

«Entschuldige, dass ich hier so einfalle, Susanna. Ich hätte anrufen, ich hätte zumindest fragen sollen. Aber ich war mir nicht sicher, ob du mich dann überhaupt empfangen hättest. Ich hatte Angst, du könntest nein sagen.»

Verlegen sah er sich um, als wollte er Zeit gewinnen. Er schaute auf ihr Biedermeiersofa und den hohen Ohrensessel ihrer Großmutter nahe am Fenster, auf den Glastisch mit der brennenden Kerze und den Lebkuchen und auf einen raumhohen Bücherschrank, der fast überquoll. Dies war alles anders, als er es gewohnt war, ein völlig anderer Wohnstil, eine andere Welt, in die er hier eindrang. Susanna hatte keine Ahnung, wie das, was er sah, auf ihn wirkte.

«Wo möchtest du dich hinsetzen? Auf das Sofa oder besser in den Sessel?»

«Es macht dir also nichts aus, wenn ich bleibe?»

Seine Stimme war unnatürlich ruhig, so als müsste er sie

unter Kontrolle halten. Susanna überlief ein Frösteln. Er erschien ihr zu beherrscht. Was wollte er wirklich?

«Es ist schon in Ordnung, wenn du bleibst.»

Sie mochte sich selbst nicht in diesem Moment. Was sollte das für ein Gespräch werden, fragte sie sich verwirrt. Aber sie konnte sich nicht überwinden ihm zu sagen, dass sie sich über seinen Besuch freute. Anstatt angenehm überrascht zu sein, war sie irritiert und sehr erschrocken.

Ettore nahm etwas umständlich im Ohrensessel Platz. Er beugte sich leicht nach vorne und schaute auf seine Arme, die er auf die Oberschenkel gestützt hatte. Susanna lehnte sich auf ihrem Sofa zurück und wartete ab. Sie hatte nicht vor, jetzt ein hausfrauliches Programm abzuspulen, ein Weinglas vor ihn hinzustellen und Rioja zu kredenzen. Das, was sie vor sich hatten, war keine Plauderstunde unter Freunden, kein geselliges Zusammensein nach einem Arbeitstag. Beklommen sah sie Ettore an und wartete wie bei einer Prüfung auf den ersten Satz.

«Ich soll dir sehr herzliche Grüße von Andreas bestellen.» Ihre Augen trafen sich endlich. «Ich habe ihn nochmals in Sansepolcro besucht. Er hat seine Operation gut überstanden, und er wollte, dass du das weißt.»

Susanna schluckte und schwieg. Sie wusste nur zu gut, dass Ettore niemals zu Andreas gefahren wäre, wenn die Umstände ihn nicht dazu gezwungen hätten. Sie musste sich in Geduld üben. Ettore ging entschieden den italienischen Weg und hielt sich mit allem Nebensächlichen möglichst lange auf.

«Auch mein Vater möchte, dass ich Grüße von ihm ausrichte. Vor allem aber möchte er sich bei dir bedanken, dass du unseren Familienschmuck gerettet hast. Am liebsten wäre er selbst nach München gereist, aber er ist gesundheitlich angeschlagen. Der Arzt hat ihm die Reise verboten.» Einen Moment schwieg er, dann fügte er noch hinzu: «Es wird ihn sehr freuen, wenn ich ihm erzähle, dass du unseren Stein trägst. Ihn heute an dir zu sehen hat mir inmitten dieser unpersönlichen Atmosphäre, in diesem Raum voll von Menschen, die süchtig nach Schmuck schienen, sehr geholfen. Ich habe plötzlich gewusst, dass du immer noch auf unserer Seite stehst, obwohl weder meine Familie noch ich dir eine Veranlassung dazu gegeben haben oder deine Offenheit und dein Bemühen, uns zu helfen, begriffen oder gar gewürdigt hätten.»

Ettore sah Susanna offen ins Gesicht. Sie verstand, dass das eine Form der Entschuldigung war, wenn ihr diese geschliffene Rede auch nicht wirklich zusagte. Sie wollte mehr hören und mehr wissen. Und sie glaubte auch, darauf einen Anspruch zu haben.

«Was möchtest du mir eigentlich erzählen, Ettore? Es ist doch etwas vorgefallen, sonst wärst du nicht hier.»

«Es ist einiges passiert, seit du Florenz verlassen hast!»

Daran zweifelte sie keinen Augenblick. In einer hilflosen Geste fuhr sie sich mit beiden Händen durch die Haare.

«Bitte ... fang doch einfach irgendwo an!» Am liebsten hätte sie ihn an den Schultern gepackt und geschüttelt. Er schien wie erstarrt, wie festgeklebt in seinem Sessel. Sie versuchte es mit einem aufmunternden Lächeln.

Ein schwacher Anflug seines Charmes zeigte sich an seinem leichten, kaum merkbar schief nach oben gezogenen Mundwinkel. Er beugte sich weiter nach vorne und sprach über den Glastisch hinweg.

«Als mein Vater nach dem Gespräch, das ihr beide am Arnoufer geführt habt, zurückkam, brach bei uns die Hölle los. Er hatte endlich begriffen, um was es wirklich ging, weshalb du eigens gekommen warst. Es wäre ein Leichtes für dich gewesen, das Bild im Hotel zurückzulassen, wertlos, wie es eigentlich war, und einfach abzureisen. Stattdessen hast du noch einmal versucht, uns den Ernst der Lage klarzumachen. Cosima und mein Vater bekamen sich derart in die Haare, wie ich das zuvor noch nie erlebt habe. In allererster Linie irritierte Lorenzo das Stilett. Er durchwühlte den ganzen Sekretär meiner Mutter, ohne den Brieföffner zu finden, was nicht weiter verwunderlich war. Schließlich lag er für alle sichtbar auf dem Tisch. Es gibt nur dieses Stilett. Es gab kein weiteres. Cosima wehrte alle Angriffe und Vorwürfe ab. Zum Schluss schrien sie sich nur noch an, ohne einen Schritt weiterzukommen. Weder konnte die Herkunft des Bildes noch das Auftauchen des Stiletts an diesem oder an den folgenden Tagen geklärt werden. Dabei logen beide auf eine unverantwortliche und sehr verbohrte Art und Weise. Cosima gestand nicht ein, was sie getan hatte, und mein Vater gab nicht zu, dass tatsächlich neben den angenommenen Söhnen Cosimas ein weiterer Stiefsohn existierte. Wären beide an diesem Tag ehrlich zueinander gewesen, hätte manches, was dann folgte, verhindert werden können.»

Wie um diese beunruhigende Bemerkung zu bekräftigen, strich er sich mit der Hand über den Oberschenkel des verletzten Beins. Dann stand er auf, machte ein paar ungelenke Schritte in Susannas Wohnzimmer. Ganz langsam nur bewegte er sich freier und zog das Bein weniger nach. Susanna sah es ihm an, er hatte Schmerzen, aber er verlor darüber kein Wort. An ihrem Bücherschrank blieb er stehen und lehnte sich betont lässig daran.

«Bis zu Lorenzos fünfundsiebzigstem Geburtstag vor fünf

Wochen hielten die beiden einigermaßen still, wahrten den Schein, spielten das perfekte Ehepaar. Alvise stellte wieder einmal seine Locanda für die Feier zur Verfügung. Es war ein riesiges Fest, das Cosima in bewährter Manier mit ihm zusammen organisierte. Meine Vorfreude hielt sich in Grenzen. Der Gedanke daran, dass da draußen jemand herumlief, der es auf mich abgesehen haben sollte, hat mich nach deinem Besuch nicht mehr losgelassen. Ich beobachtete mich, wie ich in der Stadt hinter mich blickte, ob mir jemand folgte. Ich vermied routinemäßiges Handeln. Ließ Besorgungen, die ich zuvor ganz selbstverständlich gemacht hatte, von Angestellten erledigen. Mit einem Wort, ich fühlte mich unsicher, beobachtet und verfolgt, obwohl ich nie jemand Verdächtigen entdecken konnte.

Für mich war die Feier bei Alvise überschattet von Erinnerungen an meinen dreißigsten Geburtstag. Immer wieder sah ich Daniela zwischen den Gästen, erinnerte ich mich an Gesten und Gespräche, die wir geteilt hatten. Aber ich suchte auch nach dir. Es war das erste Mal, dass ich mir ehrlich eingestand, wie sehr ich dich vermisste, wie sehr ich mir wünschte, du wärst gerade jetzt bei mir. Nach dem Tod von Daniela hatte ich geglaubt, ich hätte für den Rest meines Lebens genug Trauer, Verlust und Einsamkeit empfunden. Ich dachte, es könnte nicht mehr schlimmer kommen, ich hätte keine Gefühle dieser Art mehr übrig, ich hätte sie aufgebraucht. Aber da habe ich mich geirrt. Ich begriff außerdem, dass ich mich in erster Linie selbst bemitleidete, weil ich meine Verlobte nicht mehr um Verzeihung bitten, ihr nichts mehr erklären konnte. Im Prinzip ging es mir genauso wie nach dem Tod meiner Mutter. Es blieb eine Menge Unausgesprochenes zurück, das unausgesprochen bleiben würde.

Eine Last, die ich auch auf niemanden abwälzen konnte, die ich mit mir selbst ausmachen musste.

Als ich dich zurückwies, als ich glaubte, du hättest mich und damit auch meine Familie hintergangen, habe ich mich genauso dumm verhalten. Anstatt mit dir zu reden, die offenen Fragen anzusprechen, habe ich aus verletztem Stolz geschwiegen. Ich litt und war selbst schuld.»

Ettore sah zu Susanna hinüber. Er hatte nicht ohne Grund das halbe Zimmer zwischen sie beide gelegt. Das schmerzende Bein war wieder ein guter Vorwand gewesen, ihr aus dem Weg zu gehen. Susanna saß einfach nur da und schaute ihn an. Ihr Herz schlug bis in den Hals. Sie hatte das Gefühl, ihre Hauptschlagader läge direkt auf dem Kehlkopf. Selbst wenn sie gewollt hätte, sprechen konnte sie nicht.

«Gegen elf Uhr nachts, nach einer langen Feier, nach unzähligen belanglosen Unterhaltungen mit allen möglichen Freunden und Verwandten, hatte ich keine Lust mehr. Ich wollte nur noch weg. Die vielen Menschen gingen mir unsäglich auf die Nerven.

Heimlich, still und leise, ohne mich von irgendjemandem zu verabschieden, ging ich auf den großen Parkplatz der Locanda zu. Ich hatte nicht vor, meine Suite zu beziehen, um dort zu übernachten. Allein, wie ich war, nur mit meinen Erinnerungen im Schlepptau. Als ich meinen Wagen aufsperrte, hörte ich ein Geräusch hinter mir. Ich drehte mich um, und da stand Cesare.»

Ettore löste sich von dem Bücherschrank und fing an, ziellos auf und ab zu gehen. Als er weitersprach, begriff Susanna, warum er das machte. Er brauchte seine Hände, seine Arme, ja fast den ganzen Körper, um zu erzählen, was sich dann ereignet hatte.

«Er stand da und grinste mich an. Böse, verschlagen, wie ich das schon von ihm kannte. Ich dachte, es ginge wieder um das Collier. Meine Anwälte setzten ihm in dieser Sache zu. Aber ich irrte mich, denn er sagte: ‹Na, Bruderherz, wie geht's dir? Hat dir mein Bild gefallen? Du hast wohl geglaubt, du kommst davon? Der ganze Bilderhokuspokus sei nur die Ausgeburt eines kranken Hirns, ein schlechter Scherz. Aber ich kann dich trösten, es ist blutiger Ernst.›

Und dann holte er mit der rechten Hand kurz aus. Ich sah es aufblitzen und versuchte, dem Hieb auszuweichen. Ich duckte mich unter ihm durch, aber er erwischte mich mit seinem Messer am linken Oberschenkel. Ich versuchte wegzulaufen und stolperte, weil mir Francesco, der aus dem Dunkel plötzlich auftauchte, ein Bein stellte. Diesmal erwischte mich Cesare an der Wade. Ich bin sicher, dass ich gegen ihn und Francesco, der ganz offensichtlich die ganze Zeit über auf Cesares Lohnliste gestanden und den er gnädig an Cosima ausgeliehen hatte, um mich unter Kontrolle zu haben, keine Chance gehabt hätte, wenn nicht Alvise dazugekommen wäre.

Alvise war sauer auf Cesare und mich. Als wir kurz hintereinander sein Restaurant verließen, nahm er an, wir wollten uns heimlich aus dem Staub machen. Wie zwei ungezogene Kinder wollte er uns deshalb zur Rede stellen – doch dann sah er das Messer in Cesares Hand und hörte ihn schimpfen und fluchen, weil er mich nicht richtig erwischte. Mein feiner Stiefbruder hatte geglaubt, er könne mich einfach unbemerkt auf dem Parkplatz aus dem Weg räumen und mit meinem Wagen davonfahren, ganz so, als hätte mir irgendein Strauchdieb aufgelauert, der es auf meinen Maserati abgesehen hatte. Gott sei Dank kam ihm Alvise in die Quere.

Francesco verschwand in die Nacht, als er meinen Cousin herankommen sah.

Du hast Alvise gesehen und erlebt. Er hat in etwa die Statur von Cesare. Er schlich sich von hinten an und konnte ihm das Messer aus der Hand schlagen. Dann versuchte er mit aller Macht, ihn festzuhalten. Ich schrie laut um Hilfe, und es dauerte nicht lange, und die halbe Geburtstagsgesellschaft eilte auf den Parkplatz.»

«Cesare ist dein Stiefbruder? Und das hast du nicht gewusst?»

Ettore schüttelte den Kopf. Mit gesenktem Blick stand er in der Mitte des Wohnzimmers und vergrub seine Hände in den Hosentaschen. Verloren stand er da und wirkte so erschöpft, als hätte er den Kampf gerade noch einmal ausgefochten. Susanna stand von ihrem Sofa auf und machte ein paar Schritte auf ihn zu. Doch sie wagte es nicht, ihn anzufassen, zu trösten. Das, was sie gerade erfahren hatte, war zu ungeheuerlich, um es auf Anhieb zu verstehen. Cesare, der Freund aus Kindertagen, der Gast bei vielen Familienfeiern, der große Konkurrent um die Vormachtstellung unter den Juwelieren in Florenz, entpuppte sich als Bruder und Mörder.

Susanna fragte nicht mehr lange, sondern holte aus ihrer Küche ein Burgunderglas, füllte es reichlich mit Rioja und hielt es Ettore hin.

«Grazie.» Er nahm einen Schluck und ging auf den Sessel zu, um sich wieder zu setzen. Das Glas behielt er in der Hand.

«Ich hätte schwören können, dass Cosima hinter den Vorfällen steckt. Schließlich trugen all die Lieferungen an unser Auktionshaus und das eigenartige Verhalten deiner

Bodyguards, die sie dir mehr oder weniger aufgezwungen hatte, ihre Handschrift. Wie hat Cesare es geschafft, sie als Komplizin zu gewinnen? Ohne ihre Mithilfe konnte er doch niemals ungeschoren aus der Sache herauskommen, musste seine Intrige auffliegen.»

«Sie ist zur Komplizin geworden, ohne es lange Zeit wirklich auch nur zu ahnen. Nach aktuellem Kenntnisstand unserer Anwälte hat sie von all dem, was Cesare sich ausgedacht hat, nichts gewusst. Sie war allein mit sich selbst beschäftigt.»

«Du meinst, es gibt wieder keine Polizei, keine Anzeige wegen zweimaligem Mordversuch, einer davon mit Todesfolge an deiner Verlobten? Ihr wollt das wieder alles in der Familie regeln?»

«Alvise denkt wie du!» Jetzt lachte Ettore sogar. «Er hat sofort die Polizei geholt, und Cesare musste in Untersuchungshaft.»

«Und was ist mit Cosima?», platzte Susanna heraus. Mit knapper Not unterdrückte sie die Frage, wer denn dann die Kaution für Lorenzos Frau bezahlt, wer in diesem Fall die Polizei verständigt hatte und nicht nur diese. Schließlich waren die Journalisten von «La Nazione» rechtzeitig zur Stelle gewesen. Susanna versuchte, sich zusammenzunehmen, sich ihre Erregung nicht anmerken zu lassen, und setzte sich wieder auf ihr Sofa. Oh, mein Gott, sie hatte so viele Fragen. Stattdessen tranken sie schweigend aus ihren Burgundergläsern und sahen sich an.

«Du hast natürlich recht», gab Ettore schließlich zu, «ohne Cosima ging es nicht. Das ahnte auch mein Vater. Deshalb hat er sie noch am frühen Morgen, als wir alle von der Locanda nach Florenz zurückfuhren, zur Rede gestellt.»

Ettore nahm seine Brille ab, legte sie auf den Tisch neben sein Weinglas und fuhr sich mit der Hand über die Augen.

«Ich würde viel darum geben, wenn ich die beiden nach Hause begleitet hätte. Aber ich wurde ins Krankenhaus gefahren, um behandelt zu werden. Cosima und Lorenzo müssen im Treppenhaus einen Kampf ausgetragen haben, der nicht nur mit Worten geführt worden ist. Mein Vater hat während des Streits einen Herzinfarkt erlitten, und Cosima hat das offensichtlich in ihrem Zorn und Rausch nicht begriffen. Lorenzo ist auf den Steinstufen zusammengebrochen. Und seine Frau hat ihn einfach liegen gelassen und ist zu Bett gegangen. Wann genau die Herzattacke einsetzte, wissen wir nicht.

Gott sei Dank war es bei ihrer Rückkehr aus Sinalunga bereits fünf Uhr morgens. Kurz vor sechs Uhr kamen dann die Köchin und das Dienstmädchen von Cosima. Sie haben meinen Vater gefunden und den Notarzt gerufen. Seither ist sein Zustand kritisch. Er ist sehr schwach. Wohl weniger aus medizinischen als aus psychischen Gründen. Die Enttäuschung über Cosimas Verhalten und ihren Verrat lässt ihn keine Nacht schlafen. Meine Schwestern haben unsere Stiefmutter aufs Land verfrachtet, und unsere Anwälte bereiten die Scheidung und ein Verfahren wegen unterlassener Hilfeleistung vor. Noch fühlt sich keiner von uns in der Lage, sich wirklich mit ihr auseinanderzusetzen.»

Resigniert lehnte sich Ettore in seinem Sessel zurück und ließ seinen Blick durchs Zimmer schweifen. Er versuchte, seine Gefühle zu verbergen, die ihm für den Moment auch das Sprechen schwermachten. Susanna schaute in ihren Schoß, vermied es, ihn anzusehen, um ihm die Peinlichkeit zu ersparen. Was für ein entsetzliches Chaos hatte die Lanzis ereilt, hatte ihre mühsam nach dem Tod von Adriana und Daniela zusammengebastelte, heile Welt ins Wanken gebracht?

«Das meiste, was wir inzwischen wissen», nahm Ettore mit belegter Stimme seinen Erzählfluss wieder auf, «hat Cesare erzählt. Er wird zu Hause von unseren Anwälten befragt. Die Russos haben es erreicht, dass er gegen Kaution freigelassen wurde und lediglich unter Hausarrest steht. Angeblich besteht keine Fluchtgefahr.» Ettore lachte trocken auf. «Er ist sehr offen, unverblümt frech in seinen Äußerungen und spart auch nicht mit Gemeinheiten und Seitenhieben. Er hasst meinen Vater und mich in einer geradezu beängstigend psychotischen Weise.»

Ettore beugte sich weit nach vorne und sah zwischen seinen Beinen zu Boden. Er sprach mehr zu sich selbst. Susanna wagte es nicht, ihn mit Fragen zu unterbrechen. Stück für Stück würde sie die ganze Wahrheit erfahren, sie musste ihm nur Zeit geben.

«Angefangen hat alles mit meinem dreißigsten Geburtstag und Cosimas Versprechen an meine Mutter, diesen Tag auch entsprechend groß zu feiern. Im Vorfeld der Vorbereitungen erbat sie sich den Schlüssel zu Adrianas Sekretär von meinem Vater. Ein Umstand, der zum Zeitpunkt deines Besuchs Lorenzo längst entfallen war. Cosima wusste – wie wir alle –, dass meine Mutter dort Familienfotos aufbewahrte. Ihre Idee war, für mich ein Fotoalbum anzulegen, das vom Tag meiner Geburt bis zum ersten Foto reichen sollte, das an meinem dreißigsten Geburtstag mit einer Polaroidkamera gemacht wurde. Sie durchsuchte also alle Fächer des Sekretärs und fand dabei nicht nur Fotos, sondern das wertvolle Stilett meiner Mutter und Briefe, die sich meine Eltern vor allem in der Zeit vor ihrer Hochzeit geschrieben hatten. Das, was Cosima an diesem Tag entdeckte, war etwas, das in falschen Händen zu Zündstoff wurde.

Nachdem Maria, Lorenzos erste Frau, in den Fluten des Arno umgekommen war, wollte mein Vater von einer neuerlichen Hochzeit nichts wissen. Natürlich fühlte Lorenzo sich einsam. In dieser Trauerzeit muss Luisa Russo meinen Vater getröstet haben. Er und Luisa kannten sich noch von der Schule, waren alte Freunde, vertrauten einander. Luisa stammte aus einer Familie von Steinschleifern, die mit den Lanzis und Russos zusammenarbeiteten. Sie hatte Romero Russo kurze Zeit nach Lorenzos Hochzeit mit Maria geheiratet. Aus den Briefen, die mein Vater später Adriana schrieb, geht sehr deutlich hervor, dass Luisa offenbar meinen Vater hatte heiraten wollen und Romero dann als Lückenbüßer herhalten musste.»

Ettore hielt inne und schaute Susanna an. Inzwischen wirkte er gefasster und weniger angestrengt. Lächelnd deutete er mit einem Zeigefinger auf die Gebäckschale. «Ist es unverschämt, dich um so einen Schokoladenlebkuchen zu bitten?»

Susanna lachte zum ersten Mal an diesem Abend befreit auf. Ettore schien endlich in ihrer Wohnung angekommen zu sein. Als er in den gehaltvollen Lebkuchen mit Nüssen, Honig und viel Schokolade hineinbiss, ging ein Strahlen über sein Gesicht.

«Das letzte Mal habe ich in Idar-Oberstein so frische Lebkuchen gegessen!»

Das glaubte sie ihm gern. An den großen Bissen, mit denen Ettore sehr rasch den halben Lebkuchen verdrückte, erkannte Susanna, dass auch er bislang unter chronischem Appetitmangel gelitten hatte. Sein Gesicht verlor nach und nach die ungesunde Blässe. Er nahm einen kräftigen Schluck von dem Rotwein und lehnte sich dann sichtlich entspannt in den Sessel zurück. Die schwierigen Klippen seiner Erzählung, die ihn selbst betrafen, die ihm die schmerzvollen Erinnerungen ins Gedächtnis riefen, hatte er offenbar für den Moment glücklich umschifft. Denn gelöst erzählte er weiter, so wie Susanna das von ihm aus Florenz kannte.

«Ich habe die Ehe der Russos immer für eine sehr gute gehalten, mir aber auch nie wirklich ernsthaft Gedanken darüber gemacht. Aber wie so oft trog auch hier der Schein. Als sich Luisa und mein Vater Ende der sechziger Jahre öfter trafen, müssen sie sich wohl gegenseitig getröstet haben. Meinem Vater wurde erst später klar, dass Luisa in einer Zwickmühle steckte. Ihre Ehe blieb trotz aller Bemühungen kinderlos. Romero und vor allem der Schwiegervater wurden unruhig bis bösartig. Der Schwiegervater sprach offen von Annullierung der Ehe, wenn sich nicht endlich eine Schwangerschaft bei Luisa einstellte. Mit einem Wort, Luisa war verzweifelt und suchte nach einem Ausweg. Scheidung war damals kein Thema, sie war in Italien immer noch verboten. Luisas Lage schien aussichtslos. Da es zu diesem Zeitpunkt keine Frau im Leben von Lorenzo gab, nutzte sie seine Einsamkeit aus, erzählte ihm von ihrer traurigen Ehe und hoffte, dass sie von ihm das ersehnte Kind bekäme. Lorenzo wurde schwach, ließ sich auf eine Affäre ein, und Luisas Plan ging auf. Endlich war sie mit ihrer alten Liebe vereint, wenn es aus ihrer Ehe auch kein Entrinnen gab. Und sie bekam Cesare. Luisa ist kein schlechter Mensch. Sie hätte schweigen und einfach die Affäre beenden können. Mein Vater hätte nie zu erfahren brauchen, von wem der Sohn der Russos wirklich abstammt. Aber das brachte Luisa nicht übers Herz.

Sie beendete die Affäre mit meinem Vater, den ohnehin das schlechte Gewissen drückte, und sie kamen schriftlich überein, dass aus dieser Liaison keine Ansprüche auf Alimente oder ein späteres Erbe entstanden. Inzwischen haben beide unabhängig voneinander die Geschichte bestätigt. Für meinen Vater blieb der schlechte Nachgeschmack, von einer Frau neben all ihrer Zuneigung auch benutzt worden zu sein.

Und er kam mit der Bürde, ein außereheliches Kind gezeugt zu haben, nicht zurecht. Als er sich in Adriana verliebte, wurde sein Dilemma riesig groß. Unsere Mutter bedeutete für ihn die Erfüllung, die Liebe seines Lebens. Er wollte sie heiraten, aber nicht mit einer Lüge im Gepäck. Also hat er ihr einen Brief geschrieben und ihr gestanden, dass der Sohn der Russos eigentlich sein Sohn ist. Es wäre besser gewesen, er hätte es ihr erzählt. Aber wenn es um persönliche, heikle Dinge geht, verlässt uns Lanzis oft der Mut.»

Ettore sah Susanna an und lächelte traurig. «Ich bin das beste Beispiel dafür, wie feige die Lanzis in Situationen sind, in denen es das Natürlichste wäre, den Mund aufzumachen. Mein Vater fürchtete, Adriana könnte ihm nach einem solchen Geständnis den Laufpass geben. Wenn es dazu kam, dann wollte er ihr wenigstens nicht in die Augen schauen müssen.»

Wieder stand Ettore von seinem Stuhl auf. Bedächtig bewegte er sich hin und her. Susanna hoffte für ihn, dass er recht hatte und von Cesares Attacke keine bleibenden Schäden zurückblieben. Entweder war es der schwere Wein oder Ettores offene Art, endlich die Karten auf den Tisch zu legen, jedenfalls hatte sich ihr nervöser Magen beruhigt, und ihr war auch nicht mehr so kalt. Nach all den Aufregungen und Sorgen, die sie sich seit ihrer Abreise gemacht hatte, kehrte endlich Ruhe ein. Ettore stand vor ihrer breiten Balkontür und schaute in die Nacht hinaus. Wind und Regen hatten aufgehört. Eine frostige Winternacht würde einen blauen, kalten Morgen bringen.

«Cosimas Verhältnis zu Cesare ist seit jeher von einer irrationalen Hassliebe geprägt. Cesare machte sich oft lustig über das arme, neapolitanische Model der Lanzis. Gleichzeitig brachte er ihr nicht genügend Respekt entgegen, glaubte, ihre Herkunft erlaube ihm Freiheiten, die er sich bei meinen Schwestern oder bei anderen Töchtern befreundeter Juweliere niemals herausgenommen hätte. So hat er ihre Labilität und offenbar auch ihre Schwäche für ihn schamlos ausgenützt. Cosimas Alkoholkonsum in Gesellschaft ist bekannt, und jeder weiß, dass sie eigentlich nichts verträgt. Er muss leichtes Spiel mit ihr gehabt haben und hat sie wohl je nach Lust und Gelegenheit verführt und fallengelassen. Entweder aus reinem Vergnügen oder weil er damit der verhassten Familie einen Stachel ins Herz treiben konnte, indem er mit der Ziehtochter seine Spielchen trieb. Cesare hat nie einen Hehl daraus gemacht, dass er vom Heiraten nichts hält. Aber es hinderte ihn nicht daran, Cosima ein Kind zu machen. Ihr Ältester ist von Cesare, das wissen wir inzwischen sicher. Deshalb wollte sie nach Adrianas Tod unbedingt meinen Vater heiraten. Sie wusste, er würde sie beschützen und ihren unehelichen Sohn, ohne lange nachzufragen, adoptieren. Ihr Gefühl trog sie nicht. Mein Vater will und wollte es gar nicht so genau wissen, von wem sie das Kind bekommen hatte. Vermutlich sieht er darin eine Art Strafe Gottes. Auch er muss mit einem Bastard leben, wie vor ihm schon Romero Russo. Und letztlich bleibt ja doch alles in der Familie. Irgendwie sind wir plötzlich alle miteinander verwandt.

Doch als Cosima den Brief in Händen hielt, bekam sie

plötzlich eine Waffe in die Hand, um sich an Cesare für seine Gemeinheiten und sein schäbiges Verhalten zu rächen. Sie hatte nichts Eiligeres zu tun, als ihm seine wahre Herkunft an den Kopf zu werfen. Er wollte Beweise sehen. Cosima ahnte nichts von den mörderischen Phantasien ihres Liebhabers. Wieder bat sie Lorenzo um den Schlüssel. Gemeinsam mit Cesare öffnete sie Adrianas Sekretär, und bei dieser Gelegenheit muss er auch das Stilett entwendet haben. Cesare war noch nie gut auf uns zu sprechen. Du hast es selbst erlebt. Schon als Kind konnte er mir das Leben zur Hölle machen. Und zu meinem Leidwesen hat ihn Adriana damals in Radda oft in Schutz genommen. Heute weiß ich auch, weshalb. Sie hat die Schuld Lorenzos auszugleichen versucht.

Mittlerweile hatte sich die Konkurrenz zwischen uns verschärft, und die Erkenntnis, von unserer Familie abzustammen, hat Cesare rotsehen lassen. Und er kannte nur noch eins: Rache. Der Überbringer dieser schlechten Botschaft, Cosima, sollte dazu als Werkzeug benutzt werden. Cesare war mit der Übereinkunft zwischen Lorenzo und Luisa natürlich nicht einverstanden. Er wollte vom großen Lanzi-Kuchen etwas abhaben. Und weil ihm klar war, dass Lorenzo ihm niemals freiwillig etwas vererben würde, musste der männliche Erbe ausgeschaltet werden. Wie schon bei Federico da Montefeltro vor fünfhundert Jahren. Ich war plötzlich sein Feind Nummer eins.»

«Aber warum hat er sich die Mühe gemacht und Bilder manipuliert, beziehungsweise ein ganzes Porträt angefertigt, um seine Mordabsicht anzukündigen, anstatt einfach zuzuschlagen? Er musste doch damit rechnen, dass man ihm gerade über die Bilder auf die Schliche kam.» Für Susanna ergab das trotz allem noch immer keinen Sinn.

Ettore schaute stumm in die Nacht hinaus. Als er sich wieder Susanna zuwandte, sah sie, wie er mit seinem Zorn kämpfte, wie sehr seine Ruhe in diesem Moment gespielt war.

«Es fällt mir schwer, die Beweggründe meines Feindes objektiv zu beurteilen.» Leise presste er diesen Satz zwischen den kaum geöffneten Lippen hervor. «Kann man einen Menschen, der einem nach dem Leben trachtet, richtig einschätzen? Ihm gerecht werden? Will man das noch?» Fast schon trotzig stieß Ettore seine letzte Bemerkung hervor. Und dann versuchte er es doch.

«Eines scheint klar: Cesare ist eine vielschichtige, unberechenbare Persönlichkeit. Er ist hochintelligent und in einem geradezu krankhaften Sinn eitel. Er kennt kein Halten, wenn es um seine Interessen geht, und er ist, das wussten wir alle nicht, ein geradezu genialer Maler oder besser gesagt Kopist. Wie man alte Meister kopiert, hat ihm ausgerechnet unser Großvater Aldo beigebracht. Auch er war mehr Maler als Designer. In Radda hatte er ein eigenes Atelier hinter der großen Villa. Cesare war immer stundenlang bei ihm. Die beiden verstanden sich sehr gut. Heute weiß ich, wohin diese Freundschaft geführt und wem er seine Begabung zu verdanken hat.»

Und bitter fügte er hinzu: «Aldo würde sich im Grab umdrehen, wenn er wüsste, wie sein Schützling und Stiefenkel seine Anleitung missbrauchte. Cesare kann alles perfekt imitieren bis hin zu Colliers. Seine Kunstfertigkeit in eigene Ideen und Entwürfe umzusetzen, diese Qualität fehlt ihm leider. Und dieser Mangel macht ihn zornig, gefährlich und fast krankhaft eifersüchtig.

Mein dreißigster Geburtstag fiel zusammen mit der

Gründung der ‹Stiftung Kunst und Kultur der Stadt Florenz›, für die sich Carlo Sabrini und dessen väterliche Bank starkmachten. Sabrini holte Fachleute, Leute mit Geld und einem gewissen Sendungsbewusstsein in den Vorstand seiner Stiftung. Dein Professore stand deshalb auf der Wunschliste Sabrinis ganz oben. Denn auch Andreas, das hat er mir bei meinem letzten Besuch bestätigt, war eitel genug, mitzumachen. Auch er hat sich davon mehr Ansehen bei den reichen Florentiner Familien und eine gesteigerte Reputation innerhalb akademischer Kreise versprochen, wenn er diese Stiftung unterstützte und förderungswürdige Projekte der Stadt Florenz auswies. Cesare wollte mitmachen, weil er einen Kreis junger, freischaffender Künstler in Florenz kannte und endlich auch die moderne Kunst zum Zuge kommen lassen wollte. Vielleicht erhoffte er sich selbst als Maler innerhalb dieser Stiftung den Durchbruch. Das alte Prinzip - eine Hand wäscht die andere - kam zum Tragen, und alle freuten sich.»

Mit der Hand knetete Ettore seinen Oberschenkel und ging wieder auf den Ohrensessel zu. Das Bein schmerzte. Das war unübersehbar. Und es gab offensichtlich keine gute Stellung oder geeignete Bewegung, um den Schmerz ein wenig in Schach zu halten. Inzwischen wirkte Ettore müde und abgespannt.

«Als er das Stillleben manipulierte, aus einer Melone einen Revolver machte, war sein künstlerischer Ehrgeiz noch verhalten. Vielleicht auch der Wille zu töten aus der frisch entfachten Wut durch den Brief vorrangig. Es zeugt schon von etwas abwegigem bis krankem Humor, ein Geburtstagsgeschenk mit Todesdrohung zu überreichen. Und das Perfide daran war: Keiner hat etwas bemerkt. Alle amüsierten sich köstlich über die Monstrosität des Bildes und über die Vorstellung, wo ich es in meinem Palazzo wohl aufhängen würde. Cesare muss sich innerlich halb totgelacht haben. Gleichzeitig zeugt es von seiner grenzenlosen Selbstüberschätzung, ein Barockbild, und sei es noch so scheußlich, eigenmächtig zu entwerten. Er ließ jeden Respekt vor dem Können eines anderen vermissen. Dass Cosima den misshandelten Ciampi ausgerechnet ihm zurückgeben würde, als er sie um ein Gemälde für die Tombola zugunsten der Stiftung bat, konnte er nicht ahnen. Also musste er es schnell loswerden. Er musste befürchten, ein Gutachter der Stiftung käme dahinter, deckte seine Manipulation am Gemälde auf.»

Susanna unterbrach ihn nicht, bestätigte nicht, dass genau das passiert war. Andreas war hinter Cesares Geheimnis gekommen, ohne jedoch die richtigen Schlüsse zu ziehen.

«Das Bild in Flammen aufgehen lassen konnte er nicht, denn es war in den Listen der Stiftung bereits registriert. Er musste sich etwas einfallen lassen um das Bild schnell aus den Augen der Stiftung zu schaffen, ihr jedoch trotzdem das Geld des Verkaufs zu garantieren. Daher überredete er den Vorstand, das Bild, über das halb Florenz bei meiner Geburtstagsfeier gelacht hatte, lieber gewinnbringend in Deutschland versteigern zu lassen.

Mein erneuter Besuch bei Andreas diente hauptsächlich dazu, mir Einblick in die Arbeit der Stiftung zu verschaffen. Und dabei kam heraus, dass Andreas Cesare den Tipp gegeben hatte, Bilder bei seinem alten Kunden Wagner zu versteigern. Er ahnte nicht, um welche Bilder es sich handelte und was Cesare wirklich im Schilde führte.

Für Cesare war dann die weitere Vorgehensweise klar. Er

schrieb im Namen und Auftrag der Spenderin Cosima Bettone an Wagner. Ihr habt dann versteigert und vermutlich das Geld auf ein Konto der Stiftung überwiesen.»

«Richtig. Und mit dem Jünglingsporträt hat dein Stiefbruder es genauso gemacht. Doch hier lag der Fall anders: Er musste damit rechnen, dass sein Schwindel aufflog. Damit auch da etwas für die Stiftung übrig blieb, musste noch ein echtes Gemälde mitgeliefert werden. Unverschämt, wie er ist, hat er euch auch noch das Altarblatt geklaut. Er wusste ja, wo die Sachen herumstanden, er kannte den Wert eurer Gemälde, und er wusste, dass keiner von euch die nötigen Kenntnisse besaß, um das Altarblatt zu vermissen oder richtig zu schätzen. Vermutlich sagte er sich, dass ihm eure Sammlung ja irgendwie auch gehörte.

Gleichzeitig hat er es nicht übers Herz gebracht, sein Bild zu vernichten, nachdem es seinen Zweck erfüllt hatte. Wieder hat er Cosima mit hineingezogen und ihre Unterschrift gefälscht. Wer von uns sollte in München darauf kommen, all die Fakten zu überprüfen? Vermutlich wusste er von Andreas, wie gierig Wagner sein kann und wie wenig er von Vorschriften und Gesetzen hält. Da haben sich zwei ausgesuchte Gauner gefunden. Aber wie hat er überhaupt die nötigen Informationen bekommen, um dieses Porträt so passend einzusetzen?»

«Das war ja einfach. Cesare und Andreas arbeiten in der Stiftung eng zusammen. Als dein Professore die Buchvorstellung in der Biblioteca hatte, war Cesare natürlich unter den Gästen. Außerdem hat Andreas mit seinen Erkenntnissen, die er in emsiger Recherche über Piero della Francescas Gemälde zusammengetragen hatte, nicht hinter dem Berg gehalten. Ganz im Gegenteil, er war sehr stolz auf die neuen kunsthistorischen Beweise, die die ‹Flagellazione› in einem völlig neuen Licht erscheinen lassen.»

«Sein schon fast krankhafter Neid trieb Cesare voran. Er wurde das Opfer seiner eigenen Gier.» Susanna schüttelte den Kopf. Wie krank vor Hass und Neid musste ein Mensch sein, wie enttäuscht vom Leben, um in ein solches Karussell krimineller Energie zu geraten?

«Dein Erscheinen in Florenz hat die Dinge für ihn erschwert. Eigentlich hätte Francesco mich bei einer günstigen Gelegenheit um die Ecke bringen sollen. Er war es auch, der den Reifen mit einem Revolverschuss zum Platzen brachte und den tödlichen Unfall auslöste. Ganz so, wie du es schon vermutet hast.

Als wir beide dann gemeinsam nach der Herkunft des Jünglingsporträts forschten, haben wir viel Staub aufgewirbelt. Als ich Francesco und seinem Freund kündigte, verlor Cesare seine Spione. Die Familienfeier in der Locanda schien ihm eine geeignete, vielleicht sogar die letzte Gelegenheit zu sein, erfolgreich zuzuschlagen. Diesmal wollte er auf Nummer sicher gehen und mich selbst töten.»

Susanna stand von ihrem Sofa auf, um in der Küche eine weitere Flasche Rotwein zu holen. Ihr Hals war wie ausgetrocknet. Sie wagte es nicht, sich vorzustellen, wie wenig gefehlt hatte, Cesare zum Ziel zu führen.

«Wie wird es jetzt weitergehen? Glaubst du, Cesare wird Ruhe geben? Oder musst du und deine Familie damit rechnen, dass er eines Tages wieder zuschlägt?»

Ettore war ihr gefolgt und nahm ihr die Flasche und den Korkenzieher aus der Hand. Sie standen sich in ihrer kleinen Küche gegenüber. Susanna brauchte nur die Hand auszustrecken, um ihn zu berühren.

«Gar nichts werde ich dagegen tun. Ich werde versuchen, mein Leben zu leben», sagte er ruhig. Susanna hörte ihn atmen, sie roch sein Eau de Toilette, verführerisch vertraut, und wagte es kaum, sich von der Stelle zu rühren. Auch Ettore schien einen Moment zu zögern, machte Anstalten, sie in die Arme zu nehmen, aber dann ging er stattdessen einen Schritt zurück und lehnte sich an ihren Kühlschrank. Dabei ließ er sie nicht aus den Augen.

«Was aus Cosima und Cesare wird, interessiert mich nicht wirklich. Darum sollen sich die Anwälte und Lorenzo kümmern. Ich denke, dass er ein entsprechendes Testament aufsetzen wird, das Cesares Ausschluss vom Erbe der Lanzis garantiert. Ein Attentat aus reiner Profitgier fällt daher weg. Bliebe sein Hass – doch Cesare ist nicht dumm. Er weiß, wenn mir etwas passiert, ist er der Erste, der in Verdacht gerät.»

Ettore hielt einen Moment inne und sah Susanna an. Sein Blick sagte ihr, sie solle sich nicht mehr um ihn sorgen. Dann fuhr er ernst fort: «Außerdem war es mir vor allem wichtig, den Schmuck wieder zurückzubekommen, den Cosima in ihrer Wut auf uns eigenmächtig verkaufen wollte. Und das ist mir dank deiner Hilfe gelungen. Aber es ging mir dabei zum ersten Mal nicht um die Familie, es ging mir nicht darum, das Familienerbe zu schützen.»

Susanna sah ihn an und verstand nicht, was er ihr sagen wollte.

«Wolltest du Gerechtigkeit? Wolltest du Wagner zur Strecke bringen?»

Ettore schüttelte den Kopf und lächelte sein schiefes Lächeln, das sie so liebte. Susanna spürte, wie sie rot wurde im Gesicht. «Dein Professore ...!»

«Hör auf, ihn immer mit ‹mein Professore› zu titulieren»,

unterbrach sie ihn hitzig. «Du weißt sehr gut, dass wir beide fünf Jahre lang keinen Kontakt mehr hatten. Ohne das gefälschte Bild hätte ich ihn vermutlich nicht wiedergesehen. Und gehört hat er mir zu keinem Zeitpunkt!»

Ettore lächelte nachsichtig. Liebevoll sah er sie an.

«Entschuldige. Ich wollte dich damit nicht ärgern oder aufziehen. Ich bin einfach ein bisschen eifersüchtig auf ihn. Er ist ein ausgesprochen imponierender Mann mit einer charismatischen Ausstrahlung. Ich kann gut verstehen, dass er dir gefallen hat. Andreas hat etwas sehr Gescheites gesagt, als ich mich von ihm verabschiedete. ‹Ich möchte nicht in Ihrer Haut stecken, Lanzi, denn im Gegensatz zum 15. Jahrhundert, als Meuchelmörder mit Macht, Einfluss und Reichtum davonkamen und weiter ungeschoren ihr Unwesen treiben konnten, stellt ihnen in unserer Zeit die Justiz nach. Sie werden sich entscheiden müssen, wem ihre Loyalität gehört. Ob Sie sich den Zwängen Ihrer Familie weiter unterordnen wollen, was heißen würde, Cosima und Cesare zu decken, oder ob Sie sich endlich für ein eigenes Leben entscheiden. Dazu gehört viel Mut und in Ihrem Fall auch Verzicht. Aber Ihnen gehört anschließend die persönliche Freiheit.› Dann sah er mich bedeutungsvoll an und sagte abschließend: ‹Ich wüsste, was ich zu wählen hätte. Und grüßen Sie mir Susanna.›

Er hat mir mit seiner kryptischen Rede von Loyalität, Verzicht und Freiheit einen wertvollen Hinweis gegeben, mein Gefühlschaos zu ordnen.»

Susanna drehte sich zu ihrer Küchenablage um, auf der immer noch die Flasche Rotwein stand und darauf wartete, geöffnet zu werden. Sie ertrug den intensiven Blick Ettores nicht länger, der sie mit seinen Augen wie in einer Liebkosung umfing.

«Bis zu jenem Tag in Sansepolcro», sprach Ettore weiter, ganz so, als habe sie ihm nicht den Rücken zugewandt, «war für mich die Familie das höchste Gut. So bin ich erzogen worden. Und genau da begann mein Dilemma. Ich habe meine ganze Existenz auf diese Familie zugeschnitten, mir nie ernsthaft überlegt oder gar in Frage gestellt, ob es außer dem Entwerfen von Schmuck für mich noch eine andere Berufsperspektive gegeben hätte. Aber dann musste ich erkennen, dass meine Familie doch nicht so perfekt war, wie ich unterstellt hatte. Mein Vater hatte einen unehelichen Sohn, und wir Geschwister wussten nichts davon. Dieser Vertrauensbruch machte und macht mir am meisten zu schaffen.»

Ettore löste sich von der schützenden Tür des Kühlschranks und ging auf Susanna zu, die noch immer mit abgewandtem Gesicht auf ihre Kücheneinrichtung starrte. Er fasste ihre Schultern und drehte sie zu sich herum.

«Ich werde nicht aufhören können, meine Familie zu lieben, ich werde vermutlich auch nicht aufhören können, Juwelier und Schmuckdesigner zu sein. Doch der Verrat unserer Eltern hat es meinen Schwestern und mir endlich erlaubt, uns selbst zu sehen. Mein Vater hat für mich aufgehört, das Maß aller Dinge zu sein, er ist ein Mensch mit Fehlern wie wir anderen auch. Ich bin nicht länger nur ein Teil der Lanzis, nicht länger der Erbe und Sohn. Und ich bin ihnen vor allem nichts mehr schuldig.»

«Das ist ja alles wunderbar für dich und deine Schwestern.» Susanna konnte einen gewissen sarkastischen Unterton nicht vermeiden, obwohl ihr klar war, dass Ettore durch die Hölle gegangen sein musste, um zu dieser Erkenntnis zu gelangen und sie jetzt auch noch vor ihr auszubreiten. «Aber was ist mit den Russos, was wird aus Cesare?»

«Romero Russo hat versucht, sich das Leben zu nehmen, als er begriff, welche Rolle ihm bei der Scharade zukam.» Ettore sah zu Boden. Und Susanna fragte sich beklommen, ob sie je alles von ihm erfahren würde, was sich nach ihrer Abreise von Florenz dort zugetragen hatte, und ob sie das überhaupt wollte. Es schien ein einziger Albtraum zu sein.

«Romero kann es nicht verwinden», fuhr Ettore leise fort, «dass seine Frau ihm Hörner aufgesetzt hat. Wir italienischen Männer müssen noch eine Menge lernen! Wir halten uns immer für den Nabel der Welt und sehen selten, dass die Dinge in der Regel zwei Seiten haben.»

Ettore sah Susanna fragend an. Glaubte er, sie würde ihm jetzt zustimmen oder gar Vorwürfe machen? Da musste sie ihn enttäuschen. Beharrlich schwieg sie zu seinen Ausführungen, gespannt darauf, was noch alles zum Vorschein kam.

«Die Bedrängnis, in der sich Luisa befunden hatte, dafür interessiert sich ihr Ehemann vierzig Jahre danach nicht mehr. Die Androhung, die Ehe annullieren zu lassen, ist für Romero kein Thema mehr. Vermutlich würde er es leugnen, darüber auch nur nachgedacht zu haben. Nur das Ergebnis zählt – er hat einen Bastard großgezogen, den Sohn seines größten Konkurrenten. Niemand zweifelt mehr daran, dass diese Tatsache den Preis für den Laden auf dem Ponte bestimmt hat. Eine weitere Schmach, die Romero kaum zu verwinden imstande ist. Was Cesare nach all dem Chaos fühlt, das er verursacht hat, scheint überhaupt niemanden zu interessieren. So komisch das klingen mag, aber im Grunde tut er mir leid. Er ist kein leiblicher Sohn, als Maler findet er keine Anerkennung, als Designer hat er kein Talent, und eine geeignete Frau scheint er nicht zu finden oder finden zu wollen.

Dazu kommt, dass das Wort ‹Famiglia›, das wir alle jahrelang mit größter Selbstverständlichkeit im Munde führten, stark an Bedeutung verloren hat. Wir alle leiden, fühlen uns betrogen und wurden betrogen, das ist das Schlimme daran.»

Sehr nahe stand Ettore jetzt vor Susanna. Sie fühlte seinen Atem in ihrem Gesicht. Seine Augen, völlig frei, ohne das störende Brillengestell davor, waren dunkel, glänzend und so beunruhigend nah, dass sie sich wieder umwandte. Hilfesuchend langte sie nach dem Korkenzieher und mühte sich erneut damit ab, die Rotweinflasche zu öffnen. Diesmal kam ihr Ettore entschlossen zuvor und beendete ihren Versuch mit wenigen Handgriffen.

In Susanna arbeitete es. Worauf liefen all die Erklärungen von ihm hinaus? Hatte das alles auch irgendwie etwas mit ihr zu tun? Oder wurde sie einfach ins Bild gesetzt, sozusagen als Gegenleistung dafür, dass sie den Lanzis die Augen geöffnet, ihren wertvollen Familienschmuck gerettet und Ettore und seinen Schwestern einen Selbstfindungsprozess ermöglicht hatte?

Ettore stand immer noch direkt hinter ihr. Seine Nähe brachte sie schier um den Verstand. Merkte er eigentlich, in welches Gefühlschaos er sie stürzte? Er schien weit davon entfernt zu sein, ein Wort über sie beide zu verlieren. Sie jedenfalls würde ihm kein passendes Stichwort liefern. Da konnte er lange warten. Entschlossen nahm sie ihm die Rotweinflasche aus der Hand und wollte zurück ins Wohnzimmer, um die leeren Gläser zu füllen. Doch er hielt sie am Arm fest, nahm die Flasche wieder an sich und stellte sie, so weit er mit der anderen Hand reichen konnte, auf der Küchenablage in eine Ecke.

«Und was werdet ihr, deine Schwestern und du, jetzt

anfangen, nachdem ihr erkannt habt, dass es die Familie Lanzi in der Form, wie ihr sie gewohnt seid, nicht mehr gibt?» Während Susanna das sagte, versuchte sie, sich seinem Griff zu entwinden. Die Küche war für zwei Personen eindeutig zu klein. Man konnte sich einfach nicht aus dem Weg gehen. Und Ettore gab zwar ihren Arm frei, blieb aber weiterhin so nah vor ihr stehen, dass es mehr als unhöflich gewesen wäre, sich an ihm vorbeizudrängen, um ins Wohnzimmer zu gelangen. Zwischen ihr, der Küchenablage und Ettore waren jeweils nur wenige Zentimeter.

«Mariella, die Jüngere, wird ein Studium beginnen. Sie wollte wohl schon immer Kinderärztin werden, hat sich aber nie getraut, dies auch nur anzudeuten. Laureanna ist mit Leib und Seele Juwelierin. Gott sei Dank. Sie wird in der nächsten Zeit unsere Geschäfte in Florenz führen.» Ettore machte eine Pause. Er griff nach Susannas Händen und hielt sie fest.

«Und du, was ist mit dir und deinen neuen Plänen?»

«Dr. Fischer bereitet gerade die Papiere vor.»

Schon wieder die graue Eminenz, schoss es Susanna durch den Kopf. Wen wollte er als Nächstes verklagen?

«Doch bevor ich ihm einen konkreten Auftrag erteile, muss ich wissen, was du vorhast.»

«Ich? Was habe ich mit all dem zu tun?»

«Ich bin schuld daran, dass du heute deine Stellung verloren hast. Ein Wort von dir, und ich lasse die Klage fallen.»

Susanna schüttelte den Kopf. «Ist nicht so wichtig.»

Ettore strich ihr mit der Hand über die Wange. «Doch, es ist mir sehr wichtig, zu wissen, was du möchtest, Cara.»

Susanna kämpfte gegen den Impuls an, seine Hand festzuhalten und an ihre Wange zu legen. Tapfer lenkte sie erneut von sich ab und fragte: «Was will denn dein Dr. Fischer für dich tun?»

«Es sind ja einige Kollegen in München mit ihren Geschäften in Konkurs gegangen. Ich will mir morgen in der Theatinerstraße einen Laden ansehen, der zum Verkauf steht. Fischer wird sich, wenn nötig, um die Papiere kümmern. Ich würde mich sehr freuen, wenn du mich begleiten und beraten würdest!»

«Du willst in München bleiben?»

«Ja! Was sagst du dazu?»

«Warum nicht Hamburg? Dort gibt es viele reiche Leute. Sie werden deinen extravaganten Schmuck sehr schätzen. Oder Berlin. Dort gibt es ...»

«... sehr viele arme Leute!», vollendete Ettore ihren Satz und lächelte sie an. Ihre Ablenkungsmanöver waren ihm nicht entgangen. Locker umschlang er ihre Taille mit beiden Armen. Spielerisch näherte er sich ihr immer mehr, aber der Platz zum Atmen wurde Susanna zu knapp. Inzwischen klebte sie mit ihrem Allerwertesten an der harten Kante ihrer Arbeitsplatte aus Granit.

«Kennst du in Berlin einen guten Italiener?»

Susanna begriff nicht gleich. «Du meinst ein Restaurant?»

Ettore nickte und strich ihr mit den Fingern seiner rechten Hand zart am Hals entlang.

«Ja ... einen!», sagte Susanna nach einer kleinen Pause und musste nun selbst lachen. Ettores Hand umfing ihren Hinterkopf, und ein leichter Schauer ging durch ihren Körper. Ohne es noch kontrollieren zu können, gab sie seiner Umarmung nach und presste sich an ihn.

«Und in München, wie viele kennst du da?» Seine Augen

sprühten Funken. Die Unterhaltung in ihrer Küche schien ihm ausgesprochen Spaß zu machen.

«In München oder in Schwabing?»

«In Schwabing kenne ich selbst schon mindestens zehn. Da musst du noch etwas drauflegen.»

Doch bevor Susanna auf diese elementare Frage eine wohldurchdachte Antwort geben konnte, legten sich seine Lippen auf ihren Mund. Er hielt sie fest, während er ihr Gesicht liebkoste.

«Ich hab dich vermisst.» Ernst sah er sie schließlich an, ohne sie jedoch freizugeben. So als hätte er Angst, sie würde ihm doch noch entschlüpfen. «Und ich würde viel darum geben, wenn ich darauf hoffen könnte, dass du mir mein Verhalten in Florenz verzeihst.»

Susanna schluckte. So einfach war es nicht, selbst wenn alles in ihr zu ihm drängte.

«Weißt du noch, was du zu mir gesagt hast, als du das Hotel in Florenz verlassen hast?»

Ettore wurde rot bis zu den Haarspitzen. Er hatte die Ungeheuerlichkeit seiner Worte ganz offensichtlich nicht vergessen.

«Du hast gesagt, du hättest deine Treue zu Daniela für eine Nacht mit mir verraten und du würdest mir dringend empfehlen, dir nie mehr in die Quere zu ...»

Er hielt ihr den Mund zu und schüttelte den Kopf dabei.

«Bitte, Susanna ... bitte nicht! Es tut mir unendlich leid, was ich dir alles an den Kopf geworfen habe, aber dadurch wird es nicht ungeschehen. Ich kann es leider nicht zurücknehmen. Die Ereignisse haben uns keine Möglichkeit gelassen, uns wirklich kennenzulernen. Was sind fünf Tage im Leben? Nichts, nicht mal eine Sekunde. Und doch haben sie mein Leben völlig auf den Kopf gestellt. Ich werde in München eine Filiale aufmachen, wenn du dich nicht völlig dagegen sträubst, hier für die nächste Zeit arbeiten und – hoffentlich gelingt es mir – schönen Schmuck entwerfen. Wann und ob ich jemals wieder nach Florenz zurückkehren werde, weiß ich nicht. Ich weiß nicht, wie mein Leben in einem Jahr aussehen wird. Zum ersten Mal habe ich keine festen Pläne, keine konkreten Termine, keine Shows, die vorzubereiten sind. Meine Zeit gehört dir ... wenn du mich lässt?»

Ungläubig sah Susanna ihn an. Kein Mann hatte ihr bisher seine Zeit geschenkt. Weder Andreas noch Jochen hatten sich jemals Gedanken darüber gemacht, ob ihre Pläne mit den ihren kollidierten. Bislang hatte sie dafür gesorgt, dass aus einer ersten Verliebtheit und gemeinsamen Nächten eine Beziehung wurde.

«Ich weiß nichts von dir, von deiner Familie, von deinen Freunden, von deinem Leben. Ich kann und werde dir kein Versprechen geben, aber ich hoffe ... ich wünsche es mir sehr, dass du uns die Möglichkeit gibst, auszuprobieren, ob aus uns nicht doch mehr werden kann als eine gescheiterte Bekanntschaft.»

Gespannt sah er ihr ins Gesicht. Und sie konnte es nicht verhindern. Sie lächelte ihn an und umarmte ihn. Er hielt sie so fest, dass es um ihre Taille schmerzte.

«Meinst du, wir könnten uns jetzt wieder auf dein Sofa setzen? Mein lädiertes Bein schreit nach einer Sitzmöglichkeit. Sosehr ich deine kleine Küche schätze.» In seinen Augen saß der Schalk. «Schade, dass sie nicht noch eine Spur kleiner ist, dann könnte ich dich ohne schlechtes Gewissen einfach immer nur im Arm halten.»

Vielen Dank e grazie tante

Alle Mitwirkenden dieses Romans sind frei erfunden und Ähnlichkeiten mit lebenden Personen zufällig und unbeabsichtigt. Trotz aller Phantasie habe ich für meinen Text natürlich auch recherchiert. Das umfangreiche Detailwissen, das ich zum Bild von Piero della Francesca zusammengetragen habe, wäre ohne die neuere kunsthistorische Forschung nicht möglich gewesen.

Mein Dank gilt hier insbesondere den wissenschaftlichen Erkenntnissen von Prof. Dr. Bernd Roeck, einem Historiker, der mit großer Akribie und Kennerschaft das kunsthistorisch vieldiskutierte Gemälde neu interpretierte. Wer mehr über «La Flagellazione» («Die Geißelung») und den Maler Piero della Francesca, die Grafen von Montefeltro und ihre Zeit erfahren möchte, dem sei sein Buch empfohlen: *Bernd Roeck, Mörder, Maler und Mäzene, München 2006.*

Das vorangestellte Motto des Romans ist diesem Titel entnommen und auf S. 185 der genannten Ausgabe nachzulesen.

Zusammen mit seinem Kollegen Andreas Tönnesmann

hat Bernd Roeck außerdem eine Biographie des Grafen von Montefeltro geschrieben. Dort sind sehr genau die Zustände am Hof von Urbino zur Zeit der Renaissance geschildert: *Roeck/Tönnesmann, Die Nase Italiens. Federico da Montefeltro, Herzog von Urbino, Berlin 2005.*

Meiner Lektorin Grusche Juncker und meinem Buchplaner Dirk Meynecke danke ich sehr herzlich für die stets aufmunternden Worte, die sie gefunden haben, und für ihren Glauben an den Erfolg meines neuen Romans. Besonders dankbar bin ich meiner Familie und meiner Freundin Elke für die mühevolle Korrekturarbeit am Text und die vielen Anregungen und kritischen Anmerkungen, wenn meine Arbeit ins Stocken geriet oder Schwächen und Fehler korrigiert werden mussten. So ist ein Roman entstanden, der Sie, liebe Leserin und lieber Leser, hoffentlich für einige Stunden gut unterhält, ins wunderschöne Florenz entführt und italienische Träume wahr werden lässt.

München, im Sommer 2009,
Cristina Camera